DIE TRYING
博命一击

[美]李·恰尔德著

郑咏滟译

人民文学出版社

著作权合同登记:图字 01-2008-3821 号

Lee Child
Die Trying

图书在版编目(CIP)数据

博命一击/(英)恰尔德著;郑咏滟译. —北京:人民
文学出版社,2008
ISBN 978-7-02-006810-4

Ⅰ.博… Ⅱ.①恰…②郑… Ⅲ.长篇小说-英国-
现代 Ⅳ.I561.45

中国版本图书馆 CIP 数据核字(2008)第 115999 号

责任编辑:姚翠丽
特约策划:吴文娟
封面设计:董红红·

博命一击
Bo Ming Yi Ji

[英]李·恰尔德 著

郑咏滟 译

人民文学出版社出版
http://www.rw-cn.com
北京朝内大街 166 号 邮编:100705
山东新华印刷厂德州厂印装 新华书店经销
字数 332 千字 开本 880×1 230 毫米 1/32 印张 10.25 插页 1
2008 年 9 月北京第 1 版 2008 年 9 月第 1 次印刷
印数 1—10000
ISBN 978-7-02-006810-9
定价:28.00 元

如果列出所有她给予过我的帮助，这份献辞将会比整本书还要长。所以我只说一句：致我的妻子简，献上我深挚的谢意。

序言

二〇〇五年六月,《纽约时报》刊出一篇由珍妮特·马斯林所撰的书评,评论对象是李·恰尔德的惊悚小说新作《一枪毙命》(*One Shot*),文中赞扬恰尔德的英雄观"有着虚无主义的边缘,但在核心则是一种激昂的奋战精神,与充斥当代侦探小说的忧郁人物形成鲜明对比",并形容主角杰克·雷切尔"不是个成天自我怀疑的家伙,而是秉持善念、以行动打抱不平的角色。但是恰尔德先生又赋予他惊人的逻辑推理能力、严肃的道德良知和不时闪现的温柔。"这篇书评最直接的影响,一是带动销量,使得《一枪毙命》成为恰尔德出道以来最卖座的一部作品,短短数月内热卖十余万册,仅精装版销量便是先前的三倍;第二则是吸引了好莱坞的目光——两周后,派拉蒙和汤姆·克鲁斯的制片公司一举签下全系列电影版权。

李·恰尔德这位全球公认的动作惊悚小说大师原籍英国,与《魔戒》作者托尔金读同一所高中,拿同样的奖学金。恰尔德从小就对美国心生向往,因为那里食物好吃、天气晴朗,又拥有广大且要求严格的读者群。因此,当年届不惑的恰尔德提笔开始创作的时候,就是以美国读者为预设对象的。他认为若能在竞争最激烈、读者评定标准最严苛的地方获得肯定,才是最高的成就。

促成恰尔德"中年转业"的事件也颇耐人寻味。他从法律系毕业以后,进入电视公司任职,一待就是十八年。那正是英国电视的黄金时期,恰尔德担任主持人和导演,制作了许多脍炙人口的节目,不料后来因为公司结构重整而遭资遣。生性乐观的恰尔德并未灰心丧志,反而视之为契机。他买了纸笔,开始创作惊悚小说,不久完成第一部作品《杀戮之地》。这部小说看似有着推理小说典型的小镇疑云架构,却巧妙地牵连出跨国犯罪集团,加上警察程序、精彩的逻辑推演和上乘动作桥段,很快引起国际出版界瞩目。英国出版社更大胆在封面宣称"和约翰·格里逊一样好看,否则退钱"。《杀戮之地》出版后席卷英国《泰晤士报》畅销排行榜,在美国则勇夺安东尼奖和巴瑞奖最佳新人作品,同时入围麦卡维提奖和黛莉丝奖,可谓名利双收。

更重要的是,恰尔德创造了退伍宪兵杰克·雷切尔这个独一无二的特殊人物:这位集古典神探、正直警察、动作英雄、法医和情报员于一身的汉子,身高接近两米,父亲是美国海军陆战队队员,母亲是其派驻韩国时遇见

的法国人。雷切尔出生于柏林的美军基地,自小随部队走遍全球。他不知道"家"是何物,不曾在同一所学校读完整个学年,永远来不及和同学深交,随时准备启程前往未知之地。西点军校毕业后,雷切尔投身军旅,加入宪兵队,官拜少校,曾在贝鲁特为救战友负伤,还为此获颁银心勋章。为国奉献十三年后,面临国防预算被删、军队缩减编制,他选择离开。雷切尔初尝"自由"滋味,闯进了全然陌生的外界,从此浪迹天涯,游走美国各地。他一身轻装,衣服穿脏了就买新的,没有手机、没有信用卡、不缴税、也没有驾照。他付款一律用现金,喜欢搭公车,因为方便又不会留下痕迹。

雷切尔的宪兵身份更值得玩味:宪兵的英文直译是"军法警察"(Military Police),一般警察对付的是平民犯罪,宪兵要抓的可都是训练有素的职业杀手。怎么办?当然就是接受更精良的训练。所以雷切尔不但精通各种兵器,拿过射击比赛冠军,擅长近身格斗,还具有刑事鉴定和办案的专业知识。在初次登场的《杀戮之地》中,他在监狱里空手击杀三名彪形大汉,利用地形引诱杀手陷入圈套,再从栖身处近距离用大口径手枪"沙漠之鹰"将其瞬间击毙;或者经过缜密的计算,利用搭档的高级轿车撞进警局救人;还有在夜色和倾盆大雨的掩护下,一举歼灭入侵民宅的六个匪徒。到了续集《博命一击》,他被卷入蒙大拿极右派国民兵恐怖活动,先以一千码狙击功力震惊匪徒,再运用非凡的诡辩技巧,诱骗守卫放他脱身。到第三部《失踪者事件簿》,他则展现高超的法医知识,从七具焦黑的越战遗骸中找出凶手身份。简而言之,真神人也!

打从一开始,恰尔德就不想要犯罪小说中随处可见的苦闷主角,他受够了无病呻吟和天人交战,充满罪恶感又酗酒酗烟的形象,打定主意要写个无忧无虑、直来直往,单纯却绝不简单的角色。有着特殊职业背景和独特个性的雷切尔于是成为当代惊悚小说中最亮眼的人物。他的"游民"身份使他不受地理限制,可以活跃于任何地点,从美国中西部小镇到曼哈顿都会,从德州农庄到蒙大拿森林,甚至是冷战末期的巴黎和现代伦敦。他沉默寡言、行事低调,习惯以军中强硬作风办事,不过总是真诚、讲道理,重义气。评论家形容他是现代的西部英雄,荟萃美国精神的游侠骑士,蓝登书屋集团总裁和美国前总统克林顿都是他的超级书迷,公推雷切尔为"二十一世纪的詹姆斯·邦德"!

·谭光磊·

1

内森·罗宾死了,只因为他逞了一回英雄。并非出于那种绵绵不绝、为你赢得战争勋章的勇气,而是一种瞬间爆发出的匹夫之勇,结果只是让你曝尸街头。

他早早离开了家,就像一年中五十个礼拜、每礼拜六天的早上那样。吃完一顿专为年逾不惑的矮胖男子调配的营养早餐,走过湖边别墅里铺着地毯、符合他每天上千美元进账身份的走廊,他按下开启车库门的按钮,转动钥匙,启动昂贵进口车的发动机。CD 塞进车载音响,倒车,轻点刹车,换档,踩下油门,就这样他开上了人生最后一段短暂的旅程。周一早上六点四十九分。

去公司的路上一路绿灯,也许这正是导致他死亡的直接原因。因为当他驶进公司大楼后面他的专用车位时,巴赫 B 小调赋格曲的前奏还剩三十八秒,他留在了座位上,等到最后一声喇叭的余音沉寂下去才打开车门出去。这时,那三个家伙已经近得让人没法忽略他们接近的意图。他扫过去一眼,那三人赶紧别过脸掉转方向。三人脚步整齐,像在跳舞,又像齐步走的士兵。他朝办公楼迈开步子,可又突然停下,扭过头,刚巧撞见那三人正在撬他轿车的车门。

"嘿!"他大喊起来。

短促的叫喊糅合了惊讶、愤怒和挑战,通常一个急切又单纯的普通人发现危险时都会不由自主地这么喊一声。但也正是这么一喊,让一个急切又单纯的普通人丧了命。他转过身。三比一,敌众我寡,但是正义站在他这儿,这让他瞬间鼓足勇气,大踏步地向车子冲过去,胸口霎那间涨满了愤怒和必胜的决心,他相信自己力大无穷。

但那都是虚幻的感觉罢了。像他这样的谦谦君子在那样的情境下,是怎么也占不了上风的。健身会所里训练出来的力量根本顶不了什么用,第一拳打过来,肌肉紧致的小腹就招架不住,接着脸上又被猛揍几拳,顿时唇破牙飞。强有力的手紧紧抓住他,双臂被扭到身后,整个人仿佛没有重量似的被举了起来。攥在手里的钥匙被夺走,接着一拳重重砸在他的耳朵上,嘴里全是血。他被扔到水泥地上,重重的皮靴拼命往他的背上、肚子上、头上

1

端下来。终于，就像雷暴雨时电视机突然短路似的，他昏了过去，整个世界在眼前消失，先是变成细细一条红线，最后啪一声，全黑了。

就这样，他死了，只因为逞了一时之勇。但死神并非在那一刻降临，而是在好久以后。一秒钟的勇猛变成好几小时惊惧交加的喘息，几小时的喘息最终爆发成失去理智的夺命狂呼，在这一切之后，死亡才真正来临。

杰克·雷切尔还活着，因为他没有轻举妄动。他没有轻举妄动是因为来自过去的一声爆炸巨响突然在他脑海里响起。他过去的经历林林总总，此刻突然回忆起的却是最危险的一段。

在军队里服了十三年的兵役，他只受过一次伤，可伤他的并不是子弹，而是一名海军军官的下颌骨。他曾经被派驻在贝鲁特机场附近的美军基地。一次汽车炸弹在基地外突然爆炸，当时雷切尔正站在大门口，那名海军军官恰巧在一百多码外的爆炸地点，瞬间被炸得尸首全无，只剩下那块下颌骨碎片径直射向雷切尔，像一粒子弹似的捣穿了他的腹部。后来帮雷切尔缝合伤口的军医告诉他，他还算运气好的，要是他是被一粒真正的子弹打中，情况要糟糕得多。当时他脑海里响起的正是那声巨响，使得他全神贯注，丝毫不敢怠慢，因为十三年后的今天，一把手枪指着他的腹部，间隔只有一英寸半。

那是一把九毫米的半自动手枪，全新，刚上了油，低低地指着他的腹部，刚好与那道旧伤疤平齐。持枪的家伙表现得或多或少清楚自己在干什么。保险拴已经拉掉，枪管也没有明显颤动，说明他一点儿不紧张，扣扳机的手指蓄势待发，雷切尔看得相当真切，他全副注意力都放在那根手指上。

他身边站着一名以前从未见过的女子，他正扶着她的胳膊，她正盯着抵在自己腹部的一把一模一样的九毫米半自动手枪。对付她的家伙明显比对付他的那个紧张，一脸不自在，甚至有些担忧。手枪握得太紧，微微发颤，指甲有被咬过的痕迹。显然这位老兄十分焦虑，甚至带点儿神经质。四个人就这样站在大街上，其中三个好似雕像般一动不动，第四个则摇来晃去，重心在两脚间移动。

他们站在芝加哥市中心一条繁华的人行道上。六月的最后一天，星期一，骄阳似火。一切就这么在一瞬间发生，整个过程在过去几百万年都不可能有过预演。当时雷切尔正在街上闲逛，不疾不徐地经过一家沿街的干洗店时，店门突然在他面前推开，一根老旧的金属拐杖咔哒一声打在正前方的地面。他抬起头，只见一名女子正站在门口，吃力地抱着九只干洗衣袋，眼看就要支撑不住。她看样子三十岁不到，衣着昂贵，黝黑的皮肤散发出自信的魅力。一条腿受了伤，雷切尔从她笨拙的姿势看出伤腿还在疼着。那名女子向他投去一记求助的眼神，他报以"没问题"的微笑，伸手抓住金属拐杖，给她递过去，另一只手接过九只干洗衣袋并顺势搭在自己肩上，一根手指勾住九个铁衣架。与此同时，她把拐杖稳稳地撑在地上，慢慢把胳膊套进顶端的弧形凹槽。他朝她伸出手，她微一迟疑，而后尴尬地点点头，任他扶住自己的胳膊。姿势有些不自然，不过还算顶用。然后他俩同时转身，正要离开。雷切尔本来打算扶着她先走几步，一等她自己能站稳就放手，把衣服还给她。但等他一转身，迎接他的却是两个举着九毫米半自动手枪的家伙。

四个人两两相对站在街上，就像正挤在一间局促的包房里用餐。举枪指着他们的两人都是白人，身强体壮，隐隐透出士兵气质。他们俩外貌有些相似，都是中等个头，棕色短发，手掌大而结实，面部轮廓分明，肤色发红，而且表情紧绷，眼里没有丝毫感情。显得紧张的那个个头偏矮，似乎所有的力气都花在了担心上。两人都身穿格子衬衫，外面套着府绸风衣，肩并肩站在一起。雷切尔比另外三个都高，视线越过他们的头顶，周遭的情况尽收眼底。但他只是惊讶地站在原地，九件干洗好的衣服还挂在肩头。那名女子撑在拐杖上，默不作声地低头凝视。两个家伙举着枪，越挪越近。雷切尔感觉他们仿佛已经站了很长时间，但他明白那只不过是幻觉，整个过程也许不超过一秒半。

雷切尔对面的家伙更高大也更镇静，看上去像发号施令的。他瞟了瞟雷切尔和那名女子，举起枪朝街边指了指。

"到车里去，贱人，"他命令道。"还有你，混蛋。"语速很急，但很平静，话语间透着权威。口音不重，也许是加州人，雷切尔暗忖。一辆体型庞大的黑色轿车停在街边正等着他们。轿车看上去价格不菲。车里司机倾过身子，努力打开了后车门。雷切尔对面的家伙又举了举枪，可雷切尔纹丝未动。他左右环视一圈，确定自己大约还有一秒半的时间做出评估。眼前两个手持九毫米半自动手枪的家伙不足为惧，虽然衣架占去他一只手，只有一只手空着，但他估计揍倒他俩应该没什么问题。问题在他的身后和身边。他透过干洗店的窗户反光看见身后大约二十码就是熙熙攘攘的人群。万一流弹伤人就麻烦了。毫无疑问，会是大麻烦。那是他身后的问题。而他身边的问题则是这名陌生女子，伤腿会让她反应慢、动作慢。这种情况，这样的一

个搭档，他可不想跟对方动起拳脚。

操着加州口音的家伙走上前，一把抓住雷切尔吊着九个衣架的手腕，用力把他朝车子方向拖过去。雷切尔用眼角的余光瞄见那家伙扣在扳机里的手指仍然一副蓄势待发的样子，便松开女子的手臂，朝车子走去，先把衣服扔进车子的后座，然后一猫身钻了进去。那名女子随后也被推进来。最后那位神经质老兄挤进来，砰地关上车门。司机轻踩油门，轿车慢慢地沿街行驶。

忽然，那名女子疼得抽了口气。雷切尔猜想大概神经质老兄的手枪戳到了她的肋骨。两人中发号施令的那位坐在副驾驶位子上，正扭过身子，搁在皮质车座枕头上的手枪正对雷切尔的胸膛。那是一把格洛克17型手枪。对这款手枪雷切尔可是非常熟悉，他曾经为了自己的部门评估过这款武器的样品。那是他在贝鲁特负伤后疗养期间接到的一项简单任务。格洛克系列的这一款体积小，杀伤力强，从撞针到枪口一共长七英寸半，这样的长度正好保证了射击精准度。雷切尔曾经在七十五英尺外用这款枪击中了一颗大头钉。而且发射弧线能让四分之一盎司的子弹时速达到每小时近八百英里。弹匣里正好容纳十七发子弹，也因此得名。不仅如此，这款手枪还非常轻，火力如此强大，重量却还不到两磅，重要的部分用钢制成，其他全采用塑料，就是高级照相机用的那种黑色聚碳酸酯。的确称得上工艺精湛。

但是他一点儿都不喜欢这款型号，不适合他们部队的特殊需求，所以他给出了否定意见。相反，他推荐了贝瑞塔92F款型，同样是九毫米口径，不过重了半磅、长了一英寸，弹匣里少了两发子弹。但是它和格洛克相比，制动能力强了百分之十，这点在他看来非常重要。此外，它还不是塑料的。综合这些特点，雷切尔选择了贝瑞塔。部队长官采纳了雷切尔的建议，还把他的建议书分发下去，获得了整个军队的支持。一周之内他便得到晋升，还披上了银星勋章和紫心勋章。尽管贝瑞塔要贵得多、北约组织非常偏爱格洛克而且只有他一人推荐，更别提他当时才从西点军校毕业没多久，但部队还是决定全部采用贝瑞塔手枪。之后他被派到了其他地方，在世界各地完成任务，再也没仔细看过格洛克17。直到此刻。十二年后，他突然又得到一次绝佳的机会好好打量它。

他把视线从手枪上撤回，转到持枪人身上。古铜的肤色在发际线处变白，说明刚理过发。再看开车的司机，那家伙眉毛上挂着汗珠，稀疏的头发尽数后梳,脸色发红,表情愉快,一脸自以为很帅的傻笑。同样一身从连锁店买来的便宜衬衫,同样的府绸风衣,同样的强壮身板,同样胜券在握的信心,略带沉闷紧张。三人都约摸三十、三十五岁,一个领头的,一个可靠的拥护者,外加一个神经质的跟班,三人都浑身紧绷,但绝对经过排练,正同心协力地完成某项任务。值得深究。雷切尔的视线越过格洛克手枪,径直望进领头那人的眼底。领头的摇摇头。

"不许说话,混蛋,"他说。"说一个字,我就毙了你。我他妈的保证。闭上嘴,你就不会有事儿。"

他眼神严肃,双唇紧紧抿成一条细线,雷切尔相信他没在说谎,所以闭上了嘴,什么都没说。过了一会儿,车速放慢,开进一个布满石子的院子,绕到一座废弃的厂房后面。他们一直在朝南行驶,雷切尔估计这里大概在城区环线以南五英里的地方。轿车缓缓停下,后门外正对面停着一辆小货车。空地上只停着这么一辆,是福特依柯罗赖厢型货车,白色车身,有些脏,不算旧,但明显行驶里程已经很多。车侧刚刷了一块白色油漆,和车身的颜色不太配。雷切尔环视一圈,发现空地上扔满垃圾,一个油漆罐被扔在货车旁边,还有一把刷子。附近一个人都没有,看来是个废弃的空地。要是他打算采取行动,此刻是最佳时机、最佳地点。可就在这时,坐在前面的家伙微微一笑,向车后座探过身子,左手一把抓住雷切尔的领口,右手把格洛克枪口抵住雷切尔的耳朵。

"给我坐好,混蛋。"他说。

司机走出轿车,绕过车头,从口袋里掏出一串钥匙走到货车尾部。雷切尔一动没动。老实说,用枪口抵住对方的耳朵实在算不上明智之举,只要对方猛一扭头,枪口就会滑到前额,此时无论扣动扳机的动作有多快,也无法造成太大威胁了。也许对方的耳廓上会多上一个窟窿,当然耳鼓肯定会被震聋,但这都不足以致命。雷切尔花了一秒钟思量胜算会有多大,可就在这时那个神经质的家伙把身旁的女子拖出车厢,向货车尾部推过去,她跛着脚,连跳带蹦地走完这段从轿车门到货车门的直线距离。雷切尔的眼角余光追随着她。看守她的家伙一把夺过她口袋里的皮夹,扔进车里。皮夹落在雷切尔脚边,砰地发出一阵闷响。好大的皮夹子。昂贵的皮面里好像藏着很重的东西,金属的。只有一样女性随身带的东西能发出这样的响声。他若有所思地朝她望去,一下子来了兴致。

她四肢并用,费力地爬进货车后车厢,伤腿让她动作笨拙。接着坐在前

面的领头的把雷切尔从座位上拉起来，推给了神经质同伙。格洛克枪口离开他耳朵的一瞬间，另一把枪就抵住了他的身侧。他被拖到货车尾部，推进车厢。神经质老兄又推了他和那女子一把，微微发颤的枪口一刻没离开他们。与此同时，领头的从轿车里拿出那根金属拐杖，走到货车旁扔进车厢。拐杖哐啷一声砸在车厢内壁，隆隆作响。干洗好的衣服和她的笔记本留在了轿车后座上。接着他从口袋里掏出一副手铐，一半戴在女子的右手腕上，然后用力把她推到一边，把另一半铐在了雷切尔的左手腕上，摇了两下检查有没有锁牢，最后猛力关上后车厢的左边车门。雷切尔瞅见司机正举着塑料瓶子往轿车里倾倒什么东西，一种无色的液体，伴随着浓烈的汽油味儿。一瓶倒进了后座，又一瓶倒进前面。这时领头的关上了后车厢右边车门。黑暗降临之前，雷切尔看见的最后一幅画面是司机从口袋里掏出一个火柴盒。

2

　　距离芝加哥一千七百零二英里的地方，人们正在紧张地筹备客房。客房是一间单人间，设计得相当现代，设计方案经过设计师几番周详考虑才最终定稿。外观上就有几处特殊的地方。

　　客房是为了一个特殊的用途而设计的，是为了一位特殊的客人专门准备的，这两个前提决定了房间特殊的外观。整个改建工程在一幢现有建筑的二楼进行，设计师挑中了一间位于角落的房间。房间的南墙和东墙上的大窗玻璃已经被全部敲掉，取而代之的是大块的胶合板，钉在窗棂上。胶合板外面被刷成了白色，与楼房外墙的颜色相配，里面的却没有上漆。

　　房间的天花板全被拆了下来，房梁裸露在外。楼房年久失修，拆除水泥天花板时带落了一地的尘土碎片。原先内墙上用的是古旧光泽的松木贴面，但现在全被拆掉，只剩下楼房的框架和垫在外墙后面的一层厚重的防水油布。地板被撬了起来，粗大的桁条下面，隐约可见楼下房间的天花板。整个房间只剩一副空架。

　　天花板、内墙的松木贴板以及地板被拆下来后都从窗户扔下楼，堆在楼下，后来上面又盖了一层胶合板。负责整个改建工程的两名工人把建筑垃圾扫成一堆，倒好了卡车，打算马上把垃圾运走。他们非常希望把这地方打扫得干净整洁,这可是他俩第一次为这位要求特殊的雇主工作,况且对方还暗示做得好的话后面的活儿还有很多。他俩环视一圈,发现还有很多工作要做,但无论如何,前景一片光明。这年头活儿可不好找,再说这位雇主出手大方,所以留下良好的第一印象从长远来看绝对意义重大。正当他俩任劳任怨地把垃圾装进卡车时,雇主本人亲自出现了。

"都弄好了?"他问。

他的身材异常高大,胖得甚至有点儿脱型,说话声调很高,苍白的脸颊上还印着两块铜钱大小的红斑。可是他动作轻巧,他的身手就像只有他四分之一高大的人那么灵活。这些特点综合在一起让他显得特别威严,属于那种人们不敢直视、有问必答的厉害角色。

"正在清理,"第一个工人立即答道。"这些垃圾扔到哪儿去?"

"我会带你们去的,"雇主说。"你们得跑两趟,地板分两次运,好吗?"

第二个工人连忙点头。过去的伐木工人是可以随便挑树砍的,所以这些地板块块都有十八英寸宽,绝对不可能同其他垃圾一道塞进卡车。他们把石灰板装好,进了驾驶室,雇主也进来了,可他个头太大,三人只得挤成一团。他朝旧楼房后面指了指。

"朝北开,"他说,"大概一里地。"

他们沿路开出小镇,转了几个大弯。这时雇主又指了指。

"就在那儿,"他说,"那儿后面,明白了吗?"

说完他退到一旁,两名工人开始卸货。然后重新回到旧楼房,把木板装进卡车,沿着蜿蜒的道路开回到这里,卸下木板,搬进后面暗黢黢的地方,整理好。末了,雇主从阴影里走出来。他一直在等他们,手里拿着样东西。

"我们全弄好了。"第一个工人说。

雇主点点头。

"的确。"他答道。

说着,他抬起手。是一把枪,一把黑色的半自动手枪。一声震耳欲聋的枪响,子弹正中第一个工人的脑袋,顿时血肉横飞。第二个工人仿佛被吓傻了一般,当场愣住了。可下一刻,他拔腿就跑,慌不择路地跑进路边小道,绝望地想寻找掩护。雇主微微一笑,逃跑的猎物让他更兴奋。他稍曲手臂,射击,子弹倏地击中工人的膝盖。他又笑了笑,现在感觉更好。逃跑让他兴奋,可他更喜欢看着他们躺在地上挣扎蠕动。他站在原地,听着工人痛苦呻吟。过了好一会儿,他慢慢走上前,瞄准,击中了另一个膝盖。又看了一会

儿,终于觉得有些烦了,耸耸肩,一枪打在那家伙的脑袋上。接着他把枪搁在地上,把两具尸体推到垃圾堆旁,和旧木板整齐地靠在一块儿。

3

车已经开了一小时三十三分钟。在城内有点儿堵车,不过出城以后就一路畅通。也许已经开了六十多英里了。但雷切尔此时被困在嘈杂昏暗的车厢里,根本不知道到底在朝什么方向行驶。

一副手铐把他和那名跛足的年轻女子铐在了一起,很快两人就找到了让各自都尽可能舒适的姿势。他俩一起在车厢里爬了一圈,最终背靠车厢内壁坐下来,伸长双腿,抵在右边的轮舱盖上稳住身体。女子在前,雷切尔在后,铐在一起的手腕放在轮舱盖的突起上,仿佛一对恋人正在咖啡馆消磨甜蜜时光。

刚开始两人谁都没说话,只是静静地坐在隆隆车轮声中。最直接的困扰就是异常高的车厢温度。中西部六月最后一天的中午时分,闷罐子车厢。高速行驶激起的气流肯定从一定程度上降低了车厢温度,但还远远不够。

他就这么一言不发地坐在黑暗中,一刻不停地思索、计划,就像当年的专业训练教给他的那样。冷静、放松、时刻准备好,千万别把力气花在无谓的猜测上。接着他开始评估那三名绑匪。三人显示出一定的默契,却并非天赋异秉,策略也谈不上精妙,但也没有明显破绽。拿着第二把格洛克手枪的神经质老兄是三人小组的弱点,可被他的头儿掩护得很好。默契的三人搭档,绝对算不上他见过的最差组合,不过此时此刻,他并不担心。他曾经深陷更糟的险境,危险得多,还不只一次,也都挺了过来。所以他还不怎么担心。

这时他注意到一点,他身旁的女子同样不怎么担心,同样冷静,乖乖地和他铐在一起坐在那儿,身体时而晃动。她也在思索,在计划,仿佛也受过某种专业训练。他透过黑暗朝她望过去,却发现她也朝他投来询问的目光,冷静自控,有些高高在上,还夹着一丝不以为然。年轻人独有的自信吧。她并没有避开他的眼光,对视一阵后,她伸出被铐住的右手。虽然他的左手连带晃了起来,但毕竟这是对方示好的表现。他伸出手,握了握她的。如此境地还这么彬彬有礼,两人不约而同地自嘲一笑。

"霍莉·约翰逊。"她自我介绍道。

他能够感觉到她正在仔细打量他，眼光在他脸上逡巡一番后转向他的衣着，最后又回到他的脸上。她又微微一笑，仿佛肯定他值得拥有更多的尊敬。

"幸会。"她说。

他回望过去，打量她的脸。非常秀气，二十六、七岁左右。再看她的衣着，一首老歌的歌词瞬间划过脑际：百元的彩衣，我还买不起。他本想等下一句自动出来，可惜再无下文，只好笑了笑，点点头。

"杰克·雷切尔，"他答道。"我才是幸运的那个，霍莉，我是说真的。"

车厢里非常吵，隆隆发动机夹杂着车轮的咆哮，讲话都很困难。他倒宁愿安静地坐一会儿。不过霍莉显然不这么想。

"我得摆脱你。"她说。

真是有个自信骄傲的女人。雷切尔没有作答，只是瞥了她一眼。下一句歌词冒了出来：冷血的，冷血的女人。写得好，无奈与酸楚尽显其中，蓝调歌王曼菲斯·史利姆的老歌。不过这句歌词对她并不适合，差得远了，她并不是个冷血女人。他再瞥了她一眼，冲她耸耸肩。她盯着他，显然对他的一言不发有些不耐烦。

"你明白发生了什么吗？"她问道。

他看看她的脸，她的眼睛。她目不转睛地凝视着他，一脸难以掩饰的惊讶。她以为自己和一个白痴关在了一起，以为他没明白发生的一切。

"明摆着的，不是吗？"他答道。"况且有那么多证据。"

"什么证据？"她反问。"整个过程不过一眨眼功夫。"

"没错儿，"他说。"那不就是我说的所有证据？或多或少已经给了我需要知道的信息。"

他打住话头，准备再休息一会儿。下次逃跑的机会应该出现在下次停车时，也许还要好几个钟头。他有预感，他们还得在这个鬼地方待上很长时间，所以需要节省点儿体力。

"那我们需要知道什么？"女子又发问。

她的目光牢牢攫住他的。

"你被绑架了，"他回答。"我只是恰巧在这儿。"

她仍然盯着他，仍然信心十足，仍然在思考，仍然不敢确定自己是不是真的和一个白痴锁在一块儿。

"明摆着的,不是吗?"他又说了一遍。"他们要抓的不是我。"

这回她没有回答,微微挑起一双秀眉。

"没人知道我会出现在那儿,"他继续说。"甚至连我自己都不知道,直到我到了那儿。但是非常明显这是一次精心策划的行动,一定费了不少工夫。他们一直在监视你,对不对? 三名绑匪,一个在车里,两个在街上。车子停在正对店门的地方。他们肯定不知道我会凑巧出现在那儿,但显而易见,他们肯定你会出现。所以不要像看白痴似地看着我。你才是犯了大错的那个。"

"大错?"女子反问。

"你的作息太规律了,"雷切尔继续说。"他们也许花了两三个礼拜来研究你的一举一动,而你就这样毫不避讳地落入他们的圈套。他们并没指望还有其他人在场,这点也很明显,你说呢? 瞧,只备了一副手铐。"

为了证明这点,他抬起手腕,连带举起了她的。女子沉默了好一会儿,暗自修正自己对他的看法。雷切尔随着货车的颠簸左摇右晃,脸上挂着笑。

"你该知道的,"他又说。"你是个政府探员,对吧? 反毒执法局、中央情报局还是联邦调查局的? 或者是芝加哥警察局的侦探? 工作没多久,还挺有干劲,腰包也挺鼓的。所以要么有人想绑架你换取赎金,要么你对某人造成了潜在威胁,即使你还是个新手。无论哪种情况,你本该更好地照顾你自己。"

她双眼圆睁,显得相当惊讶。

"那你再说说证据?"她追问。

他冲她又笑了笑。

"好几处,"他说。"首先是你干洗的衣服。我猜你每周一个休的时候都会把上个礼拜穿的衣服送进干洗店,顺便取回这个礼拜要穿的,这就意味着你必须有起码十五套、二十套衣服。再看看你身上穿的,可不便宜呵。就算一套四百块,那你也已经砸了八千块钱的置装费了。所以我说你腰包挺鼓的,这也是我之所以说你的作息太规律的原因。"

她缓缓点头。

"好吧,"她说。"那我为什么是政府探员呢?"

"太简单了,"他答道。"一把格洛克17式手枪抵在你的身前,然后被塞进轿车,又被扔进货车车厢,和一个素未谋面的陌生人铐在一起。而且你丝毫不知道他们会把你带去哪儿,也不知道为什么要绑架你。如果是一个普通人的话肯定早就崩溃了,说不定会歇斯底里地大叫,把车顶都掀翻。但你没有。你只是冷静地坐在那儿,说明你以前受过训练,也许熟悉受挫或危险的环境,又或许你确信很快就会有人来救你。"

他微微一顿,她点点头,示意他继续说下去。

"除此之外,你的手袋里装了一把枪。"他说。"相当重,我猜是长枪管的点 38 口径手枪。如果是私人手枪,根据你的衣着品味判断你应该会喜欢更精致些的款型,比方说短点儿的点 22 口径手枪。可是你的那把却是大左轮,所以应该是单位发的。你不是政府探员就是警察。"

女子再次缓缓点头。

"那我为什么刚工作没多久?"她又问。

"你的年龄,"雷切尔回答。"你多大? 二十六?"

"二十七了。"她更正道。

"做侦探稍嫌嫩了点儿,"他说。"大学刚毕业,出道没几年,对不对? 即使是反毒执法局、中央情报局,或者联邦调查局探员也算年轻的了。反正不管你是谁,总之刚工作没多久。"

她耸耸肩。

"好吧。"她说。"那我又为什么挺有干劲?"

雷切尔伸出左手指了指,手铐叮当一阵脆响。

"你的伤,"他说。"还没等痊愈就又回到工作岗位,甚至还需要拄拐杖。大多你这个职位的人会待在家里照拿工资。"

她浅笑一声。

"也许我本来就残疾,"她说。"你怎么知道不是天生的?"

昏暗中,雷切尔摇摇头。

"你拄的是医院专用拐杖,"他答道。"他们短期借给你,直到你康复。如果是天生残疾,那你肯定会有专用拐杖,甚至会有一打,每天选一根搭配你的高级套装。"

她大笑起来,银铃般的笑声在隆隆发动机和车轮咆哮声中显得尤为动听。

"猜得不赖,杰克·雷切尔。"她说。"我是联邦调查局的探员。去年秋天进的调查局。前不久踢足球弄伤了十字韧带。"

"你踢足球?"雷切尔有些惊讶。"棒极了,霍莉·约翰逊。那么你具体是干什么的?"

她沉默了一会儿。

接着说："只是个普通探员，和芝加哥办事处的其他同事没什么不同。"

雷切尔摇摇头。

"肯定不只是普通探员，你的工作威胁到了某些人，所以他们想报复。你到底是干什么的？"

她冲他摇摇头。

"我不能和平民讨论这个话题。"

他点点头，心里并没有什么不快。

"好吧。"他说。

"每个探员都会得罪人。"她急急补充了一句。

"这没什么稀奇。"他表示同意。

"不论是我，或是其他任何人。"她说。

他瞥了她一眼。这句话听起来有点儿怪，戒备的味道很浓，可以听出来她经受了所有专业训练，热切盼望能大显身手，却从去年秋天开始就被拴在办公桌旁。

"金融部门的？"他大胆猜测。

她摇摇头。

"我不能讨论这个话题。"她又重复一遍。

她冲他淡淡一笑，沉默下去，依旧一副气定神闲的样子。但雷切尔从她的手腕感觉出她头一回开始担心了。只是还在硬撑。不过她错了。

"他们并不想杀你，"他说。"否则在空地那儿就可以动手了，干吗要费力气把你扔进这辆该死的货车？还有你的拐杖。"

"我的拐杖怎么了？"她问。

"没道理的，"他解释。"要是他们打算把你干掉，又何苦把拐杖扔进来？你是人质，霍莉，说真的。你肯定从没见过这帮家伙？一个都没见过吗？"

"从没有，"她答道。"我一点儿也不知道他们到底都是些什么人，到底想干什么。"

他凝视着她。否定语气过于坚决，她肯定没对他说实话。两人双双沉默了一阵，身体被车子颠得左摇右晃。雷切尔移开目光，他能感觉到身旁的霍莉正在做决定。她侧过身来。

"我得把你从这儿弄出去。"她开口说。

他瞥了她一眼，露齿一笑。

"这话我爱听,霍莉,"他答。"越快越好。"

"什么时候会有人注意到你不见了?"她问。

这个问题他宁愿不回答,不过她目光灼灼,等他的回话。他沉吟片刻,决定实话实说。

"永远不会。"

"怎么会?"她反问。"你到底是谁,雷切尔?"

他看着她,耸耸肩。

"谁也不是。"

她继续探询地盯着他,也许有些着恼。

"好吧,怎么个谁也不是?"她不屈不挠。

曼菲斯·史利姆的歌声又在他脑海中响了起来:我不得不在钢铁厂苦干。

"我是个看门的,"他答道。"芝加哥一家夜总会。"

"哪一间?"

"城南的一家布鲁斯夜总会,"他说。"你不见得听说过。"

她看看他,摇了摇头。

"看门的?"她说。"身为看门人,你还真算冷静。"

"看门人得处理许多不寻常的情况。"他答道。

她仿佛相信了他的说辞。这时雷切尔低头看看腕表,时间是下午两点半。

"那么还有多久会有人发现你失踪了?"他问。

她看了看表,扮了个鬼脸。

"还得好一会儿,"她说。"下午五点有一个案例讨论会。之前没有其他安排。所以还有两个半小时才会有人发现我失踪。"

4

二楼角落那间只剩框架的房间里,第二层框架慢慢成形。材料用的是全新的软木条,长四寸、宽二寸的规格,用传统的方式钉在一起,看上去就像旧房间里又长出了一间新房间。不过新房间的长宽高比旧的都要短上一英尺。

新房间的桁条用一根根一尺长的软木桩垫高，看上去就像一丛超短的高跷，地板就铺在上面。当然周围还会钉上更多的短木桩加以固定。因为用的是全新的软木，新的框架呈现出亮黄色，在原有的烟黄色桁条衬托下，显得格外耀眼。一切看上去就像一副腐烂的骨架里突然生出了新骨。

三个木匠正在忙碌，灵巧地从这根桁条跨到那根，显得经验丰富。而且他们速度很快，因为合同规定必须按时完成，雇主特别强调过这一点。确实有点儿赶，不过他们没有一句怨言。第一轮出价对方就接受了，里面本来留了很大的讨价还价的余地。可对方根本没讲价，一口就答应下来。当时他只是点点头，嘱咐他们只要屋子拆好了就立刻开始。这年头活儿都不好找，更别提一口就答应你第一轮出价的雇主了。所以三人都欣欣然地开始干活，任劳任怨，加班也无所谓，迫切地希望给雇主留下良好的第一印象，后面可能还有更多的活儿。

也因为这个，他们使出了看家本领。为了做到每一步精准无误，他们拿着工具和木条爬上爬下，细心比划角度，用指甲划出线条，又钉钉子又锯木条，累得一身大汗。他们还时不时停下来检查新旧框架之间的距离。雇主说得非常清楚，旧的框架有六英寸深，新的应该是四英寸，之间的距离必须正好十二英寸，整整一英尺。

"六寸，四寸，十二寸，"其中一人说。"一共二十二寸。"

"行吗？"第二个人问他们的头儿。

"棒极了，"他们的头儿回答。"不多不少正正好。"

5

霍莉·约翰逊五点钟的案例讨论会被安排在联邦调查局芝加哥分部的三楼会议室里。会议室很宽敞，超过四十英尺长，二十英尺宽，正中央放了一张超长的会议桌，两边各围了十五把椅子。皮椅看上去非常结实，会议桌也是上好的硬木材质，但只要看到脏兮兮的政府专用墙纸和廉价的地毯，任何以为这是一间公司董事长办公室的念头都会即刻被打消。九十平方码的地板上铺的地毯全加起来恐怕都抵不上一把椅子的价钱。

下午五点，夏日的阳光从窗户直射进来，给所有进屋的人出了一道选择题。如果他们坐在面对窗户的那一面，阳光会太晃眼，他们只能眯缝着眼睛坚持开完整个会议，最后的结果就是头疼眼花。另一方面，空调的劲道抵消不了阳光的热力，所以说如果他们坐在背对窗户的一边，会被烤得很难受，而且会开始担心早上用的止汗香体露能否坚持到下午五点。真是道棘手的选择题，不过首要问题是避免头疼，那么只好冒被烤昏的危险了。所以先来的人选择坐在面对窗户的一边。

最先到场的是联邦调查局的金融案件律师。他迟疑了一下，心里盘算这个会大概会开多长。也许四十五分钟吧，他了解霍莉。于是他转身走过去，想看看哪把椅子能享受到窗棂下的些许阴凉。窗棂投下的阴影正好落在左数第三个位子的左边，而且随着时间推移会朝桌头挪去。他把文件夹扔在左数第二把椅子前的办公桌上，抖掉身上的夹克衫，搭在椅背上，表明此位有人。然后他转身踱到屋子顶里头的餐具柜边，给自己倒了一杯咖啡。

陆续又到了两名探员，他们负责的案件和霍莉·约翰逊那摊子破事儿有些关联。他们朝律师点点头，见他占好位置，意识到窗边剩下的十四个位子反正都会一样热，挑挑拣拣也没什么意思，于是把文件夹扔在了最近的两个位子前面，然后也去倒咖啡。

"她还没到？"其中一个问律师。

"一整天都没见着她。"律师回答。

"真遗憾，啊？"另一个探员问。

霍莉·约翰逊虽然刚来没多久，但很有能力，颇受同事欢迎。过去，调查局一点儿不愿意去追捕那些如今被霍莉盯准的无良富商。但是时过境迁，现如今芝加哥分部对此已经有相当兴趣。那些富人个个都是卑鄙无耻之徒，探员们回家乘火车如果看见他们都会想吐，都会纷纷赶在接近那些银行家、证券交易师聚居的高档住宅区之前提前下站。因为看见他们，探员们会禁不住想到自己抵押贷款买来的房子，甚至要打第二份工才能还清贷款，而自己这么多年兢兢业业地工作，最后只能从政府那儿拿到一笔少得可怜的养老金。相反，那些总裁们只是沾沾自喜地坐收渔利。于是乎，当一两个富商被拉下马时，局里已经非常高兴。而当一、两个变成了十个、二十个，最后上百个时，简直是群情激奋。

惟一的障碍是取证艰难，也许比任何其他案子的难度都大。不过霍莉·约翰逊的加盟让这点变得简单许多。她简直是个天才，只消扫一眼资产负债表就能看出有没有问题，仿佛她能闻出来似的。她会坐在桌子边，侧着头浏览文件，仔细思考，有时甚至会想上几个小时。但只要她一想完，就一定会明白到底是怎么回事儿。然后会在案例讨论会上向所有人解释清楚,抽丝剥茧,深入浅出,等她说完,没人会再提出疑点。她让事情向好的方向进展,她让深夜下班乘火车回家的同事感觉舒服了许多,这些都为她赢得了好人缘。

第四个到三楼会议室的探员是米罗塞维奇,是在霍莉养伤期间专门指派给她,帮她跑跑腿拎拎东西的人。米罗塞维奇中等身材,操一口不算明显的西海岸口音,四十岁不到,休闲打扮,穿的是昂贵的品牌卡其,脖子和手腕上都戴着金链。他也是刚被调到芝加哥分部,因为这儿特别需要金融方面的人才。他加入到倒咖啡的行列,扫了一圈会议室。

"她迟到了?"他问。

律师冲他耸耸肩,米罗塞维奇以同样的姿势作答。他挺喜欢霍莉·约翰逊的。自打霍莉踢足球受伤之后,他就和她共事,算起来已经五个礼拜,而每一分钟都很开心。

"她几乎从来都不迟到的。"他说。

第五个进来的是布罗根,霍莉的部门主管。爱尔兰裔,波士顿人,此前在加利福尼亚工作。他刚刚步入中年,黑发红肤,典型的爱尔兰面孔。身材强壮,穿着一身帅气的高档丝质夹克衫,一副壮志绸缪的样子。他和米罗塞维奇差不多同一时间被调到芝加哥,但他很不乐意,因为芝加哥不是纽约。他一直在寻求升迁机会,而且自信能够得到,所以有传闻他把霍莉招至麾下是为了增加筹码。

"她还没来?"他问。

另外四个人冲他耸耸肩。

"我得好好骂骂她。"布罗根说。

霍莉在申请联邦调查局的职位之前是华尔街上的股票分析师。没人知道她为什么要换工作。她在上面有关系,父亲好像是个大人物,于是有人猜测她这么做是为了吸引她父亲的注意。当然,也没人知道她父亲到底有没有注意,但似乎他绝对应该这么做。霍莉申请那一年,还有另外一万名竞争对手,而在最终录取的四百个人当中,她名列前茅。真算得上是人才中的人才。以前调查局一直想招法律或会计专业的大学毕业生,如果专业逊色一点,至少也要有三年以上的工作经验。而霍莉无论哪个方面的条件都符合。耶鲁的会计本科,哈佛的硕士,之后又在华尔街工作了三年。她在智力测验和潜能测试中独占鳌头,让面试她的三名主考探员交口称赞。

背景调查通过得也异常顺利。当然，鉴于她在上面的关系，这并不难理解。之后她就被送到坐落在弗吉尼亚州宽提科的联邦调查局培训学院。再后来，她全力以赴，锻炼身体，学习射击。领导才能课程对她易如反掌，在霍根走廊①里的模拟射击战中又拔得头筹。但是她最大的成功之处在于她的态度。她同时做成了两件事。其一，她立刻全身心地融入了联邦调查局的文化，每个人都能看出她愿意为调查局生，也愿意为调查局死。其二，她的决心并没有特别张扬，坚毅态度中总带有几分自嘲的幽默，不会惹人讨厌。于是，大家都喜欢上了她。所以毫无疑问，调查局这回捡到了一块宝，他们把她派到了芝加哥之后就开始坐等好消息了。

　　最后到三楼会议室的是十三名探员和他们的总负责人麦格洛斯。麦格洛斯被他的手下簇拥在中间，一路走一路做政策回顾，手下们全都侧耳倾听，一字不落。无论从哪个方面讲，麦格洛斯都是绝对的权威。他曾经在总部工作过，在胡佛大楼里待了三年，做到了联邦调查局的局长助理，可后来他自动请调回地方办事处，付出了年薪少一万美元的代价。不过回报也相当丰厚，他重新回到了理智平和的状态，同时赢得了同事无尽的崇拜与近乎盲目的热爱。

　　地方办事处的负责人就像一艘战舰的船长。理论上讲，他上面还有各层领导，但那些领导远在几千里之外的华盛顿，也只是名义上的罢了，他这个负责人才是名副其实的，指挥起他的部队来就好似上帝一般。那就是整个芝加哥分局眼中的麦格洛斯。当然，他的言行并没有丝毫减损这种崇拜之情。他高高在上，却也平易近人；他喜好独处，却也让他的手下感到他会为他们的福祉倾尽全力。他身材短小精悍，但每一寸都透出无穷精力，浑然自信的气质就像那种一现身就让众人折服的船长。他名叫保罗，但人人都称他马克，马克牌卡车的马克。

　　他和十三名探员坐下来。其中十人挑了背靠窗户的位子，剩下三人只得忍受刺眼的阳光。麦格洛斯拉出一把椅子放在桌头，打算留给霍莉。然后他自己走到另一头，拉出一把椅子坐下来，阳光从侧面照射过来。他开始

―――――――――

　　①　霍根走廊（Hogan's Alley），位于美国联邦调查局的训练中心里，是占地数英亩、模仿美国典型城镇建造的几个街区，里面有电影院、医院、商店、银行、邮局、加油站等等，是实战演练场地。

有些担心。

"她到哪儿去了?"他问。"布罗根?"

部门主观耸耸肩,双手一摊。

"她应该已经坐在这儿了,起码就我所知。"布罗根答道。

"她有留下什么口信吗?"麦格洛斯又问。"米罗塞维奇?"

米罗塞维奇和其他十五个探员,连同局里的律师,同时耸肩摇头。麦格洛斯愈发担忧了。人人都有自己的行事风格。虽然霍莉只是迟到了一两分钟,但已经和她平时的作风大相径庭,已经足够敲响警钟了。过去的八个月里,他从没见过她迟到,从来没有。其他人也许会开会迟来个五分钟,没人会奇怪,因为那是他们的风格。但不是霍莉的。下午五点零三分,麦格洛斯盯着属于霍莉的空位,心里明白出事儿了。他站起身,走到对面的餐具柜前,拿起咖啡机边的电话,拨通他的办公室。

"霍莉·约翰逊打过电话来吗?"他问秘书。

"没有,马克。"对方答。

他挂下电话,又重新拿起话筒拨通了一楼前台。

"霍莉·约翰逊有没有留下什么口信?"他问门卫。

"没有,长官,"门卫答道。"没见着她吗?"

他又按了一个键,这回接通了总机。

"霍莉·约翰逊打过电话来吗?"他问。

"没有,先生。"总机接线员回答。

他拿着电话,使眼色让人递过来纸笔,然后开口问总机接线员。

"告诉我她的寻呼机和手机号码,谢谢。"

对方说出了一串数字,他记下,挂掉电话,拨通霍莉的寻呼机号码。一声长音后,他被告知寻呼机已关机。于是又键入她的手机号码,这回哔地一声,一个预录的女声彬彬有礼地告知他拨打的用户暂时无法接通。他只好挂上电话,环视了房间一圈。此时恰是周一下午五点十分。

6

货车减速时,雷切尔的表上正好显示下午六点三十分。他们已经高速行驶了六小时又四分钟,时速估计达到了五十五到六十英里。车厢变得极热,不过现在已经渐渐凉下来。闷罐车厢里十分昏暗,霍莉·约翰逊坐在轮盘的另一边,他俩都被货车颠得左摇右晃。雷切尔在脑中想象出一幅地图,默默计算。估计已经走了三百九十英里,但问题是他并不清楚货车的行驶方向。如果他们在朝东开,那么现在应该已经穿过印第安纳,刚出俄亥俄的州界,正进入宾夕法尼亚州或者西弗吉尼亚。要是在朝南走,那么他们已经离开伊里诺伊州进入密苏里或者肯塔基了,甚至已经到了田纳西,倘若他低估了时速。向西开,他们正在横穿爱荷华州。当然他们也可能从密歇根湖的南部绕上去,直接进入密歇根州。甚至还可能直接向北开,那样的话,他们应该接近明尼阿波利斯市①了。

但他们一定到了什么地方,因为货车开始慢慢减速。突然车子向右打弯,就像在高速公路上临时停车似的,发动机发出刺耳的尖叫,车身重重轧过路肩。回转力太大,他们同时向车厢一侧滑了过去,霍莉的拐杖哐啷撞在车厢壁上。货车尖啸着开下一段斜坡,略停了一会儿,估计是十字路口,然后加速、急刹车、向左转弯,最后开到一段颠簸的路面,慢速行驶了一刻钟。

"像是什么地方的农村。"雷切尔说。

"显然是,"霍莉说。"可到底是什么地方?"

昏暗中雷切尔朝她耸耸肩。货车继续减速,右转,这段路面更加糟糕,在颠簸了大约一百五十码后货车最终停下来。雷切尔听见前面驾驶室的门被打开,发动机还在隆隆转动,驾驶室门砰地关上,紧接着是大门打开的声音,货车慢慢开了进去。低沉的发动机轰鸣回荡在金属墙壁间。接下来又一声门响,发动机声变大,然后戛然而止。一切陷入寂静。

"我们好像在什么畜棚里,"雷切尔说。"门关上了。"

霍莉不耐烦地点点头。

"我知道,"她说。"是牛棚,我闻得出来。"

车外传来低沉的对话声,接着有人走近车厢。钥匙转动,门把一扭,车厢门猛地打开,一阵眩目的亮光立刻倾泻进来,逼得雷切尔连忙眨眼。三个男人映入眼帘,其中两个举着格洛克手枪,最后一个端着一杆霰弹枪。

"出来。"领头的命令道。

他们双手铐在一起,勉强爬出来。真不容易!两人蜷在车厢里整整六个小时,为了保持平衡一直抵住轮盘,结果就是肌肉僵硬,浑身酸疼。霍莉

① 明尼阿波利斯市(Minneapolis),美国北部明尼苏达州的首府。

的膝盖整个失去了知觉,雷切尔回头想找回她的拐杖。

"把它留在那儿,混蛋!"领头的吆喝道。

他的声音显得疲惫急躁。雷切尔平静地瞥了他一眼,耸耸肩。霍莉试着把重心放在腿上,立刻疼得倒抽一口凉气,只得作罢。她淡淡地看了雷切尔一眼,仿佛他只是一棵树,然后伸出没被铐上的左手,紧紧环住他的脖子。只有这样她才能站直。

"对不起,谢谢。"她低喃道。

领头的举起格洛克手枪,朝左边指了指。他们的确在一个大牛棚里面。牛已经被牵走了,不过从气味判断,肯定刚离开不久。货车停在中间的过道上,两边是一间间整齐宽敞的牛厩,用焊接起来的镀锌钢管搭成。雷切尔转身扶住霍莉的腰部,两人一瘸一拐地向领头的家伙指着的牛厩走过去。霍莉抓住栏杆,非常尴尬。

"不好意思。"她又喃喃道歉。

雷切尔点点头,等在一旁。司机端着霰弹枪指着他俩,领头的则走出大门。开门的一刹那,雷切尔瞥见昏暗的天空,浓云密布。还是不知道到底在哪儿。

领头的离开了五分钟。牛棚里一片寂静。那两个家伙一动不动,拿着格洛克手枪的神经质老兄凝视着雷切尔的脸,而那个拿霰弹枪的司机则目不转睛地盯着霍莉的胸部,浮出若隐若现的微笑。没有人说话。过了一会儿,领头的重新跨进牛棚,手里又拿了一副手铐,还有两根粗铁链。

"你们正在犯严重的错误,"霍莉开口说。"我是联邦调查局的探员。"

"我知道,贱人,"那家伙回答。"现在给我闭嘴。"

"你们犯的是重罪。"霍莉又说。

"我知道,贱人,"那家伙把原话重复了一遍,接着又说。"现在我让你闭嘴。再说一个字,我就把你旁边老弟的脑袋一枪轰掉。今晚你只能和一具死尸铐在一块儿了,明白了吗?"

他没再说话,直到她沉默地点点头。举霰弹枪的司机走到他俩身后,领头的解开了他们的手铐,把铁链的一端绕过畜栏的栏杆,锁好,又把另一头锁在悬荡在雷切尔左腕的另一半手铐上。他用力拉了拉铁链,检查是否锁牢,然后把霍莉拖到两个牛厩之外,用另一副手铐和铁链把她也锁在了畜栏上,与雷切尔相距约摸二十英尺。霍莉膝盖一软,重重地跌坐一垛污秽的稻草上,疼得连喘粗气。领头的也不搭理她,径直走到雷切尔身边,站在他的正前方。

"你到底是什么人,混蛋?"他问。

雷切尔没有回答。他知道两副手铐的钥匙就在对面家伙的口袋里;他知道仅需一秒半他就能用锁在左腕上的铁链绕住他的脖子。但另外两人他没法对付。一把格洛克,一杆霰弹枪,解开他的手铐之前跟本够不着他们,而且距离太近,在他们开枪之前也不可能有机会解开手铐。毕竟对方是配合还算默契的三人组合。思前想后,他只得耸耸肩,低头看了看脚下的干草堆。全是牛粪。

"该死的,我在问你话。"领头的说。

雷切尔看着他,眼角瞟见神经质老兄慢慢把手上的格洛克抬高一两度。

"我问你话呢,混蛋。"领头的又说了一遍,语气平静。

神经质老兄的手枪向前伸出去,举到与肩平齐,枪口对准雷切尔的脑袋。枪管仍在微颤,不过幅度还不至于大得失了准头,更何况距离还如此之近。雷切尔把视线转向另一个。举霰弹枪的司机已经把注意力从霍莉的胸部撤回,霰弹枪与他的臀部平齐,枪口正对雷切尔。那是一杆伊萨卡37式霰弹枪,十二号口径,五发子弹,手枪式握把,没有肩部枪托。司机转动了一圈枪膛,咔嗒的机械声在空旷的牛棚里显得特别响亮,在金属墙壁间回荡几声后沉寂下去。雷切尔注意到扳机稍稍移动了八分之一英寸。

"你叫什么名字?"领头的又问。

扳机又移动了八分之一英寸。按照射程判断,子弹一出枪膛,雷切尔的双腿和大部分腹部都保不住。

"叫什么名字?"领头的又问了一遍。

只是一杆十二号口径的霰弹枪,不会立刻要他的命,但是他会躺在肮脏的干草堆上流血至死。被打穿股动脉,整个过程大概只需一分钟,最多一分半。这种情况下,硬扛着不说出名字就有些矫情。

"杰克·雷切尔。"他答道。

领头的得意地点点头,仿佛获得了胜利。

"你认识这个贱人吗?"他问。

雷切尔望向霍莉。

"比跟某些人熟一点儿,"他答道。"我和她铐在一起待了六个小时。"

"你别自作聪明,混蛋!"领头的大怒。

雷切尔摇摇头。

"我不过是个无辜的路人，"他说。"以前从来没见过她。"

"你是联邦调查局的人吗？"领头的又问。

雷切尔再次摇摇头。

"我是个看门人，在芝加哥一家布鲁斯夜总会打工。"

"你说的是实话，混蛋？"对方问。

雷切尔点点头。

"当然，"他答道。"我还算聪明，还没忘记糊口的行当。"

众人沉默了好一会儿，紧张的气氛弥漫在空气中。终于，神经质老兄改变开枪姿势，举着霰弹枪的司机也把枪口冲下，扭过头继续盯着霍莉的胸部。领头的朝雷切尔点点头。

"好吧，混蛋，"他说。"你乖乖的，暂时能保住小命。那贱人也是。谁也不会有事儿，至少暂时不会。"

三人从牛棚中间的过道走了出去。趁着大门锁上之前，雷切尔再次朝外瞥去。天色更暗了，浓云还没散去，没有一颗星星，也没有一丝线索。他试着拽了拽铁链。铁链一头牢牢锁着他的手铐，另一端拴在畜栏上，约有七英尺长。他听见霍莉也正拉紧链条，测试自己的活动半径。

"你能不能把头扭过去？"她大声询问。

"为什么？"他反问。

对方犹豫了一下，接着叹口气，半是尴尬半是恼怒。

"你真的需要问原因吗？"她大声说。"我们在车上待了整整六个小时，而且车上没有厕所，不是吗？"

"你要去旁边的牛厩吗？"他说。

"那还用问？"她答道。

"好吧，"他说。"右边的归你，左边的归我，你不偷看，我就不偷看。"

一个小时之内，三人带着食物回来。盛在铁饭盒里的炖牛肉，一人一份。牛肉很少，几乎全是咬不动的胡萝卜。看来不管他们到底是什么人，烹饪绝对不是他们的长项，这一点雷切尔毫不怀疑。他们又递过来一人一搪瓷杯的咖啡，味道出奇的寡淡。接着他们上了卡车，启动发动机，倒出牛棚。灯被关掉。在大门关上之前雷切尔瞥见门外的空旷。最后他们锁上门，把囚犯留在了漆黑的寂静中。

"他们去加油站了，"霍莉在二十英尺之外对他说。"下面还得赶路，车子要加油。我们不能待在车厢里,他们觉得我们会拍打车厢喊救命的。"

雷切尔点头表示同意,仰头喝完咖啡,然后用干草把叉子蹭干净,弯下一面的尖头,指甲稍稍用力,尖头的顶端即被拗成钩状。他用临时做成的钩子挑开了手铐的锁,从头到尾,只花了十八秒。他脱掉手铐和铁链,走到霍莉面前,弯下腰挑开了她的手铐。十二秒。扶她站起身。

"看门人,啊?"她问。

"没错儿,"他答道。"走,先四处看看去。"

"我走不了,"她答道。"拐杖还在该死的货车里。"

雷切尔了然地点点头。她倚在栏杆上,站在原地。他绕着空荡荡的牛棚巡视一圈。金属构造非常结实,用的是搭建畜栏的那种镀锌钢管。大门从外面反锁,大概用的是一块钢制的大号挂锁。要是他能够着挂锁的话一切都好办,问题是他人在里面,而挂锁在外。

坚固的直角凸缘镶在墙壁和地板交界处,牢牢钉在水泥地上。墙壁用大约三十英尺长、四英尺高的金属板搭成,板与板之间钉着更多直角的凸缘条,每根凸出六英寸左右,整块墙壁看上去就像一架巨型的梯子,每隔四英尺有一级踏脚阶。

他灵巧地攀上凸缘条,一级一级爬上去。出路就在七级台阶之上的墙顶。离地面二十八英尺的墙顶和斜面屋顶之间有一处通风口,约摸十八英寸高,他能像旧式的跳高运动员那样从通风口翻过去,纵身跳下二十多英尺的高度。

他能做到,但霍莉·约翰逊不能。她甚至都没法走到墙边,不可能爬上来,更不可能翻出通风口从二十多英尺的高度跳下,那只会再摔伤一次已经受损的十字韧带。

"你快走,"她冲他喊道。"快离开这儿,立刻!"

他没理会她,只是透过通风口朝外面的黑暗张望出去。屋檐挡住了他的视线,目力所及只是一片昏朦朦的旷野。他爬下墙,又陆续攀上另外三面。第二面墙外面的景色与先前所见无异,第三面墙外坐落着一间白色瓦片的农舍,两扇窗户里亮着灯。第四面墙外面则是一条一百五十码左右的农场车道,笔直通向远处的旷野。这时,远处若隐若现射来两道光束,越靠越近。是货车开回来了。

"能看出我们在哪儿吗?"霍莉大声问。

"看不出,"雷切尔回答。"某个地方的农村。兴许是任何地方。什么地方会又养牛又种地？"

"外面是山丘？"霍莉又问。"还是平原？"

"看不出来，"雷切尔答道。"太黑了。可能有些山丘吧。"

"那可能是宾夕法尼亚，"霍莉推测。"那儿有山，也养牛。"

雷切尔爬下第四面墙，回到她的牛厩。

"快离开这儿，看在上帝的分上，"她焦急地催促。"赶快去报警。"

他摇摇头。货车已经慢慢开上农场车道。

"也许这并不是最佳选择。"他答道。

她盯着他。

"该死，谁给你选择来着？"她说。"我是在命令你。你是平民，我是联邦调查局探员，我命令你立刻离开这里。"

雷切尔只是站在原地，耸耸肩。

"我在命令你，听见没有？"霍莉又说。"你难道不遵守命令吗？"

雷切尔摇摇头。

"没这打算。"他答。

她怒气冲冲地盯着他。货车已经开了回来，隆隆的发动机声从外面的车道传来。雷切尔麻利地重新锁好霍莉的手铐，跑回自己的牛厩。外面车门被砰地关上，脚步声传来。雷切尔把自己的手腕重新铐上手铐，扳直叉子。当牛棚大门打开、微光照进时，他已经安静地坐在干草堆上了。

7

一辆敞蓬小货车把用来填充内外墙之间二十二英寸空隙的材料从仓库运到现场。整整一吨材料来回四趟才运完。一个八人小组负责整个搬运过程，他们站成一列，就像以前传水救火的消防员，把一个个盒子传进屋内，传上二楼。盒子整齐堆放在改建房间外面的走廊上，三个木匠轮流拆开盒子，把里面的东西搬进房间，小心翼翼地填进新框架的后面。只有这时房外的搬运工才能够稍微停顿一会儿，偷得片刻休息。

东西很多，况且搬运过程得特别小心，所以整个工程花了一个下午的时间。当最后四盒材料送到走廊上后，八名搬运工四下散去。七人去了食堂。第八个工人在斜阳下舒展了一下身体，散步去了。这是他的习惯，平均每个礼拜有四、五回他都会独自一人去散步,尤其是在辛苦工作了一天以后。大家都揣测这是他特有的放松方式。

他慢慢踱进树林。四周阒寂。他沿着林间小道朝西走了大约半里地,然后停下脚步,又伸了一个懒腰,仿佛累了一天想要放松一下酸疼的腰背。他弯下腰,转了几圈,同时环顾周遭的情况,确定无人后他侧身踏进了小道旁的树丛。悠闲的步伐换成快步行走。他拨开树枝,先朝西走,绕了一大圈,接着转向北面,最后走到一棵大树旁。树下有一块扁平的石头,上面铺着厚厚的松针。他停下脚步,侧耳倾听片刻,然后弯下腰把石头移向一边。石头下面露出一块包裹在油布里的方形物品。他打开油布,拿出一个便携式的半导体,拉出短天线,按下按钮,稍等片刻后他轻声说出令人兴奋的消息。

工地上安静下来时,雇主再次出现。这回他又带来了奇怪的新指示。三名木匠什么问题也没问,只是仔细听着。毕竟他是老板,想怎么样就怎么样。新指示意味着一部分的工作得返工,不过鉴于优厚的酬劳,这不是大问题。而当雇主慷慨允诺了额外奖金之后,就更加什么问题都没了。

三名木匠手脚很快,提前完工,不过那时已经到了晚上。最年轻的那个留在最后,卷起绳索,收拾工具,而领头的和另一个则先上了车,向北开去。开到雇主告诉他们的地方,他们下车静候。

“在这儿,”一个声音喊道。是雇主。“到后面来。”

他们走了进去。地方很黑。雇主站在阴影下,正等着他们。

“这些木板还有用吗?”雇主问。

后面堆着一堆松木木板。

“都是上好的木材,”雇主又说。“也许你们用得着,比方说回收再利用什么的。”

木板旁边还有其他东西,两个木匠望过去,是微微隆起的奇怪形状。他们紧紧盯着隆起的奇怪形状,两人对视了一眼立刻转身想逃。雇主的脸上扯出一丝狞笑,举起一把深黑色的电锯。

联邦调查局远程卫星站的值班探员还算聪明,立刻意识到接收到的是一条重要情报。他并不明白为什么会那么重要,但是通常情况下卧底探员不会无缘无故冒险从隐蔽的位置发送情报。所以他立即把具体内容输入了联邦调查局的信息系统。信息迅速通过网络进入到安放在华盛顿总部胡佛大楼一楼的大型主机系统。胡佛大楼的数据库每天都要接收成千上万条信息，所以调查局的筛选软件花了很长时间提取关键字。等一系列程序完成，信息即刻被列在信息栏的顶端。

几乎就在同时，系统记录到一条芝加哥分局发过来的信息。发信人是分局负责人麦格洛斯。报告称他有一名手下失踪，特殊探员霍莉·约翰逊，最后一次出现是芝加哥时间中午十二点。现在所在的具体地点未知，尝试联络未果。而由于霍莉·约翰逊身份特殊，该报告被设为最高机密，任何人都无权浏览，只有坐在大楼顶层局长办公室里的那位例外。

晚上七点三十分，联邦调查局的局长刚刚开完一个预算讨论会。他走回自己的办公室，开始查看信息记录。他名叫哈兰·韦博，已经为调查局效力了三十六个年头，局长任期只剩最后一年，之后他将光荣退休。所以他不想惹任何麻烦。然而此时此刻，他看见麻烦竟然就在电脑屏幕上闪烁。他点击进入报告内容，从头到尾读了两遍，对着电脑屏幕长叹一口气。

"该死，"他连声诅咒。"该死，该死，该死！"

芝加哥麦格洛斯发过来的报告应该算不上韦博三十六年调查局生涯中碰到过的最糟糕的，但也已经接近。他按下办公桌上的对讲机，接通了他的秘书。

"帮我拨通芝加哥的麦格洛斯。"他说。

"他就在线上，"秘书告诉他。"他一直在等您。"

韦博轻声咒骂一句，接通了线路一，按下免提键后靠在椅背上。

"马克？"他说。"有什么推测？"

麦格洛斯的声音从芝加哥传来，异常清晰。

"您好，局长，"他说。"暂时还没有。也许我们担心得太早，可她没按时出现，我有一种不好的预感。您明白那种感觉。"

"当然，马克，"韦博回答。"那有什么事实要告诉我的？"

"我们没有掌握任何事实，"麦格洛斯说。"五点钟的案例讨论会她没来开，我觉得有些异常。而且她没留下任何口信，寻呼机和手机都无法接通。我问了一圈，大家最后一次看见她是中午十二点左右。"

"早上她来办公室了吗？"韦博问。

"一早上都在。"麦格洛斯答。

"五点之前有没有约会？"韦博又问。

"她的行事日程上没有，"麦格洛斯说。"我不知道她在干什么，也不清楚她在哪儿做事。"

"上帝，马克，"韦博说。"你应该照顾好她的，你应该阻止她上街，该死。"

"那是她的午休时间，"麦格洛斯答道。"见鬼，我又能怎么样？"

局长办公室陷入沉默，只剩下电话扩音器轻微嗡鸣。韦博的手指重重敲在办公桌上。

"她都在忙什么案子？"他问。

"别问这个，"麦格洛斯答道。"我们完全有理由相信这和她手头上的案子没关系，对不对？以她的情况，这种揣测根本讲不通。"

韦博暗自点头。

"对，她的情况，我猜我得同意，"他说。"那么我们还能找到什么？"

"她受了伤，"麦格洛斯提议。"踢足球伤了韧带。所以我们猜想也许她在街上摔倒被送进了急诊室。我们正在查所有医院。"

韦博又轻咒一声。

"或者她有个男朋友，我们不知道而已，"麦格洛斯接着说。"说不定正在某家汽车旅馆里缠绵。"

"整整六个小时？"韦博反问。"要真是这样就好了。"

对方再次陷入沉默。片刻之后，韦博倾身向前。

"好吧，马克，"他开口说。"你知道什么该做什么不该做，尤其像她这样的情况，对不对？随时联络我。现在我得亲自去趟五角大楼，一个小时以后回来。那时候如有必要你直接打电话给我。"

韦博挂了电话，请秘书帮他叫了车，然后乘着专用电梯下楼，走到地下停车场，见到已经等在那儿的司机，两人一道上了局长专用的豪华防弹轿车。

"五角大楼。"韦博吩咐司机。

六月星期一的晚上，路上不算堵，两英里半的距离开了十一分钟。在路上，韦博用手机打了好几通紧急电话。实际上他要找的人都在附近，巴掌大的一块地方，或许他扯开嗓门大喊几声就行。豪华轿车驶进五角大楼的入口，一名哨兵走上前。韦博关上电话，摇下窗户。常规的身份验证程序。

"联邦调查局局长，"他说。"来见参谋长联席会议主席。"

　　哨兵行了个军礼,挥挥手,示意轿车开进去。韦博摇上窗户,等司机停稳之后,开门下车,隐蔽地从员工门进入大楼,径直走向主席办公室。主席秘书正等着他。

　　"请直接进去,先生,"她说。"将军马上就到。"

　　韦博走进主席的办公室,并没有坐下。窗外的夜景非常壮观,惟独被染上了一层奇怪的金属光泽。窗户用的是迈拉牌防弹玻璃,从外面望不进来。窗外的景色很美,可惜窗户正对大楼入口,不得不采取这样的防护措施。韦博看见自己的轿车,司机立在车旁等待。波拖马可河以及对面的国会山一并映入眼帘,潮汐湖里泛着几只帆船,落日的最后几缕余晖撒在船身上。办公室景色还真不赖,韦博心想,至少比我的好。

　　和参谋长联席会议主席会面对联邦调查局局长来说一直是个难题,也算是华府政治中的怪事一桩,因为他们之间缺少严格的等级。谁的官位更高呢? 二人均为总统钦点,与总统之间只隔一个人,国防部长或者最高法院大法官。参谋长联席会议主席是这个国家军队的最高职位,而联邦调查局的局长则是执法机关的最高职位。所以两人在各自的部门里都已经爬到了最高。可到底谁的职位更高呢? 这个问题一直困扰着韦博,而到最后,它变得如鲠在喉,因为韦博心里明白,对方的职位更高。他掌管二十亿美元的预算,两万五千名手下听从他的号令。而主席掌管的预算达到两千亿美元,统辖着近一百万人。如果算上国民警卫队和预备役军人,则将近两百万。主席每个礼拜都会面见总统,而韦博一年也只有两次,如果足够幸运的话。所以难怪这家伙的办公室更好。

　　主席本人也让人印象深刻。一位仕途出奇顺畅的四星上将。没有背景,却在军队一路扶摇直上,速度快得连裁缝都几乎来不及为他的军服缝上绶带,一身的勋章都快把他压垮。再后来,他被调到了华盛顿,又闯出了一片天地,坐到了现在的位置,顺利地就像完成一个个战斗目标。正在寻思的当口,门外响起脚步声,韦博连忙转身问候正走进房间的主席。

　　"您好,将军。"他说。

　　主席连忙挥挥手,咧嘴一笑。

　　"你想买导弹吗?"他说。

　　韦博一愣。

　　"您卖导弹?"他问。"什么型号的?"

　　主席微笑着摇摇头。

"开玩笑罢了,"他回答。"都是限制军备惹出来的好事儿。俄国人放弃了西伯利亚一处轰炸机基地,所以我们也得相应销毁几颗导弹。遵守公约,不得不公平竞争,对不对?大点儿的我们就卖给以色列了,可手头上还剩下几百颗小的,你瞧,那种'毒刺'肩射式地对空导弹,全都过剩了。有时候我想干脆卖给毒贩子得了。可上帝知道,他们其他什么都不缺,其中大多数武器装备比我们还先进。"

主席边说边走到他的位子前坐下。韦博点头。总统也是同样的风格,面对面谈话前先讲个笑话,说件轻松的趣事,打破沉默后再进入正题。主席靠在椅背上,微微一笑。

"说吧,我能为你做些什么,局长?"他问。

"刚从芝加哥接到报告,"韦博说。"您女儿失踪了。"

8

午夜之前,芝加哥分局的三楼会议室摇身一变成为指挥中心。整晚联邦调查局的技术人员进进出出,接电话线,安装电脑终端,把显示屏在会议室中央的办公桌上排成一长条。午夜降临,凉爽寂静,窗外只剩一团漆黑,当然也就不用琢磨哪边的位子更好了。

十七名探员没有一人回家,全都瘫坐在椅子上。甚至局里的律师都没走,没什么特别原因,只是和其他人一样,他也认识到三件事情。调查局照顾自己人,这是其一;芝加哥分局照顾霍莉·约翰逊,这是其二。不是因为她在上面的关系,绝对不是。霍莉就是霍莉。而其三则是在这儿麦格洛斯最大,想怎样就怎样。如果麦格洛斯担心霍莉,那么他们所有人都担心,直到霍莉平安归来。所以他们都留在会议室,个个闷声不吭,提心吊胆。就在这时,麦格洛斯阔步走进会议室,兴奋的模样仿佛刚掉下来什么天大的喜事。

"好消息,各位,听我说,听着。"他大声说。

他走到桌头自己的位子。大家停止了小声议论,十八双眼睛齐刷刷盯着他。

"我们找到她了,"他高声宣布。"我们找到她了!她很好,没事儿。警报解除,各位,总算能松口气了。"

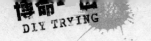

十八个人同时开始说话,每个人都急切地问着同一个问题。麦格洛斯挥手示意大家安静,仿佛他是集会上被提名的候选人。

"她在医院里,"他说。"实际情况是这样的,下午她的外科医生突然有了空档,就打电话让她立刻过去。他们直接推她进了手术室。现在她一切都好,正在康复,而且对自己引起的紧张混乱非常抱歉。"

十八个声音又同时响起。麦格洛斯让众人议论了一会儿后,再次示意安静。"好了,警报解除了,啊?"他笑着说。

众人总算把悬着的一颗心放下,议论声渐渐消失。

"行了,各位,回家睡个好觉,"麦格洛斯说。"明天又会是忙碌的一天!但是我很感谢各位留下来,也代表霍莉感谢各位的关心,这对她很重要。布罗根,米罗塞维奇,你们两个先留下来一会儿,得帮她分担一下这个礼拜的工作。其他人,晚安,做个好梦。再次感谢你们!"

十五名探员外加律师笑了起来,打了个呵欠后纷纷起身,高高兴兴地边议论边走出会议室。最后,房间里只剩下麦格洛斯、布罗根、米罗塞维奇三人,四散坐在位子上。会议室骤然安静下来,麦格洛斯走到门口,轻轻关上门,转身面对另外两人。

"全是瞎扯,"他说。"我肯定你们也猜到了。"

布罗根和米罗塞维奇只是定定地看着他。

"韦博打电话给我,"麦格洛斯继续说。"我也肯定你们猜到了原因。华盛顿非常、非常关切。他们现在急得像热锅上的蚂蚁。重要人物被绑架。现在韦博接手这件案子,亲自负责。他希望封锁消息,越少人知道越好,而且其他所有人都不要插手,除了我和两名助手。我挑了你们俩,因为你们和她最熟。所以就我们三个,直接和韦博联系,而且一个字都不能透出去,明白了吗?"

布罗根盯着他,点点头。接着米罗塞维奇也点头同意。他们都明白,除了自己没有更好的人选,但被麦格洛斯挑中本身也是一种荣耀。他们明白,麦格洛斯也知道他们明白,于是他俩再次坚定地点点头。接着三人都不吭气,麦格洛斯只是默默抽着烟。香烟袅袅地升上天花板。挂钟指针嘀嘀嗒嗒地挪向十二点半。

"好吧,"最终布罗根打破沉默。"现在怎么办?"

"我们整日整夜加班,"麦格洛斯说。"日日夜夜,每天每夜,直到把她找回来。"

说完他瞥了一眼其他两人，又考虑了一下自己的选择。他们三人应该算得上相当完备的队伍，优质组合。布罗根年纪稍长，更冷静。是个悲观主义者。按部就班的做事方式添上一点想象力，算得上可用之才。私生活比较混乱，一个女朋友和几个前妻花掉了他大把钞票，搅得他头昏脑胀，但从来没有影响工作。相反，米罗塞维奇年轻一些，经验不足，略嫌暴躁，但相当可靠。喜欢当跟班，但这不一定有错，也许算是缺点，但毕竟人人都有自己的爱好。他们俩的服役年数中等，跑过挺多地方，办过挺多案子，也抓了一些人。两人做事都能专心致志，从来没抱怨工作或者加班，甚至没抱怨过薪水。这点挺特别的。相当完备的一支队伍。虽然他俩初来乍到，在芝加哥人生地不熟，但眼前要找的人肯定已经离开这座城市了。麦格洛斯相当确信。

　　"米罗，你找出她去过哪里，"他吩咐道。"从中午十二点开始，一分钟都不能落。"

　　米罗塞维奇若有所思地点点头，仿佛所有思绪已经全放在这上面。

　　"布罗根，你负责背景调查，"麦格洛斯继续分配。"我们必须找出后面的动机。"

　　布罗根严肃地点点头，仿佛他从头到尾都深信动机就是解决一切问题的关键。

　　"从那些大佬们开始吗？"他问。

　　"当然，"麦格洛斯回答。"是我肯定会这么做。"

　　"好吧，哪一个呢？"布罗根又问。

　　"随便哪一个，"麦格洛斯回答。"你自己决定。"

　　一千七百零二英里之外，另一个决定也正在产生，关于第三个木匠命运的决定。雇主驾驶领头木匠的敞蓬货车开回到那栋白色建筑。小木匠收拾好工具，瞥见敞蓬货车开过来，快步迎了上去。可当他望见坐在驾驶位置的大块头时，登时愣在当场。趁他还没回过神来，雇主已经把车停在路边，走出驾驶室。

　　"好了吗？"他问。

　　"另外两人哪儿去了？"木匠反问。

　　"临时出了点儿事，"雇主回答。"临时出了点儿事。"

　　"出了什么问题？"木匠问。

　　话音落下，他默默盘算起自己的那份工钱。肯定是一小份，毕竟他资历最浅，可那样一大笔酬劳，即使是一小份也是很久以来他见过的最多的钞票了。

　　"你那儿有锯子吗？"雇主突然问。

　　木匠呆呆地望着他。

　　"我这么问真够蠢的，是吧？"雇主接着说。"你是木匠，我却还问你有没有锯子？不管怎样，把你最好使的锯子拿出来。"

　　木匠微微一怔，然后弯腰从工具堆里拿出一把电锯。块头很大的金属工具，锋利的锯齿上沾满了新鲜的木屑。

　　"横割锯，啊？"雇主问。"特别适合割硬东西，对吧？"

　　木匠点点头。

　　"的确挺好用的。"他措辞谨慎。

　　"好吧，我们做个交易，"雇主提议。"我需要你做个演示。"

　　"怎么用锯子？"木匠问。

　　"这间屋子的演示。"雇主更正道。

　　"屋子的演示？"木匠没明白。

　　"当初造这间屋子的设想是没人能从这儿逃出去。"雇主解释道。

　　"全是您设计的。"木匠回答。

　　"但你们造得又怎么样呢？"雇主说。"这才是我关心的问题。所以得先试用一下，你给我做个演示来证明这间屋子确实没人能逃出去。"

　　"那行，怎么做？"木匠问。

　　"你进去，"雇主说。"看看明天早上能不能出来。屋子是你造的，对不对？所以所有的漏洞你都应该一清二楚。只要有人能从里面出来，你就肯定能，该死的肯定能！对不对？"

　　木匠沉默了一会儿，尽量想弄清楚状况。

　　"如果我出来了呢？"他又问。

　　雇主耸耸肩。

　　"那你就拿不到工钱，"他说。"因为你们没造好。"

　　木匠再次沉默下来，心里琢磨对方是不是在开玩笑。

　　"你大概发现我的要求有个逻辑问题了吧？"雇主说。"你现在肯定在想，最好的办法就是在屋里枯坐一个晚上，等明天早上你就对我说不好意思先生，我出不来，一点儿办法都没有。"

木匠紧张地短笑一声。

"是的,我的确这么想来着。"他说。

"所以你需要有点儿动力,"雇主说。"懂吗?那样你才会竭尽全力。"

木匠抬起头,朝二楼角落那间空房间望过去。等他收回视线时,雇主的手里多出一把黑色手枪。

"货车里面有一个袋子,"雇主吩咐道,"过去把它拿过来,听到了没?"

木匠大惊失色,四处张望。雇主举枪指着他的头。

"去把袋子拿过来。"他又说了一遍,语气平静。

拖车上空无一物,驾驶室的位子上却有一个麻布口袋,装在里面的东西约有一尺半长。袋子沉甸甸的,好像是刚从超市的冰库里拉出的半只死猪。

"打开,"雇主喊道。"朝里看看。"

木匠冲口袋里面张望,首先进入视线的是一根苍白的手指,血已经流干。手指上一大块黄色的老茧赫然在目。

"现在你进屋去,"雇主又喊道。"明天早上之前要是没出来,你的下场就和他们一样,明白吗?不过到时候得借用你的电锯,因为我的锯子已经锯钝了。"

9

雷切尔躺在肮脏的干草堆上,并没有睡着,但身体已进入睡眠状态。每一块肌肉都放松下来,呼吸缓慢平稳。双眼微闭,因为牛棚里一片黑暗,也没什么可看的。但是他的脑子却十分清醒,虽非高速运转,却稳步向前。静谧的夜里,思绪排除了其他干扰反倒更能专心致志。

他正在同时做两件事情。其一,他一直在计算时间。上一次看表后已经过去将近两小时,不用看表他也知道,误差不超过二十秒。这是一项在过去无数个行动前夕的不眠之夜练就的技巧,堪称炉火纯青。在等待任务的时候,你会关闭你的身体功能,就像关闭冬天的湖滨别墅,但脑子一直在跟着秒针匀速转动。再打个比方,这就像闭息假死,半朦胧的状态能节约精力,减轻心脏负担,为大脑腾出空间。但同时脑中还藏着一个时钟,嘀嘀嗒嗒的走针让你并不会完全失去意识,相反,你在为即将发生的事情做好准备,换句话说,你一直知道时间。

雷切尔同时做的第二件事就是乘法心算,而且都用很大的数字。到今天,他恰好三十七岁零八个月,三十七乘以三百六十五是一万三千五百零五,再加上十二个闰年多出来的十二天,一共是一万三千五百十七。从他去年十月份生日算到今天,六月的最后一天,整整两百四十三天。所以从他诞生之日起到今天总共一万三千七百六十天。一万三千七百六十个白天,一万三千七百六十个夜晚。他把今晚和过去的那么多个夜晚相比,试着按照糟糕程度排个序。

结果很明显,今晚并非他最快乐的夜晚,但离最糟糕的还差得远。非常远。生命的头四年他没什么记忆,这样一来只剩下一万两千三百个夜晚。很有可能今天晚上能跻身进入前三分之一。不用费力回想,过去数千个恶劣境遇就历历在目,个个都比当下凶险。今晚,他温暖舒适,没受伤也没遭受迫在眉睫的威胁,而且还没饿着。虽然口味很差,可显然是因为技术不到家而非险恶用心。所以从物质方面讲,他没什么好抱怨的。

可是精神方面就是另外一码事儿了。他整个被蒙在鼓里,现在就像牛棚里的墨黑一般无法突破。最棘手的问题在于缺乏信息。他并不会因为知晓得不多而特别不自在,毕竟有个在海军陆战队服役的父亲,从小到大他几乎都过着行军打仗的日子,所以对他来说难以琢磨的混乱状况并不难适应。可今晚缺失的信息也太多了。

他不知道此刻身在何处,不知道被绑架是事出偶然还是预先策划,三名绑匪也没有露出任何线索,根本猜不出目的地。这一切让他感觉自己就像无根的浮萍。他的最大麻烦在于他一辈子几乎都在军中度过,一万三千七百六十天中大概只有不到五分之一是在美国。虽说是个地地道道的美国人,大多时间却在美国以外的世界各地生活工作。结果不言而喻,他对自己国家的了解大概只相当于一个七岁的孩子,根本没法像他希望的那样能从种种蛛丝马迹中推测出具体地点。也许有人能从朦胧的夜景、周遭的空气甚至夜晚的温度做出判断,然后告诉你,是的,现在我们在这个州或者那个州。完全有可能。但雷切尔不能。这让他非常沮丧。

况且绑匪身份、目的或者动机他都一无所知。他利用一切可能的机会仔细观察这三人,却还是很难得出结论。所有证据竟然自相矛盾。三人都还算年轻,介于三十到三十五岁之间,身材强壮,训练有素,从一定程度讲配合默契。几乎能算军人,却又不完全像。有组织纪律,却又不够正式。而他们的外表几乎都表露着三个字:门外汉。

因为他们太干净了。三人都穿着刚从连锁店里买来的衬衫和风衣,头发刚理过,武器也是刚从盒子里取出。两把格洛克手枪和霰弹枪都是全新的,连枪上的密封润滑脂都还隐约可见。点滴线索都指向一个结论,他们绝非专业。因为专业军人每天都会重复同样的工作,无论是特种部队、中央情报局和联邦调查局的工作人员,还是侦探,这都是他们的工作。身上穿的是工作服,手里拿的是去年甚至好几年前发下来的武器,用旧用惯了的武器,有残缺有刮痕的武器。随便哪一天找来三名专业军人,你会在一个人的衬衫上看见昨晚吃剩下的比萨,另一个会忘了刮胡子,第三个则穿着被同伴在背后嘲笑的旧裤子。也许时不时你的确会看见一件新夹克衫,一把新枪,或者一双新鞋,可是这一切同时在三个正在执行任务的专业军人身上出现的几率几乎为零。

除此之外,他们的态度同样泄漏了他们的身份。尚能胜任,却焦躁不安,粗鲁紧张,充满敌意。受过一定训练,却缺乏练习,没有经验。整个过程经过排练,也足够聪明没有犯太大的错误,但显然不像内行人那样十拿九稳。所以可以得出结论,三人均是外行。而他们却绑架了一个联邦调查局的新进探员。为什么? 一个刚入行的探员又能有多大能耐? 雷切尔毫无头绪。这位新进探员更没有吐露只言片语。这是雷切尔想不通的又一个问题。不过这还不是让雷切尔最头疼的,因为此刻他最想不通的是,他怎么还留在这儿?

他对自己为何被绑架并没有任何疑惑。完全是古怪的巧合,霍莉·约翰逊被绑架的那一个瞬间他正巧站在旁边。这一点他并没有疑义。他能理解巧合,生命本身就是由若干个古怪的巧合组成,无论人们多么努力地想否定这一点。所以他也从来不愿意在"如果"和"要是"开头的虚拟情况上多花心思。毋庸置疑,要是他早一分钟或者晚一分钟跨上芝加哥的那条大街,他就只会平常地经过沿街的干洗店,永远不会知道发生了什么。但是他并没有早一分钟,也没有晚一分钟,古怪的巧合就这样发生在他的身上,所以他也不愿再浪费时间去想如果不是那样他现在会躺在哪里。

但他需要弄明白的是为什么他还在这里。脑子里的时钟告诉他已经过去了十四个小时,他却还在这里。曾经有三次机会放在他面前,其中两次胜算不大,但第三次几乎有十成把握。第一次在大街上他是可能脱身的,但伤及无辜的可能性阻止了他。接着在废弃的停车场,他被推进白色货车的时候也有可能。两次都是以一敌三,但对方是外行,而他是杰克·雷切尔,所

35

以他还是有相当的信心。

而有十成把握的机会就出现在刚才，他在三个家伙从加油站回来一小时后就该逃出牛棚。他本可以解开手铐，爬上墙顶，跳到棚外的空地，然后跑上大路从此消失。可他为什么没这么做？

他躺在草堆上，面对眼前的一团漆黑，得出结论：是霍莉阻止了他。他没有独自逃跑是因为他无法拿她冒险。他要是跑了，三名绑匪可能会方寸大乱，可能会杀了她后落荒而逃。雷切尔绝对不希望这种情况发生。霍莉是一个聪明勇敢的年轻女子，敏锐自信，缺乏耐心但坚韧异常。她很有魅力，却毫不做作，甚至有些腼腆。黝黑的皮肤和苗条的身材下蕴藏着无穷的智慧与力量。她的眼睛特别漂亮，这是让雷切尔最着迷的地方，他几乎沉醉在这双眼睛里。

但并不是这双眼睛阻止了他独自逃跑，也不是她的姣好容貌，更不是她的智慧与性格，而是她膝盖上的伤。那才是阻止他的原因。她的胆量与尊严。一名妙龄女子在突如其来受伤后毫不气馁，甚至还兴致勃勃地与伤痛抗争，这在雷切尔看来是勇气与高贵品格的体现，是他的同道中人。她努力地适应着恶劣的境遇，而且适应得很好，从不抱怨，甚至没有请求他帮助。而恰恰因为她没有请求，他决定帮她。

10

星期二早上五点半，联邦调查局特殊探员布罗根独自一人坐在三楼会议室里，用刚装好不久的电话拨通了自己女朋友的电话。早上五点半，绝对不是为昨晚失约道歉的好时机，但布罗根非常忙，而且可以想见还会变得更忙。所以他拨通电话把她从睡梦中惊醒，告诉她他突然被案子缠住，也许这个礼拜都脱不了身。她有些恼火，懵懂间让他把话说了两遍，然后任性地认为他这番怯懦言语只是分手的前奏。他也被惹火了，急着申辩局里的工作永远放在第一位。她能明白的，不是吗？当然，在早上五点半试图如此说服一位睡意正浓的女子显然不是明智之举。两人又争执了几句，最后布罗根挂上电话。垂头丧气。

他的搭档米罗塞维奇一个人坐在自己的隔间里，同样垂头丧气地瘫坐在椅子上。他面临的问题则是想象力枯竭，这是他最大的弱点。麦格洛斯吩咐他追踪霍莉·约翰逊从昨天中午开始的每个去处,他却至今一无所获。他看见她离开调查局大楼,拄着从医院借来的拐杖跨出大门、走上大街,目送她走出自己的视线,可接下来画面变得一片空白。整个晚上他都在冥思苦想,却毫无结果。

五点四十分,他上了趟厕所,又倒了杯咖啡。依旧一无所获。他走回自己的办公桌,坐下,继续陷入沉思。过了好一会儿,他抬头看了看手腕上的金表,突然笑了起来。感觉来了,好像抓住点儿线索。又看了看表,然后点点头。现在他能告诉麦格洛斯昨天中午十二点之后霍莉·约翰逊去了哪里。

一千七百零二英里之外,恐慌开始降临。木匠呆若木鸡地熬过了头一个钟头。强烈的惊骇让他全身瘫软,几乎想要放弃。他任由雇主把他拖上二楼,扔进屋里。强烈的惊骇也让他浪费了头一个钟头,他只是呆坐在房间里怔怔出神。接着,他仿佛被一种疯狂的乐观击中,满心认为整件事儿只是万圣节的恶作剧,什么都不会发生。于是在一厢情愿中他又浪费了第二个钟头。再后来,像其他所有被独自关在牢房里度过漫漫长夜的囚犯一样,所有的戒备抽身而去,只剩下战栗、绝望与惊恐。

一半时间过去后,他终于坐不住,开始疯狂地寻找出口。但是他知道根本没有希望。巨大的讽刺把他压垮了。这个活儿他们丝毫不敢怠慢,眼前舞动着的金灿灿的美元让他们掏出了看家本领。每一步都按部就班,绝对没有偷工减料。每一块木板线条笔直,全都做到无缝拼接,每一颗钉子都深深钉进木板。没有窗户,木门异常结实。根本没有希望。整整一个小时,他像疯子一样绕着房间转圈,粗糙的手掌摸过每一寸墙壁、地板、天花板。这是他们完成过的最棒的作品。终于,他蜷缩在墙角,盯着自己的双手,失声痛哭。

"干洗店,"麦格洛斯说。"她去了干洗店。"

星期二早上七点整,麦格洛斯坐在三楼会议室的桌子旁,顺手拆开一盒香烟。

"真的?"布罗根难以置信。"真的去了干洗店吗?"

麦格洛斯点点头。

"告诉他,米罗。"他说。

米罗塞维奇微微一笑。

"我刚想起来,"他娓娓道来。"自从她把膝盖摔坏以后,我和她一道工作了五个礼拜,对吧?每个礼拜一的午休时间她都会去干洗店洗衣服,顺便取回上个礼拜送去的。昨天没理由会有不同。"

"好吧,"布罗根说。"哪一家呢?"

米罗塞维奇摇摇头。

"不知道,"他说。"她总是自己一个人去。每次我都提出帮她去送,每次她都拒绝,连续五个礼拜一。工作上的事儿我帮她跑腿没问题,可她不愿意请我去跑干洗店。她是很独立的那一类型。"

"可她是步行过去的,对不对?"麦格洛斯又问。

"对,"米罗塞维奇答。"她总是走过去,拎着八、九件衣服。所以我们能肯定,那家干洗店一定就在附近。"

布罗根笑着点点头。总算有点儿线索了。他翻开电话黄页,按字母索引找到"干洗店"部分。

"该查方圆多少距离以内的?"他问。

麦格洛斯耸耸肩。

"二十分钟去,二十分钟回,"他计算道。"四十分钟来回最多了,对不对?我看她挂着拐杖,一瘸一拐地,二十分钟最多走四分之一英里。这样吧,以大楼为中心画个正方形,每边半英里。查查有什么结果。"

布罗根展开一张城区地图,拃开拇指与食指,根据比例尺换算出半英里的长度,调整指间距离,在密密麻麻的街道上画出一个正方形。接着他根据地图再去查黄页,用铅笔勾出了几家店铺,数了数。

"一共二十一家。"他说。

麦格洛斯盯着他。

"二十一家?你肯定?"

布罗根点点头,把电话黄页朝他推过去。

"对,二十一家,"他回答。"显然,本埠人士酷爱让自己的衣服时刻保持一尘不染。"

"好吧,"麦格洛斯说。"得跑二十一个地方了。兄弟们,上路吧!"

布罗根选了十处,剩下的十一处归米罗塞维奇。麦格洛斯给两人发了霍莉·约翰逊的大幅证件照,点头示意他们出发。等人走掉后,他靠在了椅子上,忧心忡忡地守着桌上的电话,呆呆望着前方,香烟一根接着一根,铅笔在桌子上笃笃敲出让人揪心的沉闷节奏。

远处隐隐传来人声，比他预想的早一些。他没有手表，房间里也没有窗户，可他知道还没到早上，肯定还剩一个钟头，甚至两个。但他明明听见外面有动静，人们上街了。他屏住呼吸，侧耳倾听，大约有三、四个人在外面。他在屋里来回踱步，一时拿不定主意。此刻他应该用力拍打、用脚踢崭新的松木板，他心里明白。可他没有，因为他也同时明白，根本没有希望。他打心眼儿里明白应该保持沉默，而且越来越确信这一点。如果他保持沉默，也许他们会忘了他，忘了他还关在这里。

米罗塞维奇很快找到了那家干洗店，他跑的第七家。早上七点四十分，干洗店刚刚开门。一间很小的门面房，室内布置颇有品味，看来针对的并不是普通上班族的便宜行头。广告上登着种种专业处理工艺和一系列的特殊洗涤手段。一名韩裔女店员站在柜台前。米罗塞维奇出示自己的联邦调查局徽章，把霍莉的放大照片摊在柜台上。

"你见过这个人？"他问女店员。

女店员彬彬有礼地双手交叠放在身后，看了一眼照片。

"当然，"她回答。"那是约翰逊小姐，每个礼拜一都过来。"

米罗塞维奇靠近柜台，向女店员倾身过去。

"她昨天过来了吗？"米罗塞维奇追问。

女店员想了一会儿，点点头。

"当然，"她说。"我不是告诉你了嘛，她每个礼拜一都过来。"

"大概几点？"他问。

"午饭时候，"女店员回答。"一直是那个时段。"

"十二点？"他问。"还是十二点半？"

"当然，"女店员回答。"每个礼拜一的午饭时候。"

"好吧，"米罗塞维奇换了种问法。"昨天发生了什么？"

女店员耸耸肩。

"什么都没发生，"她答。"她进来取走衣服，付了钱，然后又留下了几件。"

"她旁边有人吗？"他问。

"没人，"女店员答。"一个人都没有。"

"她出去后朝哪个方向走的?"米罗塞维奇问。

女店员指了指联邦调查局大楼的方向。

"她从那儿过来的。"她说。

"我没问你她从哪儿过来,"米罗塞维奇说。"我问她离开的时候朝哪个方向走了?"

女店员一愣。

"我没看见,"她回答。"我把她的衣服拿到后面去了。听见门关上,但是没看见她朝哪儿走。我在后面。"

"你就把她的东西拿走?"米罗塞维奇说。"她甚至还没离开,有这么急吗?"

女店员有些支吾,好像认为对方在责怪她不够礼貌。

"我没急,"她辩解道。"约翰逊小姐动作很慢。她伤了腿,对不对? 我觉得不应该盯着她看,她会不好意思的。所以我就把她的衣服拿到后面去,这样她不会觉得我在看她。"

米罗塞维奇点点头,仰头叹了口气。蓦地发现柜台正上方挂着一个监视摄像头。

"那是什么?"他问。

女店员转身,顺着他的视线望过去。

"安保系统,"她答道。"保险公司说我们必须得装。"

"开着吗?"他问。

"当然了,"女店员答。"保险公司说必须开着。"

"每一分钟都开着?"米罗塞维奇又问。

女店员点点头,咯咯笑了起来。

"当然,现在就开着。你也被录下来了。"

米罗塞维奇看看表。

"我需要昨天的录像带,"他说。"立刻。"

女店员又有些犹豫,支支吾吾。米罗塞维奇再次拿出徽章。

"这是联邦调查局的调查公务,"他说。"政府公务。我现在就要录像带,明白吗?"

女店员点点头,做了个手势请他稍等,转身进入房间后面。过了好一会儿,她拿着一盒录像带走出来,同时飘过来一股刺鼻的化学试剂味道。

"你得保证还给我,行吗?"她说。"保险公司说我们必须保存至少一个月。"

米罗塞维奇一刻也没耽搁地赶回局里。八点半,调查局的技术人员涌进了三楼会议室,忙着装好了一台标准家用录像机,连上办公桌上一溜排开的显示器。刚开始保险丝出了点儿问题,接着右边电线嫌短,众人不得不移开一台电脑空出位置,把录像机放在了桌子中央。最后,技术部的头儿把遥控器递给了麦格洛斯,点点头。

"万事俱备,局长。"他说。

等他们出去后,三人齐齐聚在电脑屏幕前,等待画面出现。屏幕正对窗户,所以他们个个背对玻璃。不过此时不用担心会被烤化,因为早晨的太阳正直射在对面高楼的玻璃幕墙上。

远离芝加哥一千七百零二英里的地方,同一个太阳缓缓升起,白色小楼外一派明媚的清晨景象。时间终于到了。暖洋洋的日头烘烤着屋外的旧木头,发出咯吱轻响。外面街上传来低沉的说话声,人们又开始了新的一天。

他的指甲全部脱落。他终于找到两块没有接牢的木板,用力把指甲塞进缝隙,拼尽全力想撬开木板。结果他的指甲一个接一个全部脱落,木板却纹丝未动。他跟跄地回到屋角,蜷成一团,吮着冒血的指尖。此时,他的嘴角周围沾满血迹,好像刚吃完蛋糕的孩子还没来得及擦掉残留在嘴角的蛋糕屑。

脚步声从楼梯那边传来。大块头的步伐不失轻盈。脚步声停在门前。钥匙转动,房门吱哑一声开启。雇主站在门口,印着两块铜钱大红斑的颧骨高高耸起,一脸得意。

"你还在这儿。"他说。

木匠已经全身瘫痪,不会动了,也说不出话。

"你输了。"雇主说。

房间陷入死一般的寂静,只有屋外被太阳烘烤的旧木头发出咯吱轻响。

"那我们该怎么办?"雇主问。

木匠只是面无表情地盯着他,仍旧一动不动。蓦地,雇主露出一个轻松友善的微笑,仿佛他突然发现了一个惊喜。

"你觉得我是当真的吗?"他放柔声音。

木匠眨眨眼,虚弱地摇摇头,霎时间希望燃起。

"你听见什么了?"雇主又问。

木匠侧耳听了一阵。木头的轻响,林中鸟儿的欢唱,还有夏日清晨空气的静默之音。

"您是不是在开玩笑?"他问。

他的声音变得干涩粗嘎,宽慰、希望、恐惧揉杂在一起,让他的舌头僵在嘴里。

"再仔细听。"雇主说。

木匠继续听。木头的轻响,鸟儿的歌唱,温暖空气的微微叹息。除此之外,什么声音也没有,只有寂静。突然间,他听见咔嗒一声,接着呜呜的低鸣缓缓响起,越来越高,这声音他再熟悉不过,是大号电锯启动加速后高速运转的声音。

"现在你觉得我是不是当真的?"雇主尖叫道。

11

一丝失望袭上霍莉·约翰逊心头。雷切尔估计她有十五或二十套衣服,每件衣服大约四百块钱,在置办行头上一共花了八千块,可事实上远不只那个数字。她的衣橱里一共挂着三十四件套装。她可是在华尔街工作了三年呐,光是买鞋就已经花了八千块。四百块只是她买一件薄外套的价钱,而且还是在勤俭节约的传统美德影响下想要稍稍节俭一点时的花费。

她最喜欢阿玛尼,仅他设计的春装就有十三套。米兰的春装正适合芝加哥的夏季,除了酷热难当的八月份她可能需要取出意大利名家莫斯基诺设计的宽松女衫,六月份、七月份,如果运气好的话再加上九月份,她的全套装束非阿玛尼莫属。她最喜欢的就是这件深桃红色的衬衣,是去年尚未离开经纪行时买的。意大利丝绸质地,透着神秘气息,设计师、裁缝全都出自世家。丝绸料子被他们一眼相中,经过深思熟虑剪裁成柔软的样式,在专卖店里被一名华尔街的股票经纪人买走,成为她的最爱,一直穿到她成为联邦调查局的年轻探员,一直穿到她在芝加哥的大街上被人绑架。甚至十八个小时之后、经过牛棚肮脏的草垛上的不眠之夜,她还穿在身上。只是此刻,这件衬衫恐怕连阿玛尼先生本人都没法认出来。

三名绑匪驾车回来,把货车倒进牛棚中央的通道上,停好,然后锁上门再次离开。霍莉猜想他们一定去农舍睡觉了。雷切尔被捆在旁边的牛厩里，也已经沉沉睡去，只有她还在草垛上辗转反侧，满脑子想的都是他。

她有责任保证他的安全。他只是一个无辜的路人，无意被卷入她的麻烦，所以无论等待在前方的是何种命运，她必须保证他的安全。那是她的责任。他是她的负担。而且他没说实话。这一点霍莉非常肯定。他绝对不是什么布鲁斯夜总会的看门人。他的真正身份霍莉基本能猜到。约翰逊家族世代都是军人。因为父亲的缘故，她从小就在军营长大，直到上耶鲁才离开。所以她熟知部队和军人，也深知雷切尔就是他们其中一员。他逃不过她的老道眼光，他的外表、行动甚至反应全都属于一名军人。也许有的看门人的确会撬锁爬墙，可肯定不会那么娴熟自然，反而会畏畏缩缩、气喘吁吁。一个看门人在撬锁爬墙时也肯定不会显得那么理所当然。而雷切尔相反，他的一举一动都那么泰然自若，显然这种超人的冷静是经过长期训练的。看上去他大概长她十岁，应该四十不到。身材高大，大约六尺五寸，二百二十磅，一对蓝眸，金发已略显稀疏。单凭身材，的确够格当看门人，多年历练确实也能让他阅历丰富。这一点毫无疑问。但他肯定是一名军人，一名自称是看门人的军人。可为什么？

霍莉实在想不通。她躺在草垛上，凝神倾听二十英尺外的呼吸声。无论他是看门人或者军人，年长她十岁还是年轻十岁，反正她都有责任让他安全脱身。她整晚思绪如潮，眼睛一刻没闭，膝盖也隐隐生疼。当手表显示八点半时，她听见他呼吸的节奏微微改变。他醒过来了。

"早上好，雷切尔。"她大声说。

"早上好，霍莉，"他答道。"他们回来了。"

起初什么动静也没有，但很快她听见门外传来脚步声。猿猴的身手，蝙蝠的耳朵，她心里暗忖，算哪门子的看门人！

"你还好吧？"雷切尔大声问。

她没有回答。他好不好才是她关心的问题。牛棚大门的门锁叭嗒一声打开，大门开启，明亮的日光瞬间涌进室内。她向外张望，只见一片绿色旷野。可能是宾夕法尼亚。三名绑匪鱼贯而入，最后一个顺手带上大门。

"起来，贱人。"领头的冲她说。

她一动没动。霎那间她有股抑制不住的冲动，无论如何也不想再被扔回车厢。太黑，太难受，太郁闷了。她不知道自己还能不能再坚持一天，车厢颠簸得让她难以忍受，更何况她压根儿不知道究竟为了什么，被谁绑架，

又将会被带到哪里。她本能地抓住栏杆,双臂紧张得仿佛要展开搏斗。领头的站在原地,抽出格洛克手枪,低头盯着她。

"两条路,"他说。"一条舒服,一条难受。"

她一言不发地坐在草垛上,紧紧抓住栏杆。长相丑陋的司机上前三步,嘴角扯出一丝淫笑,眼光在她的胸部打转。她觉得身上的衣服仿佛被这道视线剥光,无比厌恶。

"你自己选,贱人!"领头的说。

这时,她听见雷切尔的牛厩里传出动静。

"不,是该你选择,"她听见他大声对绑匪头目说。"我觉得我们需要彼此体谅一下。想要我们合作对不对?想要我们乖乖地上货车,那你就得让我们觉得值得这么做。"

话音低沉平静。霍莉朝他望过去,他仍旧捆着链条坐在草堆上,手无寸铁地面对一把荷枪实弹的半自动手枪,无论从哪个方面讲都是手无缚鸡之力。三名绑匪齐刷刷转头瞪着他。

"我们要吃早饭,"雷切尔继续说。"烤面包,涂上葡萄酱,还有咖啡,不过最好冲得比昨晚上的垃圾浓,好吧?希望你明白,好味道的咖啡对我来说非常重要。再拿两个床垫,一个双人床,一个单人床,放进车厢为我们搭个临时沙发。一切办妥,我们才会进去。"

话音落下,牛棚霎时沉寂下来。霍莉看看雷切尔,再看看领头的。雷切尔冷静地平视着领头的家伙,蓝眸一眨不眨,而领头的也目不斜视。空气中弥漫着紧张,连司机也把视线从她的胸部移开,锁定在雷切尔脸上,眼中升腾起怒火。突然,领头的移开视线,点头示意另两个跟他出去。大门在他们背后再次锁上。

"你吃烤面包的,对吧?"雷切尔问她。

她几乎喘不过气来,更别提回答了。

"等他们送面包进来,退回去,"他又说。"让他们重做。就说太淡了,或者烤糊了,随便你。"

"见鬼,你以为你自己在干什么?"她终于开口。

"心理战,"雷切尔回答。"我们得开始掌握一点儿控制权。像这样的情况,这一点非常关键。"

她凝视着他。

"照我说的做,行吗?"他依旧平静。

她确实照做。神经质老兄送来的烤面包几乎棒极了，但她依然拒绝。她一脸厌恶地瞥了一眼，仿佛眼前是一张漏洞百出的财务报表，然后开口抱怨烤得太焦。她全身的重量支撑在一条腿上，深桃红的阿玛尼衬衫上沾满牛粪，狼狈到极点，可她还是尽量表现出足够的骄傲。神经质老兄一时被唬住，乖乖回到了农舍厨房烤了更多面包。

再次送过来的面包又配了一壶浓咖啡。隔着二十英尺，霍莉和雷切尔各自用完早餐，铁链相互碰撞，哐啷脆响。与此同时，另外两名绑匪把一宽一窄两张床垫抬进牛棚，推进了货车车厢。宽的那张平放在车厢里，窄的那张横向垂直放在宽的上面，正好背对车头那块车壁。霍莉看着他们忙碌，一下子感觉好了许多。她突然意识到雷切尔所说的心理战指的是谁了。不只是那三名绑匪，还有她自己。他不希望她反抗，因为显然她没有一分胜算。所以他冒险这么做，也是为了阻止一触即发的无谓反抗。思及此，她非常惊讶，脑子里只剩一个念头：看在上帝的分上，全弄反了，他竟然在试图照顾我。

"想不想告诉我们你们的名字?"雷切尔再次平静地发问。"我们还得一块儿待很长时间，所以何不以礼相待，是吧?"

霍莉看见领头的看着他，没有回答。

"反正你们的脸我们也见过了，"雷切尔继续说。"透露几个名字不会对你们造成什么伤害。而且我也希望我们能相处愉快。"

领头的沉吟片刻，最后点点头。

"洛德。"他说。

小个子的神经质不安地挪了挪脚步。

"史迪威。"他说。

雷切尔点点头。面貌丑陋的司机突然意识到自己成了众人注意的焦点，猛地一甩头。

"我才不告诉你们，"他说。"见鬼，凭什么?"

"那我们也打开天窗说亮话，"名叫洛德的家伙说。"讲礼貌不代表我们是朋友，明白吗?"

霍莉看见他举起格洛克对准雷切尔，脸上毫无表情。不代表是朋友。雷切尔警慎地点点头，表示同意。他们把盛面包的盘子和咖啡杯放上草堆，洛德分别解开了两人的链子，他俩终于在中央通道见面，只是还有两把格洛克和一把霰弹枪指着他们。丑陋司机色迷迷的眼光继续在霍莉身上打转。雷切尔瞪了他一眼，弯腰横抱起霍莉，仿佛她根本没有分量似地向前走了十步，轻轻把她放在车厢里。两人爬上临时沙发，找了个舒适的姿势坐好。

车厢门砰地关上，锁牢。接着牛棚大门开启，发动机点燃，货车隆隆启动，开出牛棚，颠簸了一百五十码，缓缓开上一条公路，慢速行驶了十五分钟。

"不在宾夕法尼亚，"霍莉说。"路太直太平了。"

昏暗中雷切尔冲她耸耸肩。

"手铐也不在了，"他答道。"这就叫心理战。"

12

"见鬼，这都是什么？"麦格洛斯局长问。

他按下遥控器上的倒退键，接着按下播放键，继续盯着看。可是眼前的景象没有任何意义，屏幕上闪过一帧帧跳跃的画面，中间夹杂着雪花。

"见鬼，这到底怎么一回事？"他又问。

布罗根凑上前，摇摇头。米罗塞维奇也凑近视线。带子是他带回来的，所以他觉得自己负有责任。麦格洛斯再次倒带，播放，依旧只有一串缺乏连续性的模糊图像。

"快让该死的技术人员过来。"他大吼道。

米罗塞维奇赶紧拿起电话，拨通楼上的技术服务部。不到一分钟，技术部主管冲进会议室。米罗塞维奇别的话没说，光听语气他就知道事情十万火急。

"该死的录像带不能正常播放。"麦格洛斯大声抱怨。

技术部主管接过遥控器。对他们来说全世界无论哪一种技术都是半熟悉半陌生的。和复杂的设备打交道是他们的家常便饭，但每一件物品都有自己的特性。他检查了一下遥控器，拇指重重按下倒退键。录像带倒转了一部分，然后播放，显示的仍是不连贯的画面和雪花图像。

"你能修好吗？"麦格洛斯焦急地问。

技术主管停下磁带，再次按下倒退键。摇了摇头。

"压根儿没坏，"他说。"本来就该这样。典型的便宜摄像头，只能录下静止画面，也许每隔十秒。所以十秒一幅画面，就像连续按动快门那样。"

"为什么？"麦格洛斯又问。

"便宜，简单，"技术主管回答。"一天用一盘带子就够了。成本又低，你也不必费事记得每三小时换盘带子。只要每天早上换盘新的就行。而且持枪抢劫通常都不只十秒，所以抢匪的脸肯定会被录下来至少一次。"

"好，"麦格洛斯有些不耐烦。"告诉我们该怎么用。"

技术主管两根手指同时按下播放和暂停键，屏幕上出现一帧黑白的静止图像，空荡荡的店堂。左下角标有星期一的日期和时间，早上七点三十分。接着技术主管把遥控器递到麦格洛斯眼前，指着一个小按键说：

"看见这个了吗？图像快进键。按一下就进到下一幅静止画面。通常看体育比赛的时候用得上，对吧？比方说，冰球，能让你清清楚楚看见射门的那一刻。有时候用这看黄片也行，想看哪部分就看哪部分，嘿嘿。不过现在用的带子会直接跳到十秒之后，就像下一张快照。行了吗？"

麦格洛斯冷静下来，点点头。

"为什么是黑白的？"他又想到一个问题。

"便宜的摄像头，"技术主管回答。"整套监视系统都花不了几个钱。要不是保险公司要求根本不会安装。"

说完他把遥控器递还给麦格洛斯，朝门口走过去。

"还有什么需要直接跟我说，好吧？"他说。

但没人回答，因为所有人都凝神盯着屏幕。麦格洛斯连续快进，每次按下图像快进键就看见一条白色的雪花横条慢慢滚下屏幕，一幅新图像展现出来。同样的角度，同样的画面，同样暗淡单调的灰色，但角落的时间显示前进了十秒。第三幅图上，一个女人出现在柜台后面。米罗塞维奇指了指屏幕。

"我问的就是她。"他说。

麦格洛斯点点头。

"视野挺宽的，"他说。"从柜台后面一直能看见大街。"

"摄像头用的是广角镜，"布罗根接过话茬。"鱼眼镜头之类的。店主能看见发生的一切，顾客进进出出，甚至能发现店员有没有在摆弄收银机。"

麦格洛斯又点点头。周一早上每隔十秒发生的一切逐一展现。画面上顾客跳进跳出，柜台后的女店员从一边跳到另一边，收衣、拿衣、收银。店外汽车来来往往。

47

"快进到十二点吧,"米罗赛维克说。"否则太浪费时间。"

麦格洛斯点点头,按下快进。录像带哗哗转动起来。他按下停止,然后同时按下播放与暂停,这时屏幕上图像显示下午四点。

"该死!"他咒骂一声。

他来回倒带,折腾了两三次,最后出现的画面显示中午十一点四十三分五十秒。

"差不多了。"他说。

手指重重按下图像快进键,一直不放,雪花横条连续在屏幕上闪烁。一百五十七幅图像之后,他松开按键。

"瞧,她在那儿!"他说。

米罗赛维克和布罗根赶紧凑上前。霍莉·约翰逊出现在静止画面的远处一角,正站在店外的人行道上,一手挂着拐杖,一手挂着衣服,用手指推开店门。画面左下角显示时间十二点十分十秒。

"很好,"麦格洛斯平静地说。"我们瞧瞧。"

他按下图像快进键,霍莉进了店门,正朝柜台走过去。即使是朦胧的黑白画面,她笨拙的姿势仍旧清晰可辨。再快进,霍莉已经来到柜台前。隔十秒,韩裔女店员也出现在画面上。又十秒,霍莉折起衣服的一道边,在给女店员看什么,估计是一块污渍。两人维持同一个姿势站了几分钟,只有位置稍稍移动。直到第十三幅图像,女店员离开,柜台上的衣服也拿走了,霍莉独自站在柜台前。五幅图像,五十秒之后,她身后左边一辆轿车缓缓驶入画面,后面三幅显示车子停在了街对面的人行道旁。

接着女店员捧着好几个装衣服的干洗袋回来,把衣服平摊在柜台上。十秒后,她把五个标签从衣架上取下来。再十秒,另外四个标签放在了收银机旁。

"九件套装。"麦格洛斯说。

"没错儿,"米罗塞维奇回答。"周一到周五,五套正装,另外四套我猜是晚上穿的。"

"那周末呢?"布罗根持不同意见。"也许五套正装上班穿,两套晚上穿的,还有两套在周末穿?"

"有可能她周末穿牛仔裤,"米罗塞维奇争辩。"牛仔裤和衬衫直接进洗衣机了。"

"天啊,这有什么好争论的?"麦格洛斯打断他们。

他又按了一下键,女店员的手指在收银机键盘上跳跃。接下来两帧画面显示霍莉付了钱,拿回了两三块的找零。

"她一共得付多少钱?"布罗根大声问。

"九件套装?"米罗塞维奇说。"至少一个礼拜五十块,不用说的。那儿的价目表我看过,号称特殊工艺、用的化学试剂不伤衣服什么的。"

下一幅图像上,霍莉开始朝画面左侧的大门走去。女店员的头顶还留在画面上,正拿着衣服朝店里走。时间显示十二点十五分。麦格洛斯把椅子向前拖了拖,脸凑到离黑白画面一英尺的地方。

"好吧,"他说。"让我们看看你到底去了哪儿,霍莉!"

她左手拎着九件干洗好的衣服,正狼狈地向上提,以免衣角碰到地面。右胳膊肘挂在拐杖的凹槽里,但手并没有碰到门把手。下一幅图像上拐杖伸出,推开店门。麦格洛斯又按了一键。

"上帝啊!"他失声叫道。

米罗塞维奇大喘口气,布罗根则瞠目结舌。眼前出现的画面清晰无疑。一个陌生男子袭击了霍莉·约翰逊。他又高又壮,双臂同时伸出,一手抓住她的拐杖,一手抢过了她的衣服。意图毋庸置疑。摄像头隔着玻璃门清晰地捕捉到这惊人的一幕。三名探员齐齐盯着画面,一言不发。最后麦格洛斯又按键。时间跳到十秒之后。这时,三人又同时倒抽一口凉气。

霍莉·约翰逊瞬间被三个男人围在中间,刚刚袭击她的高个男子此刻又多了两名同伙。高个男子的肩上挂着霍莉的衣服,另一只手抓住霍莉的胳膊。他径直朝店内望过来,仿佛知道那儿有一个摄像头似的。另外两人站在霍莉对面。

"他们正用枪指着她,"麦格洛斯大叫。"狗娘养的,快看那儿!"

他又按下快进键,雪花横条向下滚动,直到消失在屏幕底端,画面静止下来,清晰呈现出另两个新加入的家伙。他们的右臂都呈九十度弯曲,肩部肌肉明显十分紧张。

"那辆轿车,"米罗塞维奇说。"他们要把她塞进那辆轿车里。"

霍莉和包围她的三个男人后面是十四幅图画之前停在街边的轿车。麦格洛斯再次按键,雪花横条向下滚动,四个人已经走到车旁十英尺的地方。首先袭击霍莉的高个男子领头走到车后,一个新来的家伙推搡着霍莉,另一个新来的正打开后座车门。从轿车的反射镜里看见驾驶位上还坐着第四人。

麦格洛斯再按了一下，雪花横条滚动。屏幕上显示街道空无一人，轿车已经离开，仿佛什么都没发生。

13

"我跟你得好好聊聊。"霍莉说。

"那就聊吧。"雷切尔回答。

两人四仰八叉地躺在昏暗车厢的垫子上。车子正在高速公路上匀速行驶。在直路上开了十五分钟后，货车稍作停顿后左转上坡，接着突然又左转，车身轧上人行道，猛晃了一下。再后来货车开足马力，以六十英里每小时的速度一直行驶到现在。仿佛将永远这样行驶下去。

车厢里的温度也在节节攀升，现在已经相当暖和，雷切尔不得不把衬衫脱下来。幸亏货车在牛棚里停了一夜，车身冷却下来，所以雷切尔猜想只要一直这么行驶下去，温度应该还能忍受。可要是它停下来麻烦就来了，整个车厢会变成比萨烤箱，甚至会跟前天一样酷热难耐。

单人床垫横着抵在车头方向的厢壁上，双人床垫则平放在厢板上，搭成一个临时沙发。可两张床垫之间九十度的直角让人坐起来非常不舒服。于是雷切尔只好把双人床垫连同坐在上面霍莉向后推，就像推雪橇似的，然后腾出地方把单人床垫平放在旁边。现在两张床垫拼在一起，有了很大空间，他们平躺在床垫上，头靠在一起，方便说话，而身体呈 V 字形向两侧叉开，随着车子的行驶微微晃动。

"你应该照我说的做，"霍莉责备道。"自己逃出去。"

他没有回答。

"你对我来说是个负担，"她说。"你到底明不明白？我手头的麻烦已经够多了，现在还得为你操心。"

他还是没有回答。两人沉默地躺在车厢里。她昨天早上洗发水的香气钻进他的鼻子。

"所以从现在开始，我说什么你都得照做，"她继续说。"你在听我说话吗？我再也没精力为你担心了。"

他转过头，凑近脸凝视着她。她竟然在为他担心。太惊讶，太出乎意料了。简直称得上震惊。就像两辆货车并排停在繁忙的火车站，你的火车启

50

动,加速,然后突然,你发现移动的根本不是你的那辆火车,而是旁边那辆。你的那辆从始至终都停在原地。原来是你的参照系发生错误。他认为自己的那辆在开,她却以为是她的。

"我不需要你帮我,"她又说。"所有我需要的帮助我都能得到。你了解调查局的工作方式吗?你知不知道世界上最严重的罪行是什么?不是汽车炸弹,不是恐怖主义,也不是发射导弹。世界上最严重的罪行是挑衅联邦调查局的人。调查局照顾自己人。"

雷切尔沉默了一会儿,接着笑起来。

"那我们还有什么好担心的,"他说。"现在只要躺下,很快一帮探员就会冲进来救我们出去了。"

"我相信我们的人。"霍莉坚持道。

两人又各自缄默了几分钟。雷切尔暗自计算距离,现在也许已离开芝加哥四百五十英里了,却还不清楚东西南北。霍莉突然抽了口气,双手扶起自己的腿。

"腿疼?"雷切尔问。

"一弯就疼,"她回答。"放直了就没事儿。"

"这是在朝哪个方向开?"他问。

"你会不会照我说的做?"她反问。

"越来越热还是越来越凉?"他说。"或者说没有变化?"

她耸耸肩。

"不知道。为什么这么问?"

"南北方向,要么变热要么变凉。"他答道。"东西方向则没有变化。"

"对我来说都一样,"她说。"被关在这儿,根本没法感觉到。"

"感觉上高速公路比较空,"雷切尔继续分析。"我们并没有经过人群,也没有被任何人拦下来,只是一直开足马力。"

"那又如何?"霍莉不解。

"也许这意味着我们并不是向东开,"他回答。"会遇到障碍的,对不对?从克利弗兰经过匹兹堡到巴尔的摩,路上应该越来越繁忙,遇到更多车流。今天星期几?星期二?早上十一点,啊?要是东部的话,路上太空了点儿。"

霍莉点点头。

"所以正在朝北或西或南行驶。"她说。

"货车是偷的,"他又继续。"挺危险。"

"偷来的?"她说。"你怎么知道?"

"因为那辆轿车也是偷来的。"他答道。

"这又是怎么看出来的?"她又问。

"因为他们把轿车烧了。"他说。

霍莉转头盯着他。

"你仔细想想,"他说。"想想他们的计划。他们提前到芝加哥,开的是自己的车。起码监视了你两个礼拜,甚至三个。"

"三个礼拜?"她说。"你认为他们监视了我三个礼拜?"

"也许三个,"他说。"你每个礼拜一都去干洗店,对不对? 一礼拜一次,对不对? 他们肯定费了些工夫来确定你的习惯。但是他们不能把你塞进他们自己的车子,太容易被追踪到,而且可能有车窗什么的,肯定不适合长途运送被绑架的人质。所以我猜这辆货车是他们在芝加哥偷的,说不定就在昨天早上。车身外面的标记被重新涂上油漆,你有没有注意到,车身上刚漆的白色横条跟其他部分颜色不配? 是他们做的手脚。甚至说不定连牌照都换掉了。不过仍然是一辆被报失窃的货车,对不对? 也是他们逃脱的交通工具,所以他们绝对不敢冒险开上大街,况且频繁进出后车厢的话会太引人注意。轿车就好得多。所以他们又偷了那辆黑色轿车绑架你,在空地换成货车,离开时烧了轿车。"

霍莉耸耸肩,做了个鬼脸。

"那也不能证明是他们偷的。"她说。

"当然能,"雷切尔反驳。"有谁会一开始就打算买一辆真皮座位的轿车烧掉? 相反,他们会买辆二手老爷车。"

她不情愿地点点头。

"那么这些人到底是谁?"她喃喃说。更像自言自语,而不像在问雷切尔。

"都是一帮业余选手,"雷切尔回答。"一个错连着一个错。"

"比方说呢?"她问。

"烧车真的很傻,"他说。"太引人注意了。他们自以为聪明,但事实正相反。很可能他们把自己原来的那辆也烧了,我敢打赌,而且就在他们偷黑色轿车附近的地方。"

"我倒觉得这么做挺聪明的。"霍莉说。

"烧毁的汽车是逃不过警察眼睛的,"雷切尔解释道。"他们肯定会找到那辆黑色轿车,查出是从哪儿偷来的,然后会找到他们开来芝加哥的那辆车,说不定现在还在冒烟。他们留下了太多线索,霍莉。实际上他们可以把两辆车停在芝加哥奥亥尔国际机场的长期停车场里,也许一年以后才会有人发现。或者干脆停在城南某条大街,故意不锁车门、不拔钥匙。不出两分钟,就会有人把车子开走。那两辆车永远都不会再露面。这才是隐藏行迹的聪明办法。烧毁汽车感觉上好像挺聪明,好像是毁尸灭迹了,实际上却是傻得不能再傻。"

霍莉转过脸,望着热腾腾的车厢顶,心下暗想:见鬼,这家伙到底是什么人?

14

这回麦格洛斯并没有让技术主管下到三楼。相反,他自己拿着录像带亲自到六楼的技术实验室里。他一阵风似地冲进来,迅速清理了最近的一张桌子,然后把录像带放在桌面上,慎重得仿佛那是一块货真价实的金条。技术主管赶紧过来。

"我要照片。"麦格洛斯对他说。

主管拿起录像带,走到屋角一排视频设备旁,塞进录像带,按下几个按钮。立刻,三块屏幕亮了起来。

"你看到的东西绝对不能泄漏一个字,知道吗?"麦格洛斯吩咐。

"当然,"对方回答。"你要我看哪些?"

"最后五幅图像,"麦格洛斯说。"五幅差不多够了。"

技术主管并没有使用遥控器,而是撤下控制板上的几个按钮。磁带倒转,从后向前显示出霍莉·约翰逊被绑架的过程。

"上帝啊!"他大吃一惊。

最后他停在霍莉离开柜台的那一帧图像前,然后一帧一帧向前进。霍莉在门边,面对高个男子,被两把枪指着,最后被带到车里。他倒回带子,又看了一遍。接着又看了第三遍。

"上帝啊!"他再次惊叹。

"别把带子磨坏了,"麦格洛斯有些着急。"我需要把这五幅图像洗成大幅照片。再多加印几份。"

技术主管缓缓点点头。

"我现在就可以把这些激光打印出来给你。"他说。

他揿下几个按钮和开关，接着快步穿过房间，重新启动另一边桌上的电脑。屏幕上瞬间显示出霍莉离开柜台的画面。然后他调出菜单选择了一些功能。

"好了，"他说。"这幅画面已经保存在硬盘上了，图片格式。"

他冲到视频设备旁边，把录像带向前进了一格，然后又重回桌子旁，这回电脑屏幕上再现的是霍莉正奋力推门出去的场景。就这样他又来回跑了三趟，最后激光打印机打出所有五幅图片。麦格洛斯等在打印机旁边，出来一张就立刻拿起来。

"不赖，"他说。"在纸上看比在屏幕上看感觉好多了，更有真实感。"

技术主管瞥了他一眼，在他身后望了望打印出的照片。

"清晰度还可以。"他说。

"我需要放大的。"麦格洛斯说。

"存在电脑里就一点儿问题都没有，"技术主管回答。"所以还是电脑比纸好。"

他坐下来，打开第四个文件。屏幕上出现霍莉在人行道上被三名绑匪团团围住的画面。他轻击鼠标，在头部周围画出方框，再击鼠标，画面立刻放大。高个男子的正面像出现在屏幕上，另两个家伙正面对着霍莉，所以只有侧面像。

技术主管选中了打印，接着又打开第五幅图片。放大后，他用鼠标在轿车里司机头部周围画出方框，也打印出来。麦格洛斯拿起纸。

"很好，"他说。"估计最多也只能这样儿了。可惜你的电脑不能让他们都正对着摄像头。"

"它可以。"技术主管说。

"它可以？"麦格洛斯纳闷了。"怎么说？"

"从某种角度上说的确可以，"技术主管的手指摸了摸霍莉的放大头像，解释道。"比方说，如果我们需要一张她的正面像，我们可以请她在摄像头前面移动，正对镜头。但要是因为某种原因她不能移动怎么办？我们可以移动摄像头，对不对？你可以爬上柜台，取下摄像头，放在她的正对面。这样就是一张正面像了，对不对？"

"对。"麦格洛斯应道。

"所以解决方案就是计算，"技术主管继续说。"我们可以计算出假设要把摄像头移到她正面需要哪些步骤。比方说，向下移六英尺，左移十英尺，再转动四十度，这样应该正对她的面部。如果我们有这些数据，就可以直接输入到程序当中，然后由电脑进行反推模拟，最后得到的结果和我们实际上移动摄像头得到的相差无几。"

"你能做到？"麦格洛斯问。"真的可以吗？"

"一定程度上可以，"技术主管说。他摸了一下最近的那个持枪绑匪的照片。"比方说这位老兄，他基本上都是侧脸。电脑绝对能给出一张正面像，没问题，但前提是他的另一边脸得和这一边长得一样。整个程序都建立在这么一个假设的前提上，就是脸的两侧基本相同，最多只有一点儿不对称。可要是这家伙少了一只耳朵，或者脸上长了一道疤什么的，电脑是没法模拟出来的。"

"行，"麦格洛斯。"那我们还需要什么？"

技术主管拿起一张四人都有的照片，粗短的手指这里指指，那里指指。

"还需要参数，"他说。"尽量精确的参数。我需要知道摄像头相对门廊与人行道的具体位置，而且需要霍莉的正面照片作为参照进行微调。我们很清楚她的相貌，对不对？可以先用她来测试。如果调整参数以后能得到她的相貌，那么其他那几个应该就没问题了，当然我是说他们都有两只耳朵的话。就像我刚才说的。对了，再给我一块店里地上铺的地砖，还有一件女店员身上穿的工作服。"

"这又是干什么？"麦格洛斯不解。

"这样我可以把录像带上的灰色解析出来，"技术主管回答。"到时候你拿到手的通缉犯头像就是彩色的了。"

雇主从当天早上罚做劳役的人中选了六名妇女。他专门挑选过失最多的六人，因为下面的任务更辛苦，更恶心。他庞大的身躯站在她们面前，命令众人立正，然后他一言不发，就等着看有谁会第一个把视线从他身上移开。没有一个人敢。他非常满意，解释起今天的任务。电锯可怕的离心力把鲜血、碎骨溅得满屋都是。他命令她们到厨房拎几桶热水过来，再从储藏室里取来刷子、抹布和去污粉。两个小时之内，房间必须重新变得光洁如新，要是多一分钟她们都会被记下更多过失。

获得所有数据花了两个小时。米罗塞维奇和布罗根冲到干洗店，下令小店歇业，几乎把店里搜了个底朝天。他们记录下所有参数，精确到四分之一英尺，把摄像头拆下来带回去。翻开地板，扒下瓷砖，从店员那儿要了两套工作服，甚至从墙上扯下两张海报，因为他们认为这样也许对色彩解析有帮助。回到调查局大楼的六楼实验室，技术主管又花了两个小时输入所有数据。最后他用霍莉·约翰逊的头像为参照，进行校准测试。

"你们看怎么样？"他问麦格洛斯。

麦格洛斯仔细看了看霍莉的正面照，然后递给旁边的人。米罗塞维奇最后一个拿到，看得更加仔细。用手丈量了一下，皱起眉头。

"好像太瘦了点儿，"他说。"而且右下角似乎有点儿不对劲，好像有点儿窄了。"

"对，"麦格洛斯附和道。"所以她的下巴看上去有点怪。"

技术主管调出菜单，改动了几个数据。又测试了一遍。激光打印机呼呼启动，吐出一张纸。

"现在好多了，"麦格洛斯说。"差不多正好。"

"颜色呢？"技术主管问。

"她的衬衣应该是深桃红色，"米罗塞维奇说。"估计是那件。还是意大利产的。"

技术主管调出调色盘。

"指给我看看。"他说。

米罗塞维奇指了指。

"更像那种。"他说。

他们又测试了一遍。硬盘咔嗒作响，激光打印机发出呼呼的声音。

"更好了，"米罗塞维奇说。"衣服颜色对了，头发颜色也更准确。"

"很好，"技术主管把所有参数存盘。"开始办正事吧。"

联邦调查局从来不用最新的设备，对他们来说使用成熟技术感觉更好。所以坦白说，要是拿技术主管的电脑和城北湖滨区富人家孩子卧室里的电脑相比，前者的速度也许更慢。但也慢不了多少。打印五张照片只花了四十分钟。四名绑匪的四张大头照，最后一张则是轿车的侧面像。每张都色彩鲜艳，纹路细致，非常清晰，麦格洛斯私下里甚至觉得这是他见过的最精致的照片。

"谢谢，主管，"他说。"太棒了。很长时间以来局里都没有出过这么好的成绩。不过千万别说出去一个字，保守秘密，行吗？"

他拍拍技术主管的肩膀。技术主管瞬间感觉自己成为整幢楼里最重要的人物。

六名妇女埋头苦干，很快在两小时期限到来之前完成了任务。地板之间的缝隙最为棘手。虽然缝隙很窄，可照样渗进去大量鲜血。她们必须先用热水冲洗，再用抹布擦干。浸湿的木板变成深棕色。她们暗暗祈祷木板变干以后千万不要翘起来。其中两个忍不住呕吐，更增加了工作负担。不过还好，任务仍然按时完成。她们浑身僵硬地站在湿漉漉的地板上，等待雇主的检阅。他仔细检查每个角落，庞大身躯所过之处，潮湿的地板咯吱轻响。终于，他非常满意，然后下达新任务：她们需要在两个小时之内再清理掉走廊和楼梯上伤者被拖走时留下的斑斑血渍。

没费吹灰之力，图片上的轿车就被确定为一辆四门雷克萨斯，而合金轮胎显示是最新款型。车身颜色要么是全黑，要么是深灰，但无法确定。电脑的确是个奇迹，不过还不能确定在阳光直射下黑色车身到底是什么颜色。

"偷来的？"米罗塞维奇问。

麦格洛斯点点头。

"几乎能肯定，"他说。"你去查查，好吗？"

虽然这些日子日元汇率有所波动，可米罗塞维奇估计这辆全新四门雷克萨斯还是要花去他一年的薪水，所以他很清楚哪块地区值得勘查而哪块根本不值得。城南地区他压根儿不打算浪费力气。他打通芝加哥警察局的电话，很快，从城北湖滨区到大湖森林区的所有警察局都被告知需要追查被盗轿车。

中午之前线索就来了。不过并不是他想找的被偷的雷克萨斯，而是一辆失踪的雷克萨斯。威尔麦特区的警察局报告说，该区的一名牙医在周一早上七点前开着崭新的雷克萨斯去上班，车停在了诊所后面的停车场里，他诊所隔壁的一名按摩医生说看见他开车进了停车场。但牙医再也没出来。他的护士打电话到他家，他的妻子报了警。警察局受理了案件，却并没有立刻侦察，毕竟类似的丈夫突然失踪的案子并不是头一回听说。他们告诉米罗塞维奇牙医的名字叫做罗宾，他的车是全黑色，加了云母片所以闪闪发光。车牌号是 ORTHO 1。

米罗塞维奇刚放下威尔麦特警察局打来的电话,芝加哥消防队又打电话过来。他们正在处理一宗汽车起火案件,事发地点在梅格斯机场跑道附近,燃烧的汽车引起滚滚浓烟。消防车在周一下午一点前赶过去,发现那里是一处废弃工厂,一辆黑色的雷克萨斯在空地上熊熊燃烧。当时他们觉得反正车子已经被烧毁,不会再冒出更多的浓烟,所以干脆节省点灭火泡沫,任由它完全燃尽。米罗塞维奇连忙记下具体地点,挂上电话,冲进麦格洛斯的办公室。

"去查查。"麦格洛斯下达命令。

米罗塞维奇点点头。他一向喜欢出去办案,因为这样他就有机会驾驶他的爱车,一辆全新的福特探索者。比起调查局里那些开起来嘎吱作响的老爷车,自己的坐驾感觉果然好得多。调查局也乐得如此,因为他从来不会要求报销汽油费。就这样,他驾驶着自己崭新的爱车,向南开了五英里后不费周章地找到了那辆烧得面目全非的雷克萨斯。它停在一幢废弃厂房后面的空地上,车轮已经完全烧化,只剩下轮框。不过车牌号依稀可辨:OR-THO 1。他伸手摸了摸灰烬,还有点温度,走到驾驶室拔下焦黑的钥匙,又绕到车后打开后车厢。突然,他踉跄后退四步,大口呕吐起来,出了一身冷汗。半晌,平复下来后他拿出手机直接拨通了麦格洛斯的办公室。

"我找到那名牙医了。"他说。

"在哪儿?"麦格洛斯问。

"在见鬼的车后厢里,"米罗塞维奇说。"慢慢被烤死的。看上去起火的时候他还活着。"

"上帝啊,"麦格洛斯大骇。"和我们的案子有关系吗?"

"当然。"他说。

"你肯定?"麦格洛斯尚有疑虑。

"绝对有关系,"米罗塞维奇斩钉截铁。"我还找到了些其他东西,也被烧得焦糊,不过还能看清样子。一把点38口径的手枪,放在一串金属纽链中间,应该是个女用皮夹,对不对? 这儿还有几枚硬币,一支唇膏,手机的金属壳,还有一只寻呼机。旁边还有九个金属衣架,就像干洗店用来挂衣服的那种。"

"上帝啊,"麦格洛斯再次叹道。"能得出什么结论?"

"他们在威尔麦特偷了雷克萨斯,"米罗塞维奇说。"也许偷车的当口被牙医撞上,所以干脆抓了他塞进后车厢,最后放了一把火想毁尸灭迹。"

"他妈的,"麦格洛斯诅咒道。"可霍莉到哪儿去了? 你有什么想法?"

"他们应该带着她去了大约半英里以外的梅格斯机场,"米罗塞维奇说。"上了一架私人飞机,把车丢弃在附近。这就是他们干的好事,马克。这四个能把人活活烧死的杀人犯说不定早就驾飞机逃到千里之外了。"

15

白色货车在高速公路上飞驰了一个小时,时速达到了六十多英里。雷切尔脑中的时钟滴滴答答从十一点走到中午十二点,焦虑的火苗在他心底渐渐燃起。他们已经失踪整整一天,二十四个小时快过去了,正从第一阶段过渡到第二阶段,可仍然没有一丝进展。事情有些不对劲了。车厢里的空气热得仿佛要燃烧起来,两人依旧头靠头平躺在滚烫的床垫上,马鬃做的衬垫感觉就像烤人的火炉。霍莉汗湿的头发四散开来,有几缕恰巧落在雷切尔光裸的肩头。

"是不是因为我是女的?"她突然问。空气中弥漫着紧张。"还是因为我比你年纪小? 或者两者都是?"

"你在说什么?"他警慎回问。

"你觉得你必须照顾我,"她答道。"你担心我,是因为我比你年轻,还是个女的,对不对? 你觉得我需要年长男子的帮助。"

雷切尔打了个激灵。现在这样他并不舒服,不过并不想换姿势,他挺满足,尤其喜欢的是霍莉的头发轻散在他肩头的感觉。这就是生活。无论发生多么糟糕的事儿,总会在别的方面得到补偿。

"你说呢?"她追问。

"霍莉,这跟是男是女根本没关系,"他说。"跟年龄也没关系。但是你的确需要帮助,不是吗?"

"而且我是个年轻女人,你是个年长男人,"她说。"所以显然,只有你有资格伸出援手。我就不行,对不对?"

雷切尔摇摇头,躺下来。

"根本和男女没关系,"他又重复了一遍。"也和年龄无关。我有资格只是因为我有资格。仅此而已。我只是在努力帮你罢了。"

"愚蠢的冒险,"她说。"逼迫、招惹他们绝对不是解决问题的办法,看在上帝的分上，你会让我们俩都丧命。"

"胡说，"雷切尔反驳。"他们必须把我们当人看，而不是货物。"

"这又是谁说的？"霍莉丧失了耐性。"谁让你突然变成了个专家，啊？"

他冲着她耸耸肩。

"那我问你一个问题，"他说。"如果你是我，你会把我一个人丢在牛棚里自己逃走吗？"

她想了一会儿。

"当然会。"她答道。

他微微一笑。也许这的确是她的真心话。他就喜欢她的坦率劲。

"好吧，"他说。"下次你再让我走，我肯定听你的。不用再争论了。"

接下来她沉默了好一会儿。

"很好，"最终她打破寂静。"你要是真的想帮我，到时候一定得先逃。"

他耸耸肩，朝她挪过去半英寸。

"可你就危险了，"他说。"我要是逃了，他们也许会琢磨着撕票，毁尸灭迹，然后逃之夭夭。"

"我愿意冒这个险，"她丝毫没被唬住。"这是我的工作，我的责任。"

"对了，你说他们到底是什么人？"他问她。"他们到底想怎么样？"

"我也不知道。"她答。

回答得太快。他知道她知道。

"他们要的是你，对不对？"他又说。"要么是冲着你本人来，要么是因为他们本来想绑架另一个老探员，阴差阳错你却成了替罪羊。联邦调查局一共有多少名探员？"

"调查局一共雇了两万五千个人，"她答道。"其中一万个是探员。"

"好吧，"他说。"这么看他们是冲着你一个来的。万分之一的巧合实在离谱。所以这一切绝非偶然。"

她移开视线。他迅速瞥了她一眼。

"为什么，霍莉？"他问。

她耸耸肩，摇了摇头。

"我也不知道。"她仍然一问三不知。

还是太快。他又瞥了她一眼。她的语气很肯定，但是话语间戒备意味浓郁。

"我真的不知道，"她再次否认。"所有能想到的解释就是他们把我错当成了别人。"

雷切尔大笑起来,转过头,脸正好碰着她的头发。

"你在开玩笑吧,霍莉·约翰逊,"他说。"你可不是那种容易跟别人混淆的女人。而且他们监视了你三个星期,肯定已经够熟悉的了。"

她脸上浮出一丝嘲讽的微笑,扭过头面向车顶。

"惊鸿一瞥,再难忘却,对吧?"她说。"我倒希望如此。"

"难道你不相信?"雷切尔反问。"你可是我整个星期见过的长得最漂亮的人。"

"多谢,"她说。"今天星期二,你昨天第一次见到我。还真是过奖,对吧?"

"可你明白我说的意思。"他回答。

霍莉突然像一个体操运动员似地直挺挺坐起身,用双手把腿搬开,胳膊肘撑在床垫上。她把头发捋到耳后,俯视着他。

"我真的不明白你的意思。"她说。

他抬头看看她,耸耸肩。

"有问题只管问,"他说。"我一向是言论自由的忠实支持者。"

"那行,"她说。"听好第一个问题:你到底是什么人?"

他再次耸耸肩,轻笑起来。

"杰克·雷切尔,"他说。"无中间名,现年三十七岁零八个月,单身,芝加哥夜总会的看门人。"

"全是胡扯!"她驳斥道。

"全是胡扯?"他反问。"哪儿胡扯了?我的名字、年龄、婚姻状况还是我的职业?"

"职业,"她说。"你绝对不是看门人。"

"不是?"他说。"那我是什么?"

"你是一名军人,"她说。"你服过兵役。"

"真的?"他反问。

"一切都太明显了,"她说。"我爸爸就是名军人。我从小到大都住在军营里,十八岁之前认识的每个人都是军人。我了解军人,熟悉他们的一举一动。打一开始我就肯定你是他们其中一员。后来你脱了衬衫,我就更确信了。"

雷切尔咧嘴一笑。

"怎么了?"他问。"是不是太粗鲁了,只有当兵的才会这么没礼貌?"

霍莉也冲他嫣然一笑,摇头否认。头发又抖落下来。她手指微微弯曲,就像一只轻巧的小钩子,把头发捋到耳后。

"是你腹部的那道疤,"她说。"针脚缝得那么可怕,只可能是战地医生的杰作。战场上只有一两分钟让他们缝合伤口。要是一般的外科医生把伤口缝成那样,他肯定会以火箭般的速度被投诉。"

雷切尔伸手摸了摸自己凹凸不平的皮肤,针脚就像繁忙铁轨上的一根根枕木。

"他当时很忙,"他说。"我觉得他已经做得不错了,别忘了当时是在贝鲁特。实际上根本不算重伤,那时我最多只会慢慢流血至死。"

"所以我没说错,对不对?"霍莉说。"你的确是名军人。"

雷切尔仰头朝她又笑了笑,摇头否认。

"不,我是看门人,"他说。"我告诉过你的。城南的一家布鲁斯夜总会。你有空一定得去看看,比那些游客常去的地方好多了。"

她看看他的长疤,又看了看他的脸,咬紧嘴唇,执拗地摇摇头。雷切尔冲她点了点头,仿佛终于决定让步。

"曾经当过兵,"他说。"不过十四个月前退役了。"

"哪个部队的?"她问。

"宪兵队。"他老实答道。

她翘起脸,戏谑地做了个鬼脸。

"恶中之恶,"她说。"没人喜欢你们。"

"这还用说?"雷切尔回答。

"这样很多事情就清楚了,"她说。"你们接受过许多特种训练。我猜你的确更有资格。见鬼,你早该告诉我的。我恐怕现在得向你道歉,我先前不该说那些话。"

他没作声。

"那你们驻扎在哪里?"她又问。

"全世界,"他说。"欧洲,远东,中东,所以我分不清我们现在的方向。"

"军衔呢?"她问。

"少校。"他答。

"奖章?"她再问。

他耸耸肩。

"那玩意儿，得过十几枚吧，"他说。"没什么好惊讶的。战区作战勋章，这个当然，还有一枚银星奖章，两枚铜星奖章，在贝鲁特又得了枚紫心勋章。我们在世界各地执行任务，巴拿马、格林纳达的战役，沙漠盾牌和沙漠风暴行动什么的都参加过。"

"银星奖章?"她问。"怎么得的?"

"也是在贝鲁特，"他说。"把几个家伙从掩体里救出来。"

"就是那时受的伤?"她问。"你就那么得了一道疤和一枚紫心勋章?"

"我当时已经受伤了，"他说。"带伤上阵。我想这才是让他们印象深刻的原因。"

"战斗英雄，是吧?"她说。

他笑了笑，摇摇头。

"谈不上，"他回答。"当时什么感觉都没有，甚至想都没想。太震惊了，直到后来才发现自己受了伤。要是我早知道，肯定当时眼一闭就昏过去了。肠子挂在了外面，看上去糟透了。亮粉粉的颜色，又湿又软。"

霍莉沉默了几秒。货车继续隆隆飞驰，又开过了二十英里，向北向南或者向西。谁知道。

"你当了多少年兵?"她问。

"一辈子都在当兵，"他说。"我爸爸在海军陆战队服役，足迹踏遍全世界。他在韩国娶了一个法国女子，然后在柏林生了我。直到九岁，我才第一次踏上美国土地，可很快又去了菲律宾。可以说是绕着全世界转。在西点军校的四年是我在同一个地方待得最长的时间。毕业后我参了军，一切又重新开始，绕着全世界转。"

"那现在你的父母在哪里?"她问。

"都过世了，"他答道。"我爸爸十年前去世，好像是十年前。两年后我妈妈也走了。我用银星勋章为她陪葬，没有她我一定不可能赢得这枚奖章。她一直教导我，走该走的那条路，以前她甚至会带着她浓重的法国口音一天念上千万遍。"

"有兄弟姐妹吗?"她问。

"有个哥哥，"他说。"不过去年也去世了。地球上雷切尔家的人如今只剩我一个。"

"那你什么时候退役的?"她问。

"去年四月，"他说。"十四个月之前。"

"为什么?"她又问。

雷切尔耸耸肩。

"只是觉得没意思,我猜,"他说。"政府开始裁军,部队好像变得无足轻重。这么说吧,他们既然不再需要最好最棒的,就不再需要我了。我不希望自己待在一个二流的小地方。所以我就离开了。是不是有点儿目中无人,啊?"

她哈哈大笑起来。

"所以你就成了个看门人?"她说。"从屡屡授勋的少校变成了看门人?难道看门人就不是二流的?"

"并不是你想的那样,"他答道。"一开始我并没想当个看门人,没想过要把这当成新的职业。只是暂时的罢了。上个礼拜五我才到芝加哥,本来打算礼拜三就离开这里去威斯康星。听说这个季节那儿的景色很美。"

"上个礼拜五待到礼拜三?"霍莉问。"你是特别没长性还是怎么的?"

"也许吧,"他说。"三十六年了,从来都是别人指到哪儿,我就去哪儿。有组织有纪律,对吧?现在反而开始叛逆,更喜欢想去哪儿就去哪儿,就像上了瘾。在同一个地方待的最长时间是连续十天,去年秋天在佐治亚州。十四个月里,除了那十天,其他时候全都在四处游荡。"

"就靠给夜总会当看门人赚钱为生?"她问。

"那份工倒是个偶然,"他答道。"大多数时候我根本不工作,全靠手头的一点积蓄。但是我和一个歌手结伴去了芝加哥,后来不知怎么的他们就请我去那个歌手驻唱的夜总会当看门人了。"

"那你不工作的时候都干些什么?"她问。

"边走边看,"他答。"别忘了,我是个三十七岁的美国人,却没有真正在这个国家生活过。你有没有去过纽约的帝国大厦?"

"当然。"她答。

"直到去年,"他说。"我才去了第一次。有没有去过华盛顿纪念堂?"

"这还用问。"她答。

"也是直到去年,"他说。"我才去了第一次。波士顿、纽约、华盛顿、芝加哥、新奥尔良、罗斯摩尔山的总统石刻、金门大桥,还有尼亚加拉瀑布。到处旅游,可以说是想努力补回失去的东西。你说呢?"

"我倒是相反,"霍莉说。"反而喜欢到海外去。"

雷切尔耸耸肩,不以为然。

"海外我已经看够了，"他说。"六大洲全去过，现在打算常住美国。"

"美国各地我去得挺多，"她回答。"我爸爸以前一直全国各地跑，不过倒一直没怎么出国，除了去过两次德国。"

雷切尔点点头，脑海中回忆起在德国度过的青春岁月，加在一起有好些年。

"那么你是在欧洲喜欢上足球的啰？"他问。

"没错儿，"霍莉说。"在那儿这可是一件盛事。有一回我们一家去了慕尼黑，那时我还很小，大概只有十一岁。他们给了我父亲几张球票，在荷兰的鹿特丹，欧洲杯的比赛，好像是，拜仁慕尼黑队对英国的埃斯顿维拉队。你听说过这支球队吗？"

雷切尔点点头。

"英国伯明翰的一支球队，"他说"我以前驻扎在一个叫做牛津的地方，离那儿只有一个小时的车程。"

"我特别讨厌德国人，"霍莉说。"目中无人，一副天下无敌的样子，认为英国人肯定是他们的手下败将。我不愿意去看他得意扬扬的嘴脸，可是不得不去。北约的外交礼节什么的，要是我拒绝去看球赛会闹出很大的丑闻。所以我们就去了。结果却出乎意料，英国人大败德国人，把德国人气得七窍生烟，我却开心极了。埃斯顿维拉队的小伙子们太可爱了，之后我就爱上了足球。至今不变。"

雷切尔点点头，他也挺喜欢看球赛的。但是足球这种爱好需要的是潜移默化，表面上看没有规则，形式散漫，实际上技巧性很强，处处暗藏着诱人魅力。不过他能想象一个小姑娘如何在很久以前、在古老的欧洲被这项运动吸引。鹿特丹聚光灯下的一夜疯狂，刚开始不情不愿，到后来却被绿茵场上飞翔的足球俘获，从此以后成为它的忠实拥趸。但突然间，一小细节引起他的注意。为什么一名美国军人十一岁的小女儿拒绝去观看球赛会被认为不尊重北约的外交礼节？难道他刚刚听错了？

"你父亲是谁？"他问她。"听上去他好像是个重要人物。"

她耸耸肩，回避了这个问题。雷切尔紧紧盯着他，脑中警铃大作。

"霍莉，见鬼，告诉我，你父亲到底是谁？"他非常急切。

先前语气中的倔强爬上了她的脸。依然拒绝回答。

"到底是谁，霍莉？"雷切尔追问。

她别过脸，仰头对着车顶缓缓开口，声音小得几乎被车轮的咆哮淹没。

戒备意味十足。

"约翰逊将军，"她平静地说。"当时他是欧洲的最高司令官。你听说过他吗？"

雷切尔抬头凝视她。约翰逊将军。霍莉·约翰逊。父亲与女儿。

"我见过他，"他说。"不过这并不是重点，对不对？"

她顿时怒火中烧，瞪着他。

"为什么？"她质问。"那么该死的什么才是重点？"

"你被绑架的原因，"他回答。"你父亲是美国军方举足轻重的人物，对不对？就为了这个原因你才被绑架的，霍莉，看在上帝的分上。这帮家伙要的不是联邦调查局探员霍莉·约翰逊，联邦调查局无非是巧合而已。他们要的是约翰逊将军的女儿。"

她俯视着他，仿佛他刚刚重重扇了一巴掌在她脸上。

"为什么？"她非常委屈。"为什么每个人都认为每回发生在我身上的每件事儿都是因为我的父亲？"

16

麦格洛斯带上了四张电脑合成的通缉犯正面像连同霍莉·约翰逊的正面照，和布罗根一道赶到芝加哥的梅格斯机场，在那儿与米罗塞维奇会合。他希望能够得到机场地勤的通力合作，果然没有失望。除了通力合作，估计也很难用其他的方式打发这三名正为失踪同事焦头烂额的联邦调查局探员了。

梅格斯机场是一个很小的民营机构，坐落在湖边，三面环水，北边就是第十二街湖滨地带。他们一直兢兢业业，试图在奥亥尔国际机场的阴影下存活。飞行日志保持得一丝不苟，工作效率也堪称一流，倒不是为了应付联邦调查局的随时盘查，而是只有这样，他们才能在全世界最厉害的竞争对手的鼻子底下继续经营。不过这两点倒的确帮了麦格洛斯的大忙，让他在三十秒不到的时间里意识到前面是一条走不通的死胡同。

梅格斯机场的工作人员非常肯定，从没见过霍莉·约翰逊或另外四名绑匪，在周一中午一点钟左右没有出现过。确定无疑。他们的态度自然可信，就像工作一直井井有条的人对自己的常规工作表现出的那种冷静淡定，比方说从容不迫地为小型货机安排繁忙领空中的一条航道。

而且从中午到三点钟,也没有任何可疑飞机从梅格斯机场起飞。他们的日志清楚地表明了这一点。三名探员迅速离开机场。机场工作人员很快回到自己的岗位上,甚至在三人还没走进停车场的轿车里时就忘记了这段小插曲。

"好吧,分头行动,"麦格洛斯吩咐。"你们俩到威尔麦特查查牙医的情况。我还有其他事情,得给韦博打个电话。他们在华盛顿肯定已经急得像热锅上的蚂蚁了。"

距离梅格斯机场一千七百零二英里的树林里,一名年轻人正在等待指示。他是一名优秀的探员,接受过良好的训练,但做卧底他还是新人,不是很有经验。这几年对卧底探员的需求与日俱增,调查局竭尽全力填补空缺。如此这般,像他这样经验相对不足的新手也披挂上阵。他相信,只要他永远记住很多事情不要多问为什么,一切都不会有问题。他并没有觉得自尊心受不了,宁愿遵从上级的指示。他非常小心,同时也很现实,清楚明白现在的事态已经不受他的控制,巨大的阴谋已箭在弦上。但将如何发生,他说不上来。只是一种直觉。不过他相信自己的直觉。这时,直觉警告他有些不对劲,他赶紧停下脚步,喘了几口粗气后决定不去自己那棵大树,而是转过身,沿着来时的路慢慢踱了回去。

韦博一直在等麦格洛斯的电话。他丝毫没有掩饰。电话铃刚响了一声韦博就拿起听筒,仿佛他一直坐在宽敞的办公室里只为等这通电话。

"有没有进展,马克?"韦博急切地问。

"有一些,"麦格洛斯回答。"我们现在知道到底发生了什么事儿,是从一家干洗店的监视录像上找到的线索。她中午十二点左右去了干洗店,十二点一刻出门,在门口被四个家伙绑架。三个在街上,一个坐在轿车里。"

"还有什么?"韦博追问。

"轿车是他们偷来的,"麦格洛斯回答。"看起来为了偷车还杀了车主。他们带着她向南开了五英里,一把火烧了轿车,车主还塞在行李厢里,可怜的家伙被活活烤死。他是个牙医,名叫罗宾。至于霍莉怎么样,我们现在还不清楚。"

华盛顿的韦博沉默了很长时间。

"有没有必要搜查整个区域？"终于，他开腔问。

麦格洛斯沉吟了几秒，一时吃不准韦博到底是什么意思。他是说搜出绑匪的藏身之处还是搜出另外一具尸体？

"我觉得不需要，"他回答。"他们肯定预料到我们会搜查整个区域。我感觉他们早就离开这里了，说不定跑到很远的地方。"

电话那头再次陷入沉默。麦格洛斯能够感觉到韦博在思考。

"我同意，"韦博说。"他们已经把她带走了。但到底什么路线？陆地？航空"

"肯定不是航空，"麦格洛斯说。"我们查了昨天所有的航班，刚刚还去了一个私人机场。一无所获。"

"那么直升机呢？"韦博问。"偷偷摸摸进来，又偷偷摸摸出去？"

"局长，这在芝加哥是不可能的，"麦格洛斯说。"尤其是在奥亥尔国际机场隔壁。那儿附近的雷达恐怕比空军的雷达都要多，要是有任何未被批准的直升机闯入，我们肯定会知道。"

"好吧，"韦博答道。"但我们必须控制事态的发展。马克，我们说的可是绑架和谋杀。我有种不祥的感觉。有没有另一辆车与轿车同时被偷？"

"很有可能，"麦格洛斯说。"我们正在查。"

"有没有搞清楚他们到底是什么人？"韦博问。

"没有，"麦格洛斯坦白说。"我们从摄像头截取了照片，电脑处理后非常清晰。马上就给你发过去。四个白种男人，介于三十岁到四十岁之间，其中三个很相似，相貌平平，理短发。第四个家伙非常高，电脑显示他有足足六尺五寸。我猜他是这次行动的老大，第一个抓住霍莉的就是他。"

"那动机呢？有没有什么推测？"韦博问。

"一点儿没有。"麦格洛斯如实回答。

电话那头再次陷入沉默。

"好吧，"过了一会儿韦博开口。"你那儿一丝风声都不能走漏，知道吗？"

"我已经尽力了，"麦格洛斯说。"只有三个人知道。"

"用的帮手是谁？"韦博问。

"布罗根和米罗塞维奇，"麦格洛斯答。

"他们行吗？"韦博问。

麦格洛斯咕哝了一声。要是不行能被他挑中？

"他们相当了解霍莉，"他说。"而且都足够优秀。"

"是嘀嘀咕咕、抱怨连连?"韦博问。"还是像以前的探员那样脚踏实地?"

"从没听过他们抱怨，"麦格洛斯说。"什么事儿都不抱怨。不抱怨工作、不抱怨加班，甚至连薪水都没有一句话。"

韦博大笑起来。

"我们能不能克隆他们?"他笑问。

空气中泛起一丝轻松，不过转瞬即逝，但韦博说笑调节气氛还是让麦格洛斯非常感激。

"你那儿进行得怎么样?"他问。

"你指的是哪方面，马克?"韦博陡然恢复严肃。

"那位老大，"麦格洛斯说。"有没有刁难你?"

"哪位老大?"韦博问。

"将军啊!"麦格洛斯说。

"还没有，"韦博回答。"他早上打了个电话，不过非常礼貌。父母都是这样，刚开始一两天还能保持冷静，后来就慢慢熬不住了。约翰逊将军也不会例外。他也许是个大人物，不过本质上人人都一样，不是吗?"

"嗯，"麦格洛斯应道。"告诉他如果他想要一手信息，直接打电话给我。或许对他有帮助。"

"好吧，马克，多谢了，"韦博回答。"但是我现在在想，也许牙医的事儿谁都不要说，暂时保密。否则整件案子看起来太血腥。同时把你手头的东西都发给我，我会找人分析。别担心，我们一定能把她救回来。调查局向来照顾自己人，不是吗? 从没失败过。"

这句谎话在调查局两位高官的耳边回荡了几声后慢慢沉寂，两人最后同时挂断电话。

年轻人慢慢踱出树林，却迎面碰上了司令。他聪明地敬了个礼，装出紧张的样子。只是他的紧张恰到好处，正是小兵遇上司令会表现出的适度紧张。不能过分，否则会引起疑心。他站在原地，只等司令问话。

"有任务派给你了，"司令说。"你很年轻，对不? 所以肯定熟悉那些高科技的玩意儿?"

年轻人警惕地点点头。

"平时是喜欢捣鼓那些玩意儿，长官。"他答道。

司令也冲他点点头。

"我们弄到一件新玩意儿，"他说。"无线电频率的扫描仪。我想找人装起来。"

年轻人的血液瞬间冻住。

"为什么，长官？"他问。"你怀疑有人在用无线电发射机？"

"这也说不定，"司令回答。"我不相信任何人，每个人都很可疑。小心驶得万年船。如今情况这么微妙，必须特别注意细节。你知道他们怎么说来着？天才成于细节。"

年轻人吞了口口水，点点头。

"你快过去装起来，"司令吩咐道。"安排个值班表，一天两班，每天十六个小时，好吧？我们现在需要的就是每时每刻保持警惕。"

司令转身离去，年轻人点点头，终于松了口气。他不自觉地朝那棵特殊的大树瞥了一眼，万分庆幸自己的直觉。

米罗塞维奇开着自己的新车，和布罗根一起赶往城北。路上他们特地绕到威尔麦特邮局，布罗根寄出双胞胎孩子的赡养费。之后他们一路开到遇害牙医的诊所。停车场外已等了一名当地警察，他并没有为未及时处理牙医妻子的报案做任何辩解。为此米罗塞维奇对他冷嘲热讽，仿佛是他的耽搁一手导致了霍莉·约翰逊被绑架。

"很多丈夫离家出走，"警察说。"一直都有发生。这里是威尔麦特区，不是吗？这儿的男人和其他地方的没什么不同，惟一的区别是他们有钱，能够让自己一走了之。我还能说什么？"

米罗塞维奇没有丝毫同情。这警察同时还犯了两个错误。其一，到现在他还以为联邦调查局找上门是为了那个遇害的牙医；其二，他更在乎的是如何掩饰自己的疏忽，而根本不在乎霍莉·约翰逊光天化日之下被四个杀人犯当街绑架。米罗塞维奇几乎丧失了耐性，但很快这位警察将功补过。

"现在人都怎么了？"他突然说。"怎么都喜欢烧汽车？又有个混蛋在湖边烧了辆汽车，我们还得去收拾残局，附近的居民已经怨声载道了。"

"具体在哪儿？"米罗塞维奇连忙追问。

警察耸耸肩，忙不迭说出详细地点。

"湖边转弯处，"他说。"华盛顿公园的这一边，喜来登路上。以前在威尔麦特从没出过这种事儿。"

米罗塞维奇和布罗根决定亲自去现场勘查,警察驾着自己闪闪发光的警车在前面带路。原来并不是一辆轿车,而是一辆开了将近十年的道奇轻卡。没有牌照。整辆卡车浸在汽油里,基本上烧得只剩一副空壳。

"昨天的事儿,"警察说。"早上上班时被人发现的,大概七点半报的案。"

他绕着卡车残骸转了一圈,仔细打量。

"不是本地车,"他说。"我这么猜的。"

"为什么不是?"米罗塞维奇不解。

"这辆车有十年车龄了,对不对?"警察解释道。"这里确实有几辆小卡车,不过都当玩具使的,你瞧,都是 V8 型的大块头,崭新的镀铬车身。像这样十年的老家伙,没人会愿意浪费停车位。"

"那园丁呢?"布罗根插口问。"或者救生员之类的人会用吗?"

"可他们何必烧车?"警察说。"可以改装,甚至以旧换新。没有人会去烧掉一辆还能用的车,对不对?"

米罗塞维奇沉思片刻,点头同意。

"好吧,"他说。"现在这案子归我们了,由联邦调查局来调查。我们会尽快派辆拖车过来,同时你守在这儿,好吗?看在上帝的分上,千万别出错,不许任何闲杂人等靠近。"

"为什么?"警察问。

米罗塞维奇睥睨地看着他,仿佛站在眼前的是一个白痴。

"这是他们开过来的卡车,"他说。"他们把车遗弃在这儿,为实施绑架又去偷了那辆雷克萨斯。"

威尔麦特的警察瞥了一眼焦躁不安的米罗塞维奇,又望了望烧毁的卡车,一团疑云罩上心头:道奇轻卡驾驶室的长椅上怎么可能坐进四个人? 不过他什么都没说。他才不愿意冒险再被讥讽一次。最后他只是点点头。

17

霍莉直着腰坐在床垫上,一条腿屈起,下巴枕在膝盖上,伤腿则笔直平放。旁边的雷切尔也担忧地坐起身,身子前倾,抬起一只胳膊保持平衡,另

一只手挠了挠头发。

"那你母亲呢？"他问。

"你父亲是不是名人？"霍莉以问作答。

雷切尔摇摇头。

"算不上吧，"他说。"他同一个部门的人基本上都认识他，我猜。"

"所以你根本不明白这种感觉，"她说。"你做的每件事儿都是因为你有一个名人父亲。我上学得到全 A，去了耶鲁和哈佛念书，又到华尔街工作。但这一切都不是我的成绩，而全部属于另一个奇怪的人，那个叫做约翰逊将军之女的人。到了调查局也一样。每个人都认为我进来全是沾了我父亲的光，从我在那儿工作的第一天起，一半的人都对我照顾有加，另一半人对我特别严格，仿佛只是为了证明他们多么不在乎我的身份。"

雷切尔点点头，沉吟半晌。他的情况属于青出于蓝胜于蓝，成就早就超过了自己的父亲。不过他认识一些名人的孩子，伟大将军的儿子甚至孙子。无论他们自己多么优秀，和前辈相比总是珠玉在侧，相形失色。

"好吧，我同意，这感觉很难受，"他附和道。"以后你可以尽量试着不去想这些问题，不过此时此刻，这是我们必须考虑的关键，整桩绑架案绝对是一环套一环。"

她点点头，懊恼地叹了口气。昏暗中雷切尔瞥了她一眼。

"你什么时候猜出原委的？"他问。

她耸耸肩。

"几乎立刻，"她说。"就像我告诉你的，习惯成自然。所有人都认为我生活中发生的每一件事儿都是因为我的父亲。我自己也不例外。"

"好吧，谢谢你这么快对我实话实说。"雷切尔说。

她并没有辩解。两人陷入沉默。车内的空气几乎令人窒息，闷热混杂着永无止尽的轰鸣，加上透进来的微光，车厢就像一罐浓稠的汤汁，雷切尔觉得自己几乎要在里面溺毙身亡。但实际上更令他窒息的是迷雾重重的案情。以前也有许多次他憋着气窝在狭小的货机机舱里，条件比现在差得多。可如今真正让他坐立不安的是种种不确定性。

"那你的母亲呢？"他又问了她一遍。

她摇摇头。

"已经去世了，"她说。"我二十岁还在上大学的时候。是癌症。"

"我很难过，"他略微停顿了一下，有些紧张。"那有没有兄弟姐妹？"

她再次摇头。

"没有，只有我一个。"她答道。

他迟疑地点点头。

"我最担心的就是这个，"他说。"本来我还暗自希望是为了什么别的原因，比方说你的母亲是个法官，或者你有个兄弟是众议员什么的。"

"别说了，"她打断他。"只有我一个。我和我爸相依为命。只可能是因为他。"

"可他又能怎么样？"他说。"见鬼，他们到底有什么目的？赎金？算了吧。你爸爸的确是个大人物，可说白了也只是一名军人，一辈子拿的都是军队工资。跟别人相比当然算爬得快的，这一点我同意，但我知道军队工资到底有多少。我也拿了十三年呢。我没成富豪，他肯定也成不了，起码不是那种让人想勒索赎金的富豪。要是有人想通过绑架富豪的女儿发财致富，光芝加哥一地就有一百万比你更合适的人选。"

霍莉点头同意。

"他们想利用他的影响力，"她说。"他手底下有两百万士兵，每年负责两亿美元的预算。绝对称得上影响力十足，对吧？"

雷切尔摇摇头。

"不对，"他说。"这就是最大的问题。我觉得他们的目的根本无法实现。"

他双膝跪在垫子上，向前爬过去。

"见鬼，你想干什么？"霍莉连忙问。

"我们必须和他们谈谈，"他说。"在到目的地之前。"

他抡起拳头，拼尽全力砸向车头后壁。重拳落下的地方估计正好是司机脑袋的位置。他一直砸了好几分钟，拳头都砸疼了，终于如愿以偿。货车向路边减速，接着前轮开进砂砾地面。猛地一刹车，他身体紧紧贴在了车头后壁上，坐在床垫上的霍莉被车势带得向前滑动了好几英尺，膝盖弯曲，她立刻疼得大声抽气。

"已经在高速公路上停下来了，"雷切尔说。"不知道在哪儿。"

"雷切尔，你这么做大错特错。"霍莉指责道。

他耸耸肩，伸手扶她坐起身，将身体抵在车头后壁上。接着他轻巧地向前爬，坐在她和后门之间。只听见三名绑匪从驾驶室出来，驾驶室门砰地关上。三人走过砂砾地面，碎石咯吱作响。两个从右侧，另一个从左侧走过

73

来。接着钥匙转动，门把手被拉开。

左半边车门微微开启，露出大约两寸的门缝。首先进入车厢的是霰弹枪枪管。透过门缝，雷切尔瞥见一条狭窄的蓝天，点缀着朵朵白云。但这什么都不能说明，可以是地球上任何一处地方的天空。接着进入车厢的则是那把格洛克 17 手枪，然后他看见手腕以及全棉衬衫的袖口。格洛克手枪纹丝不动。是洛德。

"最好给我个理由，贱人！"他大声吼道。

紧绷的话音透出浓郁的敌意。

"我们得好好谈谈！"雷切尔叫道。

门缝中又挤进来一支格洛克手枪，微微颤动。

"谈什么，混蛋？"洛德大声问。

雷切尔听出声音里的紧张，也看见第二支格洛克枪在微微颤抖。

"这么做是行不通的，哥们儿，"他说。"无论谁指使你们这么做，他肯定没想清楚。也许感觉上这一步非常聪明，可一切都是错的。你们这么做只会惹上一身甩也甩不掉的麻烦。"

货车外的人默不作声。其实只短短沉默了几秒钟，可已足以让雷切尔明白霍莉是对的，他自己铸下了大错。原本纹丝不动的那支格洛克突然抽了回去，霰弹枪猛地一抖，仿佛另一人接手。说时迟那时快，雷切尔飞身向前，把霍莉扑倒在垫子上。霰弹枪的枪管朝上，随着扳机咔嗒一声轻响，震耳欲聋的爆炸声几乎把他们湮没。霰弹枪对准车顶连续扫射，片刻车顶就被打出上百个小弹孔，蓝光瞬间透过弹孔射进车厢。弹壳像一阵冰雹似地洒下来，在车厢里欢蹦乱跳。最后，枪声戛然而止，整个车厢陷入死一般的阒寂。

车厢门砰地关上，狭窄的天空瞬间消失。三名绑匪爬进车厢时车身抖动了一下，接着发动机启动，车子向前一冲，左拐，重新开上高速公路。

雷切尔听力刚恢复就听见气流透过车顶上几百个弹孔嗖嗖地灌进车厢。随着货车继续加速，气流声越来越响，最后就如同上百只哨子同时尖啸，不协调的声音如同精神错乱的鸟儿在嘶鸣。

"疯了，啊？"霍莉说。

"说我还是说他们？"他问。

他抱歉地点点头，她点头表示原谅，费力地坐起身，两手把伤腿摆直。

光亮透过车顶上的弹孔照进车厢,雷切尔能够清楚地看见霍莉的表情。痛苦的神情一闪而过,她的双眼突然失了神采,但很快恢复过来,重新变得炯炯有神。他跪下来,把弹壳从床垫上扫开。弹壳滚落在金属车厢里,嘎嘣作响。

"现在你必须先逃走,"她说。"否则很快你会让自己丢了性命。"

她头发挑染的部分映衬着从弹孔透下的光亮,闪出点点星芒。

"我是认真的,"她说。"无论你是不是有资格帮我,我绝对不能让你继续留下。"

"我知道你不能。"他说。

他用脱下的衬衫把弹壳扫成一堆堆在车门旁,然后放直床垫躺下身,随着车子的晃动来回轻摆。他仰头凝视着车顶的弹孔,感觉眼前仿佛是银河某处的星图。

"我父亲会竭尽全力救我出去。"霍莉说。

此时说话比先前更加困难,隆隆发动机和车轮的咆哮又加进了气流的尖啸,嘈杂难当。霍莉在雷切尔身边躺下,头紧靠着他。头发四散铺开,轻挠着他的脸颊和脖子。她轻轻挪了一下臀部,两腿伸直。两人身体并没有紧靠在一起,原来的 V 字形状依然存在,只不过角度比之前小得多。

"但他又能怎么样?"雷切尔反问。"你倒说说看。"

"他们肯定会提出种种要求,"她说。"你瞧,这样做或者那样做,否则就会伤害你的女儿。"

她速度很慢,声音中夹杂着一丝不易察觉的颤抖。雷切尔伸手握住她的手,轻轻摩挲。

"可这压根儿行不通,"他回答。"你仔细想想。你父亲是干什么的?他执行长期决策负责短期准备。而长期决策都是国会、总统还有国防部长他们制定的,对不对?所以要是联席会议主席试图阻挠,他们只需换掉他就行,尤其要是得知他正被要挟。你说呢?"

"那短期准备又怎么说?"她问。

"道理也是一样,"他答道。"他只是联席会议主席,同时各个部队还有他们自己的参谋长,陆海空,外加海军陆战队。要是他们同时和你父亲唱反调,上面总会知道。纸包不住火啊,你说呢?他们也只需换掉他就行,完全把他踢出去。"

霍莉转过头,定定地直视着他。

"你肯定?"她问。"要是这帮家伙是为伊拉克卖命呢?比方说萨达姆又开始觊觎科威特,但他不想再挑起什么沙漠风暴,所以设计绑架我,然后要挟我父亲用一堆捏造的借口拒绝实施沙漠风暴。难道那样不可能吗?"

雷切尔耸耸肩。

"你说的不错,"他答道。"理由确实可以捏造。事实是,我们绝对可以再掀起一次沙漠风暴,如果迫不得已,绝对没有问题。每个人都心知肚明。所以要是你父亲用一堆理由公开宣称不可能再次实施沙漠风暴,人们立刻会知道他在撒谎,而且很快会得知其中隐情。接着他们就会逼迫他离开。军队绝不是个讲情面的地方,霍莉,绝对不能牵扯个人私情。如果那是这帮家伙的计谋,我敢说他们是在浪费时间。绝对行不通。"

她沉默良久。

"那也许是为了复仇,"她缓缓地说。"也许有人因为他过去的所做所为寻仇。也许想把我带到伊拉克,逼迫他为沙漠风暴,或者巴拿马、格林纳达,反正他以前指挥过的行动认错道歉。"

雷切尔仰面躺在床垫上,随着货车的颠簸轻轻晃动。气流从车顶弹孔嗖嗖地钻进来,车厢凉快了许多。或许是因为他的情绪改变了。

"这更不可能,"他说。"能为了那些事情找上联席会议主席复仇的人必须是个特别敏锐的分析家,因为有太多其他更明显的目标暴露在外。比方说,官位更高的人,对吧?总统,国防部长,或者外勤人员,实地指挥作战的将军,林林总总。要是巴格达想找人进行公开羞辱,一定会找一个他们的人能一眼认出的家伙,而不是某个藏在五角大楼坐办公室的官员。"

"那么这一切到底是为了什么?"霍莉问。

雷切尔又耸耸肩。

"什么都不为,"他说。"他们根本缺乏深思熟虑,正是这一点让他们更加危险。他们有能力,却非常愚蠢。"

货车继续飞驰了六小时,估计又行驶了三百五十英里。车厢内的温度已经降低,不过雷切尔已经放弃利用温度猜测方向的努力,因为车厢顶的弹孔会影响准确性。相反,他决定使用航位推测法。现在距离芝加哥共有八百五十英里,而且并非向东行驶,但剩下的可能性也相当多。他在脑海中出现了一幅美国地图,按顺时针方向逐一搜索。可能穿过了佐治亚州、阿拉巴马州、密西西比州,现在到了路易斯安那州。也可能穿过得克萨斯州、俄克拉荷马州,还有堪萨斯州的西南角。但可能不会再远了,因为他脑中的地图用棕色标出的那块地方,应该是山地,可货车并没有任何爬坡的迹象。也可能经过了内布拉斯加州、南达科他州,甚至可能路过罗斯摩尔山的总统石刻,这大概是他人生中第二次路过此地。也有可能还在明尼苏达州,路过明尼阿波利斯后径直驶入北达科他州。如果以芝加哥为圆心、八百英里为半径画一条弧线,那么弧线上的任何一点都可能是他们现在的位置。

从车顶弹孔透进来的光线渐渐暗淡,又过了好几个小时后货车开始减速,向右转弯上了斜坡。霍莉的身体突然一颤,转头凝视着雷切尔,满眼疑问。雷切尔朝她耸耸肩,什么也没说。货车稍作停顿后左转,又右转,慢慢减速。雷切尔坐起身,套上衬衫。霍莉也随后坐起来。

"又一个落脚点,"她说。"看来他们有全套的周密计划,雷切尔。"

这回的落脚点是一处马场。货车沿着车道颠簸了很长一段,终于停下。雷切尔听见三人中的一个下了车,车门关上,接着货车缓缓开进另一栋建筑,排气管发出的突突声在墙壁间回荡。霍莉闻出马匹的味道。发动机熄火,另外两人也出来,掏出钥匙,后车厢门开出一条小缝。首先进入车厢的仍旧是霰弹枪的枪管。不过这回没再向上指着车顶,而是指着他俩。

"出来,"洛德命令道。"贱人先出来,不许帮她。"

霍莉一僵,接着朝雷切尔耸耸肩,自己爬出垫子。车厢门嘎吱一声打开,她立刻被两双手抓住拖了出去。很快司机出现在车门外,端着霰弹枪瞄准雷切尔,手指紧紧扣在扳机上。

"混蛋,求你动一下吧,"他恶狠狠地说。"正好给我一个该死的借口。"

雷切尔目不转睛地凝视着他,整整五分钟后,霰弹枪突然向前猛刺,随后一把格洛克枪出现在一旁。洛德使了个手势,雷切尔缓缓朝瞄准自己的两支枪管爬过去。洛德微微前倾,手铐的一半咔嚓套在雷切尔的手腕上,另一半上面锁着一根长链。洛德拽着链条把他拖出车厢。眼前是一座木制结构的马棚,比先前落脚的牛棚小得多,也旧了许多,像是从农耕时代遗留下来的。马棚中央的主要通道两侧并立着一间间马厩,鹅卵石铺就的地面长满了青苔。

中央通道可以通过马匹,但停货车就不够宽,所以货车只稍稍开进马棚一点。雷切尔的视线越过车顶,投向远方暗沉的夜空。哪里的夜空都一样。洛德拽着链条,像牵马似的拖着雷切尔走过通道,史迪威走在他旁边,高举着格洛克对准雷切尔的太阳穴。司机跟在后面,霰弹枪抵住雷切尔的后腰,每走一步枪管都上下晃动。走到离大门最远的马厩,他们停下脚步。霍莉被锁在正对面的马厩里,右手被铐上了一半手铐,一根长链绕过另一半手铐,固定在马厩后墙上的一个铁环上。

两个拿枪的家伙站成一排,洛德一把把雷切尔推进马厩。拿出钥匙打开手铐,抽出铁链,穿过钉在马厩后墙木梁上的铁环,绕了两圈后重新锁在了手铐上。他拉了铁链两下,确认锁牢。

"床垫,"雷切尔说。"帮我们把床垫从车厢里抬过来。"

洛德摇头拒绝,但那个司机却一脸狞笑地答应。

"行,"他说。"好主意,混蛋。"

他走出马棚,把双人床垫从车厢里拖出来,又费力地拖过中央通道,扔进了霍莉的马厩。伸脚把床垫踢踢正。

"小娘儿们有床垫,"他说。"你就甭做梦了。"

他哈哈大笑,另两个家伙也笑起来,一同离开。司机把卡车开出马棚。最后马棚大门吱哑一声关上,门外粗重的门闩搁在了支架上,接着传来簌簌的铁链声,最后挂锁锁上。他瞥了一眼对面的霍莉,低头看了看潮湿的地面。

雷切尔蹲下身子,蜷缩在马厩墙角,只等三个家伙送晚饭来。一个小时后,一个铁皮饭盒伴随着霰弹枪和格洛克出现在眼前。史迪威把饭盒拿进来,可司机把饭盒夺了过去,递给了霍莉,色迷迷的眼神在霍莉身上直打转。片刻之后,他转头面对雷切尔,端起了霰弹枪。

"小娘儿们有的吃,"他说。"你没有。"

雷切尔没有起身,只是在昏暗中无所谓地耸耸肩。

"没有我也死不了。"他答。

两个家伙都没再理睬他,走出马棚,重新关上木门,锁上门闩和挂锁。等脚步声走远,雷切尔转身对霍莉说。

"是什么东西?"

她隔着走道朝他耸耸肩。

"好像是炖菜,"她答道。"或者是浓汤,我猜。你想来点儿吗?"

"他们有没有给叉子?"他问。

"没有,只有勺子。"她答。

"他妈的,"他咒骂道。"光有见鬼的勺子什么都做不了。"

"你想来点儿吗?"她又问。

"你能不能递过来?"他说。

她先吃了一点,然后试图把饭盒递过去。她一只胳膊绷紧链子,另一只手把饭盒放在地上,尽量推过去。随后她转过身,伸出没受伤的腿,把饭盒又向前踢了踢。雷切尔躺下来,伸长双腿努力想把饭盒勾过来。但根本是徒劳。他身高六尺五寸,手臂也几乎是军队裁缝见过的最长的,但即便如此,还是短了一英尺。他和霍莉拼命伸展身体,铁链已经绷到极限,可饭盒终究还是够不着。

"算了吧,"他最终放弃。"趁你还够得着,快把它勾回去。"

她伸脚把饭盒勾了回来。

"对不起,"她抱歉地说。"你肯定会很饿的。"

"没事儿,死不了,"他说。"反正肯定也不好吃。"

"没错儿,"她说。"简直就是垃圾,跟狗食似的。"

雷切尔透过黑暗望向她,蓦地担心起来。

霍莉充满歉意地在自己的床垫上躺下,很快就平静入梦,但雷切尔一直没合眼。倒不是因为地面湿冷坚硬。鹅卵石凹凸不平,躺在上面确实很受罪,但并不是因为这个。相反,他正在等待某件事情发生。脑海中的时针滴答挪移,不出意料的话三、四小时后就会发生。就在抵抗力较弱、耐心被磨光的凌晨时分。

漫长的等待。在过去一万三千七百六十一个夜晚中,今晚能跻身进入最难熬长夜的前三分之一。他清醒地躺在地上,等待可怕的事情发生。即将发生的一切他也许根本没有机会阻止,而他确信会发生,种种迹象都逃不过他的眼睛。他躺在地上,数着秒针。三个小时,或许四个。

三小时四十四分钟以后,事情果然发生。不知名的司机独自一人窜回马棚。棚外传来轻快的脚步声,接着挂锁和铁链簌簌响了一阵,门闩从支架上搬下来,马棚门吱哑开启。顿时皎洁的月光倾泻进来,洒了一地。司机蹑手蹑脚地进来,衬着月光雷切尔看见他粉色的肥脸一闪而过。他没带武器。

"我正看着你,"雷切尔平静地说。"不许你靠近一步,否则你死定了。"

司机闻声一愣,停下脚步。他并不是个白痴,故意站在雷切尔够不着的地方,发亮的眸子朝雷切尔手上的手铐瞟去,发现铁链还牢牢锁在后墙上的

铁环后得意一笑。

"你想看就看,"他说。"我可不介意有观众,说不定你还能学几招。"

蓦地,霍莉被惊醒,抬头四处张望,在黑暗中眨眨眼。

"出了什么事儿?"她问。

司机转身面向霍莉,雷切尔看不见他的表情,但能看见霍莉的。

"我们俩来找点乐子,小娘儿们,"司机猥琐地说。"只有你和我,你那混蛋朋友在旁边可以边看边学。"

他双手落在腰上,解开了皮带。霍莉盯着他,坐起身。

"别开玩笑,"她说。"你再靠近一步,我就杀了你。"

"你不会那么做的,"司机淫笑。"会吗?别忘了我给了你床垫和其他东西。只为了我们办事儿的时候舒服点儿。"

雷切尔在自己的马厩里站起身,铁链叮当作响,在静夜里尤为刺耳。

"我一定会杀了你,"他大声说。"你碰她一下就死定了。"

他叫完又重复了一遍,可对方置若罔闻,就像聋了似的。一阵恐惧向雷切尔袭来。如果那家伙真的不听他的,那么他根本束手无策。他猛力摇了摇铁链,叮当声大作。仍是徒劳。那家伙完全不睬他。

"你再敢靠近一步,我就杀了你!"霍莉又说了一遍。

她姿势笨拙地挣扎着想站起来,可被腿伤拖累。司机冲进她的马厩,抬脚重重地朝她受伤的膝盖踹下去。她顿时痛苦地尖叫一声,蜷缩成一团。

"我说什么,你就做什么,贱人,"司机骂道。"不照做我就让你永远走不了路。"

霍莉的尖叫渐渐变成轻声啜泣。司机抽回脚,小心对准她的膝盖,再次踢了下去,仿佛临门一脚、正中球门。她再次尖叫起来。

"你死定了!"雷切尔嘶吼道。

司机转身面对他,笑得更欢。

"给我闭上你的臭嘴,"他说。"再吐一个字,小娘儿们更有得受了,听到了没?"

皮带一头挂了下来,他双手捏成拳头放在臀部。肥硕的脸盘放着淫光,头发就像刚洗过,全部梳向脑后。他扭过头冲着霍莉大声问道:

"外衣下面有没有穿了什么?"

霍莉没有回答,马棚陷入寂静。司机转过身。雷切尔发现她正在偷偷观察他的动作。

"我问你话呢，贱人，"他说。"你想再挨一脚吗？"

她仍然默不作声，喘着粗气强忍剧痛。司机拉开裤子拉链，声音刺耳得几乎盖过了三人的沉重呼吸。

"你看见这个了吗？"他问。"知道是什么吗？"

"差不多，"霍莉喃喃地说。"看起来像是生殖器，只不过小了许多。"

他面无表情地盯着她。接着，他怒吼着冲进她的马厩，抬脚向她踢去，她灵活地一闪身，粗短的小腿登时扑了个空，身子一晃差点儿跌倒。霍莉眯着眼，透出一丝胜利。她匍匐上前，抬起胳膊肘重重捣向他的肚子。干得不赖，以彼之道，还施彼身，劲道大得仿佛要把他的脊椎砸出后背。司机被结结实实捣了一记，顿时倒抽凉气，向一旁滚去。

雷切尔不禁喝彩，既崇拜又宽慰。他暗想，我自己都不一定能干得这么棒。司机缓缓直起腰，他的脸已经疼得扭作一团。霍莉胜利地低吼一声，单膝跪地向他爬过去，准备袭击他的腹股沟。雷切尔在旁暗暗为她鼓劲。她朝他扑过去，司机连忙转身抬腿试图挡她。这招早就在霍莉的意料之内，此刻对方的喉咙正暴露在她的胳膊肘下。雷切尔看见了，霍莉也看见了。她抬起胳膊肘，准备给出致命一击。沿着完美的弧线，他的脑袋马上就要搬家。正在拳头奋力抢出的当口，她的铁链却咔嚓绷到极限，手臂猛地停在半空。锁住铁链一头的铁环发出叮当一声，人硬生生被拽了回来。

雷切尔脸上的笑容瞬间冻结。司机蹒跚地走到霍莉够不着的地方，弯下腰连连喘气。调顺呼吸后他直起身把皮带向上拎了拎。霍莉一只手臂被捆在铁链上，面对司机。铁链紧绷，铮铮作响。

"好斗的小妞我喜欢，"司机上气不接下气。"更有劲儿。不过你可得为后面留点儿力气，我可不喜欢你像死人似的躺在那儿。"

霍莉怒气腾腾地瞪着他，气喘吁吁，浑身上下散发出抖擞斗志。可惜她只有一只手能用。司机逼近两步，她猛地抢出一拳，又狠又准，可他向左一闪，把她的拳头挡了回去。她另一只手臂被锁住，没法再继续出拳攻击。这时他抬腿一脚踹向她的腹部，她弓腰避开。他又踢出一脚，却迎面撞上霍莉的胳膊肘。不过由于她的姿势，胳膊肘根本使不上力，相反让她自己失去平衡。司机凑近一步，抬脚踢向她的肚子。霍莉痛得弯下腰。紧接着他又踹向她的膝盖，嘎扎一声，她登时痛苦地尖叫起来，虚脱地瘫倒在床垫上。司机站在原地，连连喘气。

"该死的，我问你话呢。"他说。

霍莉脸色惨白，被铁链锁住的手臂扭在身后，身体簌簌颤抖，在床垫上痛苦地蠕动喘气。洒进马棚的一道月光照在她的脸上，也落在雷切尔的眼里。

"我等你回答呢，贱人。"司机催促。

雷切尔看见她的脸，她已经被打败了，原先的斗志消失殆尽。

"还想再来一脚？"司机问。

马棚再次陷入死寂。

"我在等你答话。"司机又说。

雷切尔的视线投向对面的马厩。除了三人粗重的呼吸，万籁阒寂。片刻之后，霍莉打破沉默。

"你问我什么来着？"她轻声说。

司机冲着她淫笑起来。

"外衣下面有没有穿什么？"他说。

霍莉没有说话，只是点点头。

"很好，那穿了什么？"他又问。

"内衣。"她轻声答道。

司机微弯手掌罩在耳边。

"听不见，贱人，"他说。

"我穿了内衣，你这个狗杂种！"她大声说。

司机摇摇头。

"这个称呼可不好听，"他说。"我需要你向我道歉。"

"你去死！"霍莉咒骂道。

"我要再踢你了，"司机回答。"就踢你的膝盖，保准让你今后一辈子都离不开拐杖，贱人。"

霍莉别开视线。

"你自己选。"司机说。

他慢慢抬起脚，霍莉直视床垫。

"好吧，我道歉，"她说。"对不起。"

司机得意地点点头。

"描述你的内衣，"他说。"越详细越好。"

她耸耸肩，转过脸面对木墙。

"胸罩、内裤，"她缓缓开口。"维多利亚的秘密，深桃红色。"

"紧身的？"司机追问。

她耸耸肩，一脸鄙夷，仿佛知道接下来他要问什么问题。

"算是吧。"她说。

"那你想不想给我看看？"司机说。

"不想。"她断然拒绝。

司机又凑近一步。

"那么你想再来一下？"他说。

她没有答话。司机抬起手罩在耳边。

"听不见，贱人。"他说。

"你问什么？"霍莉沉声说。

"你是不是想再来一下？"司机问。

霍莉摇摇头。

"不想。"她说。

"那行，"他说。"给我看你的内衣就饶你一回。"

他抬起脚。霍莉举起手，停在外套最上面的扣子旁。雷切尔凝视着她。外套上一共有五颗扣子，雷切尔希望她能缓慢、有节奏地逐一解开这些扣子。他需要她那样，至关重要。慢慢来，有节奏地，求求你，霍莉，他无声地祈祷。他伸出双手，用力拉住穿过四英尺外钉在后墙上的铁环的铁链。他双手握得更紧。

她解开了最上面的扣子。雷切尔心数：一。司机淫邪的目光顺着她的衣服向下探去。她的手滑向第二颗扣子。雷切尔双手握得更紧。第二颗扣子解开，雷切尔心数：二。她的手滑向第三颗扣子。雷切尔转身面对马厩的后墙，深深吸了一口气，扭过头朝霍莉望去。第三颗也解开，暴露出胸部深桃红色的紧身胸罩，还镶着花边。司机的身体开始左右摇摆。雷切尔心数：三，而后深深吐了一口气，仿佛从肺底呼出来。霍莉的手滑向了第四颗。雷切尔又深吸一口气，有生以来最深的一次吸气，紧握住铁链的手上关节开始泛白。第四颗扣子又解开，雷切尔心数：四。她的手继续下滑，停顿了一下，等待片刻后解开了第五颗。外衣随之敞开，司机色迷迷的眼神上下打转，嘴里发出咕咕的响声。雷切尔突然向后猛拉，同时对准铁环下面奋力踢去。紧接着他用上整个身体的重量，整整二百二十磅的愤怒，拼尽全力把铁链向后拉。瞬间，碎木条从墙上飞出，陈旧的木板迅速开裂，原本固定铁环的螺钉倏地从木墙上脱落。雷切尔猛地转身站直，铁链在他身后相互碰撞，叮当作响。

"五！"他大吼一声。

他一把抓住司机的手臂，把他朝后墙猛扔过去。那家伙整个身子贴在墙上，就像一个破玩偶似的慢慢滑下。他摇晃挣扎着向前爬，雷切尔毫不客气地在他肚子上猛踹一记。司机顿时被踢飞出去，在空中仿佛折叠刀似的曲成一团，随后脸朝地重重地摔在鹅卵石上。雷切尔卷起铁链，在头顶甩动几圈，对准那家伙的脑袋猛挥过去，仿佛手中不是铁链，而是一根致命的玄铁神鞭。仍连在铁链另一头的铁环腾空飞出，好像一件中古骑士的武器，但最后一刻雷切尔突然改变了主意。铁链陡然转向，重重砸在了鹅卵石地面。他伸手拉住司机的领子，另一只手拽住他的头发，拖着他走向霍莉的床垫。接着雷切尔把那家伙的头狠狠按在床垫上，把身体斜压在他身上直到他喘不过气。那家伙拼死扭动挣扎，但雷切尔毫不心软，强有力的大手牢牢按住他的后脑勺，非常耐心地等他吐出了最后一口气。

霍莉呆呆地望着尸体，雷切尔坐在她旁边喘气。刚刚把铁环拉出木墙几乎耗尽了他全身力气，仿佛积蓄了一生的力量在一秒钟爆发出来，积蓄了一生的肾上腺素在他体内翻江倒海。脑中的时钟骤然停止，他根本不清楚他俩坐了多长时间。他身子一晃，奋力站起来，把尸体拖到了靠近大门的通道上。接着他蹒跚走回来，蹲在霍莉身旁。刚刚握住铁链的力道太大，十根手指已经青紫，但他仍然轻轻地帮霍莉系上纽扣，一颗接着一颗，一直到最上面。她显然尚未从刚才的惊恐中恢复过来，气息短促，猛地伸出双臂环住他的脖子，紧紧搂住他，气息喷在他的头发上。

他们就这样紧抱在一起。过了好久，直到他感觉她的愤怒已经平复，才放开她。他俩并排坐在床垫上，望着前方的昏暗。她朝他转过脸，小手轻柔地放在他的手上。

"我猜我现在欠你一次。"她说。

"我很荣幸，"雷切尔回答。"嘿，我是说真的。"

"我的确需要帮助，"她平静地说。"以前我一直在自欺欺人。"

他翻过手掌，把她的握在手心。

"别这么说，霍莉，"他温柔地回答。"我们所有人都时不时需要帮助。所以别感觉那么糟糕。假如你没受伤的话，他绝对不是你的对手，我看得出来。只一只手、一条腿你都几乎成功。只是因为你的膝盖，这样的伤，根本没机会。相信我，我绝对能体会那种感觉。在贝鲁特受伤以后，有整整大半年我连婴儿手里的糖果都抢不过来。"

她脸上绽出一丝浅笑,温柔地抚摸着他的手。蓦地,他脑海中的时钟又开始滴答走动。天快亮了。

18

东部时间星期三早上七点三十分,约翰逊将军走出五角大楼,走在街上。他没有穿军装,只套了一件轻便西装。步行是他最喜欢的运动方式。华盛顿夏日的清晨潮湿闷热,但他挺胸抬头,呼吸均匀,步履稳健,双手在身体两侧轻微摆动。

他沿着乔治·华盛顿大道向北走去,经过左侧的华盛顿墓地,穿过詹森夫人公园,踏上阿灵顿纪念大桥。接着他按照顺时针方向绕过林肯纪念堂,经过越战军人纪念墙后右转走上宪法大街,右侧是倒映池,前方矗立着华盛顿纪念碑。接着他经过了美国国家历史博物馆和美国国家自然博物馆,左转进入第九街。整整三英里半的距离。在阳光明媚的早晨他脚步轻盈地穿行在世界上最伟大的首都之一,一处又一处的名胜景点在身边掠过。在这里,世界各地的旅游者蜂拥而至,争相拍照留念,而他却什么都没看见,除了悬在眼前无法驱散的愁云惨雾。

他穿过宾夕法尼亚大道,径直走进胡佛大楼,来到接待处前,双掌按在了台面上。

"我是参谋长联席会议主席,"他说。"想见局长。"

下楼亲自迎接他的探员注意到台面上留下了两个汗湿的掌印。电梯里约翰逊缄默不语。哈兰·韦博已经在自己办公室门口等候,约翰逊朝他点头示意,仍然没说一句话。韦博侧过身,示意他进入内间办公室。房间里很暗,墙上贴满桃心木贴板,百叶窗遮住了外面的光线。约翰逊坐下,韦博绕过他走向自己的办公桌。

"我不想妨碍你办事儿。"约翰逊终于开口。

他看着韦博。韦博仔细想了一会儿,试图弄明白他说的每个字。最后他警惕地点点头。

"你和总统谈过了吗?"他问。

约翰逊点点头。

"你明白这事儿我跟他谈比较合适,对不对?"他问。

"那是自然，"韦博说。"情况紧急，没人会特别在乎程序的。你是打电话给他还是去见他的？"

"我去见过他，"约翰逊回答。"见了好几回，长谈了好几次。"

韦博心想：面对面，长谈好几次。比我预想的糟糕，不过可以理解。

"有什么结果？"他问。

约翰逊耸耸肩。

"他告诉我让你全权负责。"他说。

韦博点点头。

"这是绑架案，"他说。"属于调查局的管辖范围，无论人质是谁。"

约翰逊慢慢点头。

"我同意，"他说。"暂时。"

"但你非常焦急，"韦博说。"相信我，将军，我们所有人都非常焦急。"

约翰逊再次点点头。接着他提出专门走了三英里半来问的问题。

"有没有进展？"

韦博耸耸肩。

"整整两天过去了，"他说。"非我乐见。"

他重新陷入沉默。绑架发生的第二天实际上算得上一道坎，任何提早解决的机会已经消失，情况变得愈发棘手，案情也更加扑朔迷离，尤其人质的危险又增加了一分。解决绑架案的最佳时机是第一天，而在第二天胜算减小，过程更为复杂。

"有没有进展？"约翰逊又问了一遍。

韦博转脸望着别处。第二天，绑匪应该开始联络了，调查局之前的经验一向如此。第二天是最郁闷的阶段，在浪费了第一天最佳时机后现在只能提心吊胆地等待绑匪主动来电话。如果他们第二天没有打电话来，那么很可能永远都不会打来。

"我能做什么？"约翰逊继续问。

韦博点点头。

"你或许可以给我一个理由，"他说。"谁会拿霍莉要挟你？"

约翰逊摇摇头，这也是自从周一晚上以来他一直在问自己的一个问题。

"没人。"他说。

"你应该告诉我，"韦博说。"任何隐藏的秘密，最好现在就告诉我。为霍莉着想，这非常重要。"

"我明白，"约翰逊说。"但真的没有。什么都没有。"

韦博点点头，相信了他，因为他知道他没说谎。他翻看了约翰逊在调查局里的档案。厚厚一沓子，第一页从他的曾外祖母生平概况开始叙述。他们来自一个欧洲的小公国，不过现在早已不存在了。

"霍莉不会有事儿吧?"约翰逊平静地问。

最近的档案里叙述了约翰逊太太患上恶性肿瘤，猝然离世，从发现到去世只拖了六周。调查局内部请心理医生做了诊断，他们说将军会为了他的女儿撑下去。事实证明该诊断非常准确。但要是他连她都失去，不需要心理医生就可以预测他这一次没法再平安熬过。韦博点点头，努力让自己的话听起来更有说服力。

"她不会有事儿的。"他说。

"那么现在我们掌握了多少情况?"约翰逊问。

"一共四名绑匪，"韦博答道。"我们找到了他们的敞蓬卡车，在实施绑架之前丢弃在芝加哥城北，一把火烧光了。已经派飞机把卡车拖到宽提科了。我们的人会仔细检查。"

"会有线索吗?"约翰逊不解。"即使已经烧得面目全非?"

韦博耸耸肩。

"这种毁尸灭迹的伎俩其实很蠢，"他说。"并不能掩饰太多，起码瞒不过我们的人。这辆卡车一定能让我们找到他们。"

"接着又怎么办?"约翰逊问。

韦博再次耸耸肩。

"接着我们会把你的女儿平安带回来，"他说。"人质解救小组已经整装待发。五十个世界级的顶尖人才，最擅长执行这种任务。他们已经在直升机旁待命，只等一声令下就立刻启程去把她救出来。我们会好好处理绑匪的。"

昏暗寂静的房间陷入一段短暂的沉默。

"好好处理?"约翰逊说。"什么意思?"

韦博环视了一圈办公室，刻意压低嗓音。这是三十六年来的老习惯了。

"我们的政策，"他解释道。"像这样一件和华盛顿关系密切的案子，绝对不能曝光，也绝对不能让媒体嗅到蛛丝马迹。这是不能允许的。要是这种事情上了电视，全国每个疯子都会试图模仿。所以一切都在暗中进行。也许得使用武力，毕竟像这样的情况这是不可避免的。偶尔还得忍受一些平民伤亡。"

约翰逊缓缓点头。

"你亲自执行吗?"他含糊地问。

韦博只是凝视着他,不带任何感情。调查局的心理医生曾经说过,预期事后能够复仇有助于自我控制,尤其对于习惯了直接行动的人来说更为有效。例如探员,或者军人。

"政策,"他重复了一遍。"这是我的政策。就像总统说的,我亲自负责。"

烧焦的敞蓬卡车被抬到一块金属台板上,用尼龙绳绑好。空军的"支努干"运输直升机从奥亥尔国际机场旁的军事基地起飞,在上空盘旋,螺旋桨卷起的气流吹皱了平静的湖水。运输机放下索链,慢慢把卡车吊在半空,然后绕着湖面转了一圈,调转机头,朝奥亥尔机场的西面飞去。之后"支努干"卸下货物,放在一架"银河"运输机的舱口。空军的地面人员慢慢把绑着卡车的金属台板拉进舱,关上舱门。四分钟后,"银河"开始滑行,又过了四分钟,它升上天空,朝华盛顿方向飞去。四小时后,"银河"隆隆经过首都上空,向安德鲁空军基地飞去。与此同时,另一架"支努干"即刻起飞,盘旋在上空等待。"银河"在停机坪上慢慢滑行,最后停下,金属台板移出后被"支努干"吊上半空,随后朝南沿着 I-95 高速公路向四十英里外的弗吉尼亚州宽提科飞去。

"支努干"小心翼翼地把那辆卡车放在了车辆实验室外的停机坪上。调查局的技术人员赶紧出来迎接,直升机螺旋桨卷起的气流高高吹起白色工作服的衣角。他们拉出金属台板,把卡车残骸从台板上移下,拖进实验室,点亮弧光灯,仔细检查起所剩无几的空壳,就像一群做好准备解剖尸体的病理学家。

约翰逊将军沿原路折返。他先走上第九街,经过自然科学博物馆和美国历史博物馆时嘴角紧闭成一条僵硬的弧线。走过倒影池时喉头像被什么东西堵住。随后他向左转进宪法大街,直到越战军人纪念墙前他停下脚步。周围已经聚集了不少游客,气氛肃穆安静。他看看他们,又瞥了眼黑色花岗岩石壁上自己的倒影。很好,这身灰色轻便西服并不显得突出。没有关系了。终于,两行泪水顺着脸颊流下,模糊了视线。他向前走了几步,坐在纪念墙的底座上，头抵着刻满三十年前阵亡将士姓名的墙壁，任由自己泪流满面。

19

雷切尔把铁链卷成一团捏在手里，悄悄摸出马棚。外面的天刚蒙蒙亮。向前走了二十步后他停了下来。现在自由了。黎明的空气温柔地包裹在他周围，再没有任何束缚。但他根本不知道身处何方。马棚孤零零地矗立着，五十码外有一排同样陈旧的农舍，一栋房子，几间简陋的木屋，旁边还有一个敞开式的车棚，里面停着一辆崭新的敞蓬卡车、一辆拖拉机。拖拉机旁边赫然在目的就是关押他们的白色依柯罗赖，在月光下显得异常惨白。雷切尔朝货车走过去，发现前门和后车厢门都已上锁。他赶紧跑回马棚，搜了搜已死司机身上的口袋。除了马棚挂锁的钥匙，什么都没有。没有货车钥匙。

他紧紧握住铁链以免发出响声，跑过拖拉机后站住，打量了一下那栋房子，前后走了一圈，发现前门和后门都紧紧锁牢。后门还有一只狗，雷切尔听见它在睡梦中动了一下，懵懂地低吠了一声。雷切尔转身离开。

他站在马棚外的车道上张望一番，随后把视线投向远方朦胧的地平线。薄曦笼罩下的旷野映入眼帘，空旷、平坦、一望无际，没有明显特征。夜间空气夹着湿气，无数谷物生长的气息也混杂其中。东方泛出了鱼肚白。他耸耸肩，走回了马棚。霍莉用胳膊肘撑起身体，向他投去的目光里充满了疑惑。

"很麻烦，"他说。"手铐的钥匙在房间里，货车钥匙也是。我没办法进屋，因为屋外有条狗。它惊醒的话会嗷嗷乱叫，屋里的人肯定会被吵醒。里面不只两个人，感觉像个挺繁忙的地方，屋外停了敞蓬卡车和拖拉机，也许屋里有四、五个人都说不定。要是那见鬼的狗叫起来，我肯定就完了。况且天已经快亮了。"

"真麻烦。"霍莉说。

"是啊，"他说。"没法搞到车子就没法离开。你还锁在这儿，又不能走远路。更麻烦的是从这儿到任何地方肯定都有无数英里。"

"我们到底在哪儿？"她问。

他耸耸肩。

"没概念。"他答。

"我想出去，"她说。"出去看看外面。老被关着我都快受不了了。你能不能解开铁链？"

雷切尔绕到她身后，检查起墙上的铁环。木料比他那间的更坚固，钉得更牢。他摇了摇铁环。没有希望。她无奈地点点头。

"好吧，"她说。"等下次有机会再说。"

他匆匆跑到中间几间马厩，看了看那儿的木墙。墙的下部非常潮湿，墙板用最长的几块木板钉成。他轻敲几下，又踢了几脚，选中一处后用力踹下去。木板稍稍松动，钉子处裂出一道缝隙。他继续对准那道裂缝猛踢，直到一块又一块的木板翘起。最后，木墙上出现了一道足有一人高的缝隙，能让他从外面爬进来。接着他回到中央通道，把铁链尾端放在司机尸体的腹部，再从他裤袋里掏出挂锁钥匙，咬在牙间，然后弯腰横抱起尸体，走出马棚。

他抱着尸体朝远离农舍的方向走了二十五码的距离，然后把尸体竖放，一手拿着铁链，另一手扛着死尸的肩膀，仿佛正和醉醺醺的舞伴跳舞似的沿着车道匆匆向前赶路。

快步走了二十分钟，一英里多地，他来到了马路上，接着左转继续走下去，来到一处旷野。这儿的农户都养马，马路两旁零零星星地坐落着几处围场。一望无垠的草地在黎明时分格外潮湿清新，晨雾中除了间或有几棵大树，只能看见凹凸不平的狭窄马路延伸至远方。

他沿着马路又走了一段，然后走下路肩，在围场栅栏外面发现一处土沟。他扛着司机尸体在原地转了一圈。什么都看不见。这儿估计距离那间农场已有一英里多，而另一间农场恐怕更在百里之外。他弯下腰，尸体从茂密的野草中翻滚下去，脸朝下掉进了沟底。一切办妥，雷切尔一刻没有浪费，转身快步跑回农场。天边的曙光已经越来越亮。

当他踏上车道时，发现农舍的窗户里灯已经亮起，赶紧提气飞奔回马棚，从外面把马棚的木门关好，插好门闩、锁上挂锁。接着他跑回车道，用力把钥匙掷向田野。星期三的太阳已经冒出地平线。他绕到马棚后面，找到先前踢出的缝隙，先把铁链扔进去，而后侧身挤进去，再重新把木板拍牢，尽可能掩饰好缝隙，最后回到关霍莉的马厩前面，弯下腰大口喘气。

"全办妥了，"他说。"他们永远都找不着他。"

他匆忙扒了几口铁皮饭盒里最后一点残羹，回到自己的马厩捡起所有脱落的螺丝钉和碎木条，把碎木条蘸了蘸冷汤后重新塞回原处，再把饭盒放回霍莉马厩的地上，留下了勺子。接着，他捡起挂在铁链一头的铁环上的螺丝钉，重新钉进木条，用勺子背用力敲打，钉紧螺丝钉。穿过铁环的铁链垂直挂下放在石板地上，拉力减到了最小。

他把勺子向霍莉扔回去，霍莉伸手接住放回饭盒。最后他蹲下身，贴在木墙上仔细聆听棚外的动静。大狗已经出来，能听见它急促的呼吸。接着人声浮动，车道上传来脚步声，越来越近，停在了马棚门口。他们拆下门闩，突然退了两步，开始大声喊一个名字，一遍又一遍。晨光从门缝里透进来，马棚的木头沐浴在阳光下，咯吱轻响。

脚步声重新回到马棚。挂锁簌簌地响了一阵后咔嗒打开，门闩砰地掉在地上。大门吱哑一声开启，洛德手里拿着格洛克，首先走了进来，脸色紧绷。他站在门口，两眼在雷切尔和霍莉之间游移不定，紧张的神色变成愤怒，眼里射出两道寒光。紧接着，神经质老兄史迪威出现在他身后，手里握着司机那杆霰弹枪。他微微一笑，从洛德身旁挤进大门，沿着过道径直朝雷切尔跑过去，举起枪瞄准他。洛德一动不动地看着他。霰弹枪的枪膛咔嗒转动了一圈，雷切尔微微左移，小心地挡住了身后的铁环。

"出了什么问题？"他问。

"你就是问题，混蛋，"洛德说。"情况有变，我们少了一个人。所以现在你变得多余了。"

瞬间，史迪威扣动扳机。雷切尔猛地低身向前扑去，险险躲过子弹。马厩立刻被炸毁，碎木条到处乱溅，空气里充斥着浓重的火药味。勉强钉着铁环的木条终于从墙上掉下来，铁链也哐啷掉在地上。雷切尔在地上打了个滚，抬头望了望史迪威。咔嗒一声，枪膛又转动一圈，史迪威举起枪，再次瞄准。

"住手！"就在这时，霍莉大叫。

史迪威不禁朝她望去。

"别犯傻了，"她大叫。"见鬼，你们在干什么？时间不多了。"

洛德转身面对她。

"他跑了，对不对？"她说。"你们的司机？就是出了那事吧？他打了退堂鼓，偷偷跑了，是不是？所以你们需要马上上路，没有时间磨蹭了。"

洛德两道锐利的目光直盯到她的眼底。

"到现在为止你们还占上风，"霍莉急切地说。"但要是你杀了他，本地警察肯定会穷追不舍。所以你们要赶快上路。"

雷切尔趴在地上，不禁感到万分惊讶。她太棒了，把他们的注意力全吸引过去。她正努力救他的命。

"你们有两个人，我们也是，"她急切地继续。"你们绝对能应付，不是吗？"

对方没有作声。灰尘和火药漂浮在空中。半晌，洛德退后一步，举起格洛克对准他俩，史迪威脸上闪过一丝失望。雷切尔慢慢站起身，从废墟中拎出铁链，铁环从碎木堆里被带出来，碰到石板地，当当作响。

"贱人说得对，"洛德最终开口。"我们能应付的。"

他冲史迪威点点头。史迪威朝大门跑过去。洛德转身掏出钥匙，解开霍莉的手铐，扔在床垫上。手铐顺着铁链向墙壁滑去，滑出床垫，当嘟一声掉在石板地上。

"好吧，混蛋，给我动作快点儿，"洛德冷酷地命令。"趁我还没改变主意之前。"

雷切尔把铁链卷成一团捏在手里，弯腰横抱起霍莉。马棚外货车发动，慢慢倒进马棚的入口，停住。雷切尔抱着霍莉跑到货车后车厢，轻轻把她放下，自己跟着爬了进去。洛德用力关上车厢门，他俩再次被困在了黑暗中。

"现在我猜我欠你一次了。"雷切尔缓缓地说。

霍莉摆摆手，有些不好意思。雷切尔凝视着她。他喜欢她，尤其是她的脸。他脑海里浮现起她被司机肆意凌辱时的苍白面孔和起伏的胸脯，紧接着画面转向狞笑的史迪威朝他开枪的那一幕，耳边回荡起洛德冷酷的话：情况有变。

一切都不一样了。他也变了。他躺在车里，过去的愤怒倏地涌了上来，狠狠噬啮着他的心。无法平复也无法控制的愤怒与冷酷。他们铸下大错，硬是把他从冷静的旁观者逼到敌对方。不可原谅的大错，就仿佛他们推开了一扇禁门，却毫不知晓从门口即将扑来的是什么。他躺在车里，感觉自己仿佛变成了一颗埋在敌人巢穴中心的定时炸弹。他兴奋地享受着洪水般的愤怒一阵阵涌来，在心底慢慢积累，只等爆发的机会。

此刻车厢里只剩一张三英尺宽的单人床垫。而且史迪威开起车来跌跌撞撞，雷切尔和霍莉只能紧紧抱在一起。手铐还挂在雷切尔的左腕上，铁链也没解开。他把右臂环绕在霍莉肩头，紧紧抱着她。不必要的紧。

"还有多远？"她问。

"应该在天黑之前能到，"他平静地回答。"他们没有带上你的那根铁链。说明晚上不会再留宿。"

她沉默了片刻。

"我不知道是该高兴还是难过，"她说。"我非常痛恨被关在车厢里，可我说不清，不知道自己到底想不想结束旅程。"

雷切尔点点头。

"到了的话我们的机会更少，"他说。"逃生原则就是趁还在路上赶紧逃出去。之后就会困难得多。"

感觉上货车正在高速公路上飞驰。但要么是地形改变，要么是史迪威开车技术太烂，车身摇晃得非常厉害，仿佛路两边摆着两排通路标志，司机正努力开在标志当中。霍莉被甩得紧紧贴住雷切尔，雷切尔更紧地抱住了她。仿佛本能似的，她钻进他的怀里。他感觉到她迟疑了一下，仿佛意识到自己的行为有些不妥，不过很快决定继续维持这个舒适的姿势。

"感觉怎么样？"她问。"你刚刚杀了一个人。"

他沉默了一会儿。

"不是头一个，"他说。"而且我刚刚打定主意，这也不会是最后一个。"

她转过头，刚想张口说什么，他也同时开始说话。突然，货车猛地向左转弯，两人嘴唇间只剩不到一英寸距离。货车又晃了一下，嘴唇贴在了一起。刚开始只是试探性的浅啄，雷切尔感觉到柔软的嘴唇覆在他的唇上，顿时冒出陌生新奇的气味和感觉。接着他们吻得更加投入。可下一刻，货车开始蛇形行驶，所有的亲吻只能暂时被抛到脑后，他们只能紧紧抱着对方，努力不被甩出床垫撞到金属车壁上。

20

在芝加哥，首先获得突破的是布罗根。他第三个经过废弃空地上的白色油漆罐，却第一个发现其重大意义。

"他们偷的那辆货车是白色的，"布罗根推测。"车身上肯定贴了某种标志，所以他们才特意刷上油漆盖住，这点我敢断定。瞧，油漆罐和刷子还在地上，离那辆雷克萨斯停放的位置只有十英尺。货车停在雷克萨斯旁边，说得通,对不对? 所以油漆罐应该就扔在货车旁边。"

"是哪一种油漆?"麦格洛斯问。

"普通家用油漆,"布罗根说。"一夸脱容量的罐子,两英寸长的刷子。价格标签还没撕掉,是从五金店现买的。连指纹还留在刷子手柄上。"

麦格洛斯点头一笑。

"太好了,"他说。"开工吧。"

根据刷子手柄上的价格标签确定五金店后,布罗根拿着一摞疑犯头像来到那家店铺。那家家庭经营的店面距离废弃空地大约两百码,相当拥挤。接待他的是一名结实的老妇人,一下子就认出照片上坐在雷克萨斯里面的家伙,油漆和刷子都是他来买的,星期一早上十点左右。为了证明她的话,她打开一张破旧的抽屉,抽出星期一的交易清单。油漆,七块九毛八;刷子,五块九毛八,加上税,全在交易清单上一清二楚地写着。

"他付的是现金。"她补充说。

"你这儿有没有装摄像头?"布罗根问。

"没有。"她回答。

"难道保险公司没这么要求吗?"他追问。

老妇人只是笑笑。

"我们没买保险。"她说。

说完她弯下腰,从柜台里面拿出一把猎枪。

"不过也不是没有任何保险。"她又加了一句。

布罗根瞅了一眼猎枪,枪管明显太短,肯定属于违法持有,不过他并不打算过问,起码现在没心思。

"行,"他最后说。"你自己当心吧。"

整个芝加哥地区一共有七百万人,马路上流动着一千万辆汽车,却只有一辆白色货车在周日到周一的二十四小时中被报失窃。白色的福特依柯罗赖厢型货车,失主是城南的一名电工。他的保险公司要求他每天晚上都要把货车腾空,所有的物品和工具必须储藏在店里。另外还规定留在车上的任何物品都不在赔偿范围之内。电工对这条规定尤为不满,可当星期一清晨他出来装货发现货车被盗时,他开始觉得这条规定颇有先见之明。他向保险公司和警察局同时报了案,但却并没指望还会得到什么消息,所以当两名联邦调查局探员四十八小时后从天而降急切地盘问他情况时,他着实大吃一惊。

"好吧,"麦格洛斯说。"现在终于知道搜查对象是一辆白色的依柯罗赖厢型货车,车身两侧新上了油漆。牌照也知道了。现在我们得看看该去哪儿搜查。有想法吗?"

"已经过去了四十八个小时,"布罗根说。"假设平均时速是五十五英里,那么那车最远应该开到了两千六百英里以外,看在上帝的分上,简直都能开出北美洲了。"

"别那么悲观,"米罗塞维奇说。"很可能他们晚上会找地方过夜。这么说吧,就算星期一开了六小时,星期二开了十小时,今天四个小时,一共二十小时的行程最远也就一千一百英里。"

"无异于大海捞针。"布罗根说。

麦格洛斯耸耸肩,不以为然。

"那我们就先划定海域,"他说。"再开始捞那根针。就算一千五百英里吧,怎么样?"

布罗根从桌上一堆资料中抽出一卷公路地图,展开,全国的地形立刻铺陈在眼前。每个州都用不同颜色标出来,像马赛克似的。他查看了一下比例尺,用指甲在地图上画了一圈。

"应该不到加利福尼亚,"他说。"半个华盛顿州,半个俄勒冈州,加州一点儿没有,其他任何地方几乎都有可能。范围大得简直有几千万平方英里。"

沮丧的沉默充斥在房间里。

"这儿和华盛顿州之间是山区,对吧?"麦格洛斯最后打破沉默。"那么就算他们还没到华盛顿州,或者俄勒冈,或者加利福尼亚,包括阿拉斯加和夏威夷。瞧,范围不是已经缩小了很多吗?只剩下四十五个州,只需要打四十五个电话了,对不对?快开工吧。"

"他们可能都逃到了加拿大,"布罗根小声嘀咕。"甚至墨西哥。上天下海都有可能。"

米罗塞维奇耸耸肩,拿过公路地图。

"你太悲观了。"他重复了一遍。

"见鬼,根本就是大海捞针。"布罗根嘟囔着。

调查局六楼。指纹专家正在检查布罗根带回来的那把刷子。只用过一次，而且使用它的人不够熟练。刷毛上沾满油漆，甚至糊到了绑定木柄和刷毛的铁箍上。从指纹判断使用者拇指按在铁箍上，食指和中指同时伸在前面，说明他中等个头，当时正抬起胳膊刷一块平面。刷的地方应该与他的头平齐，甚至还高一些，所以手柄朝下。一辆福特依柯罗赖厢型货车的高度不到八十一英寸，车身上的任何标记应该离地面七十英寸左右。当时摄像头只拍到了坐在雷克萨斯里的那个司机的侧面像，所以电脑无法计算出他的身高，可从使用刷子的方式推测他身高应该大约五尺八、五尺九左右。抬手刷车身的位置与眼睛水平甚至更高，且用力过猛，由此可以想见完成的作品不会有多精致。

未干的油漆是保存指纹的绝佳媒介，所以指纹专家明白析取指纹不会遇到什么困难。但为了保持指纹的完整性，他们还是按部就班，从荧光镜试验到传统的蘸灰粉，一步不落。最终他们析取出了三个半指纹，清楚的拇指和右手的食指、中指，外加半个小指，再用电脑增强了清晰度，随后传真到华盛顿的胡佛大楼，同时要求在最大的数据库中以最快速度检索。

宽提科的实验室。烧毁的敞蓬货车被大卸八块，技术人员分成两组，一组专门检查残留在车子上的蛛丝马迹，另一组则根据制造商的零星记录查找产地以及销售历史。

这是一辆十年车龄的道奇，底特律制造。底盘编号和发动机组上的钢印都是原始的，所以制造商能够确认出厂日期等细节。若干年前的一个四月，出厂的敞蓬货车被装上了开往加利福尼亚的火车，之后又辗转到了一家位于莫哈维镇的车行。经销商在五月卖出货车，此后，制造商就再也没有得到过有关这辆货车的任何消息。

两年后那家经销商不幸破产，经销权落入了新的买家手中，现今的所有记录都存在新经销商的电脑里，经销权转手之前的历史记录则保留在他们的仓库里。当然，沙漠小镇上一家小小的车行不是每天都能接到从宽提科的联邦调查局学院打来的电话，所以他们立即着手查找资料，销售经理本人亲自上阵，允诺一有消息就会立刻回电话。

货车基本上已经烧得面目全非，所有软线索消失殆尽。没有牌照，车内没有任何能够表明货车身份的残留物，没有过桥过隧道的代币，挡风玻璃上也没有标签。惟一剩下的只有泥土。技术人员拆下了两个后轮上的钢圈，小心翼翼地抬到物质分析科,那里的地质学家能根据轮胎上附着的泥土推断出任何一辆汽车的行车路线。于是他们扒下外层,上上下下查看,试图弄清这辆敞蓬货车的老家和经过的地方。

泥土在炽热的轮胎里已被烘成硬块,其中一些较软的晶体甚至变成了玻璃,但泥土层次依旧分明。最外面几层比较薄,地质学家认为其中包含的沉积物来自于货车近一段时间以来的长途跋涉。接着中间一层则是过去好几年积攒下来的岩石微粒,其组成成分引起了地质学家的兴趣。其中包含的沙砾尤为独特,确定它们的来源应该不是一件难事。最里面的一层最厚,全是沙漠尘土,几乎所有地质学家立刻一致同意,这辆货车的家乡就在莫哈维沙漠附近。

四十五个州的所有警察局都知晓了被盗白色依柯罗赖厢型货车的牌照和面貌特征。全国每个正在值勤的警官都接到通知立即寻找这辆货车,无论在停车场还是在高速公路,无论是被烧毁、被藏匿还是被遗弃。很快,那辆白色的依柯罗赖摇身一变,成了地球上最受关注的厢型货车。

安静的三楼会议室。麦格洛斯坐在会议桌边,抽着烟等待消息。他并没有抱太大希望,倘若这辆货车藏在某处停车场,真的有可能永远都不会找到。任务太艰巨了,任何一间车库、大楼甚至粮仓都可能是绝佳的藏匿点。不过要是它还在路上跑,或许还有机会。所以他这辈子最大的赌博就是:在四十八小时之后,那帮亡命之徒是已经到了目的地还是仍在逃亡路上?

全国范围的大搜索开始后两个小时,联邦调查局指纹数据库给出一个名字:彼得·韦恩·贝尔。右手拇指、食指和中指的指纹比对完全契合,而最后半个小指的指纹比对结论是相当有可能。

"三十一岁,"布罗根报告道。"加州莫哈维镇人。曾两次因为性侵犯被控,三年前被控强奸,被害人在医院里躺了三个月。但没能定罪,这个叫贝尔的家伙有三个朋友为他提供不在场证明,而且被害人因为当时被毒打得神智不清,同样无法指认罪犯。"

"好家伙。"麦格洛斯闷哼一声。

米罗塞维奇点点头。

"现在霍莉落在了他手上,"他说。"就关在他的货车车厢里。"

麦格洛斯没有回答。下一刻电话铃响起。他拿起听筒,听筒里传出一

阵嘈杂的说话声。一旁的布罗根和米罗塞维奇看见他的脸腾地亮了起来，仿佛一个人在同一天看见他喜爱的每一支队伍，棒球、橄榄球、篮球和曲棍球，全都赢得了冠军，他儿子从哈佛大学荣誉毕业，他买的股票一飞冲天。

"亚里桑那州，"他兴奋地大叫起来。"在亚里桑那 60 号公路上向北行驶。"

亚里桑那州，凤凰城以西七十英里的格洛波镇。驾驶着巡逻车的一名老警探发现一辆白色厢型货车在 60 号公路上转弯时胡乱变道。他连忙靠近，查了查车牌。车后有一个蓝色椭圆标志，旁边写有依柯罗赖字样。他按下通话机，报告了情况。霎时间，整个世界沸腾起来。上级立刻下达命令，无论发生什么情况，必须跟紧货车，直升机立刻从凤凰城和弗拉格斯塔夫市和新墨西哥州的亚柏克尔克市起飞。所有能到位的警车增援将从南边开来，跟在他后面。与此同时，国民警卫队将尽快在公路北面设置路障。最后他被告知，二十分钟之内你会看见连你做梦都想不到的大部队增援。这时，他还被告知，他是美国最重要的警察。

一个小时之后，加利福尼亚莫哈维的那位销售经理给宽提科回了电话。他去了仓库，好不容易挖出十年前车行转手前的资料。被调查的敞蓬货车在当年五月卖给了住在莫哈维沙漠以南五十英里肯道市一名种植柑桔的农场主。四年的分期贷款。头四年他每年都来做保养测试，但后来就不再出现。农场主名叫达屈·鲍肯。

半小时后，被盗的白色依柯罗赖沿 60 号公路向北行驶了二十八英里。此时它的身后跟着一长串警车，足足五十辆，呈水滴状铺开。五架直升飞机在空中来回盘旋，高速公路前方十英里处已经关闭，另有四十辆警车正守在那里待命。整个行动的总指挥是联邦调查局凤凰城分局的局长，他坐在领头的直升机上，头戴钢盔和麦克风，一边监视着飞驰的白色货车一边实时汇报。

"好，兄弟们，"他说。"开始行动。快，快，快！"

领头直升机猛地一低头向前俯冲，其他两架随即跟进，一左一右盘旋在奔驰的货车上方。跟在后面的警车在高速公路上摆出扇形车阵，齐刷刷打开车灯和警报器。又一架连闪着通信灯的直升机飞来，在货车前方离地面八英尺的低空盘旋，螺旋桨搅动起一阵阵气浪。直升机的副驾驶伸出手掌，做了一连串的手势，仿佛在命令货车减速。紧接着，警报戛然而止，取而代之的是直升机上的高音喇叭，副驾驶的喊声传来，声音响得连音质都略微失真，不过在螺旋桨轰隆隆的干扰下仍旧清晰可辨。

"我们是联邦探员，"他高声喊道。"命令你们立刻停车。重复一遍，命令你们立刻停车。"

货车丝毫没有停车的迹象。直升机转了一圈，晃悠悠地停在离货车挡风玻璃不到十英尺的空中。

"你们已经被包围了，"副驾驶对着超大的高音喇叭继续喊道。"后方有一百名警察，前方道路已经封闭，你们别无选择。立刻停车，必须立刻停车。"

跟在后面的警车两两并排行驶，再次同时打开警报器。重围下的货车负隅顽抗，继续向前飞驰了好一会儿，之后终于开始减速。跟在后面仿佛护航舰队似的警车赶紧刹车，直升机慢慢升上去，仍与货车保持同速。接着货车继续减速，警车分成两列，包抄货车两边。最终，货车完全停下来。领头的几辆警车猛地调转车头，吱地紧急刹车，就停在货车前方几英尺的地方。几乎立刻，所有警察都从车里跳出来，刹那间公路上人满为患。即便直升机螺旋桨隆隆作响，几百支枪械转动枪膛的咔嗒声依旧清晰可闻。

枪膛转动的咔嗒声自然传不到芝加哥的麦格洛斯那里，但他能听见无线电里凤凰城局长的喊声，一字一句直接传到华盛顿，也同时从麦格洛斯面前的会议桌上的扬声器里传出。他显得非常兴奋，一刻不休，半是下达命令，半是现场解说。麦格洛斯双手又湿又冷，静静地坐在桌旁，直勾勾地盯着嘈杂的扬声器，仿佛只要他足够专注，扬声器就能变成水晶球，让他亲眼看见发生的一切。

"停下来了，停下来了，"局长解说道。"已经停在路上，被包围了。不要开枪，等我的命令，人出来了，打开车门，该死的打开车门把他们揪出来。很好，前面坐着两个家伙，一个司机一个乘客。正在下车。现在出来了，快把他们抓起来塞进警车。掏出他们的钥匙，打开后车厢，当心，还有两个可能和她在一起。很好，我们的人到后面去了，绕到后车厢，门上了锁，正在拿钥匙打开。咦，怪了，车身上的标志还在，写着"永明电工"几个字。我还以为应该被白漆涂掉了的，啊？"

芝加哥的三楼会议室一瞬间陷入了死一般的寂静。麦格洛斯的脸刷地白了。米罗塞维奇目不转睛地盯着他，而布罗根则平静地凝视着窗外。

"还有，为什么向北开？"麦格洛斯突然问。"开回芝加哥？"

扬声器里又传来一阵嘈杂的人声，瞬间拉回了三人的注意力。直升机螺旋桨拍打的巨响清晰可闻。

"后车厢门打开了，"局长继续说。"两扇都打开了，我们的人进去了，有人出来，许多人出来。见鬼，这到底怎么回事？里面怎么这么多人，大概有二十个，都在下车。二十多个，将近三十个人。见鬼，这到底是怎么回事？"

解说戛然而止，显然，直升机上的局长正在听来自地面警察的报告。麦格洛斯、布罗根和米罗塞维奇齐刷刷望向嘶嘶作响的扬声器，除了局长粗重的呼吸和隆隆的螺旋桨声，什么声音都没有。片刻之后，解说声再次响起。

"混蛋，混蛋！华盛顿，在听吗？有没有在听？你们知道我们刚刚干了什么？知不知道你们派我们干了什么？车里藏着三十几个墨西哥偷渡客，刚从边境上车，正赶往芝加哥。所有人都说在那儿有工作等着。"

21

白色的依柯罗赖继续在高速公路上奔驰，速度比先前更快，不过在转了一个大弯之后就一直匀速行驶。全是直路。车厢里更吵了，不单单因为加速，更因为车顶上那几百个弹孔。

雷切尔和霍莉紧挨在一起，平躺在三尺宽的床垫上，盯着车顶上的弹孔。个个都是圆形亮斑，却并不能窥见蓝天，因为光线太亮，根本看不出任何颜色。黑暗中的一个亮斑。就像一道数学命题。四周的铁皮是纯粹的黑暗，而那块块圆斑却又是那么眩目明亮。明亮，黑暗的对立。黑暗，明亮的缺席。明与暗，正与负，两者在铁皮车顶上阵营鲜明，对比强烈。

"好想看看天空。"霍莉喃喃地说。

车厢里的温度已经升高，不过没有之前的一天半那么热。从弹孔吹进的嗖嗖气流让他们觉得还挺舒服，但仍然算不上凉快，雷切尔只能脱掉衬衫，揉成一个球，垫在头下面。

"好想看看完整的天空，"霍莉继续说。"而不是那么一小条。"

雷切尔没有回答。他在数车顶上的弹孔。

"几点了？"霍莉问。

"一百一十三。"雷切尔回答。

霍莉扭过头。

"什么？"她一愣。

"车顶上有一百一十三个弹孔。"他解释道。

"棒极了，"她说。"现在告诉我几点了？"

"三点半，中部时间。"他答。

她侧翻过身，朝雷切尔挪近几分，头顺势枕在他的右肩上，腿搁在他的腿上。他的大腿夹在她的两腿之间。

"星期三，对吧？"她说。

"嗯，星期三。"他答。

此刻她紧紧地贴着他，也许许多其他女人都不能允许自己如此靠近一名异性。她的身体柔软年轻却也结实健美，还散发着阵阵体香。他觉得有些喘不过气来，不过脑海中倒也没有任何绮念。她这么放松只是想让折磨她的伤腿休息休息，同时免于滚下床垫的厄运。

"五十一个小时，"她说。"整整五十一个小时我没看见蓝天了。"

一百一十三是个质数，没有因数的质数。一百一十二，可以是五十六乘以二，或者二十八乘以四，甚至十四乘以八。一百一十四，可以是五十七乘以二，或者十九乘以六，再或者三十八乘以三。但是一百一十三是个质数，没有因数的质数，得到它的惟一办法只有用它本身乘以一，当然还可以用愤怒的霰弹枪在车顶上打出一百一十三个弹孔。

"雷切尔，我有些担心。"霍莉突然开口。

五十一个小时。五十一并不是质数，能够用十七乘以三。三乘以十是三十，三乘以七是二十一，三十加上二十一得五十一。五十一不是质数，它有因数。他慢慢拖起还拴着铁链的左手紧紧搂住她。

"你不会有事的，"他对她说。"他们不会伤害你，还想利用你当砝码，所以肯定会确保你毫发不伤。"

他感到自己的右肩轻轻一抖，是她在摇头，非常轻微，却不容否认。

"我不是担心自己，"她说。"我是担心你。又有谁会确保你毫发不伤？"

他没答话，也不知该如何作答。她又挪近了一些，他甚至能感觉她眨眼时小扇一般的睫毛轻轻挠着他的胸膛。货车继续隆隆超速飞驰，雷切尔有感觉，此刻的行驶速度已经达到极限，不可能再快了。

"所以我有些担心。"她说。

"你照顾我，"他说。"我也照顾你。"

"我没有请你那样。"她说。

"我知道你没有。"他说。

"呃，我也不想你那样。"她又说。

"可是你不能阻止我，"他说。"现在我也被卷进来了，都是他们逼的。竟然想杀我。我做人一向有一条原则，人不犯我，我不犯人。本来还想忍一忍。以前我有一个小学老师，大概是在菲律宾的时候，因为她总是戴着一顶白帽子，所以应该是个热带地区。小时候我总是比别的小朋友高大许多，那位老师常常对我说：雷切尔，发怒之前先数到十。可这次早就超过十了。远远超过。所以我想你得接受现实，无论成功还是失败，我绝对不会离开。"

两人陷入沉默。车轮继续在公路上咆哮。

"雷切尔?"霍莉说。

"怎么了?"他答应。

"抱住我。"她说。

"我正抱着你呢。"他答。

他慢慢地抚摸着她，想让她放心。她紧贴过来。

"雷切尔?"她又说。

"啊?"他应道。

"你想不想再吻我一次?"她说。"让我感觉好一点儿。"

他转过头，在昏暗中冲她微微一笑。

"对我来说可没什么损失。"他笑道。

六十五或者七十英里的时速，整整八小时的飞驰，五百、五百五十英里的行程，雷切尔心里暗自计算，渐渐嗅出了一丝线索。

"我们现在所处的地方应该是没有限速的。"他说。

霍莉一惊，打了个哈欠。

"怎么说?"她问。

"车速很快，"他解释道。"将近七十英里的时速，这么多个小时。洛德为人警慎，要是有被警车拦下的危险他绝对不会允许史迪威开这么快。所以这儿要么提高了限定时速，要么压根儿就没有限速。会是什么州呢?"

她耸耸肩。

"说不上来，"她说。"应该是西部的某些州吧，我猜。"

雷切尔点头同意，在脑中的地图上划了一道弧线。

"我们没有向东走，"他说。"这点已经肯定。所以我猜我们在得克萨斯、新墨西哥、科罗拉多、怀俄明或者蒙大拿。甚至已经到了爱达荷、犹他、内华达或者亚里桑那。不过应该还没到加利福尼亚。"

货车慢慢减速，只听见发动机一震，司机把五档换成了四档。

"上山了。"霍莉说。

但事实上货车开上的并非是山坡，而是一条几乎没有尽头的盘山公路。山路平缓，车子开得并不太吃力，但他们每向前一英里，海拔就上升几百英尺。雷切尔能感觉到货车偶尔加速超过几辆行驶较慢的车子，史迪威紧紧踩着油门，维持四档，向前行驶一段距离，接着松下油门，换成五档，然后又踩下油门向前冲一段。如此连续反复，车子开得跌跌撞撞。

"会不会没汽油了？"霍莉说。

"他们用的不是汽油，是柴油，"雷切尔解释。"军队里都用这个，油箱里能装下三十五加仑。每加仑的柴油能行驶二十五英里，所以基本上在用光之前车子能跑九百多英里。"

"换句话说，几乎都能开出美国了。"她说。

货车在山路上继续盘旋了几个小时。夜幕降临，车顶上原本明亮的弹孔渐渐暗淡，直至消失，最后变得甚至比屋顶本身更加黑暗。明与暗、正与负的强烈对比。突然，车身一晃，货车向右变道开下了高速公路，接着向右一个大转弯，车轮从路肩上轧过。接下来的路线就相当让人捉摸不透，一连串的转弯、刹车、加速，连续上坡下坡，间或在蜿蜒的小路上匀速行驶一阵。路面时好时坏，车轮从坑坑洼洼的砂砾路面碾过，咯吱作响。雷切尔的脑海中浮现出这样一副画面：黑暗中，两束车头灯左摇右晃，上下颠簸。

货车慢慢减速，右转后开上一座木桥，最后开上一条凹凸不平的车道。车身晃得厉害，车轮吱哑作响，仿佛正开过一条干涸的河床。砂砾路面的车道十分狭窄，仿佛漫长旅途的最后一段，终点就在前方。开车的司机变得不急不躁，再不似先前那样火烧眉毛，看来他们马上就要到家了。

可这最后一段却走了好长时间。路况很差，车子开得如同蜗牛爬行。车轮过处溅起一阵石子碎岩，车身倾斜，慢吞吞地在砂砾路面上挪移。四十分钟。五十分钟。雷切尔感到一丝凉意，坐起身拿出衬衫，抖开，套在身上。

一小时过去了。以现在的速度，这条颠簸的车道应该有十五，或许二十英里。

终于，他们到了。货车在最终蹒跚了一小段，向前滑行了几码之后完全停止。发动机的噪音瞬间消失，取而代之的是一片空旷的阒寂。除了消音器在冷却时的咔哒轻响，雷切尔什么都听不到。驾驶室里的两个家伙安静地坐在位子上，筋疲力尽。过了一会儿，他们下了车。雷切尔听见车门打开、车座弹簧弹起、两人踏上了砂砾地面。接着车门砰地关上，金属撞击的声响在静夜中尤为响亮。他听见两人向车后走来，司机手里拿着钥匙，晃得叮当作响。

钥匙转动的声音从门外传来，咔嗒一声门锁应声而开，接着门把转动，洛德拉开一扇车门，用一根铁棍撑住，然后又打开另一扇。他掏出格洛克枪做了个手势，示意让他们出来。雷切尔扶着霍莉爬出车厢，自己先下来，拴在手腕上的链子哐啷砸在地上。接着把霍莉抱下车厢，扶她站稳。两人肩并肩，背靠在货车车厢的边缘，四下张望。

霍莉一直想看看天空，而此刻他们正站在一片夜空下，它比雷切尔见过的任何一片天空都更加空旷。墨蓝色的苍穹几乎已被染成全黑，在无尽的高空上铺展开去，仿佛覆盖了整个星球。夜幕上缀满亿万颗耀眼的星星，虽然远在天边，却又似近在眼前般生动眩目。星斗满天的巨大夜空漫无边际，宛如就将这样永无止境地延伸下去。

他们站在一块林间空地之中，四周黑压压的是大片大片的树木。浓郁的松香钻进雷切尔的鼻子。气味强烈，却清新干净。看来这一大块空地身处山间森林的腹地，葱茏的山坡环绕四周，处处充斥着暗夜的静谧。雷切尔环顾一圈，发现右边有一长排低矮的平房，黑色轮廓隐约可见。好像是几栋木屋，安静地蜷伏在黑暗中。

空地边缘的树林间影影绰绰站着些人，雷切尔隐约能看见，大约有五、六十个，沉默地站在那儿。每人都穿着黑色的衣服，脸也黑黢黢的，涂了迷彩颜料。白色的眼睛在黑色树木的衬托下清晰可辨。雷切尔认出他们手上拿着步枪与机关枪，一言不发地扛着武器朝自己这儿望过来。他还看见好几只大狗，脖上套着粗大的皮圈。

雷切尔发现人群里还站着些孩子，同样沉默不语，睡眼惺忪地望着他们。他们躲在大人身后，肩膀微侧，仿佛因眼前的景象而感到恐惧迷惑。他们一定是在半夜好梦正酣的时候被大人叫醒，强拉出来目睹这一切的。

洛德慢慢转过身,展开双臂招招手,示意人群靠近,活脱脱像个马戏团里的节目主持人。

"我们抓到她了,"他冲着沉默的人群大喊道。"联邦调查局的娘儿们就在这儿。"

喊声在群山间回旋激荡。

"见鬼,我们到底在哪儿?"霍莉问。

洛德转身,冲她狡黠地一笑。

"我们的地盘,贱人,"他语气平静。"一个你们的人永远都找不到的地方。"

"为什么?"霍莉不信。"见鬼! 我们到底在哪儿?"

"告诉你你也不会明白。"洛德回答。

"为什么?"霍莉反问。"一定是在什么地方,对不对? 还在美国吗?"

洛德摇摇头。

"不在。"他答道。

霍莉一脸茫然。

"加拿大?"她问。

洛德又摇了摇头。

"也不在加拿大,贱人。"他说。

霍莉环顾四周的群山密林,抬眼望了望头顶空旷的苍穹,脚底窜上一阵寒意,她不禁打了个冷颤。

"可这儿也不是墨西哥。"她说。

洛德举起双臂,摆出憧憬的姿势。

"这儿是一个全新的国度!"他答道。

22

周三晚上联邦调查局芝加哥分部的办公室里,气氛沉寂得宛如一场葬礼。不过,说是葬礼也并不为过,因为任何平安救回霍莉的希望此刻终究灰飞烟灭。麦格洛斯心里十分清楚,刚开始的最佳时机早已错过。即使霍莉还活着,她可能被囚禁在北美大陆的任何一处角落,一个他也许永远都猜不出具体地点的角落,除非绑匪主动打电话来。可迄今为止,绑架发生六十个

小时之后，一通电话也没有。

他坐在三楼会议室的长条会议桌前，闷头抽着香烟。房间里静悄悄的，米罗塞维奇背靠窗户坐在桌子另一头，同样默不作声。午后的太阳悄悄挪移着脚步，最后消失在夜幕之后。应和着窗外淡淡的薄暮，屋内的温度也凉爽下来。但坐在屋里的两人仍在为刚刚那幕戏剧性的转折感到失望，心里泛起阵阵寒意，所以当布罗根走进来时两人连头都没抬。他手上拿着一沓子文件材料，脸上的表情虽说谈不上是微笑，却也差得不远。

"有什么新发现？"麦格洛斯问。

布罗根意味深长地点点头，坐下来，把打印的文稿分成四份，陆续举起来。

"从宽提科发过来的，"他解释道。"他们有了新发现。还有华盛顿的犯罪数据库也挖出了三样东西。我现在心里有点数了。"

他放下文件，抬起头。

"听着，"他说。"楔形文字断纹的花岗石、交锁结晶、黑硅石、片麻岩、片岩、页岩、叶片状变质岩、石英岩、石英结晶、红层砂石、三叠纪红沙、酸性火山岩、粉色长石、绿泥石、铁矿石、粗砂、沙子和淤泥。这些名词你们听说过吗？"

麦格洛斯和米罗塞维奇双双耸肩，摇头否认。

"地质学名词，"布罗根不以为意。"宽提科材料分析科的地质专家仔细检查了那辆烧毁的敞篷货车，挖出藏在轮胎缝里的泥渣，查清了里面包含的物质，连货车开过哪些地方都一并弄了个明白。粘在金属上的石屑、沉积物在地质学家看来就像指纹。"

"好吧，那么它开过哪些地方？"麦格洛斯问。

"加利福尼亚是第一处，"布罗根解释道。"十年前莫哈维的一个叫做达屈·鲍肯的种柑桔的农场主买下了它。当然这是制造商帮我们查出的线索，和地质研究没关系。后来那些地质专家说，它在蒙大拿州待了好几年，接着从北方经过北达科他州、明尼苏达州和威斯康星州一路开到这儿。"

"他们确定？"麦格洛斯问。

"当然，详细得就像卡车司机的行程日志，"布罗根说。"只不过不是用白纸黑字写下来，而是藏在轮胎污泥里。"

"那么，那个达屈·鲍肯又是什么人？"麦格洛斯又问。"和案子有关系吗？"

布罗根摇摇头。

"没关系,"他说。"达屈·鲍肯早就死了。"

"什么时候死的?"麦格洛斯问。

"好几年前,"布罗根说。"他向银行借了一大笔钱,全砸在农场里,最后银行没收了他的财产。他把手枪塞进嘴里,一枪轰掉了自己的脑袋。"

"然后呢?"麦格洛斯问。

"他的儿子偷走了那辆敞蓬货车,"布罗根说。"说偷是因为按理那车属于银行罚没资产,不是吗?他儿子偷偷开着车子逃之夭夭,再也没出现过。银行报了案,警察也费劲搜查了一阵,可一无所获。车子没上牌照,机动车管理局也无能为力。最后警察也不管了。谁又会在乎一辆破旧的敞蓬货车呢?但我猜那个鲍肯家的儿子肯定是偷了车开到了蒙大拿。那辆车绝对在蒙大拿待过两年,宽提科的专家们言之凿凿。"

"那么,那个鲍肯小子有没有案底?"麦格洛斯问。

布罗根点点头,扬了扬一张纸。

"一大堆,"他说。"我们的数据库里到处都有他,简直阴魂不散。全名波·鲍肯,三十五岁,身高六英尺,体重四百磅。大家伙,对吧?极端的右翼分子,有妄想狂倾向。现在是个民兵组织的首领,什么都做得出来的神经病。和那个鬼地方的许多民兵组织都有联系,而且是北加州一起持枪抢劫案的头号嫌疑人。一辆装有价值两千万美元的不记名债券的运钞车被袭击,司机被杀,警方怀疑与民兵组织有关,因为抢匪身穿军服。鲍肯那帮人看起来嫌疑最大,但警方至今无法确认,卷宗上没有说具体原因。还有一点,对我们应该是个好消息,在鲍肯失踪之前,他是彼得·韦恩·贝尔逃脱强奸罪名的三个不在场证人之一。所以无论如何,他和已经确认的绑匪之一彼得脱不了干系。"

米罗塞维奇抬起头。

"那他的老巢在蒙大拿?"他说。

布罗根点点头。

"而且我们几乎能确定具体地点,"他说。"宽提科那帮人基本能确定是蒙大拿西北部的几处山谷。"

"怎么能这么具体?"米罗塞维奇有些不相信。

布罗根又点头。

"我给他们打了个电话,"他说。"他们说车轮缝里的沉积物只在几处特别的地方才能找到，好像是因为几百万年前冰川擦过，本来不该在地表的沉积物暴露在外，又和一些什么年代久远的普通岩石混合，却又比什么年代久远的岩石更新。你们明白我在说什么吗？反正就是一种特殊的混合物。我问他们怎么能那么肯定。他们回答总之一眼就能认出来，就像远远地你能一眼认出自己的妈妈一样。而且他们还说，那种沉积物只来自蒙大拿西北角几处南北向的冰川山谷，百万年前从加拿大过来的冰川就从那儿滑过。还有，其中有一种特殊的砂石，是林务局的人专门用来铺路的。"

"好吧，"麦格洛斯说。"我们要找的人在蒙大拿藏了好几年。可怎么能肯定他们就回了老家？"

布罗根拿起面前的第三份材料，展开一幅地图，露出一丝自礼拜一之后就已久违的微笑。

"绝对肯定，"他说。"你们看地图。从芝加哥直接开到蒙大拿的西北角必须穿过北达科他州，对不对？今早北达科他州的农民起来散步，你猜他们发现了什么？"

"什么？"麦格洛斯接口问。

"一具死尸，"布罗根回答。"躺在一处马场边的深沟里。那地方前不着村，后不着店。自然，农民报了警，警察把尸体的照片输入电脑，然后电脑给出了一个名字。"

"叫什么名字？"麦格洛斯又问。

"彼得·韦恩·贝尔，"布罗根缓缓吐出三个词。"绑架霍莉的司机。"

"他死了？"麦格洛斯十分吃惊。"怎么死的？"

"目前还不清楚，"布罗根回答。"要么是被扔进沟里的？那个贝尔满脑子淫邪念头，说不定是他打起了霍莉的主意，最后反倒被霍莉制服。不过只要你拿把尺在地图上量一量，就能肯定他们正一路开回蒙大拿。他妈的绝对不会错。我敢断定。"

"那开的是什么车？"麦格洛斯又问。"该不会是白色货车吧。"

"没错，就是一辆白色货车。"布罗根说。

"可刚刚截获的那辆依柯罗赖是惟一一辆被盗的货车。"麦格洛斯指出。

布罗根摇摇头，拿起第四份材料。

"我刚刚想到的，"他说。"所以查了查有没有罗宾的租车记录。"

"谁？"麦格洛斯不解。

"罗宾，那个遇害牙医，"布罗根解释道。"我查了查他有没有租货车。"

麦格洛斯盯着他。

"死了的牙医怎么会租货车?"他问。

"他当然不会,"布罗根说。"但我想那帮家伙也许会用牙医的信用卡租车。讲得通的,对不对? 如果能用偷来的皮夹里的信用卡、驾驶执照什么的去租车,干吗要冒风险去偷车呢? 所以我就打了一圈电话。城南一家叫'芝加哥任你游'的租车行说他们租了一辆依柯罗赖给罗宾医生,周一早上九点。我问他们驾驶执照上的照片和租车人能不能对上号儿,结果他们说根本没看,只要信用卡能用,他们什么都不在乎。我又问依柯罗赖是什么颜色的,他们回答,所有的都是白色的。我问车身上有没有什么标记,他们说当然,绿色的'芝加哥任你游'几个字,一人高。"

麦格洛斯点点头。

"我马上打电话给哈兰·韦博,"他说。"我们尽快动身去蒙大拿。"

"得先去一趟北达科他。"韦博答道。

"为什么?"麦格洛斯反问。

电话线那头略微迟疑了一下。

"一步一步来,"韦博说。"我们必须先得查查彼得·韦恩·贝尔的情况。所以先去北达科他,好吗?"

"您肯定吗,局长?"麦格洛斯依然心存疑虑。

"慢工出细活,"韦博说。"这句老话对我们尤其适用。顺藤摸瓜,不是吗? 至少迄今为止这招相当奏效。你手下那个布罗根干得很棒。我喜欢。"

"既然有了线索我们就该继续跟进,局长,"麦格洛斯说。"应该直接赶到蒙大拿,对不对?"

"别太心急,我们得先弄清楚点儿事情,"韦博回答。"比方说,人物、地点、原因,这些都是我们必须掌握的信息,马克。"

"我们已经掌握了人物、地点,"他说。"主犯是那个叫波·鲍肯的家伙,地点蒙大拿。还有什么不明白?"

电话那头又停顿片刻。

"也许吧,"韦博说。"可原因呢?"

麦格洛斯把听筒搁在肩上,点燃一根香烟。

"不知道。"他略带勉强地承认。

"你给我看的嫌疑人照片,"韦博说。"我送到了行为科学科,那儿的心

理专家仔细研究了一番。"

"有什么结论?"麦格洛斯问。

"我也说不上来,"韦博回答。"他们都是一群绝顶聪明的专家,不过光看一张该死的照片又能得出多少结论?"

"难道就没有任何结论吗?"麦格洛斯问。

"有一些吧,"韦博说。"他们感觉其中三个是一伙的,而那个大块头明显和其他人不是一路。你有没有注意到那三个外表很像,同样的背景,同样的外貌,甚至说不定还是亲戚。他们三个真的可能有血缘关系。那个叫贝尔的老家就在加利福尼亚。莫哈维,好像是。波·鲍肯也是。感觉上他们三个应该来自同一个地方,都像西海岸人。但那个大块头就不一样。穿着、姿态甚至体型都相差很大,宽提科的人类学家猜测他可能是个外国人,至少有外国血统,或者二代移民什么的。虽然金发蓝眼,但他的脸有些特别的地方。他们说也许是个欧洲人。而且瞧瞧他的身板,绝对不是健身房练出来的那种,肯定天生如此。"

"那又如何?"麦格洛斯问。"他们到底有什么结论?"

"也许他确实是个欧洲人,"韦博说。"孔武有力的大块头。他们担心是个恐怖分子,或者是雇佣兵。正在查海外的资料库。"

"恐怖分子?"麦格洛斯十分惊讶。"雇佣兵? 可为什么?"

"关键就在这儿,"韦博说。"这正是我们必须确认的部分。假如他真是恐怖分子,那他意欲何为? 谁是老板? 动机何在? 到底是鲍肯一伙雇佣了他,还是他雇佣了鲍肯? 整件事是不是他的策划? 他雇佣鲍肯的民兵是不是为了在美国本土获得帮手?"

"见鬼,到底是怎么回事?"麦格洛斯问。

"我这就飞到奥亥尔机场,"韦博说。"从现在开始我得亲自负责。这么大的案子,不得不这样,不是吗? 大佬们会有这样的期望。"

"你指哪个?"麦格洛斯口气有点酸。

"两个都是。"韦博回答。

亚里桑那州上演了截获墨西哥偷渡客的戏剧性转折后六小时,布罗根一行开车前往奥亥尔机场。麦格洛斯坐在他旁边,米罗塞维奇坐在后座,没有一个人说话。布罗根把调查局的福特车开进铁丝网,停在军事基地的停机坪上。三人静静地坐在车里,等待从安德鲁市飞来的调查局专用利尔喷气式飞机。二十分钟之后,飞机降落,朝他们迅速滑行过来,最后停在眼前。瞬间,他们淹没在眩目的机场照明灯和震耳欲聋的飞机引擎声中。机舱门打开,悬梯放下,哈兰·韦博的身影出现在舱门口。他站在那儿四处张望,看见他们三人后急迫地招了招手,重复了两次。

他们赶紧上了飞机。悬梯收起,舱门在身后关闭。韦博领着他们来到一张小方桌前,桌子两边各放了两把椅子。麦格洛斯和布罗根坐在韦博对面,米罗塞维奇坐到他旁边。等各人系好安全带,飞机又开始滑行,转弯滑向跑道,稍停片刻后机身突然一震,沿着长长的水泥跑道加速,接着机头猛地一抬冲入云霄,朝西北方向全速飞去。

"好吧,我有个想法,"韦博说。"联席会议主席的女儿被某个恐怖主义组织绑架,国外势力有所牵连。他们将会对他提出军事方面的要求。"

麦格洛斯摇摇头。

"全是胡扯,"他说。"这点破招术怎么可能管用?他们只会立刻把他撤下来。能坐进五角大楼里的那帮老家伙可不是吹的。"

布罗根谨慎地点头附和。

"我也这么想,局长,"他说。"您说的可能性基本不存在。"

韦博点头回应。

"没错儿,"他说。"那我们还剩什么砝码?"

没有一人回答。没有一人愿意说出答案。

利尔喷气式飞机一路追逐西下的夕阳,终于降落在北达科他州的法戈市,一名明尼阿波利斯分局的探员已经驾车守候在那儿。见到布罗根和米罗塞维奇,他并没有太多惊讶,而他的骄傲也不允许他对芝加哥分局局长的出现表现得过分诧异,但当他和哈兰·韦博面对面时,他的紧张就无法遁形了。紧张,严肃,刻意装出公事公办的架势。

"我们找到了他们的落脚点,先生,"探员说。"他们昨夜待了一宿,今天一大早就上路了。那儿离弃尸地点只有一英里。"

之后,车厢里充斥着紧张、阴郁的沉默气氛。车子朝西北方向行驶,就像一只昆虫爬行在大片种满大麦、小麦、大豆、燕麦的粮田间。两个时后,车子右转,车灯打开,倏地照亮前方一望无垠的草原和灰暗阴沉的天空。太阳早就隐入西方的地平线。探员驾车转了好几个弯,最后停在一处农场栅栏旁。夜色染黑了延伸到远处的栅栏,但衬着灯光,拉在树间的警察隔离现场

的黄色塑胶带清晰可辨,一辆警车和一辆验尸官专用车停在约摸二十码开外的地方。

"尸体就是在那儿发现的。"探员说。

他打开手电筒,可黑黢黢的什么也看不见,除了柏油马路和马场栅栏间一条长满杂草的深沟,不过沿沟十码的一溜长草显出被踩踏过的痕迹。尸体早就被搬走,但验尸官还拿着详细报告守候在现场。

"有件事儿挺奇怪的,"法医对他们说。"那家伙是被闷死的,毫无疑问。头被按进一种柔软的物体,窒息而死。他脸上、眼里全是淤斑,那种小的出血点只有在缺氧的情况下才会出现。"

麦格洛斯耸耸肩。

"那有什么奇怪的?"他问。"换了我也一定会亲手闷死这个畜生!"

"奇怪的是死前和死后都有暴力迹象,"法医继续说。"从尸检上看,这家伙死前被狠狠扔在墙上或者货车上。后脑勺头骨碎裂,后背还断了三根骨头。另外,他的腹部有遭到猛踢的迹象,里面的内脏已经被搅得一团糟。显然对他施暴的那个人力大无比,无论他是何方神圣,我可不希望惹上那样的家伙。绝对不希望。"

"之后呢?"麦格洛斯问。

"之后尸体被移动,"法医回答。"处处是坠积性充血。仿佛他被人暴打一顿后再窒息而死,又过了一小时凶手才头脑清醒,决定抬出尸体,最后弃尸荒野。"

韦博、麦格洛斯和布罗根齐齐点头,米罗塞维奇只是凝视着那道深沟。他们走到沟边,朝着暗沉空旷的远方望了一眼,最后转身向车子走去。

"谢谢你,医生,"韦博有点儿心不在焉。"干得好!"

医生点点头。车门砰地关上,探员发动汽车,沿路朝正西方开去。

"领头的是那个大块头,"韦博开口。"很明显,不是吗? 另外三人都听令于他,而彼得·韦恩·贝尔做得过了头,竟然打上霍莉的主意。年轻漂亮的姑娘,腿有残疾,又无依无靠,显然对他那样的畜生是难以抵挡的诱惑,对不对?"

"对,"布罗根附和。"但我觉得那个大块头绝对是职业杀手,要么是雇佣兵,要么是恐怖分子。调戏人质不在他的计划之内,所以他大发雷霆地把贝尔送回老家。算是履行军纪吧。"

韦博点点头,表示同意。

"肯定是那样,"他说。"只有那个大块头有这本事,一方面因为他是老板,人家都听他的,另一方面也只有他有这么大的力气能把贝尔整成那副德性。"

"那他是在保护她吗?"麦格洛斯提出疑问。

"他保护的是自己的利益。"韦博尖酸地反驳。

"那也许她还没事儿。"麦格洛斯流露出一丝宽慰。

没人回答。车子行驶了一英里后向左转弯开上一段颠簸的车道,两束车灯照亮前方一排低矮的木屋。

"那儿就是他们落脚的地方,"当地探员解释道。"一家旧马场。"

"有人住吗?"麦格洛斯问。

"昨天之前都有人住,"探员答。"不过今天好像就空了。"

车子停在马棚前,五个人从车里出来,站在了黑暗中。马棚门敞开,韦博、麦格洛斯、布罗根和米罗塞维奇拿着手电筒径直踏入马棚,只有那名当地探员留在车旁。棚里阴暗潮湿,鹅卵石铺就的中央通道上长满青苔,一间间马厩分列两侧。他们一直走到通道底。只见右边马厩里布满弹孔,背面那堵墙更是摇摇欲坠,地上凌乱地散落着脱落的木板和腐朽的碎木条。

对面的那间马厩里斜放着一张床垫,一条铁链散在床垫上,另一头锁在后墙的铁环里。估计那个铁环若干年前是用来拴马的,可昨夜它拴的却是一名女子,链子一头锁住她的细腕,另一头穿过铁环。韦博蹲下身,拾起那副拴着铁链的锃亮手铐,布罗根则跪下来,从床垫上捡起几根黑色长发。之后他和米罗塞维奇开始一间间查看剩下的马厩。麦格洛斯瞥了他们一眼,转身走出马棚,面朝太阳刚刚落山的西方极目远眺,仿佛只要他眺望的时间足够长,他的视线就能穿越五百英里的距离找到霍莉。

23

此时没有任何人能看见霍莉,因为她正独自一人被关在专门为她度身定做的囚室里。四名沉默的妇女把她从空地带到了这间囚室。她们每人都身穿深绿色的制服,脸上涂了迷彩颜料,肩上挂着步枪,腰带鼓鼓囊囊塞满弹夹,把霍莉从雷切尔身边强行拉走,押着她穿过围观嗤笑的人群,走进黑黢黢的树林。接下来的一英里对她来说痛苦不堪,她几乎是被架着走出树

林的，最后终于来到一座白色建筑物前。她们一个字也没说，只是沉默地把她推上二楼，推开笨重的新门，然后又用力推了她一把。她踉踉跄跄爬上进屋的台阶，屋内的地板比外面的走廊高出很多，导致台阶足有一英尺高。她勉强爬进囚室，房门在身后砰地关上，接着钥匙转动，大门锁牢。

囚室内没有一扇窗户。挂在屋顶的一盏灯泡把整间屋子染成明晃晃的黄色。四面墙壁、天花板和地板用的都是原色松木木板，散发着浓郁的松香。房间一头放着一张简单的铁床，看样子不是军营里就是监狱里用的那种窄床。床上铺了一层薄床垫，还放着两套制服，深绿色的上衣、长裤，和那四名妇女身上穿的没有差别。她一瘸一拐地走到床边，伸手摸了摸。旧衣服，不过还算干净，新熨好的裤缝锋利得有如剃刀。

她转过身，仔细打量起这间囚室。面积不算小，约摸十六平方英尺，不过她有种感觉，这间屋子实际上应该更大。房间比例十分古怪，比方说垫高的地板比原先竟然高出了一英尺。说不定墙壁和天花板也不例外。她瘸着腿走到一堵墙前，敲了敲，木板发出咚咚的闷声，后面是空的。看来这间囚室造在原来一间更大的房间之内，而且做工相当精细，每块木板线对得笔直，分毫不差。只不过木板间的细缝怎么湿漉漉的。她盯着细缝看了一会儿，嗅了嗅气味，不禁打了个冷颤。整间房间弥漫着恐怖的气息。

屋内一堵墙上开了一扇门，她走过去推开门。原来是一间浴室，马桶、水池、一个新装了塑料袋的垃圾桶、还有一个浴缸，上面装着个冲凉的莲蓬头。虽说是便宜的白瓷浴缸，但却是崭新的，做工也非常细致，连瓷砖都铺得整齐划一。架子上还备有香波和肥皂。她倚在门框上，直勾勾地盯着莲蓬头看了好一会儿。接着她飞快地脱掉快要发臭的阿玛尼衬衣扔进垃圾桶，拧开莲蓬头，急不可待地踏进浴缸里的旋涡，足足洗了将近一个小时。头发洗了三遍，而且不顾身上的酸疼，把全身上下一处不落地搓了个干净。

洗完澡后她走回床边，挑了一件旧制服。刚好合身。接着躺倒在床上，盯着头顶的天花板，仔细聆听四周的静默。六十个小时以来，她终于第一次真正独处。

雷切尔却并非只身一人。他仍然站在树林空地，六名荷枪实弹的男人在一旁监视。白色的依柯罗赖拴在二十英尺开外的大树上，几只大狗悄无声息地从眼前经过。雷切尔倚在粗糙的树干上，盯着那几个看守。他冷极了，甚至能感觉到粘稠的松汁滴在自己的薄衬衫上。六名看守一字排开，站在六英尺外,个个都警觉地端枪对准他,晶亮的眼眸衬着黝黑的脸庞熠熠发光。他们身穿统一的橄榄绿制服,肩膀上别着一个半圆形的肩章,不过天色太暗,雷切尔看不清上面的字。

六人都是四十岁上下,身形瘦削,留有胡须,拿枪的姿势显得相当熟练,沉默警觉的模样说明站夜岗对他们来说是家常便饭。雷切尔能看出来。他们的模样让人联想到一个步兵排,仿佛在二十年前某次夜间巡逻时误入森林迷境,从此再也没能出去。

突然,脚步声从他们身后传来。六人全都一惊。嗒嗒的脚步声在静谧的夜里特别响亮。他们猛地立正,迅速把枪托握在手上。雷切尔侧目一瞥,看见远处走来第七个男人。年轻一些,约摸三十五岁,身材高大,胡子刮得挺干净,脸上也没有涂颜料。他身穿崭新的制服,脚登锃亮的皮靴,肩上也有那种半圆形的肩章。看来是个军官。

六名步兵向后退了一步敬礼,新来的那人走到雷切尔面前,从口袋里拿出一包香烟,抽出一根,点燃打火机,一小簇摇曳生姿的火焰映出雷切尔面无表情的脸。雷切尔回瞪过去,发现眼前的家伙头小肩宽,瘦削的脸上横亘着道道深沟。火焰的阴影遮去了他的嘴唇,只剩下一道细线。眉毛下眼眸深陷,射出道道寒光。他理着军人的那种平头,大概一个礼拜前刚剃过,新发刚刚冒茬。他凝视着雷切尔,关掉打火机,伸手摸了摸自己的脑袋,发茬被手掌抚弄得刷刷作响,打破了静夜的宁谧。

"我叫戴尔·福勒,"他自我介绍。"这儿的参谋长。"

语气平静,西海岸口音。雷切尔回望他一眼,缓缓点头。

"那么你想不想告诉我你都参谋些什么?"他问。

"洛德没解释吗?"福勒反问。

"洛德可什么都没解释,"雷切尔回答。"把我们带到这儿来已经让他焦头烂额了。"

福勒点点头,脸上露出让人不寒而栗的微笑。

"洛德是个白痴,"他说。"犯了五桩大错,你就是其中之一。如今他已经一身麻烦,你也是。"

他做了个手势,一名看守走上前,从口袋里掏出一把钥匙递给他。看守端着枪站在一旁。福勒打开雷切尔的手铐。哐啷一声,手铐顺着树干掉在地上,在森林的静夜中铿锵作响。一只大狗踱过来,嗅了一圈,还有些人从树林间来回穿行。雷切尔好不容易能离开树干站直身子,赶紧伸伸胳膊放

松。六个看守见状齐齐向前踏了一步,刷地端枪瞄准。雷切尔怔怔地看着枪管,这时福勒抓住他的手臂,反扭到身后,铐上手铐,然后朝看守点点头。两个看守隐身到树后,第三个举枪顶住雷切尔的后背,第四人断后,剩下两个在前面领路。福勒抓住雷切尔的胳膊肘,押着他穿过空地,朝对面的一座小木屋走去。少了树荫的遮挡,月光照亮了福勒肩上的标志,上面写道:蒙大拿民兵团。

"这儿是蒙大拿?"他脱口而出。"洛德告诉我这儿是个全新的国度。"

福勒边走边耸耸肩。

"他说得太早了,"他回答。"此时此刻,这儿还是蒙大拿。"

他们到了木屋门口,前面两个看守推开屋门,顿时黄色灯光倾泄而出。雷切尔身后的那位用枪顶了顶雷切尔,把他推进屋。只见洛德正站在对面的墙根,双手被反锁在身后,身旁守着另一名手持机关枪的士兵,他身材瘦削,看样子比其他几位年轻一些,胡子修理得还算干净,一道可怖的长疤横亘在前额。

福勒走到一张桌子后面,坐下,然后指了指旁边一把椅子。雷切尔顺从地坐下来,六名士兵站在身后。福勒看他坐下,然后把注意力掉转到洛德身上。雷切尔顺着他的视线望过去。星期一他第一次见到洛德时他的那种镇定、冷酷此刻就像从未存在过,眼前的他吓得簌簌发抖,反扭在身后的手铐发出当当的撞击声。雷切尔看着他,心想:这家伙肯定怕极了他的首领。

"好吧,五大错误。"福勒开口。

他的声音非常平静、自信,也相当放松,显然只有对自己的权威非常确定的人才会有这么平静自信的语气。话音落下,雷切尔听见背后传来靴子踩在地板上发出的喀吱轻响。

"我已经尽力了,"洛德说。"她不是落到我们手上了吗?"

恳求的语气听上去特别悲惨,他深知自己的情况非常糟糕,但确实还没弄清楚来龙去脉。

"她不是落在我们手上了吗?"他可怜兮兮地重复一遍。

"那真是个奇迹,"福勒回答。"在其他地方你惹了一堆麻烦,我们的人不得不中断手头工作为你收拾烂摊子。"

"我做错了什么?"洛德还不死心。

说完他向前挺了挺身子,绝望地朝雷切尔望去,仿佛求他作证。

"五大错误,"福勒重复道。"烧了敞篷货车是第一桩,烧了小轿车是第二桩。简直是大张旗鼓。你何不在该死的报纸上登一则广告算了?"

洛德嘴唇嚅嗫,却没吐出一个字。

"第三桩,你把这家伙也绑了来。"福勒继续说。

洛德又瞥了雷切尔一眼,猛地摇摇头。

"这家伙什么都不是,"他连忙辩解。"没人会找他的。"

"你当时应该再等等,"福勒说。"第四桩,你把彼得弄丢了。他到底出了什么事儿?"

洛德耸耸肩。

"不知道。"他答道。

"他肯定是害怕了,"福勒说。"你犯了这么多错误,把他吓得落荒而逃。这就是发生的一切。你还能给出什么别的解释吗?"

洛德怔怔地盯着前方,面无表情。

"最后一桩错误,你竟然杀了那个该死的牙医,"福勒说。"他们绝对不会坐视不管,不是吗? 我们这里进行的是一次军事行动、政治运动,难道你不知道? 你却让其他的因素掺和进来。"

"什么牙医?"雷切尔插口问。

福勒瞥了他一眼,宽容地一笑,仿佛雷切尔是一名听众,可以用来加深对洛德的羞辱。

"他们要偷牙医轿车的当口,"他耐心解释道。"被牙医撞了个正着。应该等那家伙离开再动手的。"

"他坏了我们的事儿,"洛德急忙申辩。"我们又不能把他一起带上,不是吗?"

"可你们不是带上了我?"雷切尔反问。

洛德瞪了他一样,仿佛他是个白痴。

"那家伙是个犹太人,"他说。"这儿不是犹太人该来的地方。"

雷切尔扫了一眼房间,满眼都是肩章。蒙大拿民兵团,蒙大拿民兵团,蒙大拿民兵团。他若有所思地点点头。一个全新的国度。

"你们把霍莉带到哪儿去了?"他问福勒。

福勒没理他,继续对洛德说。

"明天,"他说。"你将接受特殊法庭的审判。由司令主持。罪名是让我们的行动置于危险之中。我是主控官。"

"霍莉现在在哪儿?"雷切尔又问了一遍。

福勒耸耸肩,两道寒光朝雷切尔射去。

"就在附近,"他说。"不用担心她。"

接着他朝雷切尔身后的看守瞥了一眼。

"把洛德放倒。"他命令道。

洛德丝毫没有反抗,任由脸上长疤的年轻看守扶自己起身。另一名看守上前一步,举起枪托狠狠朝洛德腹部捣去,洛德噗地吐了一口气,倒在地上。年轻看守松开手,轻松地跨过洛德。任务完成,他一个人走出木屋,砰地带上屋门。接着福勒转身面对雷切尔。

"现在该我们俩好好聊聊了。"他说。

他的声音依旧非常平静、自信、安心。不过身处这样的荒郊野外、六名荷枪实弹的手下待命在侧,面对坐在椅子上双手被铐的囚犯,任谁都会这么镇定放心。更何况刚刚还上演了一场赤裸裸的暴力秀,愈发彰显他不容反抗的权威。雷切尔朝他耸耸肩。

"聊什么?"他说。"你已经知道我的名字,我告诉过洛德,他肯定已经转达给你了。他全都说了,我也没什么好再补充的。"

屋里陷入了沉默。福勒沉吟片刻,点点头。

"那么就由司令来决定吧。"他说。

让她最终确信自己猜测的是冲凉的莲蓬头,可以说一半是好消息,一半是坏消息。她得出结论,这间浴室新近造好,东西便宜,却摆放得十分精心,仿佛是一个住在活动住屋里手头很紧的家庭主妇全权安排的。这样的一间浴室透露了许多信息。

首先,人质身份已经毫无疑问,而且会是被长期囚禁,不过应该能得到一定程度的尊重。她在整桩交易里还有些许利用价值,所以基本的生活条件或人身安全此刻还无须担忧。这些都是谈判的筹码,也许会随着谈判被一一取消。不过她这个囚犯级别还挺高,因为她的价值、她的身份。

可又并不完全因为她的身份,而是因为她的父亲、她的背景。那些人以为她只会坐在这个拥挤恐怖的房间里,老老实实地当她父亲的乖女儿,老老实实地等着他们计算她的价值,老老实实地等着她的人设法把她救出囹圄。独立的冲凉龙头或许能在等待的过程中给她些许安慰。

她躺在床上,伸展身体。让他们见鬼去吧,她心想。她可不会乖乖地坐等谈判结束。她的体内腾地升起一团怒火,瞬间转变成钢铁般坚定的决心。

她趔趔地走到门旁,第二十次转动门把。突然,咚咚的脚步声从门外楼梯传来,回荡在走廊里,最后停在门前,钥匙插进门锁,她手里的门把转动起来。她赶紧后退一步。

房门打开,只见雷切尔出现在门口,他身后一排身穿迷彩服的士兵把他推了进来。随后大门重重关上,咔嗒锁牢,脚步声渐行渐远。雷切尔站在门口,四处张望。

"看来今天我们俩得待在一间屋里了。"他说。

她看看他。

"他们只准备了一间客房。"他又补充了一句。

对此她没有回答,只是看着他的眼睛在整个房间里逡巡,先是墙壁,而后投向地板,最后是天花板。接着他转身打量起那间浴室,点点头,转身面向她,指望她说点儿什么。她沉吟片刻,实在想不出能说什么,抑或该怎么说。

"只有一张床。"最终她说出了口。

她本来想用这五个字表达更多的意思,甚至发表一番逻辑清晰的长篇大论。她想说:好吧,我们在卡车里的确非常亲近。好吧,我们接吻了。而且还是两次。第一次是意外,第二次的确是我主动,因为我很害怕,想要你安慰我。但现在我们俩分开一两个小时后我冷静下来,开始觉得车里发生的一切有些愚蠢。她试图用短短五个字表达所有的含义,同时盯着他的眼睛想看他会做何反应。

"你心里有人了,对不对?"他问。

她蓦地领悟到,他明白了她的意思,只是用玩笑的方式避开了所有尴尬,在两人的关系变得认真之前不着痕迹地一笔带过。但是出乎意料地,她没有笑,反而点点头。

"是的,我心里的确有人了,"她坦白道。"我还能说什么呢?要是没有,说不定我还会愿意跟你待在一间屋里。"

她心里暗想:他看上去有些失望。

"事实上,也许我的确会愿意的,"她赶紧补充了一句。"但是,你瞧,对不起。所以我们不能这样。"

失望再次出现在他的脸上,她觉得自己必须再说点儿什么。

"对不起,"她再次道歉。"并不是我不想和你在一起。"

她盯着他,他只是耸耸肩。她能猜出他心里正转着什么念头:得了,这可不是世界末日。可怎么感觉就像是？想到这儿,她的脸红了。可荒谬的是她居然对这个念头感到挺满意。不过她还是打算换个话题。

"那帮人到底想干什么?"她问。"有没有告诉你什么?"

"那个幸运的家伙是谁?"雷切尔反问。

"某人罢了,"她答道。"那帮人到底想干什么?"

他的眼里飘过一丝阴翳,毫不讳避地直视她。

"那真是幸运的某人。"他说。

"他根本不知道。"她说。

"不知道什么? 你失踪了?"他反问。

"不,他不知道我对他有感觉。"她答道。

他盯着她,没有回答。房间里充斥着沉默。这时,脚步声再次从屋外传来,这回更加急促。咚咚地冲进小楼,爬上楼梯,停在屋外。接着钥匙转动、屋门打开,六把机关枪同时挤进来。她赶紧回退一步,伤腿一阵抽痛,不过他们根本没注意到。

"司令现在想见你,雷切尔。"领头的士兵说。

他做了个手势让雷切尔转身,摇了摇他身后的手铐,用枪管抵住他腰部把他推出门,走出走廊。等这群人离开,门再次被锁上。

福勒拿下耳机,按下录音机的暂停键。

"听到什么?"司令问他。

"没什么,"福勒回答。"她说只有一张床,然后他听起来有些生气,看上去他本来想和她一起睡的。她说她已经有男朋友了。"

"这个我可没听说过,"司令说道。"她有没有说是谁?"

福勒摇摇头。

"但窃听器怎么样?"司令又问。

"清楚极了。"福勒回答。

雷切尔被众人推搡着再次进入山林的静夜。沿着来时的石阶小路,他们走了大约一英里地。前面的那名看守一直拽着他的胳膊肘,机关枪被暂时当做了牛刺,不停地戳他。大家都赶得很急,几乎一路小跑,结果整段路只花了十五分钟。踏过林间空地后,他们来到一间小木屋前。雷切尔被粗暴地推了进去。

洛德还躺在地板上，不过坐在木桌后面的换了一个陌生人。应该就是他们说的司令了。雷切尔暗自断定。那家伙足有六英尺高，四百磅重，身形异常伟岸。约摸三十五岁光景，头发浓密，浅金的发色看起来甚至有些发白。两侧头发剃得很短，头顶的头发齐齐向一边梳过去，活像德国的小学生。光滑的脸庞泛着红光，明显有些浮肿。硬币大小的红斑散布在脸颊上，特别刺眼。脸颊和白眉毛之间嵌着一对小眼，淡得几乎没了颜色，被挤得只剩下两道细缝。湿润的红唇下是一个冷酷的下巴，虽然脸上全是肥肉但还能勉强看出形状。

一件军装剪裁的超大号黑制服套在他身上，除了每个人都戴着的肩章以外，他并没佩戴任何勋章。一条锃亮的超宽皮带束在腰间，像镜子似的闪闪发光。腿上穿着黑色的马裤，上面宽松，裤腿处收紧，塞在同样锃亮的皮靴里面。

"进来，坐下。"他语气平缓。

雷切尔被一把推到了先前坐过的椅子上，只好双臂反扭坐下来。六名看守紧张万分地围成一圈站在他身后，大气都不敢出，面无表情地直视前方。

"我叫波·鲍肯，"大块头自我介绍。"是这儿的司令。"

他说话的音调很高，雷切尔盯着他，感觉好像他的头顶罩着一圈光环，那种无上权力的光环。

"这儿有个决定要做，"鲍肯又说。"需要你的帮助。"

倏地，雷切尔意识到自己竟然不敢看他，仿佛光环耀眼得让他胆怯。他逼着自己慢慢转过头，直视对面那张肥硕的白脸。

"什么决定？"他问。

"你是该活，"鲍肯继续说。"还是该死。"

霍莉用力拉下了浴缸侧的一块镶嵌板。她知道木工通常会把建筑垃圾藏在浴缸里面，只要用镶嵌板遮住雇主就不会发现。也许能找到些派得上用场的东西，比方说用剩的管子、碎木条，甚至一些工具，刀片、扳手什么的。以前在她租过的公寓里都找到过那些玩意儿。可看起来这儿什么都没有。她伏下身，伸手摸了摸，还是一无所获。

不仅如此，每块地砖都钉得非常牢固，水管紧紧嵌在洞口。的确是高手的杰作。要是她手头有根撬杆，或许能撬起一块板子。可整间屋子找不到一根撬杆,甚至连代用品也没有,毛巾杆倒有一根,不过是塑料做的,肯定易折易断。除此之外就什么都没有了。她坐在地上,失望的情绪席卷而来。突然,门外再次响起脚步声。

这回脚步声轻了许多,不似先前那么明目张胆,像是有人刻意放轻了脚步,肯定不是为了公事。她慢慢站起身走出浴室,虚掩上门,遮住被拆过的浴缸,趔趄着走回床边。门锁咔嗒解开,屋门打开。

一个男人走进房间。看样子挺年轻,穿着同样的迷彩服,脸上涂了黑色颜料,前额生动地横亘着一道红色伤疤,肩上背着机关枪。他转身轻轻关上房门,转回身时把手指放在唇边,示意她噤声。

她盯着他,熊熊怒火迅速在体内燃起。这回她可没有了锁链的羁绊,这家伙死定了。思及此,她的嘴角勾出一丝疯狂的笑意。她的高级囚犯身份有浴室为证,所以她有权维护尊严、得到尊重。要是有人试图进来侵犯她被她杀了,他们也没什么话好说,不是吗?

但刀疤男只是把手指放在唇边,朝浴室的方向点点头,随后蹑手蹑脚地进屋关门,招手示意她跟上来。她照做。他瞥了一眼摊在地上的镶嵌板,摇摇头,然后伸手打开了莲蓬头。水柱喷涌而出,重重地击打在浴缸里。

"他们装了窃听器,"他说。"屋里的所有动静都逃不过他们的耳朵。"

"见鬼,你们到底是什么人?"霍莉问。

他蹲下身把镶嵌板放回原处。

"没用的,"他说。"你没办法出去的。"

"肯定有。"她不相信。

刀疤男摇摇头。

"他们试过这间屋子,"他解释道。"司令把负责建这间屋子的木匠关在这里,告诉他要是逃不出去就砍掉他一条手臂。所以我想他肯定是绞尽脑汁。"

"那后来呢?"她追问。

刀疤男耸耸肩。

"司令砍掉了他一条手臂。"他说。

"那你见鬼的又是谁?"她又问了一遍。

"联邦调查局,"对方回答。"反恐部门的卧底。我猜我能把你从这儿弄出去。"

"怎么出去?"她问。

"明天,"他答道。"我能弄到一辆吉普车,我们开车逃跑。我现在不能用无线电求助,因为他们正扫描我的发射器。所以我们只要跳上吉普,径直往南开,剩下的也只能听天由命了。"

"雷切尔怎么办?"她问。"他们把他带到哪儿去了?"

"别管他,"刀疤男说。"明早他就见阎王了。"

霍莉摇摇头。

"没他我就不走。"她斩钉截铁地说。

"洛德让我很不高兴。"波·鲍肯说。

雷切尔耸耸肩,朝下瞥了一眼。洛德挣扎着爬到墙角,侧身半倚在墙上。

"他有没有惹你不高兴?"鲍肯问道。

雷切尔没有回答。

"你想不想踢他一脚?"鲍肯问。

雷切尔仍旧缄口不言。鲍肯玩的把戏一眼就能看透。如果他答应了,那他就得狠狠地把地上的家伙揍一顿。当然,原则上他并不反感,可他更希望是出于自愿而非他人胁迫。可如果他不答应,鲍肯肯定会瞧不起他,把他看成个没有正义感、没有自尊心的懦夫。显而易见,无论怎样他都输定了。所以他决定沉默是金,这也是一则屡试不爽的策略:如果不确定,就闭上你的嘴。

"踢脸?"鲍肯问。"还是踢他的命根子?"

洛德抬眼望望雷切尔,眼神里夹杂着些异样的情绪。雷切尔看在眼里,惊讶地瞪大双眼。原来洛德竟然在求他赶紧动脚,以免鲍肯亲自上场。

"洛德,给我躺下。"鲍肯命令道。

洛德挪开屁股,肩膀一松扑倒在地,身体扭了几下后平躺在那儿。鲍肯朝最近的看守点点头。

"踢脸。"他冷冷吐出两个字。

看守一个箭步冲上前,靴底猛地对准洛德的脸踩下去。洛德的脸登时偏到一侧。接着看守后退一步,卯足劲又重重地踢了一脚,洛德的脑袋应声后仰,咚地撞在墙上,鲜血顿时从鼻孔流出来。鲍肯对血迹表现得颇有兴趣,盯着看了好一会儿后才转身对雷切尔说:

"洛德是个老朋友了。"

雷切尔什么都没说。

"这儿就有两个问题了,对不对?"鲍肯继续说。"其一,我为什么要执行这么严格的纪律,即使是对自己的老友? 其二,要是这是我招呼老友的方式,那么我又会如何对待敌人?"

雷切尔仍旧缄口不言。如果不确定,就闭上你的嘴。

"我对敌人可比这个残酷得多,"鲍肯接着说。"估计那种残酷的程度你都不会愿意去想。真的,相信我。那为什么需要如此严格的纪律? 因为现在离永载青史的重要时刻只剩下两天,很快一件改变世界的大事即将发生。一切计划行动都在如期进行,所以尽管我平时就很谨慎,现在却更要提高警戒级别。为了历史时刻的到来,我的老朋友洛德只好牺牲一下了。恐怕你也不例外。"

雷切尔沉默地把视线投向洛德。洛德已经失去知觉,被血块堵住的鼻孔扑哧扑哧地呼出粗气。

"你要是成了人质,我能有什么好处?"鲍肯提出疑问。

雷切尔考虑片刻,没有作答。鲍肯望着他的脸,笑着咧开两片红嘴唇,露出白森森的牙齿。

"估计什么好处都没有,"他自己答道。"那么对你这样一个毫无价值的人,我该怎么办呢? 尤其是在如此特殊敏感的历史性时刻?"

雷切尔还是一言不发,只是盯着对方,同时做好了准备,身体微微前倾。

"你以为我要踢你?"鲍肯看出他的意图。

雷切尔双腿收紧,准备起跳。

"别紧张,"鲍肯说。"我才不会踢你。等时机到了,自然会给你喂一粒枪子儿。当然是从你的后脑勺。我可不傻,你瞧,我有眼睛,也有脑子。你多高? 六尺五有吗? 两百二十磅? 看起来很结实嘛。可你不是拳击手,因为你鼻梁从没断过。你这样的大块头要是一个拳击手,而且鼻梁又从没断过,那绝对就是有过人天赋,我们肯定应该在报纸上见过你的照片。所以估计你只是会打架而已,当过兵也说不定,嗯? 那我可得当心你了。所以,我不踢你,只会喂你枪子儿。"

六名看守接到信号似的齐刷刷举起六杆步枪,六根手指瞬间扣住扳机。

"有没有过前科?"鲍肯问。

雷切尔耸耸肩,第一次开口回答。

"没有。"他答道。

"那么是良好市民咯?"鲍肯又问。

雷切尔又耸耸肩。

"算是吧。"他答道。

鲍肯点点头。

"嗯,我会好好考虑一下,"他说。"是死还是活,明天一大早就会告诉你,行吗?"

他抬起粗壮的胳膊,打了个响指。五个看守离开原地,其中两个走在前面开门,第三个从两人中间穿过先走了出去,剩下两个等在门旁。鲍肯庞大的身躯离开座位踏出大门,姿态不见笨拙,反而出乎意料地优雅。带着四个看守,他径直走进漆黑的夜色,再也没回头。

他穿过空地走进另一间小屋。屋里福勒手里拿着耳机,正等着他。

"我猜有人进去了。"他说。

"怎么说?"鲍肯有些疑惑。

"莲蓬头又在冲水,"福勒解释道。"肯定是一个知道有窃听器的人进了房间,否则没道理她要再洗一次澡。她刚刚不是洗过了吗? 有人进去,故意打开莲蓬头掩盖说话声。"

"那会是谁?"鲍肯问。

福勒摇摇头。

"我也不知道,"他说。"但我会想办法把他挖出来。"

鲍肯点点头。

"好,你去办这件事儿,"他说。"想办法把那家伙挖出来。"

昏暗的民兵营房里,男男女女正忙着清洗各自的步枪。洛德的事儿很快传开,大家都得知了明天的审判,也清楚可能的结果。他们中六人会被选中组成执行死刑的射击队,当然,要是需要这样的射击队的话。不过大多人都觉得应该会需要,毕竟洛德算是个军官,基本上就是射击行刑,不大可能更糟。所以他们纷纷开始清洗自己的步枪,上好子弹,锁在自己的床边。

而那些犯了错明天要罚做劳役的人则早早就睡下。要是司令觉得射击队还不够劲,那明天就有得他们忙了。肯定都是脏活儿累活儿。即使洛德能逃过,另外那个和女人质一块儿被绑来的大块头也绝对不能。他能活过

明天早饭后的可能性都微乎其微。上次迷路误闯到这儿的陌生人有没有活过那么长时间？他们都已经不记得了。

霍莉·约翰逊一向信奉一条原则，这条原则就像祖传遗训似的在她的血管里流淌，通过宽提科的训练得到进一步锤炼。这条原则是上千年战争史的结晶，是上百年执法经验的凝聚，简而言之就是：抱最好的希望，做最糟的打算。

她深信，只要那个新出现的帮手一弄到吉普车，他们肯定就能一路向南逃走。毕竟他受过调查局的专业训练，就像她自己一样。要是此时两人位置对调，她肯定也会想办法把他救出去，绝对不成问题。所以她知道她只要好好坐在那儿等着天亮就行。但她并不打算那样。抱最好的希望，做最糟的打算。

她已经不得不放弃浴室，那儿根本找不到出路。此刻她正重新检查房间，每寸都不放过，可只是失望地发现所有六面墙上的新松木板每块都牢牢地钉在框架上。她简直快被逼疯了。一英寸厚的松木板用流传千万年的古老技艺牢牢钉在一起，纹丝不动，一个手无寸铁的孤身女子，对此显然无计可施。

于是她决定把搜查重点放在工具上。可以说，她简直就是在亲身演绎达尔文的猩猩从树上爬下来制造工具的进化论。铁床成了她研究的重点。床垫毫无用处，可床架燃起了她的希望。它由几根铁管和凸缘用螺栓固定组成，要是她能弄松螺栓，说不定能把一个直角凸缘套在最长的铁管上做成一根七英尺长的撬杆。可所有螺栓都上了油漆。本来她的手劲不算小，可手指已经淤青，再加上汗湿打滑，压根没法弄松螺栓。

洛德被拖离以后，只剩下雷切尔一人被关在房里，最后一名留下来执行守夜任务的看守坐在桌子后面，步枪放在桌上，枪口正对准依旧双手反锁坐在椅子上的雷切尔。此刻雷切尔需要做出若干决定。首当其冲的问题就是他绝对不可能维持一晚上这样的姿势。他冷静地瞥了看守一眼，慢慢放低双手，前倾身体让胸部紧贴大腿，双手绕过脚下向身前绕上来。最后他双手放在腿上，坐直身子向后靠，嘴角一勾。

"胳膊长就是好。"他笑笑说。

看守缓缓点点头。他脸部狭窄，眼睛小而锐利，藏在浓须油彩中熠熠发光。不过那眼神看上去还相当单纯。

"你叫什么名字?"雷切尔发问。

看守迟疑了一下,身体不安地在位子上挪了挪。雷切尔能看出对方出于礼貌很想回答他的问题,但明显又出于情势考虑有所顾忌。雷切尔继续微笑。

"我叫雷切尔,"他接着说。"你应该知道我的名字。你叫什么? 我们俩得一起待整个晚上,所以最好以礼相待,你说呢?"

看守再次缓缓点头,接着他耸耸肩。

"雷。"他说。

"雷?"雷切尔反问。"是姓还是名?"

"姓,"对方回答。"约瑟夫·雷。"

雷切尔点点头。

"很好,雷先生,"他说。"幸会。"

"叫我乔①就行了。"约瑟夫·雷回答。

雷切尔又一次挤出微笑。破冰成功。他开始觉得眼前的一切有点像他之前做过上千次的拷问因犯,只不过他从不是戴着手铐被拷问的对象。

"乔,恐怕你还得帮帮我,"他说。"能不能给我点背景信息。我不知道现在是什么地方,为什么在这儿,而你们又是什么人。能不能告诉我点儿基本的呢?"

雷看着他,仿佛不知该从何说起,接着他又扫视了房间一圈,好像一下子不确定自己是否应该泄漏这些消息。

"我们到底在哪儿?"雷切尔并没放弃。"这个你总能告诉我的,对不对?"

"蒙大拿。"雷回答。

雷切尔点点头。

"很好,"他又问。"那是蒙大拿的哪个部分?"

"约克镇附近,"雷回答。"一个几乎废弃的采矿小镇。"

雷切尔再次点点头。

"很好,"他说。"那你们又在干什么?"

"我们正在造防御工事,"雷回答。"我们自己的地方。"

---

① 乔(Joe)是约瑟夫(Joseph)的昵称。

"为什么造?"雷切尔又问。

雷耸耸肩。看来他属于那种不善言辞的人。他先沉默片刻,随后向前坐了坐,开始娓娓叙述起来。在雷切尔看来,他那样子极像是在念经,熟稔至极,那经文他不是已经念过多次,就是听别人念过多次。

"我们为了逃离美国的暴政来到这儿,"他说。"所以必须划定自己的领土,这儿肯定会有大不同。"

"怎么个不同法儿?"雷切尔很好奇。

"我们会一步步收复美国,"雷解释道。"建造一个自由的法制国家,白人能没有羁绊、无拘无束地和平生活。"

"你真认为能实现?"雷切尔问。

"以前又不是没有先例,"雷说。"别忘了一七七六年。那时人们受够压迫,需要一个更好的国家。现在只不过是历史重演,我们想夺回我们自己的国家,而且一定能成功,因为我们现在联合在了一起。这儿原来有十几个民兵团,目标相同却单打独斗,是波把大家统一起来。现在我们联合起来,一定能达成目标,此时此地就是我们的第一步。"

雷切尔点点头,瞟了瞟右边地板上洛德留下的鼻血污渍。

"就像那个?"他说。"那选举和民主呢? 应该通过选举决定人们的去留,对不对?"

雷遗憾地一笑,摇摇头。

"我们已经选了两百二十年,"他说。"可每次的结果只是越来越糟。政府根本不在乎我们怎么选举,而是剥夺了我们所有的权力,甚至出卖了我们的国家。你知道这个国家真正的政府在哪儿吗?"

雷切尔耸耸肩。

"不是在华盛顿吗?"他说。

"错,"雷否定道。"在纽约的联合国总部大楼。你有没有问过自己为什么联合国大楼离华尔街那么近? 因为那儿才是政府的真正所在,联合国和所有银行,他们统治全世界,美国只是一小部分,而总统只是世界政府里的一个微弱的声音。所以说选举他妈的根本毫无用处。你以为联合国和那些银行在乎我们的选举结果?"

"你肯定吗?"雷切尔非常疑惑。

雷重重地点点头。

"当然,当然肯定,都是我亲眼所见。那你说为什么美国的穷困还没消灭，我们反而把成千上万的美元白白送给俄国人？你以为那是美国政府的自由选择？错！都是世界政府逼的。你知不知道有好几百个兵营遍布全国？大多都是联合国驻兵部队，那些外籍雇佣兵只等着我们一惹麻烦就立刻开进。那几百个兵营里有四十三个是集中营，要是我们胆敢抗议就立刻被投进去。"

"你肯定吗？"雷切尔又问了一遍。

"当然，当然肯定，"雷再次坚持。"波手上有文件为证。发生的一切你都会不敢相信。你知不知道有一条秘密法案，所有在医院出生的婴儿都在皮下被植入芯片？医生抱走他们的时候既不是去称体重也不是去给他们洗澡，而是植入芯片。这样很快全国所有人口就暴露在秘密的监视卫星之下。你以为那些太空飞船上天是为了科学试验？你以为世界政府会批准那些空间探险？别傻了。飞船上天都是为了发射秘密的监视卫星。"

"你在开玩笑吧。"雷切尔试探地问。

雷坚定地摇摇头。

"当然不是，"他说。"波手里有份文件，是底特律的某个人发给他的。有一条秘密法案，一九八五年之后每辆汽车出厂前都会安上秘密的无线电收发盒，这样卫星就能随时监测到。只要你买辆汽车，联合国大楼里的雷达扫描频就立刻能查出你在哪里，无论白天黑夜。还有，现在他们就在美国训练外籍雇佣兵，随时准备正式接管美国。你知不知道我们为什么给以色列那么多钱？才不是因为我们关心以色列人的生活，那有什么好在意的？一切都是因为那里是联合国训练世界军队的秘密实验基地。否则为什么联合国从来都不阻止以色列侵略他国？因为根本从一开始就全是联合国的指示，为今后统治世界进行的彩排演练。全美国的空军基地有三千架直升飞机供他们随时差遣，那些直升机全身漆成墨黑，机身上没有任何标志。"

"你肯定？"雷切尔又问了一遍，语气既显得忧心忡忡，又有些将信将疑。"我怎么从来都没听说过。"

"这反而证明了我说的是事实，不是吗？"雷说。

"怎么讲？"雷切尔问。

"不是很简单嘛，"雷回答。"你以为世界政府会让媒体知道这些事儿？世界政府完全掌控了媒体，媒体根本就是为它所有。所以在媒体上从没出现的其实就是真正发生的事实，逻辑上说得通的，对不对？只让你知道些无

伤大雅的信息,真正的秘密丝毫不泄露。我说的没一句假话,相信我。我告诉过你,波手里有文件。你知不知道全美公路上的所有标志背面都有隐秘标记,下次路过的时候你回头看看。世界部队侵入美国的时候只要靠那些标记就能认出所有路线。所以他们已经做好了统治美国的一切准备,正因为这个原因,我们必须划出自己的领地。"

"你觉得他们会攻击你们?"雷切尔问。

"毫无疑问,"雷回答。"他们绝不会对我们手软。"

"那你觉得你们有自卫能力?"雷切尔问。"人数那么少,又只在蒙大拿的一座小镇?"

乔·雷摇摇头。

"我们人可不少,"他更正道。"一共一百来个呢。"

"一百个?"雷切尔反问。"能对抗得了世界政府?"

雷又摇摇头,不以为然。

"我们绝对能保护自己,"他说。"波是个睿智的领导者,而且天时地利,这儿是一处山谷,南北向、东西向都是六十英里,北方毗邻加拿大边境。"

说完,他抬手从左向右临空划了一道,活像空手道里空劈的招式,期望雷切尔能明白自己说的地理优势。雷切尔了然地点点头,加拿大的边境他很熟悉。雷伸出另一只手,在半空中那张隐形地图的左侧从上至下划了一道。

"那儿是莱彼得河,"他说,"我们的西边。那条河很宽,杳无人烟,根本别想横渡。"

先前划出加拿大边境的手在空中虚晃几圈,就像在擦玻璃窗。

"这块是国家森林,"他说。"你见过没有?从东到西整整五十英里的密林,没人能穿过。那片森林可以算得上最佳的东部边境。"

"那南边呢?"雷切尔问。

雷伸手在胸部斜划一道。

"溪谷,"他说。"天然屏障,坦克无法逾越的天堑。相信我,我了解那玩意儿。没有路能越过溪谷,除了一条小路和一条车道。车道通到悬在溪谷上的一座木桥。"

雷切尔点点头,想起当初白色厢型货车的确颠簸经过一处木质路段。

"可只要炸了木桥,"雷说。"就绝无通路了。"

"那还有小路呢?"雷切尔问。

"一样啊，"雷说。"只要炸了桥就可以高枕无忧了。现在连火药都已经装好。"

雷切尔慢慢点点头，脑海中浮现出空袭二字，还有高射炮、导弹、智能炸弹、特种部队渗入、空降部队跳伞等等。他的脑海中浮现出海豹突击队在河上架索桥、海军陆战路在溪谷上修栈道。他的脑海中浮现出北约军队直接越过加拿大边境迅雷南下。

"那霍莉呢？"他突然问。"你们又想拿她怎样？"

雷微微一笑，胡须分开，露出和眼睛一样晶亮的牙齿。

"那是波的秘密武器，"他说。"你想想，世界政府肯定会让她爸统领军队，指挥战斗。否则他们何必任命他做参谋长。你以为是总统任命的吗？别逗了。老家伙约翰逊自始至终都是世界政府的人，时刻准备听从秘密指令采取行动。可等他到了这儿，你知道等着他的是什么？"

"什么？"

"他会从南边上来，对不对？"雷说。"他看见的第一幢房子将是小镇东南角的旧法庭。你刚刚去过那儿。她被关在二楼，对不对？你有没有注意到那幢房子的结构？非常特殊，双层墙壁，中间二十二英寸的空隙填满了以前挖矿留下的炸药和雷管。只需一颗流弹就能把老家伙约翰逊的宝贝女儿炸上西天。"

雷切尔再次点点头，非常缓慢。雷凝视着他。

"我们要的并不多，"他说。"六十英里乘六十英里的地方，算得了什么？只不过三千六百平方英里罢了。"

"可为什么现在？"雷切尔追问。"赶得那么急？"

"今天几号？"雷反问他。

雷切尔耸耸肩。

"七月几号吧。"他不确定。

"七月二号，"雷回答。"还有两天就到了。"

"就到什么？"雷切尔不解。

"独立日啊，"雷说。"七月四日的独立日。"

"那又如何？"雷切尔问。

"我们会在那天宣布独立，"雷自豪地说。"就在后天，宣告一个崭新国度的诞生。那时他们肯定会对我们发起攻击，不是吗？我们想要的自由肯定不在他们的计划之内。"

24

利尔喷气式飞机在法戈加完油后便转向西南,朝加利福尼亚全速飞去。麦格洛斯一直没放弃直接飞去蒙大拿的建议,可最终还是被韦博驳回。按部就班是韦博的行事原则,所以他们必须先到加利福尼亚挖出波·鲍肯的老底,然后再赶到科罗拉多的皮特森空军基地同约翰逊将军会合。麦格洛斯大概是调查局里惟一一个敢当面冲韦博大吼大叫的人,而且他也的确大吼大叫了一番,可嗓门粗并不代表一定就能赢。最终的结果还是一行四人,麦格洛斯、韦博、布罗根和米罗塞维奇,坐上了飞向莫哈维沙漠的飞机。四人挤在燥热嘈杂的机舱里,个个都筋疲力尽、焦虑阴郁。

"我需要尽可能多的背景资料,"韦博解释。"他们让我亲自负责这件事儿,我总不能随便敷衍,对不对?"

麦格洛斯凝视着他,心里思潮起伏:得了,韦博,别跟我玩儿华府政客的那一套,悬着的可是霍莉的一条命。不过他什么都没说,只是沉默地坐在位子上。飞机如箭般朝沙漠边缘飞去。

西海岸时间凌晨两点,一行人踏上莫哈维沙漠的停机坪。当地负责的探员开着自己的车接下他们后直接朝南边的小镇驶去。

"鲍肯一家一直住在肯德尔镇上,"探员边开车边汇报情况。"小镇子离这儿五十英里,基本上家家户户都是种柑橘的。镇上警察局只有一个警长,正等着我们。"

"他什么都知道吗?"麦格洛斯问。

驾车探员耸耸肩。

"大概吧,"他说。"毕竟镇子这么小,不是吗?"

车子以八十五英里的时速在黑暗的沙漠公路上穿行,只用了三十六分钟就到达了目的地。肯德尔镇上的建筑比较分散,零星坐落在一大片树林中,其中有一间加油站、一间杂货店、一家花铺,还有一栋低层小楼,小楼屋顶上横七竖八插满了卫星天线。一辆黑白相间的警车停在楼外车道上,车身上写着"肯德尔镇警长"六个字。小楼里一间办公室还亮着灯。

五名调查局探员下了车,伸伸懒腰,在夜晚干燥的空气里打了几个哈欠后鱼贯进入警署办公室。肯德尔镇的警长大约六十岁,头发花白,身形魁梧,给人相当可靠的印象。韦博朝他招招手,示意他不用站起来,麦格洛斯迅速拿出四张大头照片,摊放在警长前面的办公桌上。

"你认识这些人吗?"他问。

警长移近照片,一张张看过后把照片重新组合了一番,摊在桌上,仿佛捏在手里的是一摞巨型扑克牌。接着他点头示意稍候,弯腰打开办公桌的抽屉,抽出三份厚重的档案袋,依次放在照片下面,最后粗壮的手指停在第一张照片上。

"彼得·韦恩·贝尔,"他说。"莫哈维人,不过经常到镇上来。不是个好家伙,估计你们已经知道了。"

他边说边朝桌角上的电脑屏幕点点头。从国家犯罪中心数据库调出的一页信息出现在屏幕上,那是一份北达科他州警员提供的关于那具壕沟男尸的报告,死者的身份和过往历史都在上面。

警长接着指了指下一张照片。照片上正是那个举枪把霍莉·约翰逊推进雷克萨斯后座的家伙。

"史蒂文·斯图尔特,"他说。"大家都叫他史迪威,或者小史迪威。父母都是农民。那孩子,怎么说呢,有些神经兮兮的,如果你知道我说的是什么意思的话。"

"他档案里有什么?"韦博问。

警长耸耸肩。

"没什么特别的。那孩子资质平平,不过这反倒救了他自己。一帮孩子出门闯祸捣乱,你猜我车子开到的时候剩下谁还没逃走?正是小史迪威。我关了他十几次,可他从来都没犯过什么大错。"

麦格洛斯点点头,指向钻进雷克萨斯前排的男人。

"这家伙呢?"他问。

警长挪了挪手指,正落在照中人的喉部。

"托尼·洛德,"他答道。"挺坏的家伙,比史迪威聪明,又比你我愚蠢。我会把他的档案给你们的,也许你们看了晚上并不会失眠,不过基本上也不会让你们一夜美梦。"

"那么那个大块头呢?"韦博问。

警长的手指在照片上细细摩挲,灰白的脑袋摇了摇。

"从来没见过,"他说。"我敢断定。要是见过肯定不会忘记。"

"我们觉得或许他是个外国人,"韦博说。"欧洲人什么的,讲话可能会

133

带口音。你有没有想起点儿什么?"

警长再次摇头否认。

"从没见过,"他重复了一遍。"否则我肯定会记得。"

"好吧,"麦格洛斯最终说。"贝尔、小史迪威·斯图尔特、托尼·洛德和神秘人。那么鲍肯和他们又是什么关系?"

警长耸耸肩。

"老达屈·鲍肯和这儿从来都格格不入,"他叙述道。"我猜那是他的问题。以前在越南当过兵,退伍以后搬到这儿,带着他的漂亮妻子和一个十岁的胖儿子。搬过来以后他开始种柑橘,很长一段时间干得不错。不过他一直挺奇怪,算得上孤僻,很少能见着他,不过他日子应该过得挺好,我猜。后来他妻子生病去世,儿子也开始有些不正常,再加上市场年景不好,钱不好赚以后许多农场主都背了银行的债。利息增高,收成减低,灌溉水的价格涨了又涨,柑橘种植几乎已经没钱可赚,大家纷纷破产。老鲍肯一时想不开,就吞了枪子儿自杀了。"

韦博若有所思地点点头。

"那个十岁的胖儿子估计就是波·鲍肯了?"他问。

警长点头。

"嗯,波·鲍肯,"他应道。"很奇怪的孩子,非常聪明,可有些走火入魔。"

"怎么讲?"麦格洛斯不解。

"这儿来了许多墨西哥人,"警长解释道。"廉价劳动力。年轻的波拼死抵制,甚至开始嚷嚷只有白人有资格住在肯德尔镇。后来还加入了极度保守的约翰·伯奇组织①。"

"那他是个种族主义者咯?"麦格洛斯问。

"起初是的,"警长回答。"后来他又开始鼓吹阴谋论,说什么政府全被犹太人控制,要么是联合国什么的,要么两者都有。他说政府里全是共产党人,在制定什么秘密计划要统治全世界。恐怖阴谋陷害每个人,尤其针对他自己。他还嚷嚷着银行控制了政府,要么是政府控制了银行?所以银行里也都是共产党人,很快就会颠覆美国政权。他觉得银行把钱借给他父亲本

---

① 约翰·伯奇组织(John Birch Society),一九五八年成立于美国的极端保守组织,总部设在威斯康星州。

身就是阴谋的一部分,银行就等着他父亲还不起贷款,收回他们家的农场然后抵押给墨西哥人、黑人什么的。他时时刻刻鼓吹的都是这些乱七八糟的东西。"

"那后来呢?"韦博问。

"当然,最后银行终究收回了他们家的农场,"警长说。"没还钱只能那样儿,不是吗? 不过也没卖给墨西哥人,而是卖给了这儿一家著名的大企业,养老基金旗下的一家公司,我猜公司的主人就是你我之辈,而不是什么共产党人或墨西哥人,对不对?"

"可波认为他的父亲死于整个政治阴谋吗?"布罗根问。

"显然,"警长回答。"可我觉得事实上是波自己害死了他爸。老达屈应该能面对一切困难,只除了一桩,就是他惟一的宝贝儿子整个儿变得疯疯癫癫,残酷自私,所以他才把手枪塞进嘴里吞下枪子儿,要是你想问什么是事实的话。"

"那后来波又去了哪儿?"韦博问。

"蒙大拿,"警长答道。"起码我是这么听说的。你瞧,他参加了那些右翼团体,民兵组织什么的,大肆鼓吹白人应该奋起反抗,而且一步一步爬上了领导位子。"

"其他那些人追随他去了吗?"布罗根问。

"另外三个我能肯定,"警长答道。"那大块头眼生得很,从没见过。但小史迪威、洛德和彼得·贝尔全都特别崇拜波,心甘情愿为他跑腿,所以全都一起北上。他们手头有些现钱,卷走鲍肯家所有值钱的东西后去了蒙大拿。我猜他们在那儿买了块便宜的地,划下自己的地盘抵抗外敌,尽管,你瞧,他们到底想抵抗谁我也不明白,因为我听到的版本是那地方连个鬼影都没有,而即使有那么几个,应该也都是白人。"

"那他的档案里有什么?"韦博问。

警长摇摇头。

"几乎什么都没有,"他说。"波这个家伙太狡猾,干坏事儿从没被抓住过。"

"啊?"麦格洛斯一愣。"他干了什么坏事儿从没被抓住过?"

警长点点头。

"那桩持枪抢劫的案子听说过吗?"他说。"加州北部什么地方。我隐约听说他顺利逃脱。我可以告诉你,他比狐狸还狡猾。"

"我们还应该知道什么?"韦博问。

警长沉吟片刻,点点头。

"还有第五个家伙,"他说。"叫欧戴尔·福勒。我敢肯定你们会在波身边看见他。别看冲在外面胡作非为的是洛德、史迪威和贝尔,他妈的我敢打赌躲在暗处操纵一切的正是鲍肯和福勒两人。"

"还有呢?"韦博又问。

"本来还有第六个,"警长继续说。"一个叫派克的家伙。六个人狼狈为奸,无恶不作。可后来派克爱上了一个墨西哥姑娘。我猜纯粹是坠入爱河、无法自拔的那种。波想拆散他们,两人吵得很凶,关系一度非常紧张,可突然有一天派克没了踪影,而波却一点儿不紧张,一副心情极佳的样子。后来我们在灌木丛里找到了派克,被钉在一个木头十字架上,已经死了好几天。"

"你们认为是鲍肯干的?"布罗根问。

"一直没法证实,"警长答道。"但是我敢肯定,而且我还敢说他说动了其他人帮忙。他是个天生的领导者,能说动任何人为他做任何事儿,真的,我一点儿都没夸张。"

他们开车从肯德尔镇回到莫哈维空军基地,行驶了整整五十英里,然后搭上利尔飞机从莫哈维向科罗拉多的彼得森空军基地飞去,八百三十英里的航程花费了三个小时,最终一行人在黎明时分到达彼得森空军基地。下了飞机,雄伟壮观的黎明山景即刻呈现在眼前,那可是人们花钱才得以欣赏的美景,可四个联邦调查局探员却视若无睹。星期四,七月三日,绑架危机发生后的第四天,疲劳和饥饿的双重折磨让他们除了关注当前危机之外再没有多余精力。

约翰逊将军本人没能亲自迎接他们,他正在基地的其他地方迎接返航的夜间巡逻机。将军的副官朝韦博行了一道军礼,同另外三位握手问候后陪他们走进专为他们准备的乘务员房间。一进屋就看见一张放大的黑白照片放在桌上,对焦异常清晰,看上去是某处地表,有些像月球表面似的坑坑洼洼。

"那是西伯利亚的阿纳德尔河,"副官解释道。"卫星照片。上个礼拜那儿还是一个巨大的空军基地,发射核弹的轰炸机基地,弹道直接瞄准我们设在犹他州的导弹发射井。武器削减条约要求摧毁整个基地,所以俄国人上个礼拜照做了。"

四名探员弯腰凑上前仔细看了看,照片上找不到任何一处人造建筑物的踪影，只有巨大的弹坑。

"照做?"麦格洛斯感叹。"看上去他们比谁都热心,做得那么彻底。"

"然后怎样?"韦博追问。

副官从文件夹里抽出一张地图,在桌上展开后退开一步,好让其他人也能看见。地图并非世界全貌,只有东亚和美国西部一小块,顶部是北极圈附近荒凉的阿拉斯加。副官拆开大拇指和食指,丈量了一下西伯利亚东南部到犹他州之间的距离。

"阿纳德尔河在这儿,"副官讲解道。"犹他州在这儿。我们知道所有的轰炸机基地,所有防御措施都已到位,包括阿拉斯加的导弹发射基地,看这儿。阿纳德尔河基地瞄准犹他州的航道沿线由北向南还有四个较小的地对空发射基地,就在这儿、这儿、这儿,还有这儿。正好在蒙大拿和爱达荷之间的狭长地带排成一线。"

四名探员对爱达荷州上的红点无动于衷,却仔细审视起蒙大拿州基地的位置。

"那是些什么样的基地?"韦博问。

副官耸耸肩。

"都是暂时性的,"他说。"六十年代启用,后来一直勉强维持。坦白说,我们根本就从没指望它们能派上用场。阿拉斯加的导弹足以应付,没有任何东西能逃过它们的拦截。但你知道是怎么回事,对不对? 小心驶得万年船。"

"那儿都是些什么样的武器?"麦格洛斯又问。

"每个基地里都有爱国者导弹,"副官说。"不久以前我们就撤回了那些导弹,转手卖给以色列,剩下的只有"毒刺",就是那种地对空肩射式导弹。"

韦博吃惊地盯着副官。

"毒刺?"他问。"你们竟然想用肩射式导弹打下俄国人的轰炸机?"

副官点点头,一脸笃定。

"怎么不能?"他答道。"别忘了,那些基地基本上形同虚设! 没有任何东西能飞过阿拉斯加。但是如果真的出现意外,毒刺也绝对能应付。我们卖给阿富汗的几千颗毒刺不是照样轰下了前苏联的飞机? 当然,大多可能都是直升机,我猜。反正理论上行得通。热寻弹头不会因为从卡车上发射就有用,从步兵肩上发射就失效。"

"那下一步你们怎么打算?"韦博问。

"我们正逐步关闭四个基地，"副官回答。"所以将军才亲自到这儿来，先生们。等设备和人员全都撤回到彼得森还会举行一个小小的庆祝会，庆祝一个时代的终结。"

"那些基地都在哪儿？"麦格洛斯问。"尤其是蒙大拿的那几个。具体地点？"

副官凑近地图，仔细看了看注示。

"最南端的那个位于蒙大拿的米苏拉市，最北部的则在一座山谷里，离加拿大边境约四十英里，靠近一座叫约克的小镇。怎么了？有什么不对吗？"

麦格洛斯摇摇头。

"现在还不好说。"他答道。

副官带他们去吃早饭，他们决定边吃边等将军过来。可刚吃完鸡蛋还没来得及吃面包，约翰逊就匆匆赶来，他们只好留下一口未动的烤面包随他回到乘务员房间。约翰逊憔悴了许多，相较周一晚上韦博见他时神采奕奕的样子简直像变了个人。连续三天的紧张担忧再加上睡眠不足让他看上去瘦了二十磅，老了二十岁。他脸色苍白，双眼布满血丝，看样子已经濒临崩溃的边缘。

"现在我们掌握了多少情况？"他问。

"我想我们已掌握了大部分，"韦博回答。"现在我们暂时确信绑架您女儿的是一个来自蒙大拿的民兵组织，也已经或多或少知道了他们的具体方位，应该就在蒙大拿西北部的某处山谷。"

约翰逊缓缓点点头。

"和他们对过话吗？"他问。

韦博摇摇头。

"还没有。"他答。

"为什么？"约翰逊追问。"他们到底想怎么样？"

韦博再次摇摇头。

"我们也还不清楚。"

约翰逊点点头，轻得几乎不能察觉。

"他们到底是谁？"他问。

麦格洛斯打开手中的信封。

"四个人，"他说。"其中三个正是实施绑架的绑匪，而且基本上我们手里的证据比较充分，可以确定民兵团的首领是一个叫波·鲍肯的家伙。你听没听过这个名字？"

"鲍肯？"约翰逊摇摇头。"从没听过。"

"好吧，"麦格洛斯继续说。"那这个呢？彼得·贝尔？"

麦格洛斯把贝尔坐在雷克萨斯驾驶座上的照片递给约翰逊。约翰逊仔细打量了一番，摇摇头。

"他已经死了，"麦格洛斯补充道。"没能回到蒙大拿。"

"死得好。"约翰逊说。

麦格洛斯又递给他另一张照片。

"史蒂文·斯图尔特呢？"他问。

约翰逊扫了照片一眼，依然是摇头。

"这个人也从没见过。"他说。

"托尼·洛德呢？"麦格洛斯再问。

约翰逊盯着洛德的脸摇头否认。

"没有。"他说。

"这三个和鲍肯一样，都是加州人，"麦格洛斯解释说。"也许还有另一个叫欧戴尔·福勒的家伙。这个名字你听说过没有？"

约翰逊继续摇头。

"最后还有这个家伙，"麦格洛斯说。"至今身份不明。"

他把大块头的照片递给约翰逊，约翰逊瞥了一眼，随即移开目光。但突然他又拉回视线。

"你认识他？"麦格洛斯问。

约翰逊耸耸肩。

"约摸有些眼熟，"他说。"好像有过一面之缘。"

"最近吗？"麦格洛斯问。

约翰逊摇头。

"不是最近，"他答道。"或许是很久以前。"

"在部队里见过？"韦博插口问。

"也许吧，"约翰逊依旧不太确定。"我见过的人大多都是部队里的。"

副官从他身后探过头，瞟了一眼照片。

"我倒没有任何印象，"他说。"不过可以传真到五角大楼。要是这家伙

真的当过兵,那儿肯定会有同他一起服役的战友。"

约翰逊摇头表示异议。

"直接传真到宪兵队那儿,"他说。"这家伙是个罪犯,对不对?所以有可能在服役期间也惹过麻烦。肯定会有人还记得他。"

25

晨曦微露时分他们走过来。他依旧双手反锁,坐在硬梆梆的椅子上,闭目养神。约瑟夫·雷清醒警觉地坐在对面。整晚,那些废弃矿藏留下的陈年炸药都盘踞在雷切尔的脑海里。他想象着自己手里拿起一根棍子,掂了掂分量,然后丈量起霍莉房间墙后的空间。他脑海中浮现出内外墙之间塞满炸药的样子。陈年炸药几乎快要腐烂,硝化甘油都已渗出,完全可能一触即发。也许整整一吨这样随时会爆炸的陈年炸药就藏在她的四周,尽管也许不至于有人随便走动都会爆炸,但肯定一颗流弹、甚至一记重锤都足以引爆。

蓦地,门外的碎石路上传来嘎吱嘎吱的脚步声,一队人停在了小屋门前。大门猛地被推开,雷切尔一回头,只见六名看守就站在门边。领头的那位咚咚冲进屋,把他从椅子上拽起来,野蛮地拖到外面。清晨的太阳刚刚升起,明亮的日光下他看见五人拿着步枪一字排开,无一例外都留有胡须,身穿迷彩服。雷切尔站在原地,突如其来的阳光刺得他眯起双眼,然后被六名看守押着斜穿过林间空地,走上一条通往树林的荫蔽小路。

向前走了大约五十码,又一块长方形空地出现在眼前,面积不大,茂密的灌木丛环绕四周。两幢木屋伫立在空地中央,全都没有窗户。众人停下脚步,领头的看守举起枪管指了指左手边的木屋。

"司令室。"他说。

然后又指了指右手边的。

"受罚室,"他说。"我们才不会去那儿。"

话音落下,六人齐声大笑起来,毫不掩饰自以为是精英警卫队的自豪之情。笑罢,领头的看守敲了敲司令室的门,顿了一下后推开门,用枪顶住雷切尔的后腰,把他推了进去。

室内灯火通明,电灯泡亮得晃眼。日光从爬满青苔的天窗透下来,过滤成了绿色。屋内一张简单的橡木书桌,样子十分古旧,就像雷切尔在老式电影里见过的报社或乡村银行里常见的那种。几把配套的椅子围在桌旁。房间没有装修,墙上只钉了几面旗子和横幅。一个巨型的红色纳粹十字挂在书桌后面,其他几面墙上还有若干个黑白的十字造型。一张非常详细的蒙大拿地图挂在一块墙板上,上面用黑色勾出了蒙大拿州西北角轮廓。地板上堆了好几堆小册子和说明书,其中一摞的封面上写道:"风干的食物好滋味",并且预告册子里会为读者提供具体指导如何在粮食断绝的情况下保存食物,而有关游击队如何让旅客列车脱轨的指导则是另一摞手册上的封面标题。房间里还摆放着一个与屋内风格不符的桃花心木书架,木质光亮,里面放满了书。阳光从门缝中倾泻进来,照亮了布质书脊和镶金的书名。雷切尔发现都是关于战争艺术的著述,从德语、日语原著翻译过来的版本。除此之外,还有一整隔层的书是关于偷袭珍珠港的,雷切尔自己在很久以前也读过。

雷切尔站在原地一动不动。鲍肯坐在书桌后,浅金的头发在阳光下泛着白光,黑色制服也被照成灰色。他一言不发地凝视着雷切尔,半晌,示意他坐下,然后朝看守挥挥手,让他们出去等。

雷切尔重重地坐下身。疲倦啃啮着他身体的每一寸,肾上腺素在他体内燃烧翻腾。看守咚咚地走出小屋,轻轻掩上门。接着,鲍肯拉出一只抽屉,拿出一把上了年纪的手枪,砰地一声放在了桌上。

"我已经打定主意,"他终于开腔。"关于你究竟是死是活的问题。"

说完他指了指桌上的旧手枪。

"你知道这是什么?"他问。

雷切尔瞟了一眼,点点头。

"马歇尔·柯尔特自动式手枪。"他答道。

鲍肯点点头。

"没错儿!"他说。"而且这是一八七三年的原版,美国骑兵部队发的正是这把。我的私人武器。"

他伸出右手拿起枪,轻轻掂了掂。

"你知道它火力如何?"他又问。

雷切尔再次点点头。

"点45口径,同时能装六发子弹。"他说。

"没错,"鲍肯说。"六发子弹,点45口径,枪管长七英寸半,子弹每秒速度达到九百英尺。知不知道那些子弹的厉害?"

雷切尔耸耸肩。

"那要看它们能不能打中我了。"他说。

鲍肯一怔,随后咧嘴一笑,湿润的嘴唇上翘,高耸的双颊几乎把眼睛挤成两条细缝。

"肯定能打中你,"他说。"要是我开枪,绝对能打中你。"

雷切尔再次耸耸肩。

"从这儿开枪也许能。"他说。

"从任何地方开枪都能,"鲍肯更正道。"无论是这儿,五十英尺以外,还是五十码以外,只要开枪的是我,就绝对能打中你。"

"举起你的右手。"雷切尔冷不防说。

鲍肯又愣了一下,半响,放下枪举起苍白的右手,就像和熟人打招呼或是在法庭上宣誓似的。

"你胡说八道。"雷切尔说。

"胡说八道?"鲍肯不禁重复。

"当然,"雷切尔说道。"那把枪的射程算得上准,但世界上比它好的武器绝对还多得是。要是你想在五十码开外的地方用它射中目标,玩命练习是少不了的。而很明显,你根本没练过。"

"我没有?"鲍肯反问。

"当然没有,"雷切尔回答。"你仔细瞧瞧那把该死的玩意儿。十九世纪七十年代设计的,对不对?有没有看过以前的老照片?那时候的人刚从欧洲移民过来,之前祖祖辈辈都在忍饥挨饿,身材比现代人瘦小许多。身材小,手自然也小。你自己再看看枪托,线条那么紧,怎么说你都嫌小,你的手握上去活像一串肥香蕉。除此以外,那把枪托可是一百二十年的胡桃木,硬得像石头一样,每次开枪,巨大的反弹力肯定会让枪托后部和击槌下面的边框撞在你的虎口上。所以你要是真的一直用那把枪,那地方肯定会长老茧,可显然你没有,我从这儿看得一清二楚,所以你别撒谎了。你根本没练过那把枪。你也别说什么不用练习也能百发百中,这种话鬼才相信。"

鲍肯紧紧地盯着他,勾出一丝微笑,眼睛再次挤成细缝。他打开对面的抽屉,从里面取出另一把手枪。这回是一把9毫米的西格绍尔,约摸五年前出品,经常使用但保养精心。枪把方正正,显然适合大手来握。

"对,我说谎了,"他坦承。"这才是我的专用武器。而且现在我也更加确信我的决定没有错。"

他稍微停顿了一会儿,给雷切尔机会问他到底有何决定。可雷切尔紧闭双唇,一言不发。他根本不打算提任何问题,即使这是死前最后一次开口的机会。

"我们在这儿可都是来真的,"鲍肯忍不住打破沉默。"绝对认真。你可千万别以为我们在玩游戏。对现在的局势我们的判断绝对没错。"

他说完又停顿了一下,以为雷切尔会问他现在是什么局势。雷切尔仍然什么也没说,只是安静地坐着,视线失去焦点,落在前方某处。

"美国政府已经完全沦为暴君统治,"鲍肯继续说。"而这个独裁政府的幕后指使是外国敌人。我们的生活完全处于世界政府的秘密统治之下,现任总统也是他们中的一员,见鬼的联邦制度只是为了掩饰独裁统治的烟雾弹。他们正在密谋夺取我们的武器,逼迫所有人成为奴隶。这一切已经开始,谁都不能否认!"

他再次停顿下来,同时拿起左轮手枪,握住枪把,检查了一下是否合适。领袖的气质从他四周散发出来,雷切尔感到不自禁地被鲍肯柔和、催眠曲一般的话音深深吸引。

"世界政府实行的是两大策略,"鲍肯说。"其一,他们收缴所有平民的武器。宪法第二修正案早就赋予我们持有武器的权力,可他们现在打算废除这项法案。枪杆子里出政权! 他们抱怨持枪权让犯罪率、自杀率上升,导致毒品泛滥,其实真正的目的是想剥夺我等平民的持枪权力。一旦他们如愿以偿,他们就可以为所欲为了,不是吗? 这就是为什么持枪权力一开始就写在宪法里面的原因。那些老家伙真是聪明,他们从一开始就明白,能控制一个政府不失控的惟一手段就是让人民在有意愿的时候有能力推翻这个政府。"

鲍肯说完又停顿片刻。雷切尔一抬眼,正瞧见他脑后的那个大大的纳粹十字。

"第二项策略就是挤垮小企业,"鲍肯继续说下去。"这是我自己的想法,民权运动时期估计这个说法还不常听见。但是我这个发现让我远远领先于同时代的人,至少我这么觉得。"

鲍肯又等了等,可雷切尔沉默地别开视线。

"道理很简单,对不对?"鲍肯说。"世界政府从本质上算是个共产主义的政府,小型企业占经济成分的大部分不是他们愿意看见的结果。但这恰恰是美国的情况,上百万人都在辛辛苦苦地创业打拼。人数太多,到世界政府决定夺取政权的时候再一网打尽绝非易事,所以必须提前缩减小企业的数目。联邦政府接到指示,便开始挤垮小型企业,各种规定、法律、税收政策纷纷出台,市场上暗箱操作比比皆是,结果逼得许多人走投无路。然后他们再指使银行假意接近,用贷款引诱小企业主。可还没等贷款合同上的墨迹干透,他们就迫不及待提高利率,暗箱操作,使得本已身无分文的小企业主最终还贷无望,只好任由银行收回他们的产业。就这样,他们把人们一个个逼上绝路。"

雷切尔瞥了他一眼,仍旧一言不发。

"随你信不信,"鲍肯说。"他们这样做实际上是提前解决了尸体处理这个棘手问题。现在他们消灭中产阶级,到时候就不用造那么多集中营了。"

像直视明亮的阳光似的,雷切尔凝视着鲍肯的双眼。只见鲍肯肥厚的红唇一咧,勾出纵容的微笑。

"我早就说过,我们已经远远高于其他人,"他说。"为什么? 因为我们能预见未来。比方说,联邦储备的作用是什么? 它正是整件阴谋的关键所在。你瞧,美国整个国家是建立在商业之上的,对不对? 控制商业等于控制一切。那该怎么控制商业呢? 当然是控制银行。可又怎么控制银行? 当然是建立一个见鬼的联邦储备制度,然后银行都惟你马首是瞻。那才是一切的关键。我早就预见到,世界政府通过联邦储备控制一切。"

鲍肯圆睁的双眼闪着苍白的光。

"我眼睁睁看着他们这样把我的父亲逼上死路,"他猛地提高声调。"但愿他可怜的灵魂在天堂安息。一切全是政府的错。"

雷切尔尽力不去看鲍肯,费力地把视线投向屋角,沉默地耸耸肩。他开始尽量回忆鲍肯的桃花心木书架上那一本本精装书的题目,从古代中国兵法到意大利的复兴再到珍珠港事件,然后集中全副精力从左到右地复述书名,只有这样才能抵抗鲍肯锁在他身上的灼灼目光。

"我们在这儿实施的计划百分之百认真,"鲍肯斩钉截铁地重复了一遍。"你可以说我是个暴君,是个邪教首领,或者随便什么帽子,外界想怎么扣就怎么扣。但是我不是。我是一个优秀的领导者,这一点我绝不会否认,而且我是个有想法的领导者,你也可以说我有智慧、有洞察力,我都不会争辩。但事实上,我不需要这么好,因为我的人民不需要任何鼓励,任何领导。他们或许需要指引和纪律,但是别因为这个让你受骗上当。我绝对没有胁迫任何人。千万不要低估他们自己的意志和要求改变现状的渴望。"

雷切尔还是不搭腔，注意力仍旧放在书名上，脑中忙着逐一梳理一九四一年十二月以后日军的一件件大事。

"你瞧，我们绝不是罪犯，"鲍肯继续自言自语。"当一个政府不可救药的时候，只有最先进的那部分人才敢于奋起反抗。难道你认为我们该做温顺的绵羊，逆来顺受吗？"

雷切尔冒险看了鲍肯一眼，第一次开了腔。

"好像对谁能来这儿谁不能来你们挑选得挺严。"

鲍肯耸耸肩。

"物以类聚，人以群分，"他回答。"这是自然之道，不是吗？非洲是黑人的天下，白人也总得有自己的地盘。"

"那么那个犹太裔的牙医又怎么说？"雷切尔反问。"他们的地盘又在哪儿？"

鲍肯再次耸耸肩。

"那只是执行任务时犯下的错误，"他说。"洛德应该等他完全离开后再动手的。可孰能无过呢。"

"那是不是也该等我完全离开的时候再动手？"雷切尔说。

鲍肯点点头。

"完全同意，"他说。"要是那样你就不会惹这么大的麻烦了。不过事与愿违，所以你现在才和我们在一起。"

"难道只因为我也是白人？"雷切尔问。

"别再抱怨了，"鲍肯回答。"留给白人的权力已经够少了。"

雷切尔凝视他片刻，随后扫视了一圈充满仇恨的房间，不禁打了一个冷战。

"我专门研究过暴政统治，"鲍肯说。"也研究过如何反抗暴政。第一条原则就是下定决心，不自由毋宁死。只要下了决心，就决不改变。对，不自由毋宁死。第二条原则就是决不逆来顺受，而是奋起反抗。好好研究他们的体制，痛恨他们的体制，然后采取行动。但是问题是该怎样采取行动？勇士会以牙还牙，对不对？"

雷切尔漠然地耸耸肩，没有回话。

"勇士会以牙还牙，"鲍肯又重复了一遍。"但是有勇又有谋的人则会采取不同的方法。他会先发制人，出其不意，攻其不备，让他们猜不到会在什

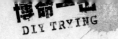

么时间、什么地点会遭到什么样的攻击。这正是我们的做法。是他们在挑起战争，但是我们首先发起第一波攻击。我们要出其不意地打击他们，我们能挫败他们的全盘计划。"

雷切尔的目光重新落在书架上。的确，整整五千页的经典战争史写的都是同一条兵法：出其不意，攻其不备。

"来，看看地图。"鲍肯发出邀请。

雷切尔把锁住的双手放到身前，笨拙地站起身，朝悬在墙上的蒙大拿地图蹒跚走过去。约克镇位于左上角，正好落在黑线标出的轮廓之内。雷切尔查看了一下比例尺，然后又仔细看了看等高线和不同的颜色。约瑟夫·雷提到过的大河正位于西边三十英里外，高山的另一边，用一条粗重的蓝线标出。北方分布着大片棕色高地，一直延伸到加拿大。惟一一条公路从约克镇穿过，止于一处废弃的矿坑。茂密的森林间零星散布着几条通向东面的山路。最后，他发现南边所有的等高线汇聚在一起，表明那儿是一处东西走向的峡谷。

"仔细看看地形，雷切尔，"鲍肯说。"看出了点儿什么？"

雷切尔看了看，心下明白自己被关在这儿是无路可逃了。至少如果想带上霍莉、靠两条腿走出去是不可能的。无论向东还是向北都需要在野外走上好几个礼拜，而西边和南边都有天险阻隔。看来这儿的天然地形比任何铁丝网和雷区都更适合作监狱。苏联开放后，他曾经去过西伯利亚，想去追寻小说中朝鲜战犯的足迹。那儿的集中营是全开放式的，没有铁丝网，更没有路障。当时他问当地导游：那围墙到底在哪儿？俄国人指了指一望无际的皑皑白雪说：那就是围墙。绝对无路可逃。想罢，他抬头又看看地图。地形本身就是无法逾越的屏障，想出去的话必须有一辆车。再加上大把运气。

"他们也进不来，"鲍肯说。"我敢说，我们坚不可摧。没有任何事情能阻止我们，而且我们也不能被阻止，否则历史上将永远留下遗憾。有没有想过要是一七七六年英国统治者挫败了美国革命，今天又会是怎样的一个世界？"

雷切尔环视一圈窄小的木屋，身子一颤。

"你们策划的不是美国革命。"他说。

"不是？"鲍肯反问。"又有什么不一样？不都是反抗暴君政府，人民获得自由？"

"你们是一帮刽子手。"雷切尔说。

"一七七六年他们也是。"鲍肯反驳。"别以为他们手上没有人命血债，那难道不叫谋杀吗？"

"你们是一帮种族主义者。"雷切尔又说。

"一七七六年他们也是，"鲍肯嗤之以鼻。"别忘了杰弗逊和他的奴隶们。他们都认为黑人天生低人一等。所以那时候的他们就是现在的我们，只不过后来，多年之后，他们渐渐地变得和英国统治者一样。改变这一切的使命落在了我们身上。不自由，毋宁死，雷切尔，这个目标无上崇高，从古至今都是，你说呢？"

他身体前倾，巨大的身躯紧紧压在书桌上，双手在空中挥舞，没有颜色的眼睛里闪烁出疯狂的光。

"但是一七七六年不是没有错误，"他继续说。"我研究过那段历史。战争本是可以避免的，要是双方都能理智一些的话。任何战争都应该避免，你说呢？"

雷切尔耸耸肩。

"也不见得。"他回答。

"呃，这么说吧，我们需要你来帮忙避免，"鲍肯说。"这就是我的决定。你来做我们的使节。"

"你们的什么？"雷切尔不解。

"你哪边的人都不是，"鲍肯解释道。"所以能做到客观公正。和他们一样的美国人，没有前科的良好市民。聪明、有洞察力，能注意细节，他们会听你的。"

"什么？"雷切尔又问。

"我们这儿组织结构完备，"鲍肯接着说。"已经做好成立国家的准备。你必须理解，我们有军队、有国库、有财政储备、有法制体系，甚至有民主制度。今天我就会让你一一见识到，让你看看一个准备好独立的社会是什么样。不自由，毋宁死。现在是万事俱备，只欠东风。到时我把你送回到他们那儿，你告诉他们这儿的情况，也好让他们死心。"

雷切尔只是定定地看着他。

"而且你也可以告诉他们关于霍莉的情况，"鲍肯语气平静。"她正被关在她的专用客房里。别忘了说我的秘密武器，我的双料保险。"

"你简直疯了。"雷切尔说。

整间小屋霎时间陷入沉默,静得连根针掉地的声音都听得见。

"怎么?"鲍肯轻声说。"为什么说我疯了?你倒是说说。"

"你根本没想明白,"雷切尔说。"难道你没发现霍莉根本什么都不算吗?可能你还没来及眨眼总统就把约翰逊将军撤下来了。他们会把你像一只蟑螂似的踩死,而霍莉死了,对他们来说不过是伤亡人数上再加一个。你应该把她和我一道送回去。"

鲍肯高兴地摇了摇肿胀的脑袋,显得信心十足。

"不,"他说。"你说的不会发生。霍莉的价值可不只是她的父亲。难道她没告诉过你?"

雷切尔盯着他,鲍肯低头看了看表。

"时间到了,"他说。"现在该带你去参观一下我们的法律体系。"

霍莉听见门外再次响起轻轻的脚步,便从床上坐起来。门锁咔嗒打开,那名脸上有刀疤的年轻士兵走进房间,仍然把手指放在唇边。霍莉见状点点头,趔趄地走进浴室打开莲蓬头。顿时水柱重重击打在浴缸上,隆隆作响。年轻士兵跟着她也进了浴室,关上门。

"你每天只能来一次,"霍莉小声说。"要是他们总听见我洗澡会起疑心的。"

年轻士兵点点头。

"今晚我们就走,"他说。"早上没机会,我们所有人都要参加洛德的审判。等天一黑我就弄辆吉普车过来接你,趁夜色直接向南开。有风险,但肯定能行。"

"没有雷切尔我不走。"霍莉依旧坚持。

年轻士兵摇摇头。

"我不能保证,"他说。"他正和鲍肯在一起。天知道他会怎么样。"

"他走我才走。"霍莉说。

年轻士兵紧张地看了看她。

"好吧,"他让步。"我尽力就是。"

他轻手轻脚地打开浴室门,走了出去。霍莉等他离开后关上莲蓬头,视线追随着他的背影直至消失。

他朝西北方向绕了一大圈后沿着来时路转回树林。福勒安排躲在距离小路十五英尺的树林里的岗哨并没有看见他,可躲在更远处的岗哨用余光捕捉到一个身穿迷彩服的身影一闪而过。他迅速转身,不过还是没来及看见脸,只好耸耸肩。他费劲地想了半天,也没想出会是谁,最终决定还是守口如瓶为妙,当做什么都没发生总比向上汇报他没能辨认出对方身份更好。

脸上有一道长疤的年轻人匆匆去又匆匆回,提前两分钟赶回到司令室,护送他的司令去法院参加审判。

法院坐落在被废弃的约克镇东南角,在阳光的照耀下,看上去同其他所有美国乡村小楼别无二致。二十世纪初的建筑风格,空间宽敞,白色外墙,楼外装饰着几根圆柱,方正的楼形恰如其分地散发出威严庄重,而处处可见的轻盈细节又让它不失典雅。小楼顶部有一个精致的钟塔,里面那口精致的铜钟也许是好几代以前这儿的镇民集资购买的。可以说眼前的这栋小楼和其他的建筑非常相似,只是屋顶的斜坡更陡,看上去更加结实。雷切尔暗忖,也许是因为地处蒙大拿北部,那个屋顶需要整个冬天负载成吨重的白雪。

但此刻正是七月三号的早上,屋顶上自然没有任何白雪。虽说北方的太阳算不上毒辣,雷切尔走了一英里也开始觉得有些热。鲍肯一个人走在前面,而雷切尔仍然双手被铐,被六名看守推搡着穿过树林。他们一把把他推上台阶。他踏进一楼的宽敞大堂,几根柱子矗立在前,地上整齐地铺着松木木板,设计古朴简洁,古老的木质散发出自然光泽。

厅内已经座无虚席,整个大厅变成了一片迷彩绿的海洋。凳子上的男男女女个个将步枪垂直地放在两腿间,坐得笔直,那样子仿佛在热切盼望着什么。人群中还夹着几个懵懵懂懂的孩子,一声不吭。雷切尔被带到人群前,那儿空出一块地方,放着一张方桌,福勒和史迪威正等在那儿。福勒冲雷切尔点头,示意让他坐下。雷切尔坐下,六名看守站在他身后。一分钟以后,两扇屋门被打开,波·鲍肯现身,径直走向法官席,庞大的身躯轧过年久失修的地板,嘎吱作响。除了雷切尔,屋内所有人都刷地站起身,立正,敬礼,整齐划一得仿佛有人在发号施令。鲍肯仍旧一袭黑色军装,腰束黑色皮带,脚蹬黑色皮靴,手上拿着一本皮质封面的小册子,还戴着一个装有西格绍尔手枪的枪套。六名荷枪实弹的士兵跟着他进屋,一字排开站在法官席前面,面无表情地凝视前方。

人们纷纷落座。雷切尔抬头看看屋顶,把屋顶分隔成四块,找出东南方

的那个角。蓦地，门再次打开，众人齐齐屏息静气。洛德被六名看守推到了福勒对面的被告席。看守围成一圈站在椅子后面，用力把洛德按下去。洛德害怕得脸色苍白，他鼻梁已被打断，血迹斑斑，嘴唇也已经开裂。鲍肯远远向他投去一瞥，然后咚地坐下，手掌朝下按在长凳上，环视了一圈鸦鹊无声的审判庭，最后开了腔。

"我想我们都知道我们为什么在这儿。"他说。

霍莉能感觉到楼下的房间里挤满了人，甚至能感觉到那些人安静坐在椅子上微微发颤的身体，但她没有停下手中的活儿。当然，她不是不相信刚现身的联邦探员，但她依然决定用今天所有的时间做好准备。只是以防万一。

她一直想找工具，最终如愿以偿，那就是她的拐杖。这根直径一英寸的空心铝管上端是支撑肘部的分叉，外加一个把手。管子太宽，材质又太软，都不能当做撬杆，可她意识到，要是她能把底端的橡皮套拿掉，那么管口也许能拗成个临时的扳手。或许她可以把管口塞进床边螺栓的缝隙里压扁，然后再拗成九十度的直角，这样说不定能临时充当铁撬。

可首先她得刮去螺栓上厚厚的油漆。油漆又稠又滑，已经完全渗进缝隙。她拿起拐杖上端的分叉，把最上面一层刮了下来，接着又继续刮掉缝隙里面的油漆，直到里面的金属暴露出来。这时，她脑中灵光一闪：她可以去浴室里把毛巾用热水浸湿，然后用劲压住螺栓，这样金属也许会因为热力膨胀而松开，而接下来的工作估计即便是这根略嫌轻软的铝制拐杖也能完成了。

"执行任务过程中鲁莽大意。"波·鲍肯宣布。

他低沉的话音带有浓烈的催眠性。整个房间鸦雀无声，站在法官席前方的士兵只是定定地望着前方，除了站在最边上的那个一直凝视着雷切尔。他年纪看起来挺轻，胡须修理过，一道长疤爬过额头。雷切尔和他打过照面，前一天晚上就是他负责押送洛德的。此刻那个士兵正好奇地打量着雷切尔。

鲍肯举起手里的书，左右轻摇两下，仿佛那是一盏探照灯，他希望能照到屋里的所有人。

"美国的宪法，"他终于说。"是人类缔造的最伟大的政治条约，尽管现在人们并不谨慎遵守。不过无论如何，它仍旧是我们宪法的范本。"

他翻了几页，屋内的静默把刷刷的翻页声放大了好几倍。接着他开始大声朗读。

"《权利法案》第五条修正案明确规定除非根据大陪审团的报告或起诉书，任何人不受死罪或其他重罪的审判，除了公共危险时服役的民兵中的案件；不经正当的法律程序，任何人不得被剥夺生命或自由。第六条修正案则明确指出被告有权由当地陪审团进行迅速而公开的审判，也有权由辩护顾问为其辩护。"

鲍肯略微一顿，环视大厅一周后再次举起书。

"这本书已经告诉我们应该怎么做了，"他大声说。"所以现在我们需要成立一个陪审团。没有规定一定要多少人，我猜三个足矣。有没有自愿参加的？"

台下一阵骚动，几只手举了起来。鲍肯随意点了几个，三个被选中的人随即起身放下步枪，鱼贯走进陪审团的位置。鲍肯转身回到座位上，对他们说：

"先生们，我们恰恰是处在公共危险期服役的民兵，各位同不同意？"

临时成立的陪审团纷纷点头。鲍肯转过身，朝孤零零坐在被告席上的洛德望去。

"你有律师吗？"他问。

"你打算让我有律师吗？"洛德反问。

他带有浓重的鼻音。鲍肯摇摇头。

"这儿没有律师，"他答道。"律师是美国的一个大问题，所以我们这儿不会有。我们根本不需要他们。《权力法案》里面也没有一处提到律师，只说辩护顾问。顾问的意思就是建议，字典上就这么解释的。你需要建议吗？"

"你有什么建议？"洛德问。

鲍肯点点头，冷冷一笑。

"乖乖认罪。"他吐出四个字。

洛德听罢只是摇摇头，放低视线。

"好吧，"鲍肯又说。"你已经听到我的建议，可还不打算俯首认罪？"

洛德点点头。鲍肯的目光转回书上，翻到最前面。

"《独立宣言》上面这么写，"他大声念道。"'人民有权改变或废除旧的政府，建立新的政府。这新的政府，必须是建立在这样的原则基础之上，并

且是按照这样的方式来组织它的权力机关，那就是人民看来最能够促进他们的安全和幸福的方式。'"

他顿了顿，瞥了一眼台下的听众。

"你们都明白是什么意思吧?"他问。"废止旧法律，实施新法律。我们实行新的政策来纠正两百多年来的错误，向着正确的目标前进。此刻正在进行的是新生体制下的第一次审判。这个新生的体制更完善，更合法。我们有权力建立这样的体制，我们的所做所为正确无误。"

人群中传来一阵窃窃私语，但是雷切尔没听出任何异议。他们就像躺在晌午阳光下的鳄鱼，笼罩在鲍肯散发出的光芒下，被催眠、被蛊惑。话毕，鲍肯冲福勒点点头，福勒站起来，转身面对陪审席。

"事实是这样的，"他娓娓道来。"司令派洛德去完成一项重要的任务，这项任务事关我们所有人的未来。结果洛德把事儿弄砸了。只出去五天却犯下五桩大错，会摧毁我们整个事业的大错。具体说，他烧掉两辆汽车，给追捕的人留下太多线索；其次，动手时间错误，导致两名平民的卷入。最后，他居然让彼得·贝尔逃了。五大错误足以造成不可挽回的恶果。"

蓦地，雷切尔把视线转移到福勒身上，眼神忧郁。

"现在传证人，"福勒宣布。"史迪威·斯图尔特。"

小史迪威曜地站起身，走到法官席旁边的证人席上。鲍肯前倾身子，给他递过去一本黑皮封面的书。雷切尔看不清到底是什么书，但可以确定不是《圣经》，除非他们把纳粹十字都印到《圣经》封面上了。

"你能发誓所说的都是事实吗?"鲍肯问。

史迪威点点头。

"是的，先生。"他回答。

他把书放下，转身面向福勒，等待第一个问题。

"我刚刚说的那五项大错，"福勒说。"是你亲眼看见洛德犯下的吗?"

史迪威又点点头。

"是的，他亲手犯下。"他回答。

"那他应该负责吗?"福勒接着问。

"当然，"史迪威回答。"我们在外面的时候一直是他说了算。"

福勒点头，示意史迪威坐下。法庭上仍旧一片寂静。鲍肯一脸笃定地朝陪审团笑笑，然后扭头瞥了洛德一眼。

"你有什么需要为自己辩护的吗?"他平静地问。

他说话的方式给人强烈的印象,仿佛如果当事人面对那些指控还能想出任何辩辞的话简直是件荒谬至极、匪夷所思的事。法庭下的听众纹丝不动,鸦雀无声。鲍肯盯着人群,而其他所有的眼睛都锁定在洛德的后脑勺上。

"有什么想说的吗?"鲍肯又问了一遍。

洛德望着前方,一声不吭。鲍肯转身,朝坐在旧板凳上的三名临时陪审员投去含有询问意味的一瞥。三个人凑在一起窃窃私语了几秒钟,最后左边的那个站起来。

"有罪,先生,"他说。"绝对有罪。"

鲍肯满意地点点头。

"非常感谢,先生们。"他说。

人群中传来一小阵骚动,他转头扫了一眼,骚动旋即平息下来。

"现在该我来宣判了,"他说。"正如各位所知,我和洛德是多年的老朋友,从孩童时代就在一起。而对我来说,友谊非常重要。"

他顿了顿,又瞥了一眼洛德。

"但是其他事情更加重要,"他继续说。"如何履行我的职责更加重要。对这个新生国家不可推卸的责任更加重要。有时候,作为一名政治家,有些责任和义务不得不置于任何其他价值之上。"

所有人都屏息凝神地倾听。鲍肯停了半响,扫了一眼站在洛德身后的士兵,轻轻点点头。士兵立刻会意,抓住洛德的胳膊肘,猛地把他拉起来,然后站成一列推着洛德离开房间。鲍肯站起身,扫了众人一眼,然后转身走出屋门。等他离开,听众们纷纷起身,也跟着他走出去。

士兵推着洛德朝小屋外草坪中央的旗杆走去,鲍肯大步流星地跟在后面。他们到了旗杆下面,洛德面对旗杆,双手绕过旗杆被绑了起来。他的脸紧紧贴住冰凉的白漆。鲍肯来到他后面,从枪套里抽出那把西格绍尔,咔嗒打开保险栓,转动枪膛,枪管抵在洛德的后颈,然后扣动扳机。鲜血倏地喷了出来,隆隆枪声回荡在空旷的山谷间。

26

"他叫杰克·雷切尔。"韦博说。

"您说得对,将军,"麦格洛斯松了口气。"看来他们的确记得他。"

约翰逊点点头。

"宪兵队那儿记录齐全。"他说。

七月三号,星期四早上十点,他们还在彼得森空军基地的房间里。传真机缓缓吐出一长串回答他们询问的资料。他们一眼就认出了照片上的脸。随同照片和姓名一起传真过来的还有直接从五角大楼的电脑里调出来的服役记录。

"你现在有没有回忆起这个人?"布罗根问。

"雷切尔?"约翰逊显得有些糊涂。"不记得了。他以前干过什么?"

韦博和将军的副官挤在传真机前面,逐行阅读传真过来的资料。他们撕下传真纸,转身缓缓走回来。传真纸太长,还得小心拎着才不至于拖到地上。

"他以前干过什么?"麦格洛斯焦急地问。

"什么都没干过。"韦博回答。

"什么都没干过?"麦格洛斯困惑地重复了一遍。"他要是什么都没干过,他们那儿怎么会有他的记录?"

"他以前是他们的人,"韦博回答。"宪兵队的杰克·雷切尔少校。"

副官匆匆扫过手中的一长串资料。

"银星勋章,两枚铜制奖章,紫心勋章。天哪,这么多奖章。看在上帝的分上,这家伙是个战斗英雄。"

麦格洛斯从信封里抽出最初电脑打印出的那沓粗糙的黑白照片,找出雷切尔第一次出现的那张。照片上雷切尔一手抓住霍莉的拐杖,一手把干洗的衣服从她手里夺过去。麦格洛斯把照片从桌上推过去。

"大英雄。"他说。

约翰逊弯腰仔细研究起照片。麦格洛斯接着将那张雷切尔抓住霍莉的手臂把她推向另外三名绑匪的照片推过去,约翰逊随手拿起,细细琢磨。麦格洛斯不能确定他凝视的是雷切尔还是他自己的女儿。

"三十七岁,"将军的副官大声读道。"十四个月前退役。西点军校毕业,之前在军队服役了十三年,刚到贝鲁特的时候就表现勇猛。将军,您在十年前亲手为他别上了铜制奖章。哦,听着,这个绝对是最了不起的荣誉,他是历史上惟一一个赢得温布敦冠军的非海军陆战队士兵。"

韦博猛地抬头。

"网球公开赛?"他问。

副官微微一笑。

"不是那个温布敦,"他回答。"是海军陆战队狙击训练学校每年举行的温布敦射击比赛。为狙击手举行的。任何人都能报名参加，不过冠军总是落在海军陆战队士兵身上，除了雷切尔夺冠的那年。"

"可他为什么不当狙击手?"麦格洛斯问。

副官耸耸肩。

"这可问倒我了，"他说。"记录上有许多谜团，比方说他干吗要退役?他这样的士兵完全可以平步青云的。"

约翰逊一手拿着一张照片，眼睛凑近了仔细研究。

"那他干吗离开?"布罗根追问道。"惹了麻烦?"

副官摇摇头，迅速扫了一眼手中的资料。

"至少记录上没写，"他回答。"也没给出原因。那时候我们正在裁军，不过当时是想把没希望的人踢走，像他这样的人才应该不会被波及的。"

约翰逊交叉双手，仿佛想换个角度重新审视手中的照片。

"有没有什么人非常了解他?"米罗塞维奇突然开腔。"有什么人我们能问问情况的?"

"我猜我们能把他的长官挖出来，"副官答道。"不过也许得花一天工夫才能找到。"

"快去做，"韦博说。"我们需要信息，无论什么都会有用。"

约翰逊放下照片，向麦格洛斯推过去。

"他肯定是变坏了，"他说。"这种事儿经常发生。好人变坏的例子也不少见。现在真是麻烦大了。"

麦格洛斯把照片调了个个儿，打量起来。

"嗯，的确是。"他附和道。

约翰逊抬头看看他。

"我能保存那张照片吗?"他问。"第一张?"

麦格洛斯摇摇头。

"恐怕不能，"他说。"您想要照片? 我亲自帮您拍。等到您和您女儿并肩站在那个混蛋坟墓旁边的时候。"

27

四个人拖走了洛德的尸体，其余的看客也纷纷作鸟兽散，只剩下雷切

尔、六名看守还有福勒站在法院外面的台阶上。福勒解开了雷切尔的手铐，雷切尔松了口气似的转转肩膀，伸伸胳膊。他被铐了整整一夜外加一个早上，身体早就又僵又疼，手腕上更是被硬金属勒出了红痕。

"想来根烟吗？"福勒问。

他递过香烟。这是友善的表示。但雷切尔摇头婉拒。

"我想见见霍莉。"他说。

福勒正想拒绝，突然想起什么似的点点头。

"好吧，"他说。"好主意，是该让她出来透透风了。跟她谈谈，问问她我们是如何款待她的。以后他们肯定会问你这些情况，他们最关心这个，不是吗？我们可不想让他们有什么误解。"

雷切尔站在台阶下等待。被薄雾裹着的太阳显得苍白无力，水气氤氲。北方天际变得一片空蒙，不过仍旧能看见湛蓝的天空。大约五分钟后，福勒把霍莉带下来。她走得很慢，没受伤的腿和拐杖的声音交杂在一起，打着断奏曲一样的节奏。她跨出大门，在台阶上方停下来。

"问你个问题，雷切尔，"福勒冲他大声问道。"负重一百二十磅跑半个小时，你能跑多远？"

雷切尔耸耸肩。

"跑不了多远，我猜。"他答道。

福勒点点头。

"很好，"他说。"跑不了多远。要是三十分钟以后她没出现在这儿，我们就会派人搜索，范围是方圆两英里之内。"

雷切尔沉吟片刻，点点头。负重一百二十磅跑半个小时，他也许能跑不止两英里。事实上，两英里大大低估了他的速度。可他一转念，想起鲍肯墙上的那张地图上标出的蛮荒地形。见鬼，他又能逃到哪儿去？思及此，他抬手看看表，表示明白福勒的意思。福勒转身走回破旧的楼房，看守把武器抗在肩上，轻松地站在原地。霍莉面对苍白的太阳，撩了撩头发。

"你能散步吗？"雷切尔问她。

"别太快就行。"她答道。

她开始沿着空旷的街道朝北走去，雷切尔慢慢跟在她身旁。直到确定已经走出看守的视线，他俩相视一眼，蓦地转身拥抱在一起。他把她抱了起来，拐杖咚地掉在地上。她的双臂紧紧箍住雷切尔，脸埋在他的颈部。

"我在那儿都快疯了。"她说。

"我有一件坏消息得告诉你。"他说。

"怎么了?"她一惊。

"他们在芝加哥有帮手。"他说。

她猛地抬头。

"他们只出去了五天,"他接着说。"审判的时候福勒这么说的。他说洛德只离开了五天。"

"所以呢?"她不解。

"所以他们根本没时间跟踪你,"他解释道。"他们也根本没有跟踪你。肯定是有人事先告诉他们你什么时候会出现在哪儿。他们有帮手,霍莉。"

她脸上的血色倏地被抽干,换上惊恐的表情。

"五天?"她问。"你肯定?"

雷切尔点头。霍莉沉默下来,在脑中仔细梳理起来。

"谁会知道呢?"他问她。"谁会知道星期一中午十二点你会在哪儿出现? 室友? 朋友?"

她的眼睛从左转到右,所有可能性在她脑海中走马枪似的闪过。

"没人知道。"她说。

"那你有没有被跟踪过?"他追问。

她无助地耸耸肩。雷切尔能看出她非常想说的是,我被跟踪过,因为他明白如果否定的话情况更加复杂而不可知。

"有没有?"他又问了一遍。

"没有,"她平静地回答。"他们这样的莽汉? 想都别想。我肯定第一时间就会发现。而且他们要整天在调查局大楼外面闲荡,不消一秒钟就会被抓起来。"

"还有呢?"他催促道。

"我午休时间从来都不固定,"她说。"有时会有好几个小时。总之从来都没有规律。"

"还有呢?"他再一次追问。

她瞪了他一眼。

"所以肯定是有内鬼,"她不情愿地承认。"调查局的叛徒。只能是这样,否则没有其他可能性了。肯定是办公室里什么人看见我离开后报的信。"

他没有说话,只是盯着她无比沮丧的表情。

"芝加哥办公室的内鬼，"她说。并非疑问句，而是陈述句。"就在调查局里。没有其他可能性了。他妈的，我真不敢相信。"

说完，她嘴角勾出一丝苦涩短暂的笑。

"可在这儿也有我们的人，"她说。"很有讽刺意味，对不对？他向我表明了身份。挺年轻的，前额上一道长疤，是调查局派来的卧底。他说调查局在很多民兵团里都潜伏着卧底，只会在紧急情况下浮出水面。当他们开始把炸药填进我房间墙壁时，他就和局里取得了联络。"

他惊讶地回视她。

"你晓得炸药的事儿？"他问。

她做了个鬼脸，点点头。

"难怪你在屋里待得要发疯。"他说。

蓦地，他眼神里窜起一阵新的恐慌。

"他是跟谁联络的？"他紧急地问。

"我们在布特的一间办事处，"霍莉回答。"单纯接受卫星信息，只有一名当值探员。林子里藏了个无线电发射机，他用无线电联络。不过现在他没在用，他说他们正在扫描无线电频率。"

他不禁全身一颤。

"你觉得还剩多长时间芝加哥内鬼就会揭露他的身份？"他问。

霍莉脸色刷地变白。

"时间不多了，我猜，"她说。"一等他们猜出我们被绑架到这儿来，芝加哥那儿肯定就会逐一检索从蒙大拿发来的所有信息。他的信息肯定是放在最上面。上帝啊，雷切尔，你得赶快找到他，警告他。他叫杰克逊。"

他们随即转身，穿过荒凉的小镇朝南边匆匆走去。

"他说他能救我出去，"霍莉告诉他。"今晚他会弄辆吉普。"

雷切尔沉着脸，点点头。

"跟他走。"他说。

"没你我就不走。"她说。

"他们反正要把我送回去，"他说。"让我做个什么使者，劝你们的人死心。"

"那你会走吗？"她问。

他摇摇头。

"只要我办得到，我就不走。我不会丢下你的。"

"你应该走，"她说。"别担心我。"

他又摇摇头。

"我很担心你。"他说。

"去吧，"她说。"别管我，你先逃出去。"

他耸耸肩，什么也没说。

"只要一有机会，雷切尔，你一定得逃出去，"她仍然不放弃。"我是认真的。"

她灼灼的目光锁定在他身上，万分严肃。

"除非你先逃脱，"他最后开口。"你没逃出去之前，我会一直留在这儿。决不会让你孤零零和这群疯子待在一起。"

"可你不可能一直留在这儿的，"她说。"要是我跑了，他们肯定会恼羞成怒，一切都会改变的。"

他看了看她，脑海中响起鲍肯的话：她可不仅仅是他的女儿。

"为什么，霍莉？"他突然问。"为什么一切都会改变？见鬼，你到底是谁？"

她没有回答，而是别开视线。这时，福勒跛着步子慢慢走进视野。他边抽烟边朝他们这儿走来，走到眼前时停下脚步，递过一盒香烟。

"来一根？"他问。

霍莉双眼盯着地面。雷切尔摇摇头。

"她有没有提起她温暖舒适的小屋？"福勒问。

几名看守仪仗队似的站在法院外的台阶上，看见福勒押着霍莉朝他们走来立刻刷地立正。霍莉被一名看守带进小楼，走到门口，她转头看了看雷切尔。他朝她点头道别。极力传达的意思是：待会儿见，好吗？接着她消失在走廊里。

"小镇一日游的时间到了，"福勒说。"你跟紧我，这是波的命令。不过你要是有什么问题尽管问，明白？"

雷切尔向他投去淡然的一瞥，点点头。接着他回头瞟了一眼六名看守，走下台阶，停住脚步。他朝旗杆那儿望去，旗杆所在的位置正是小楼前面正方形草坪的中心。他朝旗杆走过去，踏上洛德的血迹，环顾四周。

约克镇可以说是一座死城，仿佛很久以前就已经这么颓废萧条，甚至从来就不曾真正繁荣过。城内只有一条主干道贯穿南北，东西两侧各有两个还算热闹的街区。法院楼几乎占了东南角街区的全部，对面的西南角街区看样子以前坐落着镇政府办公楼。街道西边似乎比东边高，坡度明显，所以镇政府办公楼的一楼差不多与法院的二楼平齐。镇政府办公楼原先应该也有同法院楼一样的传统建筑特色，但现在早已破败不堪，也许三十年前就开始衰落。外墙的油漆早已剥落，铁灰色的钢筋暴露在外。窗玻璃早就没了踪影，环绕在四周的山丘也已经杂草蔓生。楼前面的广场中心原来有一棵大树，但很久以前就已枯死，现在只剩下一截约摸七英寸的树桩，活像一处断头台。

一排排木板搭起的商铺零星分布在北部两个街区上。商铺外原本有一根根高大的装饰石柱，可经年累月的风吹日晒让这些石柱上的颜色褪成了同后面木板屋一样的暗棕色，商铺招牌上的名字也早就不可辨认。街上没有行人，没有过往车辆，什么都没有。这地方根本就是鬼城，就像大西部某处被遗弃的牛仔小镇。

"这儿以前是个采矿小镇，"福勒介绍道。"出产的大多是铅，也有一些铜，甚至有段日子还挖出了银。反正能肯定，以前人们在这儿赚足了钞票。"

"那后来怎么样了？"雷切尔问。

福勒耸耸肩。

"矿区又能怎么样？"他说。"矿挖完了呗。五十年前，镇政府办公楼外排得人山人海，个个都嚷着要登记采矿，连等到第二天都等不及。在法庭上，他们为了矿区更是争得头破血流。以前这条街可热闹着呢，银行、沙龙应有尽有。可后来矿藏被他们采尽，除了泥土什么也挖不出来，最后只有离开这儿。现在你看见的就是他们留下的烂摊子。"

福勒说罢，目光飘向周遭萧条的小镇，雷切尔顺着他的视线也环视一圈，接着抬起头，望了望远处天际耸入云端的高山。层层山峦巍峨雄伟又超然世外，即使现在是七月三号，皑皑白雪仍残留在山顶，浓密的针叶林间雾气氤氲。破旧的办公楼后有一条山路，沿着西北方向钻进林子深处。雷切尔跟在福勒后面走上山路，六名看守排成一列走在最后。蓦地，雷切尔领悟到，这条山路正是昨天晚上他跌跌冲冲走了两遍的小路。向前行进了约一百码后，一片树林出现在跟前。接着他们沿着蜿蜒的小路，朝山上密林走去。阳光透过茂密的树叶星星点点撒下来。路不是太难走，他们又走了大约一英里后开始笔直向前，走了最后半英里后，他们来到前天晚上白色货车驶进的那块林间空地。一小队荷枪实弹的卫兵排成一列，站在空地中央，但周遭不见白色货车的影子。肯定已经被开走了。

"这儿就是我们的阵地，"福勒说。"我们最初买下的就是这几亩地。"

明媚的阳光让这块地方变得不一样了。所谓阵地，其实就是一块安静地栖息在群山环抱中、干净整齐的空地，俯视着三百英尺之下的小镇。阵地四周没有任何人造边界，如果说有边界的话，那就是百万年前北极冰山凿下的印迹。直插云霄的山峰矗立在北面和西面，峰顶积雪隐约可见，山风从山谷深渊呼啸而来。此番寒冷景象既然在七月都能见到，说明一年到头都是这样了。

朝东南方眺望，婆娑的树影中小镇的轮廓依稀可见，破败的镇政府办公楼和那栋白色的法院楼仿佛两个摆放在山脚的模型。正南方的山麓渐渐隐入密林，最后在鲜有人迹的深谷中断。雷切尔眺望着眼前的山色，一言不发。福勒伸手指了指。

"其中一些足有百来英尺深，"他说。"到处是麋鹿和大角羊，时不时还能碰上黑熊。有人在巡山时甚至遇到过美洲狮。晚上特别安静的时候你仔细听，能听见它们发出的声音。"

雷切尔点点头，侧耳倾听起来，周围一片阒寂。他不禁在心里琢磨晚上会安静到什么地步。福勒转身，四处指了指。

"这儿全是我们造的，"他说。"至少迄今为止是。"

雷切尔又点点头。空地里有十间风格简单的木屋，都是水泥底座，上面用木板和原木搭建。粗大的电缆连接在木屋与木屋之间，看来每栋屋子都通了电。

"电从小镇传输上来，"福勒解释道。"电缆足足有一英里长。这儿也有自来水，是用塑料管从山里湖泊直接抽上来的。都是我们民兵的劳动成果。"

那间几乎关了他一整夜的木屋进入雷切尔的视线。看上去比其他的都小。

"那是行政室。"福勒介绍。

雷切尔发现其中一间木屋屋顶上竖着一簇约六十英尺高的伸缩天线，应该是用来接收短波无线电的。同时，他注意到一根较细的电线从粗电缆上延伸出去，伸进了那间木屋。

"你们也有电话线?"他问。"没有登记吧?"

他指着细电线，福勒顺势望去。

"电话线?"他说。"哦，对，是和电缆一道从约克镇拉上来的，但这儿没

有电话。会被世界政府窃听。"

他冲雷切尔做了个手势。雷切尔随即跟着福勒走进装有天线和电话线的木屋。两人一进门，福勒自豪地摊开双手。

"这就是我们的通讯室，"他骄傲地宣布。

房间约二十英尺长，十二英尺宽，一片昏暗。屋内有两个人，一个正蹲在一台录音机旁戴着耳机仔细收听着什么，另一个正慢慢扭转无线电扫描仪的频率转盘。雷切尔瞟了一眼，只见两溜粗糙的工作台镶嵌在房间两侧的墙上，一根电话线从墙上的小洞里钻出来，连在一个调制解调器上。旁边则放着两台台式电脑，屏幕闪出微光。

"全国民兵网。"福勒说。

另一条电话线绕过电脑，连接着一台传真机。传真机正呼呼地吐出一长卷传真纸。

"爱国者传真网络。"福勒又说。

雷切尔点点头，凑近了一些。摆放传真机的桌子上还放着另一台电脑，外加一台粗笨的短波收音机。

"这儿就是秘密电波接收站，多亏了它们，否则我们到现在还蒙在鼓里，永远不会知道美国到底发生了什么。以任何别的方式都没法儿知道的真相。"

雷切尔看了一眼，不以为然地耸耸肩。

"我饿了，"他说。"这就是我知道的真相。没吃晚饭，也没吃早饭。你们这儿有没有地方能喝杯咖啡？"

福勒看看他，咧嘴一笑。

"当然，"他说。"我们的食堂二十四小时营业。你把我们当成什么了？一群野蛮人吗？"

他遣散了六名看守，示意雷切尔跟在他后面。食堂就位于通讯室隔壁，面积足有通讯室的四倍，长宽各是两倍。屋外，一根金属的粗烟囱竖在屋顶上。一进屋内，只见工艺简单的钢板长桌整齐地排成好几列，同样简单的长凳细心地塞在长桌下面。整间食堂里弥漫着食物与灰尘的味道——人多的地方总会有的气味。

三名妇人正在打扫卫生、收拾餐桌。她们身着橄榄绿的制服，素面朝天，长发整齐地披在肩上，红彤彤的手上没戴任何首饰。雷切尔和福勒进屋的一瞬间，她们全都停下手头的工作，安静地站在一起。雷切尔认出其中一个早上也在法庭上。仿佛也认出他似的,她谨慎地冲他点点头,以示问候。福勒跨上前一步。

"我们的客人错过早饭了。"他说。

那位谨慎的妇人又点点头。

"没问题,"她答道。"您想来点儿什么?"

"随便,"雷切尔回答。"只要有咖啡就行。"

"稍等五分钟。"妇人回答。

说完,她带着另两名妇人走回后面的厨房。福勒坐下来,雷切尔拉出对面的长凳,也坐下身。

"这地方每天三次用来吃饭,"福勒缓缓说道。"剩下的时间,主要是下午和晚上,民兵团在这里集中开会。波会站在饭桌上告诉大家下一步应该怎么做。"

"现在波在哪儿?"雷切尔突然问。

"你走之前肯定会再见他一面,"福勒说。"别担心。"

雷切尔慢慢点头,视线穿过小窗,投向屋外的山峦。此刻换了个新的视角,他的视野变得更宽阔,甚至能看见五十英里之外悬在地平线上的清澄蓝天。四周依旧宁静得让人心悸。

"大家都到哪儿去了?"他问。

"都去干活了,"福勒回答。"干活和训练。"

"干活?"雷切尔有些疑惑。"干什么活?"

"修建南面的边界,"福勒回答。"有些地方的山谷不够深,挡不住坦克。你晓得鹿砦是什么吗?"

雷切尔一脸茫然。他当然知道鹿砦是什么,任何西点军校的学生,只要识字,都知道鹿砦是什么。但他可不打算让福勒探清他的虚实,所以他显出一脸茫然。

"先砍几棵大树,"福勒果然开始解释。"每隔四五棵左右就砍倒一棵,而且让大树背朝敌人进攻的方向倒地。这儿的大树基本上都是野生的松树,树枝是向上长的,对不对?所以等大树倒地,树枝与敌人进攻的方向一致。坦克开过来,肯定先压过树根,然后会把倒地的大树向前推,自然,树枝就会被没倒地的那些大树的树干硬生生卡住。坦克会很快压过两、三棵倒地的大树,可到了第四棵、第五棵绝对就动不了了。甚至像艾布拉姆斯坦克那么大个儿的也无济于事。别看它的柴油涡轮有五百马力,全身重量六十

三吨，到时候照样动弹不得。即使他们把大型的俄国坦克运过来也不成。那就是鹿砦，雷切尔。用大自然的力量打败他们。我敢打赌他们绝对没法儿穿过那些该死的大树。二战中库尔斯克一战，俄国人就是用这招打退了希特勒。共产党人的小伎俩，现在轮到我们以其人之道还治其人之身了。"

"可步兵又怎么对付？"雷切尔问。"坦克不会单独作战。旁边肯定还有步兵。他们肯定会跃过鹿砦，炸掉大树。"

福勒得意地一笑。

"他们可以试试，"他答道。"但很快就会明白试了也白试。在鹿砦北面五十码的地方我们设置了机关枪射击点，绝对会把他们打得落花流水。"

这时，先前那名妇人端着托盘从厨房里走出来，小心翼翼地把托盘放在雷切尔面前的餐桌上。鸡蛋、火腿、土豆、豆荚，全堆在一只搪瓷盘子上。外加一大杯热气腾腾的咖啡。当然还有一套简易餐具。

"您请。"她说。

"谢谢。"雷切尔说。

"我怎么没有咖啡？"福勒突然问。

那名妇人指指后面的厨房。

"您自己请便。"她说。

福勒开玩笑似的朝雷切尔使了个眼色，起身离开。雷切尔假装没看见。等福勒消失在厨房里后，那名妇人冷不丁把手放在雷切尔的胳膊上。

"我得跟您谈谈，"她轻声说。"熄灯后来找我，我在厨房门外等你，行吗？"

"要谈现在谈，"雷切尔轻声回答。"可能等不到那时候我就已经被送走了。"

"您一定得救救我们。"她轻声说。

这时，福勒从厨房出来，妇人的眼里立刻罩上一层恐惧。她倏地直起身，匆匆离开。

床架上的每根铁管上都钉有六个螺栓，其中两个用来固定床绷，两端又各有一个固定住连接四条腿的直角凸缘。她花了好一会儿工夫研究床架构造，终于有了可喜的发现。只要卸下一个螺栓，凸缘的一端就可以活动，竖起来就成了坚硬的直角钩，这比把凸缘完全拆下来再套进管口更容易使力。

可尽管这样，依旧有六个螺栓等着她，还是要把凸缘从床腿上拆下来。

所以虽然有可喜的发现,但那并非捷径。她得加快动作。当然,她没理由认为杰克逊的行动会失败,可现在他的胜算已然减小。大大减小。

　　食堂旁边是宿舍营房。共有四个大房子,每间营房都一尘不染,房间里一个人也没有。两栋是简单的单身营房,一栋给男人住,一栋给女人住。另外两栋用木板分割,夫妻住在后面隐蔽的小间里,全开放的铺位则是孩子们睡觉的地方。四分之三英尺宽的小铁床排列得井井有条,每张床的床头还配了矮柜。没有玩具,墙上也没有图画,惟一的装饰是一副华盛顿特区的风景画报,是晴朗天气下华盛顿北部的航拍照片。处在画报正中心的恰是白宫,林肯纪念堂则在后面,左上角是国会山庄。画报外面套了一个塑料框子,原先的旅行者手记处贴了一张纸,上面手写了一个新标题:这就是你们的敌人。

　　"孩子们都到哪儿去了?"雷切尔问。

　　"上学去了,"福勒回答。"冬天,食堂就是教室。夏天,他们就去树林。"

　　"他们学什么?"雷切尔问。

　　福勒耸耸肩。

　　"该学的东西。"他答道。

　　"那谁决定该学什么?"雷切尔又问。

　　"波,"福勒回答。"他决定一切。"

　　"那么他决定他们该学些什么呢?"雷切尔问。

　　"他仔细研究过,"福勒答道。"学习内容包括《圣经》、《宪法》、历史、体育,还有木工、狩猎和武器使用。"

　　"老师是谁?"雷切尔问。

　　"女人们。"福勒答道。

　　"那孩子们开心吗?"雷切尔继续问。

　　福勒再次耸耸肩。

　　"他们在这儿不是为了开心,"他答道。"而是为了生存。"

　　说话的当口,他们又走进另一座木屋。里面空荡荡的,除了一台孤零零放在屋角桌子上的电脑。雷切尔发现一个显眼的键盘锁锁在上面。

　　"这儿就是我们的财政部了,我猜可以这么说,"福勒介绍道。"我们所有的基金都设在开曼群岛,只要需要,就用电脑直接网上转账。"

　　"你们有多少?"雷切尔问。

福勒狡黠一笑。

"很多,"他回答。"两千万的不记名债券。当然,已经花了一些,没那么多了,但剩下的还是很多。你不用担心我们财政短缺。"

"偷来的?"雷切尔问。

福勒摇摇头,又笑了笑。

"从敌人手里缴获的,"他说。"两千万。"

最后两幢木屋是储藏室,其中一幢正好在营房一边,另一幢则远一些。福勒领着雷切尔走进较近的那间,里面堆满了储备物资,墙脚一溜排放着装满水的塑料桶。

"豆荚、弹夹、绷带夹,"福勒说。"波的座右铭。很快我们就会面对包围封锁,这动动大拇指都能猜到。而且政府会走的第一步棋很明显,对不对?他们会把藏有瘟疫病菌的弹药扔进湖里,污染我们的水源。所以我们做好了准备,储存了足够多的饮用水,足足两万四千加仑。水是重中之重,对吧。而且储备的罐头足够我们吃两年。当然,要是再有人来投奔也许就不够了,但无论如何,不能不说这是个好的开始。"

储藏室里堆满了东西,一扇壁橱里从上到下塞满了衣服。全是熟悉的橄榄绿制服,外加迷彩图案的夹克衫、长筒靴。看来这些在军队的洗衣房里洗干净、折整齐的制服都是他们一捆一捆廉价买来的。

"你想要一件吗?"福勒问。

雷切尔刚迈开步子想离开,蓦地低头瞥见自己身上的衣服。从星期一早上就一直没有换过,整整三天。当然,本来也不是什么好衣服,可穿了这么多天就更糟了。

"也行。"他应允道。

最大号的压在最下面,福勒搬开一大堆衣服,好不容易拽出来一条长裤,一件衬衫,外加夹克衫。靴子雷切尔没要,他更喜欢自己的鞋。他三下五除二地脱掉身上的脏衣服,拎起裤子,先套上一条裤腿,再套上另一条,然后穿上衬衫,扣好扣子,最后套上夹克衫。非常合身。他根本没费心思找面穿衣镜,因为他非常清楚自己穿制服是什么样,毕竟穿了那么多年。

门旁的架子上堆满了医疗用品,治外伤的药水、血浆、抗生素、绷带,应有尽有。物品摆放得十分整齐,中间留有空隙方便取用。显然,鲍肯对他的手下勤加训练,如何在紧急情况发生时以最快速度拿取药品救治伤员肯定早已演习多次。

"豆荚、绷带夹都见识过了,"雷切尔问。"那弹夹呢?"

福勒朝远处的木屋努努嘴。

"那儿就是弹药库,"他答道。"这就带你去参观。"

弹药库的面积比另一间储藏室大一些,门上挂了一把特大挂锁。门一开,里面储藏的弹药着实让雷切尔吃了一惊,比他很久以来见过的都来得更多、更齐全。百来支步枪、机关枪整齐地摆成一列一列,空气里弥漫着新上的枪油味。一箱箱的子弹从地板一直垒到天花板,一个个木筐里都装满了手榴弹,架子上放着无数把手枪。虽然没有步兵无法随身携带的重型武器,但眼前的景象也足以给人留下深刻印象。

固定在床绷上的那两个螺栓比一般的小,没费太大劲就取下来了。但固定床架的那几个稍大的螺栓可费了大劲,仍旧徒劳无工。不过没关系,那些螺栓并非最重要的,实在不行就把它们留在原处,照样能施行计划。

她开始刮外面的油漆,直到里面的金属暴露出来,再用滚烫的毛巾捂热螺栓头,然后摘下拐杖底部的橡皮套,把铝管的管头拗成扁圆形。下一步,她用尽全力,把拗扁的铝管管头紧紧塞进螺栓顶部的凹槽,手中的拐杖俨然变成一个特大号的管钳。可事与愿违,拐杖一下子就滑了下来。她轻声诅咒了一句,伸出一只手重新用力,这回她的手臂和拐杖同时用力。螺栓开始慢慢转动。

临近的几幢木屋中间夹着一条小路,福勒带雷切尔沿小路朝北走下去,来到一处射击场。射击场是一条狭长空地,寸草不生,空无一人。雷切尔注意到这块场地宽只有二十码,长却有大约半英里,一端的地上放着几个为射击手准备的可以趴的草垫,在另一端雷切尔瞄见了若干个人形枪靶。他迈开脚步,朝枪靶慢慢踱过去。那些靶子看起来就是标准的军用木头枪靶,有的做成士兵跑步的模样,有的是卧倒的士兵。眼前的这些设计沿用自二战时期,描绘的是头戴煤斗形状头盔、一脸愤怒神情、正在咆哮的德国士兵。但当雷切尔凑近一些时,却发现枪靶上还加了一些东西。每个士兵的胸口上都用黄漆刷上了一些徽章,每个徽章上都写了三个字。一半徽章上写着:FBI①,剩下的一半写着:ATF②。枪靶从三百码距离以外开始交错摆放,最

---

① FBI,美国联邦调查局。

② ATF,美国烟酒枪械管制局。

167

远的一个放在整整八百码外。最近的那些枪靶已经算得上千疮百孔。

"三百码的枪靶所有人都得射中，"福勒解释说。"这是参加我们民兵团的最低标准。"

雷切尔耸耸肩，并没表现出太多诧异。事实上，三百码算不了什么。他朝最远处的枪靶走过去，四百码的枪靶上弹孔也很多；到了五百码，弹孔少了一些，到了六百码的枪靶前，雷切尔粗略数了一下，十八个弹孔；七百码，七个；到了最后在八百码的枪靶上只有两个弹孔了。

"这些枪靶摆在这儿多长时间了？"他问。

福勒耸耸肩。

"一个月吧，"他说。"也许两个月。我们可不敢懈怠。"

"最好别懈怠。"雷切尔回答。

"长距离射击并不在我们的计划中，"福勒接着说。"波猜测，联合国部队会选在晚上我们休息的时候进攻，而且有可能会冲破我们的防线约摸半英里。我觉得不会，可是波一向警慎，毕竟他是总负责人。所以我们采用夜间侧翼包围作战的战术，从侧面围堵渗透进来的联合国部队，用火力把他们打退。所以需要的只是近距离射击，对不对？那方面的训练已经进行得很不错，我们现在能在夜晚迅速移动，一点儿声音都没有。没光、没声音，就是没问题。"

雷切尔望了一眼对面的茂林，脑海中浮现出先前的那一墙弹药。鲍肯夸下的海口在他耳边响起：坚不可摧。他试着想象政府军面对一群誓死战斗的游击队外加复杂的地形时会遇到怎样的问题。事实上，没有什么防御工事能真正做到坚不可摧，但想要攻陷他们，伤亡数字绝对不会小。

"今天早上，"福勒突然说。"希望没让你不舒服。"

雷切尔不解地看了看他。

"我是说洛德。"福勒解释。

雷切尔耸耸肩，心里寻思：倒是省了我的事儿。

"我们必须严格执行纪律，"福勒又说。"所有新生的国家都得经历这个阶段。甚至算得上六亲不认。波以前研究过。现阶段这种做法至关重要。但是我猜，肯定会有人觉得不舒服。"

"觉得不舒服的应该是你们。"雷切尔回答。"这样用莫须有的罪名，除掉潜在对手。"

福勒摇摇头。

"我们的控诉都是公正的，"他辩驳道。"洛德的确犯了错。"

雷切尔耸耸肩。

"并非如此，"他说。"他的所做所为都合情合理。"

福勒移开目光。

"下一个就轮到你了，"雷切尔继续说。"奉劝你当心。不久以后你就会发现自己也同样免不了犯错。"

"我们的关系非同一般，"福勒显然不信。"波和我，我们俩。"

"波和洛德也是，对不对？"雷切尔反问。"史迪威不会有事儿，他太蠢，构不成威胁。但你得仔细考虑考虑，下一个就是你了。"

福勒没有回答，再次望向别处。两人肩并肩沿着葱茏的小路掉头，挑了一条新路朝北面走去。正巧，迎面碰上一队孩子放学，他们便躲进树丛避让。孩子们两两并排站成一队，有男有女，各有一个身穿相同制服的妇人领头压阵。孩子们身上穿的是改小的军服，每个人的右手都拿着长木棍。他们脸上除了顺从，没有任何表情。女孩子一律是未经修理的直发，男孩子则都理着锅盖头，看样子就是把碗套在他们头上，然后用钝剪刀马马虎虎剪出来的。雷切尔待在路边，看着他们走过，所有人都直视前方，没人敢冒险斜睨他一眼。

沿着那条路，他们穿过稀疏的树林，向山上走去，最后来到一块五十码见方的正方形空地。四周间隔着围了一圈漆成白色的建筑。空旷，寂静。

"我们的阅兵场。"福勒口气阴沉。

雷切尔点点头，打量起这块空地。北边和西边，群山环绕。东边，茂密的原始森林。南边隐约能看见山下的小镇，再远处只剩下断壁深沟。一阵凉飕飕的山风不经意间掀起他的衣角，他不禁打了个寒颤。

大些的螺栓果然麻烦得多。金属和金属之间接触面积增多，意味着需要刮掉更多油漆，也需要更大力气转动。可她越使劲，拐杖一端越容易滑下来。她只好脱掉自己的鞋，再用鞋把拐杖顶部敲成半圆形，然后弯下腰，把铝管卡进螺栓顶部的凹槽，再用指甲拼命卡紧。这回她连吃奶的力气都使上了，肌肉收缩，纤弱的胳膊上甚至暴出了青筋，汗水顺着脸颊流淌下来。接着她屏住呼吸，开始转动拐杖，就等着看到底她的手指能不能拼过小小的螺栓。

掀起雷切尔衣角的山风也吹来了嘈杂的人声。他疑惑地瞥了福勒一眼，朝西边的阅兵场望去。他能听见，一小队人正穿过树林。

果然，六名士兵肩并肩从树林里快步跑出来。他们每人都斜挎自动步枪，清一色的迷彩服，留有胡须。早上站在法官席前的正是他们六人，鲍肯的私人卫兵队。雷切尔扫了六张面孔一眼，发现左手最边上的正是脸上长疤的年轻士兵，联邦调查局的卧底杰克逊。六人停下脚步，调整了一下路线，然后穿过阅兵场，径直朝雷切尔奔跑过来。这时，福勒后退一步，留下雷切尔孤零零站在原地，就像一个落单的枪靶。五个士兵到了雷切尔面前，松散地站成半圆，纷纷举起枪瞄准了他。第六名士兵则走到福勒跟前，没有敬礼，但是他的站姿中透露出某种尊敬，同敬礼差不多。

"波想让他回去，"士兵对福勒说。"事关紧急。"

福勒点点头。

"把他带走，"他回答。"他已经把我惹火了。"

六把枪杆推搡着雷切尔，匆匆穿过树林，经过射击场，朝着被称作阵地的空地赶过去。到了阵地，一行人继续向西走，经过弹药房，穿过树林，朝司令室那儿奔去。雷切尔迈开大步，故意踢到树根，朝前一个踉跄。最靠近他的那名士兵及时伸手扶住他的胳膊。是杰克逊，雷切尔看见他前额的刀疤。

"芝加哥有内奸。"雷切尔憋着声音说道。

"当心脚下，你这个混蛋。"杰克逊大声呵斥。

"躲起来，今晚就走，"雷切尔继续轻声说。"一定要加倍当心，啊？"

杰克逊瞥了他一眼，捏了捏他的胳膊作为回答。接着他粗鲁地把他拉到前面，推着他来到一处较小的林间空地，波·鲍肯庞大的身躯随即映入眼帘。他身穿特大号的迷彩制服，站在司令室门口，灼灼的目光盯在雷切尔身上。

"看来他们给了你新衣服。"他说。

雷切尔点点头。

"不好意思，我现在才出现，"鲍肯说。"今天一天都很忙。"

"福勒告诉我了，"雷切尔答道。"你们正忙着造鹿砦。"

"鹿砦？"鲍肯一怔。"哦，是的。"

接着他沉默下来。雷切尔看见他一双大手开开合合。

"你的任务被取消了。"鲍肯平静地说。

"取消了？"这回轮到雷切尔诧异。"为什么？"

鲍肯跨过大门，凑近一步。雷切尔目不转睛地凝视着鲍肯晶亮的眼眸，却丝毫没料到鲍肯突然用上全身四百磅的力气，毫不留情地一拳直捣雷切尔的腹部。雷切尔像棵大树似的直挺挺倒下去。鲍肯还不死心，又抬脚狠狠踹上了他的后背。

28

"他叫杰克逊。"韦博说道。

"他在那儿待了多长时间了?"米罗塞维奇问。

"将近一年。"韦博答道。

七月三日周四早上十一点,彼得森空军基地。宽提科火速通过空军基地自有的安全网络把所有材料传真过来,米罗塞维奇和布罗根拉出传真机不断吐出的传真纸,随即递给韦博和麦格洛斯分析。桌子另一边,约翰逊将军同他的副官正聚精会神地研究蒙大拿地图的西北角。

"你在这些民兵团里都有卧底吗?"约翰逊突然发问。

韦博摇头一笑。

"并不是全部,"他说。"这种团体太多,我们人手又不够。这回算是撞大运了。"

"我不晓得这个民兵团里也安插了人手。"布罗根插话道。

韦博继续笑笑。

"还有很多事儿很多人都不知道,"他答道。"这样更安全,你说呢?"

"那这个叫杰克逊的卧底说了些什么?"布罗根问。

"他有没有提到霍莉?"约翰逊有些焦急。

"他有没有提到这见鬼的到底是怎么回事儿?"米罗塞维奇也问。

韦博鼓起脸颊,吐了口气,朝麦格洛斯正手忙脚乱整理的一厚沓子传真纸挥挥手。传真纸被分成两堆,一堆都是常规信息,厚厚一摞,而另一堆则全是重要情报,反而只有薄薄几张。

"有没有什么结论,马克?"韦博问。

麦格洛斯耸耸肩。

"直到现在都没看到什么特别的。"他说。

约翰逊盯着他。

"没什么特别?"他说。

韦博点点头。

"别急,这很正常,"他解释说。"全国到处都有这样的民兵团,也正是因为这个，我们才没法儿全部监视。真见鬼，实在太多了！上次我们统计的结果是五十个州一共四百多个，大多都是些不入流的疯子，可其中一些却是真刀真枪在策划反政府的恐怖行动。"

"这帮人呢？"约翰逊问。

麦格洛斯看了看他。

"这帮人绝对是当真的，"他答道。"整整一百人躲在深山老林，装备齐全，组织有序，自给自足，甚至资金充沛。杰克逊汇报说他们进行邮件欺诈、制造假的银行本票，还涉及造假币。或许持枪抢劫也逃不了。好像他们在北加州一带抢了价值两百万的无记名债券。当然，他们还向别处的疯子邮寄他们的录像带、手册什么的，第三产业蒸蒸日上。另外，他们拒绝缴税，也从来不上汽车牌照。"

"基本上可以说整个约克郡都在他们的控制之下。"韦博补充道。

"这怎么可能？"约翰逊反问。

"因为那儿没有其他人，"韦博解释。"你自己去过那儿没有？我反正没去过。杰克逊说那儿基本上是一片废墟，人员在很久以前就全部撤走。原来那儿还分散着几十个住民，破产的农场主、没撤走的矿主，一些老人什么的。郡政府也形同虚设。就这样鲍肯慢慢地控制了整块地方。"

"他把这称作实验，"麦格洛斯插口道。"一个全新国家的雏形。"

约翰逊面无表情地点点头。

"但这又跟霍莉有什么关系？"他问。

韦博把手放在一摞传真纸上。

"他没有提到她，"他说。"上次来消息是周一，她被绑架的那天。他们正在建造一间囚室，估计是为她准备的。"

"他发消息？"布罗根问。"无线电消息吗？"

韦博点点头。

"他在树林里藏了个无线电发射器，"他回答。"只要一有空就溜到那儿发条消息。所以说很不规律。之前一般都是每星期一次。他还是新手，所以我们让他一切谨慎为主。估计现在他也被监视。不过惟一能肯定的是那儿要成立个新国家。"

"那我们能联系上他吗？"米罗塞维奇问。

"别开玩笑了，"韦博说。"我们现在只能坐等消息。"

"他直接向谁汇报？"布罗根又问。

"蒙大拿布特市的值班探员。"韦博回答。

"那么现在我们该怎么办?"约翰逊问。

韦博耸耸肩。房间里鸦鹊无声。

"现在,什么都不能做,"他说。"我们必须有足够的理由才能开展行动。"

没有一个人答话。韦博凝视着约翰逊,那眼神仿佛是一名政府高官在对另一名政府高官说:你知道这事儿该这么操作的。约翰逊没有任何表情地回瞪韦博,接着他微微点头,仿佛在回答:目前知道。

突然,约翰逊的副官咳嗽一声,打破沉默。

"约克北部正好有一支我们的导弹部队,"他说。"正向南行进,撤回到这里。二十名士兵,一百枚毒刺导弹,五辆大卡车。路线正好经过约克,就是现在。可不可能用上?"

布罗根摇摇头。

"不合法,"他否定道。"军队不能干涉执法行动。"

韦博没理会布罗根,朝约翰逊望去,等待他的回答。那些是他的人,那儿是他的女儿,最好从他嘴里听到答案。约翰沉默片刻,最终摇头。

"不行,"他说。"必须得有时间规划。"

副官摊开双手。

"现在就可以规划,"他说。"我们有地对地的无线电联络。将军,应该试一试。"

"那是违法的。"布罗根又说了一遍。

约翰逊没有答话,仔细考虑起来。与此同时,麦格洛斯迅速翻阅起那一沓传真纸,抽出报告霍莉的囚室墙里填有炸药的那张放在桌上。但是约翰逊仍旧摇了摇头。

"不行,"他重复了一遍。"二十对一百? 他们并不是前线部队,也不是步兵,手上那几颗毒刺帮不上什么忙。估计这些恐怖主义者不会有空军,你们说呢? 所以,我们等。让运送导弹的部队火速赶回来,不得交战。"

副官耸耸肩,麦格洛斯只得把纸重新放回去。韦博环视房间一圈,手掌轻轻压在桌上。

"我得回华盛顿一趟,"他说。"得争取足够的进攻理由。"

约翰逊抬了抬肩膀,心里明白他非去华盛顿一趟,否则他们寸步难行。韦博转身对麦格洛斯交代道:

"你们三个赶快去布特市,在那儿做好准备。只要杰克逊一有消息,一定让他加倍当心。"

"我们可以用直升机送你们过去,"副官提出。

"我们还需要空中侦察,"韦博说。"你能不能让空军派几架侦察机飞到约克?"

约翰逊点点头。

"没问题,"他说。"我会让他们全天都待在那儿,直接把画面传到布特去。即使一只老鼠放屁都逃不过你们的眼睛。"

"不过现在千万不要介入,"韦博叮嘱道。"还不到时候。"

29

拔下第六个螺栓的同时,门外走廊传来了脚步声。很轻,不是杰克逊那种刻意放轻的脚步,而是妇女正常行走的声音。脚步声在门口停住,钥匙塞进门锁开始转动。她赶紧把铁管放回床架,床垫拖回原处,再拉上毯子盖住。说时迟那时快,门哗地打开。

一名妇人走进房间,模样与其他人无异。身材瘦削,脸色苍白,直发披肩,刻板的脸上脂粉未施,也没戴任何首饰。泛红的双手端着个盖了一层白布的托盘。没佩枪。

"吃午饭了。"她说。

霍莉点点头,心脏砰砰乱跳。妇人端着托盘站在门口,扫视了房间一圈,盯着松木墙板看了好一会儿。

"你想在哪儿吃?"她问。"床上?"

霍莉摇摇头。

"地上就行了。"她答道。

妇人弯下腰,把托盘放在地板上。

"有张桌子就好了,"她说。"最好再配把椅子。"

霍莉瞅了瞅餐具,倏地意识到:有工具了。

"你想让我叫他们给你搬把椅子吗?"妇人问。

"不用了。"霍莉答。

"好吧,可我想要一张,"妇人回答。"我得等在这儿看你吃完,以防你偷走餐具。"

霍莉隐约点点头,视线越过妇人落在后面敞开的门上。妇人顺着她的视线望过去,笑道:

"别做梦了。这个地方荒凉偏远,地形险恶。向北要走好几个礼拜才能到加拿大,前提是你一路上能找到足够的根茎浆果或者虫子填饱肚子。向西走你就得游过一条大河。向东,你要么在树林里迷路、要么成了黑熊的腹中餐,即使你侥幸逃过去,也得走一个月才能到蒙大拿其他地方。向南走,立刻被打死,南方的边界上全是我们的士兵。你是插翅难飞了。"

"路也封了?"霍莉问。

妇人又笑了笑。

"我们把桥炸了,"她说。"现在连路都没了。"

"什么时候的事儿?"霍莉问她。"我记得我们进来还开车来着。"

"就在刚才,"妇人回答。"难道你没听见?呵呵,我猜你关在这儿,什么也听不见。"

"那怎么把雷切尔送出去?"霍莉问。"他们不是想让他带口信出去吗?"

妇人再笑笑。

"计划有变,"她答道。"任务取消。他不去了。"

"为什么不?"霍莉不解。

妇人盯着她。

"我们知道彼得·贝尔的事儿了。"她说。

霍莉沉默下来。

"是雷切尔杀了他,"妇人继续说。"活活把他闷死。在北达科他州。我们刚刚得到消息。不过我猜你早就知道了,是不是?"

霍莉看看她,心下寻思:雷切尔的麻烦大了。她可以想象他正被孤零零锁在什么地方。

"你们怎么知道的?"她平静地问。

妇人耸耸肩。

"我们的朋友遍天下。"她答道。

霍莉继续盯着她,脑海里飞快转动:一定是那个内奸,他们知道我们去过北达科他。用尺子在地图上量出我们藏身的地方。她脑海中出现嗒嗒打字的电脑键盘和显示出杰克逊的名字的电脑屏幕。

"那雷切尔会怎么样?"她问。

　　"这儿的规矩就是一命偿一命，"妇人说。"没有人例外，包括你的朋友雷切尔。"

　　"可他们到底会对他怎么样？"霍莉又问了一遍。

　　妇人哈哈大笑起来。

　　"不用想也能猜到，"她答道。"说不定会有些新花招，不过反正不会让他好过。"

　　霍莉慌忙摇头。

　　"那完全是自卫，"她申辩道。"那家伙想强奸我。"

　　妇人鄙视地瞟了一眼。

　　"那怎么又是自卫了？"她说。"又没想强奸他！况且肯定也是你自找的。"

　　"什么？"霍莉一怔。

　　"是不是冲他乱抛媚眼来着？"妇人答道。"你这种城里的小骚货我们最清楚。可怜的老彼得根本招架不住。"

　　霍莉没回话，只是凝视着她。须臾，她扫了大门一眼。

　　"雷切尔现在在哪儿？"她突然问。

　　"不知道，"妇人答。"估计捆在哪棵大树上。"

　　说完她咧嘴一笑。

　　"但是我知道他待会儿会去哪儿，"她接着说。"他会去阅兵场。死刑通常都在那儿执行。到时候会命令我们集体过去看好戏。"

　　霍莉盯着她，艰难地咽了口口水，点点头。

　　"你能不能帮我看看这张床？"她突然说。"出了点儿毛病。"

　　妇人一愣，随后跟她走过去。

　　"什么毛病？"她问。

　　霍莉拉起毯子，把床垫拖到地上。

　　"螺栓有些松。"她说。

　　"哪儿松了？"妇人问。

　　"这儿。"霍莉答。

　　突然，她双手紧握铁管举了起来。手中的铁管仿佛变成一根长矛，忽地朝妇人的头侧劈去，顶端的凸缘化作一记铁锤正中她的头颅。头皮刷地被削掉，一块碎骨深深插进脑里。妇人从床垫上蹦了起来，在倒地之前就已经断了气。霍莉小心跨过食盘，一瘸一拐地向敞开的大门走去。这一刻，她十分平静。

30

东海岸时间周四下午三点,哈兰·韦博从科罗拉多回到胡佛大楼。他径直走进自己的办公室,打开电话答录机查看留言,然后拨通秘书的内线电话。

"备车。"他吩咐道。

乘坐专用电梯来到车库,和司机见了面,他们一道走进豪华轿车。

"白宫。"韦博说。

"您去见总统吗,先生?"司机一愣,问道。

韦博拉长脸,紧盯司机的后脑勺。以往他并不常去面见总统,甚至一年也见不了几面,但这个事实也不需要别人提醒,尤其不需要坐在前面的这该死的司机提醒。他那副惊讶的样子仿佛在质疑他竟然有机会能见到总统。

"不,我去见司法部长,"他说。"现在她正在白宫。"

司机默默点头,暗暗埋怨自己说错了话。一路顺利,没有塞车。胡佛大楼和白宫之间相距整整一千六百码,连半英里都不到,轿车的行驶距离表盘上甚至都跳不到一个字。走路说不定更快。况且还更便宜。加热冰冷的V8发动机,让这辆刀枪不入的防弹轿车行驶一千六百码绝对耗费汽油。但是局长又不能步行,因为理论上有可能会被绑架。可实际情况却是整座城市能有八百个人知道他是谁就不错了。华盛顿马路上的普通行人,灰色西服配素净领带,和其他任何人一样默默无闻。当然,也正因为这个,老韦博的脾气从来都不好,他的司机暗忖。

韦博对司法部长所知甚多。她是他的上司,但是他对她的熟悉并非来自面对面的交往,相反是来自她的背景资料。在她走马上任之前,调查局详细地调查了她的所有背景,不夸张地说,地球上没有任何人比韦博更了解她。她的父母、朋友、前同事都只看到他们眼中的她,可所有信息汇总到韦博那儿拼成了整幅画面。她的材料占用的磁盘空间几乎能和一本短篇小说媲美,而且里面没有任何细节引起他的负面感受。她当过律师,在业界取得了不错的口碑,后来成了法官。刚开始有些激进,但在整个职业生涯中从没有口沫横飞地激烈抨击过任何团体,也没有成为任何人的眼中钉。理想人选。于是她毫无悬念地通过了背景审查。自从上任以后,她一直是一名善

解人意的上司，一个战线统一的同盟。她名叫罗斯·罗森，而韦博对她惟一不满的就是她比他整整年轻十二岁，相貌姣好，且名声比他大得多。

见面定在下午四点。他到的时候，罗森正独自一人坐在一间远离总统办公室的小房间里。两层楼上安排了八名特工。一见面，她冲他挤出一丝勉强的笑容，匆匆点头问好。

"霍莉？"她问。

他点点头，把事情从头到尾说了一遍。她聚精会神，听完后脸色苍白，双唇紧闭。

"能百分之百确定她在那儿吗？"她问。

他再次点头。

"不能再肯定了。"他答道。

"好吧，"她答道。"请在这儿先坐会儿，好吗？"

她离开小房间。韦博等了十分钟，接着二十分钟，半个小时。他开始在房间里踱步，频频望向窗外，最后打开门，朝走廊里张望起来。一名特工回头看了他一眼，凑近一步。还没等特工问出问题，韦博匆匆摇头示意没事儿，关上门，重新坐下等罗森回来。

一个小时以后罗森才回来。她进屋关上门，然后站在了门口。脸上没有任何血色，气喘吁吁，仿佛受到了惊吓，但一个字也没说。可她的沉默足以让韦博明白，麻烦大了。

"怎么了？"他首先发问。

"这件事儿我实在不明白。"她答道。

"什么？"他没听懂。

"他们让我摸不着头脑，"她答道。"估计我的反应错了。从现在开始德克斯特负责这件事情。"

"德克斯特？"他重复一遍。德克斯特是白宫参谋长，和总统从大学开始就是政治上的搭档。德克斯特这人冷若冰霜，不知怜悯为何物，但总统能以大多数投票赢得选举入主白宫，他绝对功不可没。

"非常抱歉，韦博，"罗斯·罗森说道。"他马上就过来。"

他阴郁地点点头。说完她离开房间，留下他独自一人。

联邦调查局总部与蒙大拿布特分局的关系就像莫斯科和西伯利亚的关系。这是在调查局内部流传甚广的经典笑话。只要你犯了大错，明天就会被调到布特分局，就像内部流放似的。而倒霉失宠的克格勃同样会被发配到西伯利亚某处穷乡僻壤，干开违规停车罚单的活儿。

但是在七月三日，周四，布特分局摇身一变，成了麦格洛斯、米罗塞维奇和布罗根眼中的宇宙中心，仿佛全世界最值得去的地方无外乎此。三人都从来没去过那儿，无论出差还是度假，也从来没想过自己会去那儿。但是此刻，他们坐在空军直升机上，仿佛一群盼着早点到达魔幻王国的孩子，急不可待地向窗外张望，蒙大拿的景色一览无遗。他们将视线投向遥远的西北部，约克郡就隐藏在那片遥远的雾霭中。

布特分局当值的是一名经验丰富的老探员，此刻仍在回味着那通哈兰·韦博亲自从胡佛大楼里打来的电话。电话中韦博指示他开车把三名芝加哥探员接到他的办公室，路上告诉他们这儿的基本情况，把他们安顿好，备好几辆吉普车。之后就没他的事儿了，除非接到进一步通知。所以当沾满尘土的黑色直升机停在银弓镇机场的时候，他已经等了好一会儿了。一等三名探员进了他的别克商务车，一行人便风驰电掣地向北面的小镇驶过去。

"这儿每个地方离得都很远，"他对麦格洛斯说。"千万别忘记这点。我们离约克起码有两百四十英里，沿路开下去至少得四个钟头。要是我的话，会调派几支机动部队，驻扎在更近的地方。你瞧，留在这儿无济于事，尤其要是那儿情况恶化的话。"

麦格洛斯赞同地点点头。

"你有没有再收到杰克逊的消息？"他问。

"周一以后就没有了，"探员回答。"炸药那事儿我知道了。"

"下次他一有消息，直接告诉我，行吗？"麦格洛斯说。

布特探员点头应允，一手握住方向盘，一手从口袋里掏出一个小型的无线电接收器，递过去。麦格洛斯接过来放进自己的口袋。

"尽管用，"布特探员说。"韦博放了我的大假。不过你们也别太紧张，杰克逊并不经常联络，他挺谨慎。"

布特分局只有一间位于两层市政大楼二楼的办公室，里面仅有一张桌子、两把椅子、一台电脑、一张挂在墙上的蒙大拿地图，剩余空间都可以用来存放档案。这时，电话叮铃铃响起来。麦格洛斯拿起听筒，咕哝了一声，放下电话，等值班探员明白他的意图。

"好吧，那我就先走了，"探员半晌才会意。"银弓吉普公司会备好车。你们还需要什么？"

"隐私。"布罗根毫不掩饰。

老探员点点头,最后扫了一眼他的办公室,转身离开。

"空军派了几架侦察机过去,"麦格洛斯这时说。"卫星设备正从公路上运过来,将军和他的副官很快也会赶来。看上去这段日子我们都得接待他们了。没人会和他们争,对不?"

米罗塞维奇边仔细研究墙上的地图,边应道:

"也没人想和他们争,我们需要他们。喂,你们俩有没有见过比那儿更糟的地方?"

麦格洛斯和布罗根走上前,米罗塞维奇指了指被成片的原始森林和棕色山地包围在中间的约克镇。

"四千平方英里的地方,"米罗塞维奇感叹。"竟然只有一条公路,一条山道。"

"可真是选了个好地方。"布罗根接口。

"我刚和总统谈过。"德克斯特说。

他顿了顿,身子向后靠去。韦博瞪着他,心里暗想:除了这个,他到底还能干什么? 修剪花园里的玫瑰花? 德克斯特没有避开韦博的目光。他身材矮小,肤色黝黑,看起来仿佛脑子里每时每刻都在从各个角度考虑每件事情。

"有什么结论?"韦博问。

"美国一共有六千六百万名持枪者。"德克斯特说。

"那又怎样?"韦博反问。

"我们的分析员认为,他们彼此惺惺相惜。"德克斯特回答。

"什么分析员?"韦博不解。"还有,惺惺相惜是什么意思?"

"这么说吧,前段时间我们做了个民意调查,"德克斯特解释道。"我们没有给你发过副本吗? 调查结果显示,每五个成人中就有一个愿意拿起武器对抗政府,如果情况紧急的话。"

"继续说。"韦博说。

"还有另外一个民意调查,"德克斯特接着说。"问题非常简单,要求受访者立刻本能地做出回答。问题是,你认为谁是正义的一方,政府还是民兵团?"

"结果呢?"韦博问。

"一千两百万人选择支持民兵团。"

韦博盯着他,只等他继续解释。

"所以结果就是,"德克斯特说道。"有一千两百万到六千六百万之间的选民。”

"他们又怎么了?"韦博问。

"你有没有想过这些人都在哪里,哈兰?"德克斯特反问。"你在华盛顿、纽约、波士顿或者洛山矶肯定找不到他们。他们并非平均分布,有些地方人数非常少,让你觉得他们只是一小撮精神不正常的偏执狂。但是在另一些地方,他们占了大多数,绝对正常。"

"所以呢?"他问。

"有些地方整个郡都在他们的控制之下,"德克斯特说。"甚至整个州。"

韦博直直看进他的眼底。

"看在上帝的分上,德克斯特,我们这儿要谈的不是政治,"他说。"而是霍莉。"

德克斯特环顾了一圈小小的白宫房间。墙壁呈现出淡淡的乳白色,每次总统换届的时候都会重新再粉刷一遍。仿佛一位艺术鉴赏家似的,他意味深长地笑笑。

"很不幸,一切都是政治。"他说。

"是霍莉。"韦博不放弃地又强调一遍。

德克斯特非常轻微地摇摇头。

"你太激动了,"他说。"想想那些感情色彩浓重的词,爱国、抵抗、镇压、地下、抗争、压迫、个人、不信任、起义、反抗、革命、权力,举不胜举。这些词气势十足,更有深意,尤其在美国这个语境下,对不对?"

韦博固执地摇摇头。

"绑架妇女有什么气势? 有什么深意?"他反驳。"非法持有武器、非法组建军队、非法偷窃炸药有什么气势? 有什么深意? 这根本和政治无关。"

德克斯特同样以摇头作答。

"每件事都有可能变得与政治有关,"他说。"想想卢比·瑞奇的那件案子①,哈兰,再想想瓦克镇惨案②。刚开始都和政治无关,对不对? 可很快

---

① 这里指的是一九九二年联邦调查局出动大批人力围攻民兵领袖韦弗在爱达荷州卢比·瑞奇郡的住家,激战中韦弗的妻子与孩子皆被杀。

② 瓦克镇惨案指的是一九九三年联邦调查局包围得州瓦克镇,将宗教放任主义的大卫门徒教会封锁五十一天,最后用易燃的瓦斯投射器将他们集体焚毙,死亡者达八十人,而后警方伪称他们是集体自焚。

181

就牵扯不清。那两件事儿让我们失去了全国六千六百万选民的支持,简直蠢透了。所以如果我们做出过激反应,反而正中蒙大拿那帮匪徒下怀。他们打的如意算盘就是,只等我们毫不留情地报复他们,人民就会对我们反感,继而完全倒向他们那一边。所以要是我们真的这么做,无异于一脚踩进他们的圈套。整件事儿看起来就会像中央政府仗势欺人、以大欺小似的。"

屋内陷入一片沉默。

"民意调查的结果建议我们必须换一个更好的方法,"德克斯特继续说。"我们也正在努力、非常努力地想找到更好的办法来解决这个问题。可如果仅仅是因为这次卷入的是霍莉,政府就放弃努力,那又会给选民什么印象?尤其是现在,国庆假期?你难道不明白吗,哈兰?仔细想想后果,还有那些诸如报复、自私、复仇、徇私、一个会见诸报端的词汇,哈兰。最后再想想这样的舆论词汇会对我们的选民支持率产生什么样的影响。"

韦博瞪着他,感觉乳白色的墙壁向他倾压过来。

"看在上帝的分上,我们谈的是霍莉,"他挣扎着开口。"而不是什么选民支持率。再说,将军会怎么想?总统先生有没有对他说过这些?"

德克斯特摇摇头。

"这些话我都对他说过,"他答道。"亲自说的,不止一遍。他几乎每个小时都打通电话来。"

韦博心里暗想:现在总统估计连约翰逊的电话都已经不接了。全是德克斯特一人说了算。

"结果呢?"他问德克斯特。

德克斯特耸耸肩。

"我认为他明白这个道理,"他说。"但是,当然,现在他的任何判断都不可能公正无私。他已经急得快疯了。"

韦博沉吟片刻。官场浸淫多年,他深深明白一条道理,如果你不能打败他们,只能加入他们,逼迫自己用他们的方式思考。

"但要是能把她救出来对你们也有好处,"他试图说服对方。"很大的好处。政府会显得强硬、果断、忠诚,不轻易妥协。说不定选民支持率不降反升。"

德克斯特点点头。

"你说的我都同意,但这是场赌博,对不对?一场赌注是大多数选民票数的大赌博。速战速决最好,可要是失败将会是一场灾难。而现在这个阶段，我怀疑你们能不能速战速决。现在这个阶段，你们的准备并不充分，所以或许我会赌你们失败。"

韦博目不转睛地盯着他。

"嘿，哈兰，我没别的意思，"德克斯特急忙申辩。"我必须考虑到所有后果，这是我的工作，不是吗？"

"那么你到底想说什么？"韦博问。"我要求人质解救部队必须即刻到位。"

"不行。"德克斯特回答。

"不行？"韦博几乎不敢相信自己的耳朵。

德克斯特坚定地摇摇头。

"不予批准，"他说。"起码在现阶段。"

韦博什么都没说，只是盯着他。

"我必须得到批准。"他说。

又一次，屋内陷入沉默，几分钟之后，德克斯特别过眼光，对着韦博座位左边的白墙开口说：

"现在整件事情由你亲自负责，明天开始放国庆假。要是还有问题，周一再来找我谈。"

"现在就有问题，"韦博急忙说。"而我现在就在跟你谈。"

德克斯特又摇了摇头。

"没有，你没有，"他否定道。"今天我们根本没见面，我也没和总统谈过话。我们一点儿不知道今天发生了什么，哈兰，一切等到下周一再说，要是还有问题的话。"

韦博静静坐在那儿。他并不鲁钝，可此时此刻，他实在说不清刚刚接手的任务究竟是烫手山芋还是能让他平步青云的通天梯。

一小时后，约翰逊同他的副官到达布特市。他们从彼得森空军基地出发，乘直升机直达银弓镇机场，快到时在飞机上给米罗塞维奇打了电话。米罗塞维奇接到电话即刻驾驶当地吉普公司提供的一辆两年车龄的大切诺基吉普开往机场。回程的路上所有人都一声不吭。到达后，副官从随身携带的公文包里拿出几张地图和各色图表，与约翰逊讨论起来。地图、图表在两人手中递来递去，间或互相点点头，默契得仿佛无须更多言语。

市政大楼二楼只有两把椅子的房间里挤了五个人，霎那间显得十分拥挤。惟一一扇窗户面朝东南，正对大街，但所有人都本能地不停将视线投向窗户对面的墙壁。因为霍莉正在另一端的两百四十英里之外。

"我们得到那儿去。"约翰逊将军说。

副官点头附和。

"留在这儿确实没用。"他说。

麦格洛斯早就下定决心，不会同他俩争执到底应该听谁的，毕竟约翰逊是他属下的父亲。老人此时的焦急心情可以理解，所以他不会浪费时间和精力来争论这儿到底该谁说了算。而且他需要老人的帮助。

"我们得分享资源，"他向约翰逊提出。"至少在现阶段。"

将军沉吟了一会儿，最后慢慢点点头。华盛顿的立场他能猜到，所以相当准确地理解了麦格洛斯的这项要求。

"我手头并没有太多可用设备，"他回答。"国庆假期，全国七成半的军人都在放假。"

沉默。轮到麦格洛斯理解约翰逊的回话。他慢慢点点头。

"没办法取消休假？"他问。

将军摇摇头。

"刚和德克斯特通过话，"他答道。"德克斯特和总统谈过了。看来这件事儿得拖到下周一。"

蓦地，拥挤的房间沉寂下来。将军的女儿深陷囹圄，而白宫谋士竟然在耍政治手腕。

"韦博那儿得到的也是同样的回话，"麦格洛斯说。"甚至现在都不能命令人质解救部队到位。现阶段我们三个只能靠自己了。"

将军朝麦格洛斯点点头，仿佛在说：你我开诚布公，一旦失败，需要承担的后果是什么我们都很清楚，因此只能紧密合作。

"当然，有备无患总归无妨，"将军说。"德克斯特肯定也心知肚明，军队里的秘密行动并不鲜见。我正打算调派一些人手，不过我们的德克斯特先生永远不需要知道。"

屋内的气氛稍许缓和几分。麦格洛斯朝将军投去询问的目光。

"一支机动部队已经在路上了。"将军答道。

他从副官手中拿过一张图表，在桌上摊开。

"我们在这儿碰头，"他指了指地图上蒙大拿州西北角一处离约克镇不远，正好处在通往约克镇公路的一处较宽的弯道，离溪谷上的木桥大约六英里。

"卫星装载卡车正朝那儿开,"他说。"我想我们可以到那儿设立临时作战指挥部,然后把后面的路全封上。"

麦格洛斯纹丝不动地看着地图,心里明白要是答应,就等于把全副控制权拱手让给了军方,要是不答应,就是在拿他的属下、将军女儿的性命在开玩笑。突然,他发现将军手指的地方向北约半英寸是个更好的位置,那儿的公路骤然变窄,南北方向都是直路,视野开阔,特别适合设置路障,更加适合设立指挥部。他非常奇怪将军怎么没有指出那个地方,可蓦地他明白过来,感激之情涌上心头。将军实际上早就发现了那个位置,但他给麦格洛斯机会,让他指出来,给他留面子,表明他并不想取得全副控制权。

"我觉得也许这个地点更好。"麦格洛斯说道。

他用铅笔点了点略北的位置,将军佯装仔细研究,副官佯装非常惊讶。

"想得好,"将军赞道。"赶紧改变碰头地点。"

麦格洛斯笑笑,心里一片通透:卡车肯定已经朝那儿进发,说不定都已经到了。将军回应地冲他咧咧嘴。第一回合完毕。

"侦察机能让我们看到什么?"布罗根突然问。

"什么都能看到,"将军副官回答。"别急,很快照片就来了,那些宝贝儿上的摄像机绝对会给你大惊喜。"

"我有点儿担心,"麦格洛斯插口道。"会不会打草惊蛇?"

副官摇摇头。

"他们根本不会发现那些飞机,"他解释道。"我们派出两架侦察机,一架从南向北,一架由北向南,都是直线飞行。而且在三千七百英尺的高空,地上的人根本不可能发现。"

"那已经有将近七英里了,"布罗根十分吃惊。"这么高能拍到些什么?"

"飞机上安装的可是顶级摄像机,"副官说。"七英里的高度根本不在话下,连人行道上的一包香烟都能照下来。整个过程是全自动的,对准选择的地点就行,飞行员只需轻轻按一下按钮,想拍什么尽数收入。高清晰的画面通过卫星传输出去,拍好以后飞机掉转方向,摄像机就会旋转角度从头再拍一遍。"

"不会被发现吗?"麦格洛斯尚存怀疑。

"看起来和普通民航客机无异,"副官说道。"你要是抬起头看见飞机飞过的水汽尾迹,肯定只会以为是一架普通的 TWA 飞机,绝对不会想到是空军侦察机来检查你早上有没有擦皮鞋,对吧?"

"别看有七英里高，他们头上的头发一根都不会少，"约翰逊补充道。"否则你以为国防部每年那么多预算花到哪儿去了？给庄稼洒农药去了？"

麦格洛斯点点头，尴尬得仿佛身上的衣服都被剥光了。此时此刻，他除了几辆租来的两年车龄的吉普，其他什么都贡献不了。

"我们的人正在研究那个姓鲍肯的家伙，"他只好说。"希望宽提科的心理专家们能尽快得出些有用的结论。"

"我们也找到了杰克·雷切尔的老上司，"约翰逊说。"他早就调到五角大楼工作了。他会尽快赶来，但愿能帮上忙。"

麦格洛斯点点头。

"先知先戒备，防患于未然。"他附和道。

蓦地，电话响了起来。约翰逊的副官靠得最近，顺手拿起听筒。

"我们什么时候离开？"布罗根问。

麦格洛斯注意到这个问题是直接向约翰逊提出的。

"马上，"约翰逊答道。"空军会派飞机把我们送到那儿，省了路上的六个小时，对不对？"

这时，副官脸色苍白地挂上电话，仿佛刚被毒打一顿。

"导弹部队失去联系，无线电通讯在约克北部中断。"他说。

31

霍莉走上走廊，微微一笑。那名妇人的枪斜靠在门外墙上。当时她拿钥匙开锁后没有立刻开门进来而是停顿了片刻，估计是放下托盘、把枪支在了墙根，再拿起托盘后才推门进屋的。

她撂下铁管，拿起那把枪。一把小型的半自动英格拉姆 MAC-10 式冲锋枪。这款冲锋枪早就过时，并非称心的武器。霍莉以前在宽提科培训时，班上同学开玩笑地给它起了个绰号，"电话亭冲锋枪"，原因是准度实在太差，你必须和你要瞄准的家伙关在一间电话亭里才不会失了准头。黑色幽默。而且这款枪转速奇快无比，一分钟转一千转。换句话说，只消轻碰一下扳机，弹夹立时就空了。

不过和一根从铁床上拆下来的破管子相比，眼前的冲锋枪已经好太多了。她检查了一下枪膛，满满三十颗子弹。枪管擦拭得一尘不染。她又轻扣一下扳机,咔嗒一声,一切正常。她把弹夹顶回原处,调整了一下帆布枪带,斜跨在肩膀上,然后一手握住冲锋枪做射击状,一手撑着拐杖,朝楼梯口慢慢挪去。

她站在楼梯口侧耳听了片刻。四下阒寂。接着她一步一级地慢慢走下楼梯,等到了最后一级,又停下来听了一下动静。依旧一片寂静。穿过大厅走到门口,轻轻推开大门,朝外张望了一下。

宽阔的马路上空无一人,看上去就像城里宽敞的林荫大道,走到街对面找到藏身处得花好几分钟。换句话说,会有好几分钟她将暴露在马路当中,山坡上有人的话绝对躲不过去。她估算了一下距离,深吸一口气,拿起拐杖、端起冲锋枪。又深吸一口气,单腿朝马路对面跳过去,左右横扫冲锋枪掩护自己。

跳过马路,她猛提一口气,朝市政办公楼残留的石墩扑过去。接着她绕过大楼,拨开恼人的灌木丛,进入树林朝北走去。此刻她的路线与主要的林中小径平行,间隔三十码的距离。她斜倚在一棵大树上,弯下腰,大口喘着气,又累又怕,却又兴奋无比。

这一切是她一辈子都渴望经历的,竟然在此刻成真。她脑海中仿佛响起父亲讲过的那些战斗故事。越南的热带雨林,在灌木丛中逃避追捕时的恐惧,每踏出一步后的胜利感受。小时候在基地里见过的一张张军人的坚毅面孔和宽提科教导员的脸庞在她眼前一一掠过,回想起自己当时得知被安排到芝加哥做文职工作时有多么失望,只因为她的特殊身份,所有的训练与努力都付之东流。可是现在,一切都不一样了。她挺直身体,深呼吸,再深呼吸。军人的基因在血液里沸腾。之前,她一直痛恨自己的出身,可是现在,她感觉到从父亲那里继承的一切都那么温暖,那么亲切。人们怎么说来着?虎父无犬女,不是吗?

此时此刻,雷切尔正被绑在一棵百来英尺高的松树上。他被一路拖到阵地,满腔怒火几乎要冲破他的胸膛。一拳一脚并不能把他怎么样,愤怒已经淹没了身体的疼痛,甚至让他脑中一片模糊。一命偿一命,那个肥杂种当时说。雷切尔蜷成一团躺在地上,并没有立刻理解他的意思。

可是现在那句话的意思渐渐明了。这时,男男女女陆陆续续过来,每个人的脸上都挂着一抹熟悉的笑容,那种他很久以前就见过的笑容。住在偏僻基地里无聊的孩子听到马戏团到镇上来时,露出的恰是这种笑容。

　　她绞尽脑汁想猜出他此刻的位置。可首先她得猜出阅兵场的具体方位，这样她就可以躲在半路伏击。印象中那块围着几栋小屋的空地似乎是建在一处上坡上，当时她是被带下山去法院楼的。况且阅兵场顾名思义，应该是一处空旷的场地，所以应该在小屋西北方向的山上，那儿的地势更加平缓。思及此，她开始朝山上走去。

　　每隔几码她就停下来向南张望，找到树冠中的一道空隙，因为那条主要山路上的树都应该被砍去，所以她推断出空隙的位置就是山路的方位。她沿着山路北面行进，尽量与山路保持平行，间隔三、四十码的距离。鞭子似的灌木从树桩上斜出横逸，给她制造了不小的麻烦。不仅如此，一路上坡，坡度还挺陡，也让她走得非常辛苦。她就像撑船的船夫，把拐杖牢牢插进土里，再借力向前。

　　从某方面来说，受伤的膝盖反而帮了她大忙，因为她不得不慢下来，每一步都小心翼翼，所以没什么声响。况且她原本就知道怎样不弄出动静。当然，并非来自宽提科的训练。宽提科的训练注重在城市作战，只教他们如何在马路上或昏暗的建筑里跟踪目标。可如何穿过密林却来自更深一层的记忆，那些从小就听熟了的越战故事。

　　人来人往。不出一刻钟，十五、六个人已经围了上来。其中大多是男人，围成半圆站在他对面，漫无目的，就像车祸现场在警方黄线外伸长脖子拼命张望的无聊看客。没有一个人说话，也没什么表情，只是安静地盯着他。他逐一扫视众人，目光在每人脸上停留几秒，同时拼命抬起捆在身后的双臂，时刻准备好，只要一有人挑衅就踢出双脚。

　　第一个岗哨她并不是看见的，而是先闻到的。哨兵叼着根香烟，朝她藏身的方向踱过来。香烟味夹杂着几天没洗澡的酸臭味倏地钻进她的鼻子，她赶紧悄悄躲进右边的树丛，直等对方走下山，消失在视线外。

　　第二个岗哨听见了她的脚步声。她能感觉到，他停下脚步侧耳倾听。她连忙停下，内心十分挣扎，打不定主意是否该用上手上的英格拉姆。那把枪实在太不准，肯定会打偏，而枪声又会暴露她的行踪，后果不堪设想。思及此，她弯下腰捡起两块小石头。投石问路，父亲从小就教给她的丛林生存法则。她朝左前方二十英尺处投出一块石头，稍等片刻，又朝三十英尺的地方投出第二块。哨兵听见左边的动静，朝那儿走过去查看。一等他向左走去，她赶紧右转，在树林里绕了一大圈后继续朝山上爬去。

福勒从人群外挤了进来，面对面站在他跟前，一对眸子定定地盯着他。接着六名卫兵从人群中走出来，其中五人端着步枪，最后一个手上拿着一截铁链。福勒往旁边一让，五杆步枪齐刷刷对准雷切尔的腹部。雷切尔低头瞟了一眼，保险栓都已打开，全部设为自动连发状态。

"时间到了。"福勒说。

他走到粗壮的树干后。雷切尔感觉自己的手铐被解开，自觉地向前倾身。枪口也跟着前倾。接着他的手上再次被铐上连着那截铁链的手铐。福勒拽着铁链把雷切尔拖过阵地，五名卫兵倒退着走在他们前面，步枪枪口距离他的头只有一英尺。人群自动分开，中间留出一条通道，雷切尔经过时他们交头接耳，甚至发出阵阵嘘声。须臾，人群散开，向山上的阅兵场疾步跑去。

她终究没有逃过第三个岗哨。受伤的膝盖拖累了她。她来到一处高石前，因为伤腿没法从正面爬上去，只好背对着岩石先坐上去，再抬起没受伤的腿，借助拐杖的力道把身体提上去。费了好大劲她才爬上石头，打了一个滚，累得气喘吁吁，然后努力撑起身子，一抬眼却出其不意迎上哨兵的脸。

一刹那，她被恐惧击中，脑中一片空白。而他却毫不惊讶。当时他就站在高处，亲眼看着她一寸一寸吃力地爬上岩石。所以他毫不惊讶。但是他反应太慢，尤其面对像霍莉这样的对手，他应该更快地做出反应。还没等哨兵回过神，霍莉就以迅雷不及掩耳的速度出手。她几乎没多想，就抡起拳头直捣哨兵的下腹部。对方应声弯腰。霍莉伸出左臂，圈住他的脖子，再抬起右前臂猛击他的后颈。咔嚓一声，他的脊椎碎了，身体软软地瘫下去。她没有就此罢休，而是伸出双掌罩在他的双耳处，左右猛扭两下，直至他的脊索完全断裂。她转身放手，尸体顺势跌下山坡，软绵绵的四肢连连打在沿路山石上，上下挥摆。突然，她轻咒一声。应该拿走他的步枪的，那绝对比十把英格拉姆管用。可现在根本不可能再下山把枪捡回来，时间来不及了。

阅兵场人头攒动，黑压压站了一片。雷切尔扫了一眼，猜想约摸有一百来人，男男女女全都身穿制服，荷枪实弹，手上、身上的武器足够开个兵器展，震慑效果十足。每个人的左肩都挂着上了膛的自动步枪或机关枪，皮带上还别着手枪，装满子弹的弹药袋里挂着好几颗手榴弹。很多人脸上还抹

了几道夜行军的油彩。

他们身上的制服改自美国军服，迷彩夹克、迷彩长裤、丛林长靴外加军便帽，全是雷切尔先前在仓库看见的衣服。但是每件制服上还多了件东西，是一个肩章，栗色丝线缝着"蒙大拿民兵团"几个花体字。此外，每人胸前口袋处都别着一个橄榄绿色的名牌，其中一些人还别着一颗星，应该表示某种军衔。

波·鲍肯站在空地西边一个倒扣的木箱上，庞大的身躯衬着身后茂密的树林，赫然傲立在众人之上。一看见福勒和士兵押着雷切尔从树林里走出来，他大声命令道：

"立正！"

百来个民兵即刻遵命，人群中传来一阵悉簌声。微风夹带着浓重的帆布味扑面而来，雷切尔意识到是一百套军服的味道。鲍肯抬起肿胀的手臂，挥了挥，福勒会意，拖着雷切尔走到人群前方。士兵一把拉过他的肩膀，把他推到木箱左边，面对人群。

"我们都知道大家为什么聚集在此。"鲍肯提高声音，对众人说。

她说不清自己走了多少路，感觉有好几英里。如今已经爬了几百英尺的高度，却还是被困在密林深处。幸好她还没有迷路，始终与左手方向的那条主要山路保持四十英尺间距。时间一分一秒地过去，恐惧越来越甚，她紧抓住拐杖，以最快速度朝西北方向移动。

蓦地，前方茂密的树木空隙间现出一栋小木屋，石阶前灌木繁盛。她蹑手蹑脚靠近木屋，停下脚步仔细听动静。除了她自己沉重的呼吸，其他什么也没有。她拿起拐杖，端着英格拉姆，一瘸一拐地走上台阶，转进木屋一角，朝周遭张望一圈。

这儿正是前天晚上到达的空地。空地相当宽阔，几栋木屋围了一圈。此时此刻，空地空无一人，显然人群刚刚散去。她从木屋后面走出来，拐杖当做支撑点，小心地向空地中心挪移，英格拉姆手枪左右横扫，以防突然窜出敌人。什么人也没有。

眼前出现了两条小路，一条向西，另一条较宽的向北延伸下去。她选了向北的那条，重新走入密林。此时她也顾不得轻手轻脚，一门心思以最快速度赶路。

"我们都知道大家为什么聚集在此。"鲍肯再次大声重复一遍。

众人一阵悉簌低语。雷切尔的视线扫过前排的看客。史迪威正站在第一排，胸口别着一颗五角星勋章。看来小史迪威成军官了。站在旁边的是约瑟夫·雷。突然他意识到杰克逊不在场，没瞧见长疤的脸。他又扫视了一遍，一处不漏，可仍然没有发现。随即他差点儿笑起来，赶紧咬紧牙关。棒极了，杰克逊藏了起来，霍莉说不定真能逃出去。

她的目光越过百来个人头，一眼就认出站在鲍肯旁边的雷切尔。他双臂反扭在背后，正面无表情地扫视人群。鲍肯的声音传了过来：我们都知道大家为什么聚集在此。她心里暗暗回答：那还用说，我当然知道我为什么在这儿。知道得非常清楚。她的目光左右逡巡一番，一百个士兵、步枪、机关枪、手枪、手榴弹尽收眼底。鲍肯站在倒扣的木箱上，挥动双臂，雷切尔则无助地站在一旁。她隐身站在林间，紧张得心脏几乎要跳出胸腔。接着她深吸一口气，举起英格拉姆，调到单发状态，朝天扣动扳机。瞬间，震耳的枪声从林中传出。接着又放了一枪。然后是第三枪。三颗子弹飞到了天上，枪膛里还剩二十七颗。于是她重新调到自动射击状态，平端手枪，慢慢向人群移动过去。

她缓缓穿过人群，一百个人自动分开，让出一条路，神色戒备地望着她。她一走过，人们即刻端起各自身上的武器瞄准她的背后。百来支枪同时上膛，在她身后造出一波声浪。当她走到前面时，一百支蓄势待发的枪已经全部齐齐对准了她的后背。

"不许开枪！"鲍肯尖声命令。"我命令你们不许开枪！"

他一脸惊慌地跳下木箱，张开双臂趔趔地朝她跑过来，庞大的身躯瞬时遮住了霍莉。没人开枪。霍莉避开他，转身面对人群。

"见鬼，你来这儿干么？"鲍肯冲她尖叫。"你以为你能用手里的玩具枪打死一百个人吗？"

"不能。"她平静地回答。

说罢，她掉转英格拉姆的枪口，对准自己的胸口。

"但是我能打死我自己。"她又加了一句。

32

广场上鸦鹊无声，甚至连呼吸声都已经被四周远山的沉默所吞噬。每双眼睛都一眨不眨地盯着霍莉,英格拉姆的枪口正对心脏,拇指紧张地扣住扳机。鲍肯肿胀的脸因为恐惧扭作一团,瞪大眼睛盯着霍莉,庞大的身躯不自主地剧烈颤抖,在木箱边来回踱步。相反,霍莉十分平静,毫不避讳地迎向鲍肯的目光。

"我是你的人质,对不对?"她问。"我的身份让我对他们、对你、对所有人都非常重要。你希望他们为了让我活命会听你的指挥,所以现在轮到你来说说为了让我活命,你愿意做些什么。"

鲍肯看见她瞥了一眼雷切尔。

"你不明白,"他焦急辩解道。"我没想杀他,他不会死,事情有变化。"

"变成怎样?"她平静地问。

"我正打算为他减刑,"鲍肯的声音仍然因为恐惧而颤抖。"所以才让大家到这儿来,我正打算宣布来着。我们已经知道他的身份,刚刚发现的。才得到消息他以前当过兵,军衔少校。还是一个得过银星勋章的战斗英雄。"

"那又怎么样?"霍莉问。

"他救了许多海军陆战队士兵的命,"鲍肯急忙回答。"在贝鲁特。他冒着危险把一帮海军陆战队士兵从燃烧的大船上救了出来。所以只要他在这儿,海军陆战队士兵就不会攻击我们。绝对不会。我打算也把他扣作人质,这样就可以制约该死的海军陆战队。我需要他。"

她与雷切尔交换眼神。

"所以他的刑罚减轻了,"鲍肯又强调一遍。"只罚五年劳役。仅此而已。没有其他。不用怀疑,我需要他活着。"

仿佛一个满怀希望的推销员,他兴奋地盯着她,好像在说,瞧,问题解决了。她把目光投向雷切尔,而后又看看他。雷切尔瞥了一眼人群。此刻怒气在人群中酝酿——马戏团竟然离开小镇,没好戏看了。雷切尔感觉所有人都向前跨了一步,朝他逼近过来,仿佛在试探鲍肯到底有多认真。霍莉迅速瞥了他一眼,眼神里难掩惊恐,接着她非常轻微地点了点头,仿佛在说,无论发生什么她都不会出事,她的身份就像一把无形的神奇保护伞。雷切尔点头回应,接着转身,粗略计算了一下自己和树林之间的距离。大约二十英尺。推开前面的福勒,拽过铁链,然后发足狂奔,也许能赶在他们举枪之前就跑到树林里。短短二十英尺,用推开福勒的反作用力起跑,也许只需四、五步,最多三秒,或四秒。只要一进树林应该就能避开飞来的子弹。脑海中闪现出飞奔的景象,子弹嗖嗖飞过,他敏捷地躲开,子弹嵌进身旁的树干。

密林是逃亡的天生盟友,能打中在树林中狂奔的目标运气成分居多。他把重心移到另一只脚上,小腿肌肉绷紧,肾上腺素急速分泌。搏斗,还是逃亡?千钧一发的时候,鲍肯突然张开双臂,仿佛展开一对天使的翅膀。炯炯目光扫过人群。

"我已经做了决定,"他大声说。"你们难道不明白?"

一段难耐的沉默,足足好几秒。接着一百个人齐齐点头。

"明白,长官。"一百个声音同时回答。

"你们明不明白?"他又大声问了一遍。

一百个人再次点头。

"明白,长官。"一百个声音再次答道。

"五年劳役,"鲍肯大声宣布。"但前提是他得证明自己有真本事。我们得到消息,他是历史上惟一一名赢得海军陆战队射击比赛的非海军陆战队士兵,还能连续六发子弹射中一千码开外的硬币。所以我决定,我和他来一场射击比赛,八百码射程。只要他赢,我保证他毫发不伤。可要是他输了,他就得没命。你们明白吗?"

一百个人又点头。

"明白,长官。"一百个声音答道。

人群中再次传来嗡嗡的交谈声,这回兴趣上来了。雷切尔心里暗笑,聪明的决定。他们想看好戏,鲍肯就演一出好戏给他们看。福勒从口袋里掏出钥匙,解开他的手铐。铁链哐啷一声掉在地上。雷切尔松了口气,揉了揉发酸的手腕。

接着福勒走到霍莉面前。她迟疑了很久,目光扫向鲍肯。他点点头。

"我说话算话。"他尽量摆出一副高姿态。

她的目光又投向雷切尔。雷切尔耸耸肩,微一颔首。她点头回应,低头看看手中的英格拉姆,咔嗒拉上保险栓,解下枪带,笑了笑,把手枪扔在地上。福勒弯腰捡起手枪。鲍肯举起手,示意大家安静。

"大家散开,"他高声喊道。"留出空间,有序地离开。"

霍莉吃力地走到雷切尔身边。

"你得过温布登冠军?"她的声音仍旧平静。

他点点头。

"那这回能赢吗?"她问。

他又点点头。

"不用怀疑。"他答道。

"你觉得这样合适吗?"她继续平静地问。"他那样的家伙肯定不乐意被当众打败。"

雷切尔耸耸肩。

"既然他想好好表现,那我就顺他的心意,"他答道。"你这么一折腾,他有些乱了阵脚。我希望他就这么乱下去,下面的路还很长,这对我们有好处。"

"那好,你自己小心。"她说。

"没问题,看我的。"雷切尔答道。

人们把两个全新的枪靶并排放在射程最远处,鲍肯的枪靶在左,胸口上写着 ATF,而雷切尔的枪靶在右,心脏处写着 FBI。草垫拉到最后,留出最远的距离,雷切尔琢磨足有八百三十码,再加五十码就有半英里了。见鬼,真够远的。

看客围成半圆站在草垫后面,近处的枪靶都移到树丛里,清出视野。有几个人甚至拿出望远镜。人群慢慢安静下来,屏息凝神地期盼下面的精彩比赛。

福勒走到下面空地边的弹药库,拿回两杆步枪,一杆给鲍肯,另一杆递给雷切尔。两杆枪一模一样,都是点 50 英寸口径的巴雷特步枪,单一杆的价钱就抵得上一辆家用小汽车。枪管将近四英尺长,重量大约二十二磅,闩锁式连发步枪。半英寸直径的子弹与其说是步枪的子弹,不如说是炮筒里打出的炮弹。

"每人一个弹夹,"鲍肯说。"打六枪。"

雷切尔接过枪,放在脚边。小史迪威指挥着人群退后,清出草垫旁的空间。鲍肯查看了一下自己的那杆步枪,装入弹夹,拉出两脚架,轻轻地把枪放在草垫上。

"我先来。"他说。

他跪下来,费劲地趴在枪后,拉近枪托,调整到合适的位置,然后把两脚架向左扳一英寸,又把枪托向右轻撞,闩锁被击打得噼啪作响。最后他完全趴在地上,下巴搁在枪托处,一只眼对准瞄准镜。约瑟夫·雷从人群中走出来,主动把自己的望远镜递给雷切尔。雷切尔沉默地点头致谢,接过望远镜。鲍肯的手指一屈,射出第一发子弹。

巴雷特的枪口剧烈震动起来，霎时间扬起一阵尘土。随着一声爆响，子弹倏地窜入远处的林间，隔了好几秒，回声隆隆传来。一百双眼睛从鲍肯身上齐刷刷转到远处的枪靶。雷切尔拿起望远镜，对准八百三十码外的枪靶。

没打中。枪靶丝毫未损。鲍肯朝瞄准镜窥视一下，撇撇嘴，继续蹲下身，等尘土散去。雷切尔目不转睛地盯着他。鲍肯只是等在那儿，调整呼吸，放松，接着手指一屈，射出第二发。轰地一声，枪口再次震动，尘土随之扬起。雷切尔拿起望远镜。这回打中了，枪靶的右肩处出现一个小洞。

人群中传来一阵窃窃私语，望远镜传来传去。须臾，尘土散去，场地上再次变得鸦雀无声。鲍肯第三次射击。这回他太快了，身体还没稳住就开了枪。雷切尔眼看他犯了这样的错误，所以不用望远镜也知道那颗半英寸的子弹肯定已经飞到了九霄云外。

又响起一阵交头接耳的嗡嗡声。鲍肯冲瞄准镜看了看。雷切尔看出，他已经乱了阵脚，适才的轻松已消失殆尽，肩膀过度紧张。砰！第四枪。雷切尔把望远镜递回给约瑟夫·雷，不需要了，不用看他也知道鲍肯下面几发肯定都打不中。那种状态下，就连四百码、甚至两百码也无法命中。说不定就连房间对面也打不中。

鲍肯连续打出第五枪、第六枪，最后慢慢站起身，拎起步枪，对准瞄准镜。结果大家都已经知道了。

"打中一枪。"他说。

说罢，他放下步枪，瞥了雷切尔一眼。

"该你了，"他说。"生死在此一举。"

雷切尔点点头，接过福勒递来的弹夹，塞进一颗子弹检查弹簧。子弹轻轻弹回。锃亮的子弹显然经过手工打磨，是狙击枪专用的那款。他弯腰拎起沉甸甸的步枪，倒竖枪杆，装进弹夹，却并没像鲍肯那么用力，而只是用手掌轻轻把弹夹顶了进去。

他依次拉开两脚架，固定好，抬头望了望远处的枪靶，把步枪放在草垫上，在一旁蹲下，最后趴下身，一连串的动作宛如行云流水般毫无滞疑。他双手握住步枪，一动不动地趴在那儿。此时，他真希望能多趴一会儿。他实在太累了，筋疲力尽。但是很快他回过神来，下巴轻轻靠在枪托上，慢慢移动左肩靠近枪托，伸出左手轻扶住枪管，手指搁在瞄准镜下，接着右手放在了扳机旁，右眼对准瞄准镜，最后吐出一口气。

远程射击的成败取决于许多因素。它从化学作用开始，接着是机械工

程，然后还包括光学、地球物理、气象条件。当然统领一切的是人体生物学。

化学作用决定子弹爆炸。装载在弹壳里的火药必须遵循预计方式、一秒不差地强力爆炸，这样子弹才能以最快速度穿过枪膛。半英寸直径的子弹整整重两盎司，一分不少，一分不多。前一分钟它还静静躺在枪膛里，可千分之一秒后，它已经以近乎一千九百英里的时速向枪靶飞去，远远把枪管甩在了后面。所以火药必须完全爆炸才能释放出如此强大的推力。这种化学作用可谓奇妙，同样，这种爆炸也一定是世界上最完美的爆炸。

下一阶段起作用的就是机械工程了。子弹本身必须是一件完美的作品，甚至需要比珠宝更加精雕细琢。子弹大小必须完全一致，重量也不能有丝毫差池。完美的弧度、完美的流线型，这样才能承受在枪管凹槽中的剧烈旋转，才能不带任何阻滞、任何摇摆、任何偏斜，嗖地飞离枪口。

枪管必须是完全的直线，要是因为上一发子弹的热力而导致枪管变形，则肯定功亏一篑。所以枪管必须由整块金属打造，这样才不易变形。同时枪管还不能太轻，否则无法稳住闩锁、扳机、撞针连续运动带来的震颤。这就是为何雷切尔手中的那杆巴雷特的价格足以和一辆家用小汽车媲美的原因。也正因为此，雷切尔才用左手轻扶住枪管，尽量抑止余颤。

光学扮演的角色也不容忽视。雷切尔的右眼放在卢波特公司出品的瞄准镜后一英寸的位置。这个牌子的瞄准镜做工精湛，微小的枪靶处在纵横交错的十字线中央。雷切尔聚精会神地盯着枪靶看了半晌，然后放下枪托，枪口朝上一扬，瞬间枪靶消失，一片蓝天浮现在眼前。他呼了口气，凝视着镜中的蓝天。

原因很简单，是因为地球物理的因素。光沿直线行进，可地球上所有事物中也只有光沿直线行进。子弹也不例外。它严格遵从自然法则，运动过程无法摆脱地球曲度的影响。八百三十码的距离，曲度已经不容忽视。子弹钻出枪管，最后降落，整个路线是一条漂亮的高抛弧度，与地球的曲度完美契合。

只不过并非是完美的高抛弧度，因为从子弹钻出枪管的一刹那起，地心引力就像一只小手，不屈不挠地想把它拽下来，子弹压根儿无法摆脱。它只是一颗两盎司重的铜壳小铅弹，尽管时速高达一千九百英里，终究不是地心引力的对手。当然刚开始地心引力并非一帆风顺，但是别忘了，地心引力的最佳拍档——摩擦力——很快就乘虚而入。从子弹钻出枪管的一刹那起，空气的摩擦力阻滞了子弹的运动，给地心引力留出越来越大的作用空间。

结果不言而喻,在摩擦力和地心引力的齐心协力之下,子弹最终还是败下阵来。

所以一开始应该瞄准得高一些,枪靶上方约十英尺左右的位置正好,这样八百三十码的曲度和地心引力的拖曳最终会把那颗小小的子弹送到枪靶红心。

只是直接瞄准枪靶上方也不行,因为你忽略了气象条件。子弹从空气中穿过,而空气总在流动。空气完全静止的情况几乎屈指可数。流动方式也各不相同,上下左右,甚至组合流动。刚才雷切尔注意观察了树上的叶子,发现今天有些刮北风。干燥的气流在他眼前由右向左流动,所以他真正瞄准的位置是枪靶八英尺以右,十英尺以上。他只需扣动扳机,大自然的力量就会把子弹送到预期的位置。

这时惟一的障碍就是人体生物学。狙击手也是人,是人就有肌肉,有肌肉就会颤动。宛如巨大水泵的心脏咚咚跳动,肺叶接连不断地挤出、吸进大量空气,每一根神经、每一块肌肉都会因为零星的能量而颤动。一旦肌肉动一分,八百三十码外的子弹就会移动八百三十分。倍增效应。具体说,射手的轻微震动即使只影响枪口百分之一英寸,子弹最终击中的位置就会离靶心八点三英寸,恰好一个头的宽度。

所以,雷切尔的秘诀就是等。盯着瞄准镜,直到呼吸变得均匀,心跳不再剧烈。接着他手指收紧,又等了片刻。他开始数自己的心跳,一、二、三、四。再等。节奏变得更慢。最后,他卡准心跳间的空隙,手指一勾,扣动扳机。此时身体的震动是人类能做到的最小极限。

他继续等,慢慢长呼一口气,心脏咚地跳了一下,又跳一下。发射!枪托一震,撞上他的肩膀,迅速扬起的尘土挡住他的视线。轰!巨响传到远处山峦,又被山壁弹了回来。人群中一阵骚动。他打偏了,胸口印有 FBI 三个字的枪靶丝毫未损。

等尘土散尽,他观察了一下树叶。正好没风。他深吸口气,等到心跳减慢时再次开枪。步枪一震,再次激起尘土。人群张望了一番,又是一阵低语。还是没打中。

两发都没中。他稳住呼吸,再次开枪。又没中。再开枪。还是没中。这时,他停顿了很长时间,稳住节奏,放出第五枪。同样还是打偏了。人群沸腾了。鲍肯前倾过来。

"全看最后一枪了。"他咧嘴一笑。

　　雷切尔没作声。讲一个字都会打破身体的平稳。呼吸节奏被打乱,肺部、喉咙的肌肉会收紧,这些都是致命的破坏。他又等了一会儿,抓住心跳空隙,咔嗒扣动扳机,打出最后一发子弹。还是没打中。他对着瞄准镜看了看远处的木质枪靶。完好无损。

　　鲍肯一脸狐疑地看着他。雷切尔直起身,拎起步枪,打开枪膛,空弹夹咔嗒一声掉了出来。他重新置好闩锁,伸手细细摩挲起枪托一侧精致的刻纹,然后收起两脚架,把还热乎乎的步枪轻放在草垫上。最后他站起身,若无其事地耸了耸肩。鲍肯盯着他,又瞥了一眼福勒。福勒同样不知所以然。眼前这家伙把命当做赌注,却竟然六枪尽失。

　　"你明白游戏规则。"鲍肯平静地说。

　　雷切尔一动不动,根本没搭理他,只是抬头望着湛蓝的天空。两条飞机的水汽尾迹浅浅划过天际,宛如两道淡淡的粉笔痕。

　　"等等,长官!"约瑟夫·雷突然大叫。

　　他焦急万分地拨开人群,仿佛有重要的话要说。作为民兵团中少数几个肩负真正军事任务的士兵之一,他一向觉得自己能看见别人看不见的东西,并且引以为傲。这是他的优势,让他在某些特殊方面变得有用。

　　他瞥了一眼草垫,趴在了雷切尔刚刚趴的位置,拿起望远镜,闭上一只眼,朝远处的枪靶望过去。他先聚焦到人形的枪靶上,接着稍稍上抬,视线刚好掠过人形枪靶的肩膀。努力眺望了一会儿后,他自顾自点点头。

　　"跟我来。"他说。

　　他站起身,朝枪靶小跑过去。福勒赶紧追过去。雷跑了八百三十码,却没有停下来,甚至连枪靶都没看一眼,向前又跑了五十码。在一百码处,雷双膝跪下,与枪靶和远处草垫保持水平位置,转身,伸出手臂指了指前方。接着他站起身,又向前走了五十码,最后停在一棵大树前。

　　那是一棵孤生白桦树,千辛万苦地生长在一群松树间。树干弯弯曲曲,仿佛它必须经常调转方向才能获得充足的阳光和空气。树干也不宽,最多七、八英寸的直径,但在离地面六英尺的位置却赫然有六个子弹孔。新添的六个半英寸直径的子弹孔。三个子弹孔排成一条长约七英寸的笔直竖线,另外三个在右边排成一条弧线,最上面和最下面的两个靠外,中间的内缩。约瑟夫·雷吃惊地盯着六个弹孔,半晌才意识到眼前图像的含义。他咧嘴一笑。六个弹孔在白色的树干上刻出的是一个漂亮的字母 B,七英寸乘五英寸大小,正好相当于一张圆胖的脸庞。

福勒走上前,转过身背靠在树干上,后脑紧贴住弹孔,拿起望远镜朝远处的草垫望去,暗暗计算:这儿离枪靶一百五十码左右,枪靶离草垫又有八百多码。

"一千码。"他吐了口气。

福勒和约瑟夫·雷并肩走回去。雷迈开步子,每步保持一码左右,边走福勒边数。九百九十步,九百九十码。鲍肯接过雷的望远镜,跪在草垫上,闭上一只眼,朝远处努力张望。他几乎都看不见那棵白桦树。雷切尔能看出他尽力藏住惊讶,心里闷哼一声:你想看好戏,就给你看好戏。喜欢吗,胖小子?

"好吧,"鲍肯终于开腔。"现在倒让我看看你还有多聪明。"

五名卫兵排成一列纵队。杰克逊在的话应该有六个。他们走到雷切尔和霍莉面前,围成一圈。人群安静地散去,片刻之后,嘎吱的脚步声逐渐平息,广场上再无他人。

福勒屈身捡起两把步枪,一手一支走进树林。五名卫兵解下武器,手掌拍在木头和金属上发出一阵哗啦啦的声响。

"好吧,"鲍肯又说了一遍。"现在宣布劳役处罚。"

说罢,他转身面对霍莉。"你虽然有价值,这点活儿也还能干。我需要他帮我完成一件任务,你可以给他搭个手。"

鲍肯带头沿着常走的那条小路向司令室所在的空地走去,五名卫兵押着雷切尔和霍莉跟在后面。走到司令室前,他们停下脚步,两名卫兵出列,拐进储藏室。不出五分钟,他们走出来,一人左手拿着长柄铁铲,右手拿着一根铁锹。另一人则夹着两套橄榄绿的制服,走近递给鲍肯。鲍肯接过制服,转身面对雷切尔和霍莉。

"把衬衫脱下来,"他命令道。"换上这个。"

霍莉盯着他。

"为什么?"她问。

鲍肯微微一笑。

"游戏的一部分,"他说。"要是天黑你们还不回来,我们就放狗。所以需要你们现在衣服上的气味。"

霍莉摇摇头。

"我决不会当众换衣服。"她说。

鲍肯看看她,点头应允。

"我们转身不看就是了。不过你只有一次机会。要是不换,那些男孩儿会非常乐意帮忙的。明白了吗?"

一声令下,五名卫兵随即围成半圆,面朝外面的树林。鲍肯等雷切尔转过身后也转身,凝视着前方的空气。

"好吧,"他说。"开始。"

他们听见钮扣一颗颗解开,布料哗啦啦地摩擦出声,接着,原来的衣服掉在地上,新的套了上去。甚至还听见指甲脆生生地划过钮扣。

"好了。"霍莉咕哝一声。

接下来轮到雷切尔。他脱下外套和衬衫,凉爽的山风吹过,冷不丁打了个激灵。他接过鲍肯手中的干净衣服,马虎地套上。鲍肯满意地点点头。一名士兵把手中的铁铲和铁锹递给雷切尔。这时鲍肯指了指对面的树林。

"朝正西走一百码,"他开始下达命令。"然后再朝北走一百码。到时候你们就会知道该干什么了。"

霍莉看了看雷切尔,他用眼神给予回应,点点头。两人肩并肩走进树林,向正西方向走去。

一等走进树林三十码、可以确定走出鲍肯的视线时,霍莉便停下脚步。她把拐杖插进泥土里,等着雷切尔转身。

"我知道鲍肯是谁,"她说。"我们的档案里有他的名字,和加州北部的一起抢劫案有关。价值两千万美元的无记名债券被抢,运钞车的司机被杀,萨克拉曼多市的调查局进行了调查,但一直没能定罪。"

雷切尔点点头。

"确实是他干的,"他说。"他妈的绝对。福勒亲口承认的。他说他们在开曼群岛的银行有两千万的债券,从敌人手里缴获的。"

霍莉脸色一沉。

"这下就能解释芝加哥的内鬼了,"她说。"银行账户上有两千万美元,鲍肯的贿赂肯定是大手笔。"

雷切尔微微颔首。

"你能不能想到有谁会收受贿赂?"他问。

她耸耸肩。

"每个人都抱怨薪水低。"她答道。

他摇摇头。

"不,"他说。"仔细想想有谁不抱怨薪水的。背后有了鲍肯这座金山,不管是谁肯定不会再为钱发愁了。"

她再次耸耸肩。

"那些不抱怨的人,"她答道。"只是忍气吞声罢了,就像我。不过我猜我和他们不一样。"

他看了她一眼,继续向前走。

"你是不一样,"他重复了一遍。"绝对不一样。"

他的声音渐渐低下去,陷入了沉思。两人沉默地走了十码。雷切尔特地放慢脚步,霍莉一脚高一脚低地跟在他身边。刚才那句话还在脑中盘旋,耳边回响起鲍肯的高喊:她不仅仅是他的女儿。接着又响起她愤怒的控诉:为什么该死的每个人都认为发生在我身上的每件事都只是因为我的父亲是谁? 突然,他停下脚步,目光直射进她的眼底。

"你是谁,霍莉?"他问。

"你知道我是谁。"她答。

他摇头否认。

"不,我不知道,"他说。"刚开始我以为你只是一个普通的姑娘,后来知道你的名字叫霍莉·约翰逊,再后来发现你是个联邦探员,最后才知道原来你是约翰逊将军的女儿。但是鲍肯告诉我不仅如此。他说,你不仅仅是他的女儿。刚才你大闹广场那会儿,他吓得差点尿裤子。所以你绝对是个无价的人质,霍莉。告诉我,你到底是谁?"

她盯着他,叹了口气。

"说来话长,"她娓娓道来。"要从二十八年前说起。我爸爸当时被调到华盛顿,去白宫做副手。升迁快的人都要经过这道程序。他和另一个人成了好朋友,那个人是个政治分析家,正为成为一名国会议员努力。当时我妈妈肚子里有了我,他太太也怀了孕,他们就互相邀请对方做自己孩子的教父教母。所以后来那个人就成了我的教父。"

"然后呢?"雷切尔追问。

"那个人仕途一帆风顺,"霍莉说。"现在还在华盛顿。说不定你还给他投过票。他就是现任美国总统。"

雷切尔继续向前走,有点儿恍惚,但不忘时不时看霍莉一眼。霍莉努力地跟上他的脚步。向西走了一百码左右，他们看见一块光秃秃的大石头。雷切尔和霍莉在此处向北转，迎着微风走去。

"我们这是去哪儿?"霍莉听起来有些焦虑。

雷切尔突然停下脚步。他知道他们是去哪儿了，微风已经带来答案。蓦地，寒气从脚底冒上来，他起了一身鸡皮疙瘩。他低头看了看手里的工具，仿佛以前从没见过似的。

"你待在这儿别动。"他说。

她摇摇头。

"不，"她答道。"不管怎样我跟你一起过去。"

"求求你了，霍莉，"他说。"待这儿别动，好吗?"

他的话音让她吃了一惊，可她还是倔强地摇摇头。

"我跟你一起过去。"她重复了一遍。

他沉着脸看了她一眼，没再说话。两人并肩朝北走去。他几乎是逼着自己迈出步子，向前方的答案靠近。五十码。每跨出一步都需要坚强的意志力。六十码。他想转身拔腿就跑，永远地跑下去再也不停下。他想飞渡过那条湍急的大河，永远逃离这个地狱般的地方。七十码。他停下来。

"待在这儿，霍莉，"他最后又说了一遍。"求你了。"

"为什么?"她穷追不舍。

"你不需要看到这个。"他语气凄凉。

她摇摇头，继续向前走去，他只好跟上去。迎面扑来的是一股微弱的甜腥味。那是让人永远都不会忘记的味道，那是在人类漫长、痛苦的历史中最常见、也最恐怖的味道——人血的味道。闻到气味后又走了二十步，声音传了过来。无数只苍蝇聚集在一起的嗡嗡声。

杰克逊被钉在两颗小松树上，双手拉开，钉子从手掌和手腕处刺入。他的双脚离地，脚跟被钉在树基上。衣服被全部剥光，身上被割出一道道伤口。雷切尔能猜到，他是挣扎了好几分钟才死的。

蓝莹莹的苍蝇疯狂地拥作一堆，雷切尔完全惊呆了，一动不动。哐当一声! 霍莉的拐杖掉在地上，脸瞬间变得死灰。她扑通跪在地上，大口呕吐起来。最后转过身扑倒在地，双手深深嵌入原始森林的泥土中，声嘶力竭地尖叫起来，彻底打破了森林的宁静。

雷切尔望着那群嗡嗡的苍蝇，眼里没有一丝感情，脸上也只有漠然。只是嘴角微微抽搐的肌肉泄漏了些许情绪。他站在原地，霍莉蹲在地上，一声不吭。半晌，他扔下铁锹，把夹克脱下来搁在一丛矮灌木上，直接走到尸体前面，开始铲土。

沉默的愤怒慢慢蒸腾。每一铲他都用尽全力。碰上树根，他就野蛮地把树根铲断。碰到石块，他就把石块挖出来堆在一旁。霍莉坐起身，看着嵌在他漠然的脸上的那对灼灼的眼眸，看着他上臂贲起的肌肉，和着一锹又一锹无情的节奏，一个字也没说。

很快他就大汗淋漓。苍蝇被汗味吸引，绕着他的头嗡嗡打转。他没搭理，只是拼命继续挖。挖到六英尺左右他停下来，把铁铲支在旁边一棵树旁，抬起袖子擦了擦汗，拿过铁锹，一声不吭地朝尸体走过去。他挥了挥铁锹，赶走恼人的苍蝇，把杰克逊左手上的钉子取下来。尸体立刻斜倒向一侧，左臂软绵绵地挂在坑边。苍蝇嗡地四散乱飞开去。雷切尔走到另一侧，把他右手上的钉子取下来，这时尸体咚地翻了个个儿，滚进土坑，瞬间苍蝇黑压压地飞上去，只能听见嗡嗡的轰鸣声。雷切尔滑进坑里，放平杰克逊的尸体，把他的双臂交叠在胸前。

接着他爬出土坑，拿起铁锹，一锹一锹地开始朝坑里填土。每一锹都用尽力气，苍蝇很快没了踪影。很快，土堆堆得很高，有了坟墓该有的样子。他停下来，用铁锹修整了一下土堆的形状，扔下铁锹，弯腰捡起刚才挖出的石头，在土堆旁围了一圈。最大的石头放在前面，充当墓碑。

一切完成后，他累得直喘粗气，汗水和泥土混在一起，在他脸上、身上划出一道道黑迹。霍莉看着他，终于在沉默了一个钟头后首次开口。

"我们是不是该祈祷？"她问。

雷切尔摇摇头。

"太晚了。"他语气平静。

"你还好吧？"她关心地问。

"到底谁是内鬼？"他反问。

"我也不知道。"她答。

"那就好好想想，行不行？"语气里充满火药味。

她一怔，抬头看看他。

"你以为我没想过？"她说。"见鬼，那你认为刚刚那个钟头我都在干吗？"

"那么那个该死的家伙到底是谁？"雷切尔依旧愤怒。

她一顿，没有说话。

"任何人都有可能，"半晌，她说。"芝加哥的调查局有百来个特工。"

她席地而坐，纤弱的身影看起来是那么无助、沮丧。她全心信任自己人，还信誓旦旦地向他保证，结果只是自己一厢情愿的天真罢了。我相信我们的人，她当时是这么说的。蓦地，他的心底泛起一片温柔。并非是怜悯，也不是关心，只是让他心口揪痛的温柔。她曾经那么单纯，而如今，原本明亮美好的世界已被丑恶玷污，轰然崩塌。他凝视着她，希望她能看见。她回视他一眼，泪水盈满眼眶。雷切尔伸出手，扶她站起身，猛地把她揽入怀里。她柔软的胸部紧贴他的胸膛，泪水掉落在他的脖颈上。

突然，她的双手从后面搂住他的头，猛地把他拉近，凑上前吻住他的唇。她的上臂紧紧锁住他的脖子，亲吻充满愤怒和饥渴。他感觉到她狂乱的气息，跪下来把她温柔地放在柔软的泥土上。她摸向他的衣扣，急不可待地解开，他以同样的激情回报。

在原始森林的土地上，赤裸的两人如饥似渴，水乳交融，仿佛他们想借此否定残酷的死亡。激情过后，他们肢体交缠地平躺在地上，阳光透过浓密的树叶在他们身上撒下点点光斑。

他轻轻摸了摸她的头发，感觉到她的呼吸平缓下来。他什么也没说，只是紧紧地搂着她，看着尘埃在她头顶的光柱里漂浮舞动。

"谁会知道你星期一的去处？"他轻声问。

她沉吟了一会儿，没有回答。

"当时谁并不知道杰克逊的存在？"他接着提出第二个问题。

她还是没作声。

"谁从不缺钱？"他又问。

依旧沉默。

"谁是新近加入的？"他再问。"谁以前有可能会有机会和波·鲍肯打交道，所以才会被收买？比如说参与调查加利福尼亚那宗抢劫案的时候？"

话音刚落，霍莉在他怀中一震。

"四个问题，霍莉，"他最后说。"谁的嫌疑最大？"

所有可能性在她脑际一一划过，百来个名字在脑海中翻腾，然后像计算机程序似地一一删除。第一个问题已经将大多数摈除在外，第二个问题又去掉一些，第三个问题删掉了几个，最后一个问题最关键。她的身体又一震。

"只有两个可能性。"她最终说。

32

米罗塞维奇和布罗根并排坐在空军直升机的后排，而麦格洛斯、约翰逊将军同他的副官三人则挤在中间，两个飞行员并肩坐在前排。他们从银弓镇出发，朝西北方向以最快速度飞去。直升机飞得不高，低低略过布特市的城区。这是一款较老的贝尔直升机，不过换了新的发动机，此刻正以每小时一百二十英里的时速全速前进。当然，机舱里噪音极大，麦格洛斯和约翰逊只能冲着无线电对讲机高喊对方才能听清。

麦格洛斯正联络胡佛大楼，试图与哈兰·韦博联系。他一手罩住对话机，一手按住耳机，正告诉韦博关于导弹部队的事情。他并不知道韦博能不能听见，只是一遍一遍尽可能大声地重复。最后，他关掉对讲机，摘下耳机扔给坐在前面的副驾驶。

约翰逊则在与彼得森空军基地通话。与导弹部队的无线电联系还是没有恢复，他只得要求对方在两个小时之内通过保密线路向临时作战指挥部汇报最新进展，对方答了一通话，可他始终没能听清，只好作罢。他摘下耳机，朝麦格洛斯投去疑惑的一瞥。麦格洛斯耸耸肩，没有说话。直升机继续轰隆隆地全速前进。

听筒里刺耳的嘈杂声戛然而止，哈兰·韦博挂上电话，偌大的办公室刹那间陷入沉寂。他身体前倾，拨通了秘书的电话。

"备车。"他说。

他走出电梯，朝自己的豪华轿车走去，司机已经开门等在一边。

"白宫。"他说。

这回司机没有多嘴，只是踩动油门，慢慢驶出车库，加入到下午熙熙攘攘的车流中。车子慢腾腾地挪了一千六百码的距离，到达目的地。韦博被带进同一间乳白色的房间，等了一刻钟后，德克斯特走进屋，毫不掩饰自己并不情愿看见客人折返。

"他们偷了导弹。"韦博开门见山。

"什么导弹？"德克斯特一脸狐疑。

韦博尽可能详细地描述了最新进展，德克斯特听着，没有点头，没有发问，没有反应，最后只是让他坐在房间里再等一会儿。

约克镇外公路变窄处南面两百码外，贝尔直升机停在了碎石路面上。五名乘客陆续从直升机出来，猫着腰走出螺旋桨搅出的巨大气流。几辆汽车出现在前方公路上，正缓缓向前行驶。其中一辆汽车掉过头，穿过公路变窄处，笔直驶来，最后在五十码外减速停下。约翰逊将军迎过去，汽车向前滑动了一段距离，停在他面前。那是一辆全新的切诺基，车身刷成暗淡的橄榄绿，车蓬和两侧都刻有白色的字母和数字。一名军官从车里出来，向将军行了军礼后小跑去打开所有车门。五人钻进车内，车子即刻掉转方向，朝北边两百码外的车队开去。

"临时指挥部马上就能建好，长官，"军官汇报道。"最多四十分钟。卫星装载卡车在后面，一小时左右能到，我建议您在车里等，外面气温太低。"

"有没有导弹部队的消息?"约翰逊显得有些急切。

军官脸色一沉，摇摇头。

"一点儿消息都没有，长官。"他答道。

近一个小时后，小房间的门吱哑一声被推开，一名特工站在门口。他一身笔挺的蓝色西装，耳机线从领口伸出来绕了耳朵一圈。

"请跟我来，先生。"特工说。

韦博站起身。特工抬手对着袖口说了句话，接着带韦博穿过安静的走廊，走进电梯。狭仄的电梯慢腾腾降到一楼。又穿过一条安静的走廊，最终在一扇白色的门前停下来。特工敲了敲门，推开。

总统面朝窗外坐在书桌后面，透过防弹玻璃窗望向屋外笼罩在夜色下的花园。德克斯特坐在旁边的扶手椅里，两人都没有请他坐下，总统甚至没有转身。一等门关上，他就开始说：

"打个比方，如果我是法官，你是警察，现在你到我这儿来索要逮捕许可。"

总统的脸倒映在对面的窗玻璃上变成一团若隐若现的粉色。

"好的，先生，那又怎样?"他应道。

"你现在手头掌握了多少情况?"总统反问。"又没掌握什么? 你甚至不能完全确定霍莉真的在那儿。虽说你有卧底，可一直没亲口确认。所以一切都只是猜测而已。而那些导弹？只不过失去了无线电联系，可能只是暂时的，可能有若干原因。况且你的卧底根本提都没提。"

"也许他遇到了麻烦，先生，"韦博回答。"而且我们也一直告诫他小心行事。总不能指望他给我们做现场直播吧，毕竟他是卧底，不是吗？不可能随时随地躲进森林里给我们发消息。"

总统赞同地点点头，窗玻璃上的粉色上下移动了一下。轻微的动作流露出些许同情。

"这些我们都明白，哈兰，"他说。"真的。但是我们也认为，出了这么大的事儿，他应该会有些大动作的，你说呢？可是迄今为止，杳无音讯。所以现在你告诉我们的全是猜测罢了。"

韦博摊开双手，冲着总统脑后说道：

"先生！现在情况危急，他们有武器，有人质，正在闹独立。"

总统又点点头。

"难道你不明白这正是问题所在？"他说。"要是整桩事情只是三个躲在森林里的神经病拿了炸弹搞恐怖袭击，我肯定会毫不犹豫派你过去收拾。可事实正相反，现在的情形说不定会导致 1860 年以来最严重的宪法危机。"

"所以说您是同意我的看法的，"韦博答道。"您也把他们当真了。"

总统无奈地摇摇头，仿佛对韦博始终没明白他的意思并不惊讶，只是十分无奈。

"不，"他说。"我没当真。所以整件事才那么复杂。他们只不过是一帮头脑不清的傻瓜，深受阴谋论毒害，守着一块分文不值的土地叫嚣独立。可关键问题是：一个成熟的民主政府应该如何应对？难道屠杀才是化解危机的办法吗，哈兰？难道应该派遣武力强大的部队去对付几个头脑不清的白痴吗？整整二十多年我们不断谴责苏联那种行径，而现在你难道想让我们重蹈覆辙？"

"他们是罪犯，先生。"韦博坚持。

"是的，这一点我不否认，"总统耐心地继续解释。"造假币、非法持有武器、偷税漏税、挑起种族仇恨，甚至抢劫运钞车，全是他们干的好事。可那些都是细节，哈兰。根本问题在于他们无非是一小撮心存不满的美国人。我们到底应该如何应对？东欧那些心存不满的民众是得到我们的支持宣告独立的，别忘了这一点！可我们应该怎么对付我们自己心怀不满的人民，哈兰？向他们宣战？"

韦博咬紧牙关，感到一阵眩晕，仿佛厚重的地毯、淡色的墙漆和椭圆形办公室里的陌生空气统统向他倾压过来，逼得他透不过气。

"他们是罪犯。"他又重复一遍。此刻他惟一能想到的只有这句话。

总统点点头，依旧显得同情。

"是的，的确是，"他附和。"但别忘了根本问题，哈兰。想想他们最大的罪行，就是仇恨政府。要是我们手段过激，反而会引起危机。就像我们刚刚说的，全国有六千万人时刻准备倒向他们一方。政府对此心知肚明，哈兰，所以政府必须万分警慎。"

"可霍莉怎么办？"韦博问。"你不能就这么牺牲她。"

一段长时间的沉默。总统始终没有转过身。

"可我也不能只为了她而做出反应，"最终，他平静地说。"我不能允许自己为了一己之私而罔顾国家利益，难道你不明白？徇私、冲动、愤怒的反应，这都会酿成大错。我必须等一等，仔细考虑。我会亲自和将军谈，之前我们已经谈了好几个小时。坦白说，哈兰，他非常生我的气，可话说回来，我一点儿不怪他。他几乎算得上是和我相交最久的朋友，但现在非常生我的气。所以别跟我谈什么牺牲，哈兰，因为坐在这个位子上，需要的恰恰就是牺牲。集体的利益永远都放在友情之前，放在所有个人利益之前，这才是总统这个职位的真正含义。"

接下来又是一段难耐的沉默。

"那么您到底打算对我说什么，总统先生？"韦博最终问道。

沉默。

"我没打算对你说什么，"总统答。"现在你个人负责这件事儿，要是还有问题，星期一早上再来见德克斯特先生。"

没人选择在车里等。大家都焦躁不安地走出车外，顶着凉飕飕的山风在原地无聊地打转。约翰逊和他的副官同司机一道朝北面走去，察看被提议作为作战指挥部的地点。麦格洛斯、布罗根和米罗塞维奇三人站在一起，麦格洛斯抽着香烟，心事重重，时不时回到切诺基里打通电话给蒙大拿州警局、电力公司、电话公司和林务局。

布罗根和米罗塞维奇朝北踱去，看见路上停着一辆轻型装甲车。不是坦克，而是有人驾驶的那种。当初开车接他们的军官连同八名高大的士兵从车上下来，默不作声地找到岩石的避风处，着手搭帐篷。布罗根和米罗塞维奇朝他们点头致意,然后向南慢慢走回去,加入麦格洛斯。

四十分钟后,南方隐约传来隆隆的车轮声。声音越来越响,最后一小队卡车出现在公路弯道处。卡车轮胎大得惊人,向他们缓慢行驶过来。那名军官从远处奔过来,指了指需要停车的方向。卡车继续隆隆地向前滑行了一阵后并排停在了山路变窄处。

一共四辆卡车,每辆都刷着绿黑相间的迷彩图案,车身上还刻有白色数字和五角星。前面两辆卡车车顶装有天线和小型的卫星接收盘,后面两辆则装有食宿设备。四名司机从车里下来,取下每辆车上的千斤顶,摆脱巨大重量的车身倏地浮起来。千斤顶被推到路中央,平放在地上。最后引擎熄灭,柴油发动机的隆隆声戛然而止,取而代之的是山间无边无际的寂静。

四名司机跑到各自卡车的车厢后面,钻进去爬上轻便梯子,打开了车顶的开关。车厢倏地变得灯火通明。一切完成后,司机排成一列走到军官面前,行了个军礼。

"全听您的指挥,长官。"领头的人说。

军官点点头,指着切诺基命令道:

"把它开回去,然后忘记你们来过这儿。"

领头的又行了个军礼。

"明白,长官。"他答道。

四名司机咚咚地走进切诺基,踩下油门向南开去,很快消失在公路转弯处。

韦博回到办公室,只见鲍肯的材料已经放在办公桌上,同时还有一名客人正在等他。来人一身军绿色制服,外套卡其色防水上衣,年纪约摸六十、六十五岁,一头铁灰色短发。腋下夹着个棕色的牛皮公文包,脚下还放着一只帆布旅行袋。

"我得知您找我,"来人开口。"我是盖博将军,杰克·雷切尔的前任司令,和他共事过好几年。"

韦博点点头。

"我正要赶去蒙大拿,"他答道。"到那儿我们再详谈。"

"行,我已经料到了,"盖博回答。"要是调查局能派飞机送我们到卡李斯贝尔市,剩下的行程可以让空军派机。"

韦博又点点头,接通秘书的电话。可是她已经下班了。

　　"他妈的!"韦博咒道。

　　"我的司机正等在外面,"盖博说。"他可以送我们去安德鲁斯机场。"

　　韦博在车里打了电话,到机场时利尔飞机已经等在那里。离开白宫二十分钟后,韦博坐在朝西飞去的飞机上。掠过华盛顿市中心时,他心里嘀咕:不知道防弹玻璃背后的总统能不能听见飞机引擎的轰鸣。

　　安置好临时作战指挥部一个钟头后,卫星装载卡车连同空军的技术兵一起到达。这次一共来了两辆,其中一辆与先前的那几辆非常相似,同属重型卡车,同样装有千斤顶和轻型楼梯。第二辆则是有装货平台的拖车,上面装着复杂的机械装置和一口超大的卫星接受盘。一等卡车停稳,机械装置就开始启动,朝四面八方转动卫星接收盘以寻找藏匿于空中七英里处的侦察机。很快,接收盘锁定目标,调整角度,追踪到移动的信号。接收盘移动幅度非常细微,若非咔嗒咔嗒的轻响,肉眼几乎无法察觉。技术兵从拖车上取下一根足有树干粗的电线,接入一辆卡车,随后钻进车厢启动电脑和录像机。

　　麦格洛斯同士兵坐上轻型装甲车,向南行驶一英里。蒙大拿警察局的警长已经驾车等在那儿。警长同麦格洛斯打了招呼,简短汇报情况之后走到后车厢,拿出一盒红色的预警信号灯,还有好几个常用的路标。士兵向南小跑了一段距离,放好信号灯,支好路标,路标上写道"前方危险,请绕道行走"。接着他们跑回北边,把信号灯在柏油马路上,摆放成三角形,旁边的路标上则写着"前方桥梁已毁"的警示。再向北五十码处,他们将信号灯沿柏油路面横放了一溜,最后支上"前方道路已封"的路标。眼见任务完成,警长便开车绕过路障,消失在众人的视野里。下面一步也不轻松。士兵从卡车上取来斧子,砍了好几棵大树,用装甲车把原木推过来,犬牙交错地挡在路中央。一般车辆尚能通过,但必须减速才能从树木间的空隙绕过去。一切完工后,两名士兵留守,其余六名跟着麦格洛斯走回北面的指挥部。

　　这时,约翰逊正坐在指挥车里同彼得森空军基地通话。是个坏消息。导弹部队已经失去无线电联络整整八个小时。约翰逊一向奉行一条行事原则,这也是他在越南的热带雨林里学到的血的教训:如果一支部队失去联络达八个小时,就不应对这支部队抱任何生还希望。

　　飞机上韦博与盖博谁都没说话。韦博是故意的,因为他的为官经验告诉他,无论此刻盖博对他说了什么,等所有人到齐时他还得再听一遍。反正机舱里吵得什么都听不见,他干脆安静地坐在位子上,聚精会神地翻阅起宽提科送来的鲍肯的资料。盖博盯着他的眼神充满困惑,可是他视而不见。如果现在向盖博解释,待会儿还得向麦格洛斯和约翰逊再解释一遍。

卡李斯贝尔傍晚的空气透着沁人的凉意。他们穿过灰蒙蒙的通道,径直走向空军派来的贝尔直升机。盖博向前一步,和等在旋梯旁的飞行员打了招呼,然后同韦博一道爬进飞机,坐在后面的位子上。飞行员做手势提醒他们系好安全带,又比划着告诉他们整个行程约有二十五分钟。韦博点点头。接着,螺旋桨突突地开始旋转,直升机启程。

贝尔直升机的隆隆声传来时,约翰逊将军刚刚结束与白宫的又一次通话。他站在充当临时指挥部的卡车门口,望着贝尔直升机降落在南面两百码之外的路面上。两个人影猫着腰从直升机中走出后,直升机重新启程飞回南方。

约翰逊亲自迎上去,朝盖博点头致意后急切地把韦博拉到一边。

"有什么消息?"他问。

韦博摇摇头。

"还是老样子,"他无奈地答道。"白宫决定小心行事。你那边呢?"

"也没消息。"约翰逊答。

韦博点点头。这样就没什么好说的了。

"那我们现在能怎么办?"韦博问。

"起码就白宫所知,我们什么都不能做,"约翰逊答道。"两架侦察机已经上天,对外宣称是飞行演习。我们还有八个海军陆战队士兵,一辆轻型装甲车,用的也是军事演习的借口。他们的司令知道他们现在的位置,但并不完全清楚缘由,而且他们一个字都不会问。"

"公路封起来了吗?"韦博问。

约翰逊点点头。

"现在只有全靠自己了。"他说。

34

雷切尔和霍莉背靠两棵松树,并排坐在泥地上,怔怔地凝视着隆起的新坟。谁都没有说话，只是静静地坐在那儿，直至午后的阳光逝去，暮色渐渐降临。森林里变得凉飕飕的。是该最后打定主意的时候了。

"我们现在回去。"霍莉打破沉默。

这是一句陈述句，而非疑问句，语气里充斥着认命的无奈。他没有回答，目光投向远方，陷入沉思。他在脑海中又回味起她的气息、她的味道、她的头发、她的眼眸、她的嘴唇，还有躺在他身下那纤细紧实又无比迫切的身体。

"天黑了。"她又说。

"还没。"他答。

"我们必须走了，"她说。"否则他们会放狗。"

他又一次没有作答，只是坐在原地凝视远处。

"我们无路可逃。"她说。

他缓缓点点头，站起身，伸展了一下双臂，屏住呼吸，收紧肌肉。然后扶起霍莉，从灌木上取下外套穿上。铁锹和铁铲并排放在地上。

"今晚我们就走，"他说。"明天是独立日，情况会更糟。"

"当然，可我们怎么逃?"她显得有些迷茫。

"现在我还没想到。"他答。

"别为了我冒险。"她说。

"你值得让我冒险。"他答。

"因为我的身份?"她问。

他点点头。

"因为你是你，"他答。"而不是因为你的父亲、或者你见鬼的教父是谁。顺便说一句，我没投他的票。"

她伸了个懒腰，在他的嘴唇上印下一个吻。

"千万当心，雷切尔。"她叮嘱道。

"你时刻准备好，"他说。"或许就在午夜。"

她点点头。两人并肩朝南走了一百码，在岩石处向东又走了一百码，来到空地。迎接他们的是四杆步枪，站在中间的正是监督他们劳役的约瑟夫·雷，他的手里拿着一把格洛克 17 手枪。

"她回她的房间，"雷下达命令。"你去你的受罚室。"

两名卫兵一左一右夹住霍莉，却被她灼热的眼光一震，没再强拉她的胳膊，而只是慢慢地走在她的两侧。她转过身，朝雷切尔瞥了一眼。

“待会儿见，霍莉。”雷切尔提高声音。

“你就别指望了，约翰逊小姐。”约瑟夫·雷哈哈大笑起来。

他押着雷切尔走到受罚室门前，掏出钥匙开门，把雷切尔推进屋，举枪指着他的同时关上屋门，重新上锁。

受罚室同鲍肯的司令室同样大小，形状也一模一样，只是这里空无一物。光秃秃的墙上没有窗户，天花板上爬着一根弯曲的粗电线，上面吊着一盏灯。屋角有一块十二乘十二英寸的正方形，上面涂了黄漆。除此之外，屋里再没什么特别的了。

“你站在黄漆上。”雷说道。

雷切尔朝屋角走去，弯下腰，伸手掸去上面的灰尘，转身慢慢坐下，往墙角挪了挪，找到一个舒适的位置。他双手交叠在脑后，伸长双腿，双脚交叉，最后微微一笑。

“你必须站在那块正方形上面。”雷又说了一遍。

雷切尔看看他，蓦地想起他曾经说过：相信我，我了解坦克。那么他以前应该当过兵，机械部队的步兵，说不定是装弹手，说不定是司机。

“站起来！”雷喝道。

如果给一名步兵派下任务，他最害怕的是什么？当然是害怕不能完成任务而被长官狂批。

“该死，我让你站起来。”雷再次呵斥。

所以要么他完成任务，假使实在完不成也要假装完成。世界上没有任何一个步兵会走到他的上司面前说：长官，我没办法完成任务。

“我在跟你说话，雷切尔，站起来。”雷的口气变得平静。

要是他失败了，肯定会尽力掩饰。

“你想让我站起来？”雷切尔反问。

“是的，站起来。”雷答。

雷切尔摇摇头。

“那你得说服我，乔。”他说。

雷考虑起雷切尔的话，肢体语言透露出他不算快的思维过程。格洛克枪先是上举，随后放低。杀死囚犯等于承认自己无能，传递的信息就是：长官，我没办法让他听我的。接着他瞥了一眼自己的双手，又看看雷切尔，最后移开视线。同手无寸铁的人赤身肉搏？也不行。他迷惘地站在那儿半晌，一时拿不定主意。

"你是在哪里当兵的?"雷切尔突然问。

雷耸耸肩。

"好些地方。"他答。

"比方说呢?"雷切尔追问。

"去过两次德国,"雷回答。"还参加过沙漠风暴行动。"

"司机?"雷切尔问。

"不,是装弹手。"雷照实回答。

雷切尔点点头。

"你们干得很棒,"他称赞道。"我也参加了沙漠风暴,亲眼见过,你们确实很棒。"

雷点点头。一切不出雷切尔所料,他已经上钩。如果你不能让他们打败你,就让他们加入你。雷放松下来,走到雷切尔左边,背靠门坐在了地板上。格洛克搁在他的大腿上,又点点头。

"我们把敌人打得落花流水。"他说。

"一点儿不假,"雷切尔答道。"绝对是一场漂亮的胜仗。那么,你去过德国和中东沙漠。喜欢那儿吗?"

"谈不上。"雷答道。

"那你喜不喜欢他们的制度?"雷切尔又问。

"什么制度?"雷一时没明白。

"他们的政府、法律、自由,所有那些东西。"雷切尔解释道。

雷的脸上一片迷茫。

"从没注意过,"他道。"也没想过。"

"那你怎么知道他们的比我们的好?"雷切尔问。

"谁说他们的好来着?"雷说。

"你说的啊,"雷切尔答道。"昨天晚上你不是一直在抱怨美国多么的无可救药,那么别的地方肯定比这儿好咯,对不对?"

雷摇头否认。

"我从来没这么说过。"

"那到底是好还是不好?"雷切尔继续追问。

"我也说不清,"雷答道。"也许吧。反正美国很多事情都有问题。"

雷切尔点点头。

"很多事情,"他说。"这一点我同意。但我还是得跟你实话实说,美国

214

比其他任何地方都好。我这么说是因为我去过其他地方。那儿更差劲,差劲得多。美国很多事儿都有问题,但其他地方问题更多。你们应该好好考虑一下。"

雷的视线穿过暗沉的房间,锁定在他身上。

"你的意思是我们全错了?"他问。

雷切尔点点头。

"对,你们全错了,毋庸置疑。你告诉我的一切全是胡说八道,所有的一切!根本从没发生过。"

"胡说,一切正在发生,"雷申辩道。"波是这么说的。"

"乔,你仔细想想,"雷切尔说。"你在部队待过,亲眼见过他们的管理水平。难道你认为那帮家伙有能力策划那么多阴谋同时还不走漏一丝风声?他们甚至从来没弄对过你靴子的尺码。"

雷大笑起来。

"哈哈,确实从来没有。"他应道。

"是啊,"雷切尔接着说。"所以要是他们连你靴子的尺码都搞不清,又怎么可能有能力策划那么多波口中的阴谋? 还有,你认为底特律真有本事在新出厂的汽车里装发射器? 即使是真的,估计他们也会因为质量问题招回所有出厂汽车。你赌博吗,乔?"

"为什么这么问?"他反问。

"机会有多大?"雷切尔又问。"我是说他们能这样大规模地策划阴谋同时又能这么多年不露一丝风声,机会有多大?"

一抹微笑在雷的脸上蔓延开。蓦地,雷切尔发现自己输了,刚才的一切努力比对墙说话、教猩猩识字还不如。

"可他们终究露出了马脚,"雷一副获胜的样子。"还被我们抓了个正着。我告诉过你,波的手头有证据,有所有的文件。所以他们干的那些好事儿根本不是秘密,也正因为这个,我们才在这儿。波从来都是对的,从来不用怀疑。他绝顶聪明。"

雷切尔闭上眼,叹了口气。

"但愿如此,最好他确实像你说的那么聪明。"他说。

"他真的很聪明,"雷重复了一遍。"而且他天生是个领导者,能把我们聚拢在一起。这儿原来还有十几个其他民兵团,但后来那些首领一个个都决定不干并且离开了这里。他们的人都转投向波,因为他们信任他。雷切尔,他真的非常聪明,而且不瞒你说,现在他是我们惟一的希望。你别想改变我们中间任何一个人对他的看法,根本不可能。我们热爱他,也相信他做的一切都是正确的。"

"那杰克逊呢?"雷切尔突然问。"你觉得对他的处置正确咯?"

雷耸耸肩。

"杰克逊是间谍,"他说。"这种惨剧不可避免。波研究过历史,1776 年也发生过同样的事情,对不对? 英国佬到处安插间谍。那时候那些间谍要是被抓起来也是被吊死的。东海岸许多老太太家门口都有一两棵老橡树曾经吊死过英国间谍,现在想去看一眼甚至还要交几块钱的门票咧。这个我知道,我以前去过的。"

"这儿什么时候熄灯?"雷切尔候地换了个话题。

"十点,"雷回答。"问这个干吗?"

雷切尔没有作答,回想着他们的整个对话,直视雷的眼底。他的脸庞瘦削,深陷的双眼里闪出疯狂的光芒。

"因为熄灯以后我得赶到别处去。"雷切尔说。

雷大笑起来。

"你以为我会让你离开?"他笑问。

雷切尔点点头。

"要是你想活命的话。"他答道。

雷候地举起手枪,对准雷切尔的脑袋。

"这儿手里有枪的是我。"他威胁道。

"你不会活到来得及扣动扳机。"雷切尔回答。

"扳机就在这儿,"雷有些动怒。"离你还远得很。"

雷切尔做了个让他仔细听的手势,前倾身体,平静地说:

"我本不该告诉你这些,但是之前我们得到过命令,要是碰上比常人聪明的家伙,我们有权力向他们解释一两件事情,尤其是当条件允许的时候。"

"什么条件?"雷问。"什么事情?"

"你说的没错,"雷切尔回答。"你说的大多数都是对的,除了一两件不是非常准确,可我们也故意散布了一些不准确的信息。"

"你到底在说什么?"雷十分困惑。

雷切尔压低嗓音,故作神秘地说:

"我是世界军队高级部队的长官,手下五千支联合国部队就藏在森林里。大多是俄国人，还有一些中国人。我们一直通过卫星监控系统监视你们，现在，一台 X 射线的摄像机就安装在这间屋子上方，一条激光光束正对准你的脑袋，用的是 SDI① 技术。"

"别开玩笑了。"雷不以为然。

雷切尔异常严肃地摇摇头。

"微型芯片的计划也给你说中了，"他说。"看这个。"

他慢慢站起身，撩起衬衫，露出自己的胸膛，转身面对雷，好让他看清自己腹部的巨大伤疤。

"现在的不会有那么大了，"他说。"最新的那些，我们直接植入婴儿体内，根本不会留疤。不过这些旧的照样能用，所以卫星永远能追踪到我的确切方位，和你猜的一样。现在，只要你手指一动，激光光束立马轰掉你的脑袋。"

雷双眼发红，盯着雷切尔的伤疤看了一会儿，又抬头瞥了瞥屋顶。

"我不是美国人，"雷切尔突然说起法语。"而是法国士兵，多年前就开始为世界政府工作，几个月前参加了这次秘密行动，目的是评估你们民兵团会给我们带来多大危险。"

他语速非常快，一口气讲完一大段，最后一个词的尾音听上去和受教育的巴黎妇女一模一样，和他死去的母亲一模一样。雷听罢缓缓点了点头。

"你是外国人？"他问。

"法国人，"雷切尔重新用回英语。"在国外执行任务。我说过，我来这儿是为了勘查你们到底有多危险。"

"我见识过你打枪的本事，"雷说。"是我发现的。足足一千码的距离。"

"那是因为有卫星导引，"雷切尔说。"我刚刚不是说了，SDI 技术，微型芯片，我们每人都能打中两英里外的目标，百发百中。"

"上帝啊！"雷忍不住惊叹。

"十点整的时候我必须站在空地上，"雷切尔说。"这是安全措施的要求。你妻子在这儿吗？"

雷点点头。

"有没有孩子？"雷切尔又问。"那些孩子里有没有你的？"

---

① SDI（Strategic Defense Initiatives），战略防御倡议，里根于一九八三年提出的计划，又称"星球大战"计划。

雷又点点头。

"当然，"他坦白说。"两个男孩儿。"

"要是我十点不出去，他们全都得死，"雷切尔说。"要是我被囚禁，这儿立刻会变成一片火海。不能让我的芯片落到敌人手中。我向我的司令汇报过，即使你们得到芯片也没人会搞得明白，但他说这儿一定会有人比我们想象的聪明。看来他没说错。"

雷听了这话，骄傲地点点头。这时，雷切尔低头看表。

"现在七点半，对不对？"他说。"我马上小睡两个半小时，十点整的时候卫星会叫醒我。你等着瞧吧。"

他躺下身，交叠双臂枕在脑后，脑中的闹钟拨到十点差两分，最后在心里默念：只许成功，不许失败。

35

"你再怎么说我都不信。"盖博将军坚持己见。

"他绝对脱不了干系，"韦博回答。"我们手里有照片，一清二楚。"

盖博又摇摇头。

"四十年前我就升为中尉，"他仍然拒绝相信。"现在是三星上将，统领过成千上万的士兵，其中大多数我都相当了解，而杰克·雷切尔是他们中最不可能卷入这种事儿的一个。"

临时作战指挥部，盖博笔挺地坐在桌子旁。卡其防水外套脱下挂在一边，露出一身旧军服。军服上有些折痕，但同时也挂满了标志他一生功勋的各式绶带与勋章。可以看出，军服的主人是一名服役整整四十年、从没犯过一次错的忠诚军人。

约翰逊仔细打量起盖博。他一头灰发，眼神冷静，双手放在桌上，一动不动地坐在那儿，说话的语气平缓却又坚定，仿佛他正在争辩的不是别的话题，而是天空是蓝的，草地是绿的。

"给将军看看那些照片，马克。"韦博说道。

麦格洛斯点点头，打开文件袋，取出四张照片摊放在桌上。盖博一张张拿起，微侧过头，凑近屋顶的灯光。约翰逊目不转睛地盯着他的双眼，以为会看见对方眼里闪过怀疑的神色，或者承认自己错了。结果却一无所获。

"也可以有不同的解释。"看罢,盖博说。

他的声音依旧平静。约翰逊听到一名长官毫不动摇地为自己最钟爱的下属辩护,韦博与麦格洛斯听到一个同事在表达疑虑。他们都相信,四十年的军旅生涯让眼前的这个人有充分的权利表达自己的观点。

"那么该如何解释?"韦博反问。

"虽然连续,但也是四个独立的瞬间,"盖博试图辩解。"说不定误导了我们。"

韦博向前倾,指着第一张说:

"他正在拿过她的东西,难道你能否认吗,将军?"

盖博摇摇头,房间陷入片刻的沉默,只有电子设备细微的哼鸣。约翰逊捕捉到一丝怀疑的神色一闪而过,只不过不是在盖博眼里,而是在麦格洛斯眼里。正在这时,布罗根爬上梯子,头伸进卡车。

"侦察机的录像带,长官,"他说。"刚才一直都在看拍下来的实况。我想您应该看看这个。"

说完他缩回头。车里四人面面相觑,站起身,走进卫星装载卡车,爬上梯子。车厢整个笼罩在电脑屏幕发出的蓝光里,米罗塞维奇高高卷起袖口,把一卷录像带塞进机器,按下播放键。四台屏幕上瞬间映出小镇的俯瞰全景。画质清晰异常,就像精彩的电影画面,只不过电影里的画面是水平的,而眼前的画面则是从上向下俯视的。

"那就是约克镇,"米罗塞维奇解释道。"现在看到的是旧法院楼的楼顶。瞧仔细了。"

他按下快进键,在计数器显示一个数字后重新按下播放。

"这儿是一又四分之一英里以外,"他说。"西北方向。一处是阅兵场,一处是射击场。"

侦察机上的摄像机调近焦距,更清晰的画面上出现两块空地,南边造了一圈小屋,北边有一块方形的阅兵场,一条长约半英里、宽约二十码的小路从两块空地之间蜿蜒穿过。摄像机调整了一下焦距,焦点落在围聚在射击场东端的人群上,然后又对准更小一群人,其中四个男人的身影清晰可辨,同时还有一个女人。约翰逊将军猛抽一口气,目不转睛地盯着自己的女儿。

"是什么时候拍下来的?"他忙问。

"几个小时前,"米罗塞维奇答。"她很好。"

他按下暂停键,伸手逐一点过屏幕上的四个男人,说道:

"雷切尔,史迪威·斯图尔特。下面那个估计是欧戴尔·福勒,最后那个肥佬就是波·鲍肯。同加利福尼亚传过来的档案照片吻合。"

说罢,他按下播放键。七英里高空的摄像机对准那块草垫,随后鲍肯肥硕的身躯趴在草垫上一动不动。下一刻,他手上的步枪枪口下方溅起一阵尘土。

"他们在打枪,靶子放在约八百码开外,"米罗塞维奇解释。"估计是个射击比赛。"

画面上鲍肯又连续开了五枪,然后雷切尔拎起步枪。

"那是巴雷特。"盖博插话说道。

雷切尔一动不动地趴在草垫上,连续开了六枪。人群散开,最终雷切尔消失在南边的树林里。

"好了,"韦博开口。"这回您又想如何解释,盖博将军?"

盖博耸耸肩,一脸固执。

"还有什么可怀疑的,他绝对是他们的人,"韦博说。"难道您没看见他身上穿的?是制服。竟还容得下他在射击场上炫耀枪技?要不是自己人,他们怎么会随随便便给他穿制服,更别说给他一杆步枪了。"

约翰逊倒回录像带,定格在有霍莉的那幅画面上,盯着霍莉看了半响,然后走出车厢。出门时扭头对韦博说:

"局长,我们得开始工作了,我想提前做好后备计划。恐怕得做好最坏打算。"

韦博跟着他走出车厢,布罗根和米罗塞维奇留在计算机控制台前,而麦格洛斯则若有所思地观察正盯着空白屏幕出神的盖博。

"我还是不能相信。"盖博喃喃地说。

他转过身,正对上麦格洛斯的视线,冲他点点头,两人一道走进静谧的夜色。

"我现在没法向你证明,"盖博说。"但我能以个人名义担保,雷切尔一定是站在我们这边的。"

"看上去可不是这样儿,"麦格洛斯回答。"他是最经典的案例,完全契合调查局对叛徒的所有特征描述。退伍军人,失业状态,心怀不满,童年动荡,说不定还有各种各样的悲惨经历。"

盖博固执地摇头否认。

"你说的一项都不符合,"他说。"除了退伍军人、失业状态那两条。以前他是非常出色的军官，几乎是我见过的最好的。你们这么想是铸下大错。"

麦格洛斯注意到盖博脸上的表情。

"那你真的打心眼里信任他？"

盖博严肃地点点头。

"甚至愿意搭上我的性命，"他回应道。"我不知道他为什么会在那儿，但我相信自己的直觉，而且可以向你保证，他绝对是清白的。他该怎么做就会怎么做，无论如何，他会拼死一博。"

北面整整六英里外的霍莉同样相信自己的直觉。他们抬走了那张散架的铁床，霍莉只能躺在一张薄床垫上。作为惩罚，他们还拿走了浴室里的香皂、香波外加毛巾，甚至连那摊死去妇人留下的血迹都没清理，任留那摊血迹留在离她一码开外的地方。她猜想他们是想让她恶心难受。可他们全错了。血迹反而让她高兴。她兴致勃勃地看着血迹干涸发黑，脑海中时不时浮现起杰克逊的身影。她盯着那摊仿佛罗夏墨迹测验①墨点的血迹，从中读出一则暗示：霍莉，你正从阴影中走出来。

韦博同约翰逊一道拟出了一个相当简单的后备计划。他们选取这个临时作战指挥部是基于地理位置的考虑，同样，鲍肯选取约克作为据点也一定是出于相似的原因。所有基于地理位置拟定的计划都需要参考地图。所有需要参考地图的计划都建立在地图的准确性之上。而同大多数地图一样，他们手上的早就过时了。

他们用的是一幅蒙大拿的详细地图，上面提供的信息应该大多都是准确的。主要地形应该没有问题，西边的那些屏障一眼就能看到。

"我们得假设大河无法横渡，对不对？"韦博说。

"对，"约翰逊同意地应道。"春雪融化，水势正大，况且周一前连设备都没有，我们什么都没法做。"

地图上的公路用密密麻麻的红线标出，就好像成年人右掌按在纸上留下的掌纹。卡李斯贝尔市和白鱼市宛如处在掌心，而所有公路就像五根手

---

① 罗夏墨迹测验（Rorschach Ink-blot Test），由瑞士精神科医生罗夏于一九二一年首创的一种测验。其方法属于投射技术。

指一般四散延伸开去。食指位置的公路穿过一处叫做尤里卡的小镇,直至加拿大边境。拇指位置的公路朝西北延伸,穿过约克,在旧矿区嘎然中断,仿佛拇指的第一节被砍去。

"他们以为你会直接沿路北上,"约翰逊说。"所以不能顺了他们的意,反而应该向东绕道尤里卡,从森林穿过去。"

他边说边用铅笔比划,从拇指回到掌心,再沿食指上去,停在尤里卡镇的位置。五十英里的绿色林带阻断了尤里卡和约克。大片的墨绿色。两人都知道墨绿色图标代表什么,即使不清楚,环顾一下四周的景致也会立刻明白。墨绿色代表的就是一望无际的原始森林。大多原始森林的植被过于茂盛,树与树靠得极密,人都没法挤过。但幸运的是,约克镇东边的那片却是国家森林,归林务局统管。所以那片绿色中有许多细线纵横捭阖,全表示林务局的专用山路。

"我能让我的人质解救部队四个小时之内到齐,"韦博说。"我会以私人身份下达命令。"

约翰逊点点头。

"他们应该能穿过森林,"他说。"甚至能开车进去。"

韦博点头回应。

"我们打过电话给林务局,"他说。"他们答应尽快送来一份详细的地图。"

"太棒了,"约翰逊说。"要是情况恶化,你就命令你的部队直接去尤里卡。我们先在南边给他们制造一点儿麻烦,好逼他们从东面突围。"

韦博又点点头。后备计划就这么定了,只不过当国家林务局的人到来时,情况发生了改变。麦格洛斯领着林务局的人进入充当临时指挥部的车厢,米罗塞维奇和布罗根也跟了进来。韦博略微介绍一番后约翰逊随即提出问题。几乎立刻,林务局的人连连摇头。

"那些专用山路早就没了,"他说。"至少大多数已经不存在了。"

约翰逊指着地图。

"这儿明明标出来的。"他说。

林务局的人耸耸肩,取出夹在腋下的一本厚厚的地形图册,翻到正确的页数,摊在地图上。地形图册上的标尺更大,但很明显,森林里纵横交错的山路并不一样。

"制图师知道那儿有山路,"林务局的人说。"所以就按老的位置标上去了。"

"那行，"约翰逊说。"我们用你的地图。"

林务局的人摇摇头。

"我们的也不准确，"他说。"也许在某个阶段曾经准确过，可现在肯定不对了。过去几年我们花了不少力气关闭这些山路。没办法，否则猎熊的人总是偷跑进去。也是被环保主义者逼的。我们在许多横贯森林的山路起点倒上好几吨泥土，其他的山路一律挖开，现在应该都已经杂草丛生了。"

"那好，告诉我哪些是已经关闭的，"韦博说。他拿过地图册，仔细研究起来。

"我们也不清楚，"林务局的人回答。"并没有详细记录，只是派推土机出去干活。实际上很多时候他们关错山路，有时候只是因为靠得近，有时候甚至因为嫌麻烦根儿就没有关闭。整个工程是一团糟。"

"那么到底有没有路？"约翰逊追问。

林务局的人耸耸肩。

"说不准，"他答道。"也许有，也许没有，谁知道呢？除非实地勘查，不过也得花上好几个月的工夫。要是你们找到路，最好记录下来，到时候通知我们一声，行吗？"

约翰逊紧紧盯着他，觉得不可思议：

"这么说吧，你是该死的林务局的人，反倒想让我们来告诉你们山路在哪儿？"

对方点点头。

"基本上可以这么说，"他答道。"我前面不也承认了嘛，我们的记录的确一团糟。不过我们当时想，到底谁又会在乎这个呢？"

副官把林务局的人送出去。车厢内一片沉默，麦格洛斯、布罗根和米罗塞维奇继续研究地图。

"我们没法穿过森林，他们也别想，"麦格洛斯最后开了腔。"我们掐住的是他们出来的惟一通道，一定要好好利用。"

"怎么利用法儿？"韦博问。

"控制他们，"麦格洛斯回答。"我们不是已经控制了他们的出路吗？下一步就控制他们的电力、电话线。电话线路的走向基本同公路一致，都在卡李斯贝尔交汇分岔。所以我们可以在这儿，在这辆车里掐断他们的电话线，这样他们就没办法和外界联系，除了我们。接着我们就可以以切断电力为

威胁,逼他们和我们谈判。"

"你想和他们谈判?"约翰逊问。

"不,我想拖延时间,"麦格洛斯说。"直到白宫那儿松口。"

韦博赞同地点点头。

"好,就这么办,"他说。"打电话给电话公司,把电话线直接接到这儿来。"

"我已经打过了,"麦格洛斯回答。"明天一早他们就办。"

韦博打了个哈欠,低头看看表,朝米罗塞维奇和布罗根挥挥手。

"我们来排个班,"他提议。"你们俩先去睡一会儿。一晚上轮两班,每班四个小时。"

米罗塞维奇和布罗根点点头,没有任何异议。

"待会儿见,"麦格洛斯说。"睡个好觉。"

两人离开了车厢,轻轻掩上门。约翰逊仍旧不死心地抓着桌上的地图来回翻看。

"电话公司那儿难道就不能快点儿?"他问。"比方说今晚?"

韦博沉吟片刻,点点头。他一向明白,任何战斗成功的一半取决于领导层的和谐相处。

"给他们再打个电话吧,马克,"他说。"告诉他们我们现在就要。"

麦格洛斯照办。简短地讲了一通后,他轻笑起来。

"他们马上派紧急排障队过来,"他语气轻快。"应该几个小时就好。不过他们要收加急费,我让他们直接把发票寄到胡佛大楼,那家伙居然问我胡佛大楼在哪儿。"

说完他站起身,走到门旁。约翰逊和韦博坐在桌旁,一道凑近桌子,研究地图上约克镇南边的溪谷。那儿应是百万年前冰川留下的杰作,这一点地图上标志得倒是相当准确。

36

十点差两分,雷切尔准时醒来。同往常一样,他很快清醒,身体却没有任何动作,连呼吸的节奏都一丝不乱。手臂枕在头下,他眯缝着眼睛,斜睨房间另一边,发现约瑟夫·雷坐在门边正在看表,格洛克手枪放在一侧的地

板上，

雷切尔默默数了九十秒。雷看看屋顶，又看看手表，最后抬眼把目光投向雷切尔。瞬间，雷切尔直挺挺坐起身，双手放在耳边仿佛正在听秘密讯息，随后朝瞠目结舌的雷点点头，站起来。

"好了，"他说。"开门吧，雷。"

雷一声不吭地掏出钥匙，开锁推门。

"需要带上这把格洛克吗?"雷突然问。

他把枪递过去，眼里透着焦急。雷切尔微微一笑，正中下怀。雷不聪明，可也不是个傻瓜，况且刚刚两个半小时他脑子一定没停过，一直都在琢磨整件事情。眼前是最后一道考验，只要他接过手枪，就说明之前他全是胡说。他几乎可以肯定枪里没装子弹，弹夹正乖乖躺在雷的口袋里。

"不需要，"雷切尔回答。"这儿整个地方都在我们的监控之下，而且我的武器随叫随到，比一把9毫米的手枪强劲得多。绝不骗你，乔。"

雷点点头，挺直身体。

"别忘了激光光束，"雷切尔提醒道。"只要你踏出房间一步，立马就没命。到时连我也救不了你。明白了吗，我的朋友?"最后一句雷切尔特意用法语强调。

雷再次点头。雷切尔转身隐入夜色之中。在他身后，雷关上了门。雷切尔并没有立刻离开，而是悄悄潜回木屋，藏在角落，弯腰搬起一块石头，在手上掂掂份量，只等雷出屋跟踪他就砸过去。

只不过他并没有出来。雷切尔在屋外等了八分钟。从丰富的战斗经验中他总结出一条规律:要是六分钟内敌人不跟过来，他们就再也不会跟过来了。人类思考一般以五分钟为一个单位，因为钟面就是这样布局的。他们常说:再等五分钟。但谨慎起见，他们通常会再加一分钟，自以为这样特别聪明。雷切尔先等了五分钟，然后又加了一分钟，最后保险起见又加了两分钟。雷始终没跟出来。他根本不会出来了。

雷切尔特意避开空地，同时避开常走的山路，沿着树林边缘穿行。此刻他并不担心狗，现在应该都没放出来。之前福勒随口提过，夜晚树林里常有山狮出没，所以不会有人晚上随便把狗放出来，否则第二天早上保证连一条狗影都见不着。

他在林中绕着阵地转了一周。屋里的灯全熄了，四下里一片阒寂。他来到食堂后面，耐心地等在树林里。食堂后面连着一栋正方形的小屋，那儿

就是厨房，里面没亮灯，门却大开，早上为他准备早餐的妇人就等在暗处。他从树后观察了她一会儿。五分钟、六分钟。周遭没有任何动静。于是，他扔出手中的石块，砰地一声正落在她的左边。她一下子惊跳起来。接着她听见他的轻唤，从暗处走出来。只有她一个人。一等她走到树林边，雷切尔一把拉过她的胳膊，把她拽进暗处。

"你到底怎么逃出来的?"她轻声问。

从外表很难猜出她到底多大，也许二十五，也许四十五。她面貌姣好，身材颀长，一头长直发披在肩上。尽管她脸上刻满焦虑，也难掩心底深处的那簇希望的火苗。

"你到底怎么逃出来的?"她又问了一遍。

"我就这么从门里走出来的。"雷切尔压低声音回答。

妇人面无表情地盯着他。

"你必须救救我们。"她轻声说。

突然，她停下来，双手绞扭在身前，转头左右看了看，恐惧地盯着漆黑的前方。

"怎么救?"他问。"为什么要救?"

"他们全疯了，"妇人回答。"你必须救救我们。"

"怎么救?"他又问了一遍。

她摊开双手，五官痛苦地扭作一团，仿佛在说答案显而易见，可又仿佛在说她根本不知该从何说起。

"从头说。"雷切尔替她回答。

她点点头，艰难地咽下一口唾沫，努力平复心绪。

"好多人都失踪了。"她说。

"什么人?"他问。"怎么失踪法儿?"

"他们就这么凭空失踪了，"她说。"肯定是鲍肯。一切都因为他。这件事儿说来话长。我们大多都是随别的民兵团一起到这儿来的，和家人一起，只是想讨口饭吃，你明白吗? 我跟的那个民兵团名叫西北自由人。可后来鲍肯过来想游说合并，他吵得很凶，其他首领都不同意，接着他们就开始一个接着一个失踪。鲍肯说他们是受不了这儿的节奏所以不告而别，他还说我们必须要加入他的队伍，我们没有别的选择。我们中好些人在这儿连囚犯都不如。"

雷切尔点点头。

"而现在他们正在矿区那儿筹划着什么。"她接着说。

"什么事儿?"他问。

"我也不知道,"她答。"但我敢肯定不是什么好事儿。他们不准我们过去,那地方只在一英里之外,却是禁地。今天就发生了件怪事儿,他们说人都在南面边界干活儿,可中饭时他明明是从北边回来的。我从厨房窗户里望见了。而且他们边走边笑。"

"谁?"雷切尔问。

"鲍肯和他的那帮心腹,"她答。"他是个疯子。他一个劲儿地说我们宣布独立的时候他们会攻击我们,到时我们就得反抗。就是明天。我们所有人都非常害怕。我们都有孩子,你知道吗? 可我们什么都不能做。忤逆他的意愿只有两个结果,要么被除掉,要么他就会在你耳边不停地咆哮直到你同意为止。所以没人敢站出来说一个不字。他完完全全控制了我们。"

雷切尔了然地点点头。妇人靠在他身上,泪水流满脸颊。

"我们输定了,对不对?"她问。"他们真的发动攻击的话。我们只有一百个受过训练的士兵,甚至打不过任何只有一百人的军队,不是吗? 我们全会死。"

她双眼瞪得溜圆,眼底只剩惨白的绝望。雷切尔耸耸肩,摇头否认,努力让自己的声音听起来平静和缓。

"他们只会包围这儿,"他试图安慰她。"双方对峙谈判。仅此而已。以前也发生过类似的事情。而且处理这种情况的会是经验丰富的联邦调查局,不是军队。你们不会有事儿的,他们绝不会杀了你们,到这儿来也不会专为杀人。那些全是鲍肯在给你们洗脑。"

"不自由,毋宁死,"她说。"他挂在嘴上的一直是这句话。"

"联邦调查局一定会处理好的,"他又说了一遍。"没人会伤害你们。"

妇人合上湿漉漉的眼睑,紧闭双唇,疯狂地摇头否定。

"不,鲍肯会杀了我们,"她说。"他一定会的。不自由,毋宁死,难道你不明白? 要是他们打过来,他会杀了我们全部,或者让我们集体自杀。他会逼我们这么做的,我知道他一定会。"

雷切尔紧紧地盯着她。

"我听见他们一直这么说,"她继续说。"一直在神神秘秘地制定什么计划。他们说妇女和儿童都得死,而且这么做有正当理由,光荣崇高、意义深远。他们说这么做都是被现实逼的。"

"你听见他们这么说？"雷切尔问。"什么时候？"

"他们一直都这么说，"她放低声音。"一直在制定秘密计划，鲍肯和他的心腹。妇女和儿童都得死，他们说，而且会让我们自杀，集体自杀，我们的家人、我们的孩人一起。就在矿区那儿。我猜他们会把我们赶到那儿，再杀了我们所有人。"

他沿着树林一直走出阅兵场的北边好远，接着向东行进，直到看见通往约克镇的那条马路。坑坑洼洼的马路在月光照耀下闪着灰光。他藏在树木阴影下，沿路朝北走下去。

马路通到一处山腰突然收紧，转了一道险弯。显然前方一定是什么重要的地方，否则不会花这么多力气建造。沿着蜿蜒的山路雷切尔又爬了一英里左右，海拔将近一千英尺，最后来到一处体育场大小的盆地。盆地半是天然，半是人造，估计是炸开山腰得来的。一侧全是陡峭的山壁，每隔一段距离挖出一个拱形山洞，看上去就像巨大的老鼠洞。其中一些山洞人口用石头粗糙地搭出顶棚，其中两处的门口甚至各有两间木头屋顶的石屋。

地上松松铺了一层砂砾，随处可见杂草蔓生的土堆。雷切尔发现一段几码长的生锈铁轨，也不知从何而来。他在树林深处找到一棵大树，背倚树干蹲下来，屏息等待。

四周没有任何声响，可以说比寂静更寂静，是那种喧嚣闹市散场后独有的静默。这儿的大树早被砍去，河流也已改了方向，甚至连原本茂盛的植被也被一把火烧光，只剩下嗡嗡作响的机器同大声叫喊的人们。可当机器和人群都离开后，再没有其他声响了。雷切尔竖起耳朵，却一丝声音都听不见。见鬼，比月球都静。

向南行就必须上山。他藏在林子里，先从西边绕道，上了一百多英尺的高度，停下脚步，换了个角度俯瞰山下的盆地。

依然毫无动静，但刚刚肯定发生了什么，月光下隐约可见一条新的车辙。其中一间石屋前乱七八糟还有许多条车辙的痕迹，估计是个车库之类的地方。旁边一间石屋更大，车辙也更宽，估计刚刚有人把一辆大卡车开进山洞。

他蹑手蹑脚地从树林里出来，朝那间石屋走去，鞋子踩在砂砾上发出嘎吱嘎吱的响声，在死一般寂静的夜里听上去就像步枪枪响，撞上陡峭的山壁反射回来，宛如隆隆雷鸣。蓦地，他感觉自己变得极其渺小，没有任何遮挡地暴露在外,就像噩梦中自己正赤身裸体穿过空旷的足球场,周遭的山壁仿佛坐在观众席上的人群,默默无语地凝望着他。他走到一堆岩石后,蹲下身仔细倾听了一会儿,自己的脚步声从山壁弹回,渐渐消失。之后什么声音都没有了。

他慢慢向较小的那间石屋靠近,到近前才发现并不是很小,兴许是为了遮挡大型机器或水泵之类的设备而建。大门足有十二英尺高,由铁丝捆住的多根原木做成,用绞索连接在山壁上,仿佛林中木屋的一堵厚木墙。

门没有锁。不过也很难想象什么样的锁才能配上眼前的巨门,起码雷切尔记忆中从没见过。他背靠在右边半扇门上,伸脚轻轻踢开左边半扇。不费吹灰之力,木门露出一道缝,雷切尔倏地侧身溜进去。

屋里一片漆黑,伸手不见五指。他停在原地等自己的眼睛适应黑暗,却发现仍然什么都看不见,仿佛你越努力睁大眼,越是什么都看不见。与此同时,一股浓烈的湿腐气味扑面而来,他能感觉到前面有一条通道或走廊什么的一直延伸到里面的山腹。此时他只有张开双臂,像盲人似地摸索着向前走去。

很快他碰上了一辆车。他的小腿先撞到车头的保险杠,之后双手摸到了车窗。车子很高,要么是卡车,要么是货车。而且是民用的,因为车身漆面光滑,不是军车用的那种漆。他伸出手指沿车子轮廓摸索一番,可以确定是敞篷货车。接着他摸到车门处,意外地发现竟没上锁,随即他拉开车门,驾驶室里的照明灯顿时亮了起来,刺破山洞里的黑暗。灯光犹如同时点燃一百万根蜡烛那般刺眼,无数道阴影撒在车子周围一圈。此刻他终于发现自己身处一个巨大的开放式山洞,一直通向大山深处,岩顶也随之慢慢下降,越到后越低,最后变成狭仄的缝隙,消失在视线中。

他钻进敞篷货车的驾驶室,打开车头灯,两道光束瞬间照亮整个山洞。只见旁边还停了十几辆车,有破旧的轿车、货车,漆成迷彩图案的军用吉普,还有那辆车顶布满弹孔的白色依柯罗赖厢型货车。依柯罗赖看上去疲惫不堪,孤零零地停在那里,仿佛完成了从芝加哥过来的英雄之旅后就被弃如敝履。车旁有几张木工凳,上面随便摊放着几把扳手、油漆罐、油桶、堆成一堆的轮胎,还有气焊工具。

他转了一圈,发现近处几辆车的钥匙都插在点火器上,在一辆轿车里还找到一把手电筒。他拿起手电筒,回到敞篷货车那儿熄灭车头灯,走出大门,重新回到空地。

他稍等片刻,确定没有动静后掩上车库大门,朝更大的那间石屋走去。嘎吱嘎吱地走了一百码后,他来到那间石屋前。一模一样的木门,甚至比刚刚那间的更大,却上了锁。那把锁可以算得上是他见过的所有门锁中最粗糙的,一根弯曲的木头穿过钉在门底的两个托座,两头用铁链绑住,又有两把挂锁锁牢铁链。雷切尔没理会挂锁,没必要自找麻烦,木头弯曲的空隙足够他挤进去了。

他蹲下身在门底推开两扇门,木头弯曲的地方允许两扇门之间开启约一英尺的空隙。他先伸进双臂,然后把头挤进去,接着肩膀,最后俯身把两脚拖进来。等他站定,他打开了手电筒。

又是一个巨大的山洞,同样漆黑,同样充斥着湿腐气味,渐渐压低的岩顶同样变成狭仄的甬道直穿山腹。山洞里什么声音也没有,仿佛所有声响都被吸进山腹。最后雷切尔发现,这个山洞也是个车库,只不过所有的车子都一模一样。一共五辆,无一例外都是现役的美国军用卡车,车身上标有美国空军标志。可以看出并不是新车,但保养得很好,车后的帆布顶篷维护得相当整洁。

雷切尔绕到第一辆卡车的尾部,踏上踏板,朝里张望。只见车厢两侧钉着两长条板凳,原来是运兵车。有多少小时自己就这么坐在眼前的板凳上,盯着前方的钢地板,摇摇晃晃向目的地开进? 雷切尔几乎没法计算。

只不过和车外的整洁不同,车厢里的钢地板上沾满斑斑黑迹,就像浓稠的液体变干后形成的一摊摊污渍。雷切尔一闪神,蓦地想起以前也见过相似的污渍,甚至已经不计其数。他跳下车,跑到第二辆卡车边,踏上踏板,用手电筒照亮车厢。

这回没见到板凳,相反几个架子整齐地钉在车厢两侧。架子由直角铁管焊接而成,上面还铺了厚厚的橡皮垫,大概是为了放置易碎货物而设。左手边的架子上并排放着五个火箭发射装置,长六英尺的细长全黑钢管,前端钉有一个电子仪器盒、一个瞄准器和一个手枪握把,排列得十分整齐。

右手边的架子上则是二十五枚"毒刺"导弹,每枚导弹间隔几英寸,全放在橡皮垫上,处于发射状态。哑光合金的表面刻有一串批号,燃料区外还刷了一条亮橙色的油漆。

另外三辆也一样,各有五个火箭发射装置和二十五枚"毒刺"导弹,总共二十个火箭发射装置和一百枚"毒刺"导弹,恰是一个空军机动部队所需的军火配备。这样的部队需要二十名士兵。思及此,雷切尔走回到第一辆卡车,盯着车厢地板上的斑斑血迹出神。突然,他听见老鼠的动静。刚开始他还以为那吱吱的声响是从外面传来的脚步声,惊得他赶紧关上手电筒。但很快醒悟过来,声音很近,就在他身后,是山洞后面几只老鼠正在打架。他重新打开手电筒,朝山洞里走去,不料却撞见了那二十名士兵。

二十具尸体堆在山洞底部,死状凄惨。子弹都从背后穿过,雷切尔能猜出他们是站成一排被机关枪从后面扫射而死的。他弯下腰,嘀咕一声,翻过几具尸体。他们的脸看来算不上强悍,相反是驯良保守的那一型,想来是被派遣到不具太大威胁的边防驻扎,运送导弹途中却不幸中了埋伏,丢了性命。

可这一切又是怎么发生的呢? 雷切尔醒悟过来。蒙大拿最北部的地对空导弹基地是冷战的遗留物,行将报废,驻守在那儿的部队即将被招回,甚至已经在回程途中,而目的地就是科罗拉多的彼得森空军基地,行程中最后一次通话应该是通过无线电通讯。他蓦地回想起通讯室里那些无线电扫描器以及一旁耐心调频的操作员。不难想象,肯定是某次无线电通讯无意被截获。他脑海中划过鲍肯得知消息后肿胀的脸庞瞬间一亮,露出机会主义者独有的诡笑。接着他们匆忙制定计划,在山中某处设下埋伏,二十名士兵束手就擒,被残忍杀害后扔上卡车,最后被塞进山洞。想到这儿,雷切尔瞥了一眼恐怖的尸堆,猛地关掉手电筒。

因为他听见了动静。从外面传来的嘎吱脚步声越来越近,在静谧的夜里听上去几乎震耳欲聋。脚步声朝这间木屋走来,但是没法分辨到底有几个人。

脚步声停在大门后,接着钥匙叮当作响,挂锁解开,铁链被除下,木头搬下来后,大门吱哑一声打开。他赶紧面朝地趴下来,紧紧贴住冰冷的瘫软尸体。

四只脚,两个声音,而且是他熟悉的声音。福勒和鲍肯。说话声很轻,咚咚的脚步声透出十足的自信。雷切尔朝尸堆里又挤了挤,一只老鼠从他耳边倏地窜过。

"他有没有说几时?"福勒突然提高声音。

"明天一大早,"鲍肯回答。"电话公司什么时候会派人过去? 八点? 还是七点半?"

"我们还是小心为妙,"福勒回答。"七点半好了。他们做的第一件事儿就是切断电话线。"

他们打开手电筒,光束随着他们的脚步左摇右晃。

"没问题,"鲍肯答。"这儿的七点是东海岸早上九点。时间正好。就定在七点行动。华盛顿第一站,纽约第二站,接下来是亚特兰大。十点半应该就全部完成。十分钟就足够震撼整个世界,对不对?况且还有二十分钟的富余。"

他们停在第二辆卡车前,撬下尾板的螺丝。喱唧一声,尾板砸在石地上。

"接下来怎么办?"福勒问。

"接下来只要等着看好戏就成,"鲍肯回答。"现在他们这儿只有八个海军陆战队士兵,压根儿搞不清状况,对森林又一无所知。况且同我们当初估计的一样,白宫决定警慎行事,先不会介入。就算给他们十二个小时想对策,不到明晚也不会采取任何行动。而到那时,我们这儿早就不是他们担心的对象了。"

他们倾身进入卡车,声音透过厚实的帆布顶篷传出来,听起来有些闷。

"需要导弹吗?"福勒问。

"发射器就足够了,"鲍肯回答。"电子设备那部分就行。"

雷切尔躺在原地一动不动,任凭老鼠在身边窜来窜去。接着他听见发射器上的夹子被取下,发射器从架子上拿下来,尾板被重新装上去,最后手电筒的光束照向大门,脚步声消失在门边。

大门吱哑一声关上。雷切尔听见导弹发射器被小心翼翼地放在砂砾地上,两人气喘吁吁地把木头搬回原处,一一锁好铁链和挂锁,最后踏着砂砾穿过空地。

一等脚步声远去,雷切尔猛一转身,愤怒地反手一抄,抓过一只老鼠恶狠狠地朝山洞深处扔过去。他坐在地上稍等片刻,然后朝大门慢慢走去,等了六分钟,没有动静。他蹲下身,推开了大门底部。

可两扇门分开最多一英寸。他只好握住木头,耸起肩膀,拼命上抬。该死,像石头一样硬,犹如推倒一棵大树。他又试了一分钟,全身肌肉就像举重运动员一样紧绷,可大门依旧纹丝不动。被卡住了。蓦地,他醒悟过来。那块木头反了方向,此刻弯曲部位不再朝外,反而朝内,导致原来在底部会分开一英尺的两扇门现在被牢牢地锁住。

他努力回想那块木头的样子。一英尺多长,干梆梆的宛如一块硬铁,中间弯曲。弯角朝外,一点儿问题没有;弯角朝内,就别想移开。他瞥了一眼军用卡车，打消了脑子里的念头。这个山洞地方太小，没有足够的距离让卡车获得加速度。毋庸置疑，卡车的发动机威力强大，但还是不够，撞断那根木头需要的力道要大得多，大得无法想象。

干脆用导弹炸开。但很快，他也打消了这个念头。噪音太大，而且也不可行。导弹升入空中三十英尺才会爆炸，况且携带的炸药只有六磅半，爆炸威力虽然足够炸毁一架飞机，但比起眼前两扇巨门，只能算隔靴搔痒。现在他被关在这该死的山洞里，而霍莉正在等他。

雷切尔生来不易恐慌，从来都不会。他遇事向来镇静，而部队的长期磨炼更让他凭添几分沉着。他的专业训练告诉他，凡事应该先评估情况，然后运用意志力获取成功。之前所有人都告诉他，你是杰克·雷切尔，什么事儿都难不倒你。刚开始是他母亲对他这么说，接着是他的父亲，后来那些学校里稳健沉默的长官也这么说。所以他一直相信他们的话。

但是与此同时，他又并不相信。他脑中一直有一个声音在不断告诫自己：你只是运气好，总是运气好罢了。所以有的时候，他常会想不知道什么时候自己的好运会耗尽。于是此刻，他背靠在木门上，默默问自己：难道好运已经耗尽？

他打开手电筒，照了一圈山洞。老鼠远远逃开，仿佛对山洞深处的黑暗更感兴趣。雷切尔暗暗自嘲，连它们都抛弃我这座沉船了。突然，他的脑海里灵光一现。不对，肯定是因为它们在甬道里找到更有趣的东西，那么很有可能甬道通向别的地方。他想起一个个并排在盆地北面山壁上硕大的老鼠洞，说不定山洞深处的这些甬道都是相连的。

他赶紧跑到山洞深处，经过卡车、经过恶心的尸堆，最后来到岩顶已经低得直不起身的顶头。一只老鼠吱吱从他身边窜过，消失在左边的岩缝里。他趴下身，开着手电筒朝缝隙深处爬去。

出乎意料的是，他撞上了一具骷髅。他摸索着直起身，却正对一个咧嘴笑的骷髅，接着又一个，一共四五具尸骨。他大惊失色，倒抽一口凉气，向后退一步，举起手电筒细细打量起来。

从骨盆结构来看，全是男性，每个头骨上都有弹痕，无一例外在太阳穴的位置。弹孔的边缘轮廓清晰，看来是手枪从近距离射出的高速子弹。尸体应该不超过一年，身体还没完全腐烂，但已经被老鼠啃得乱七八糟。骨头上有一排排啮齿类动物留下的齿痕。

骨头已经被老鼠拖得四散在地上，但胸部的衣服尚且完好无损，看来老鼠并不青睐躯干上的布料。的确,这又何必呢? 它们从后背攻入,柔软的内脏是它们的美食。

衣服是橄榄绿色的卡其布,隐约可见黑灰相间的迷彩图案。雷切尔的目光顺着迷彩图案上移,发现被咬得残缺不全的肩胛骨下面藏着一个肩章,毛布面料,上面用丝绸绣了几个字:西北自由人。他伸手拉了一下骷髅上的衣服,胸骨顿时哗啦啦散落一地,只见胸前口袋上别了三颗星。

雷切尔趴在地上,伸手在尸骨堆中耐心摸索,终于拼出五件制服,还找到两个肩章,一个上面写着:白种基督教徒,另一个则是蒙大拿宪法民兵团。随后他把头骨并排排列在一起,仔细检查了下牙齿。眼前的五个人应该都是介于四十到五十岁之间的中年男子,正是那五名凭空失踪的领导者。他们失踪后,波·鲍肯顺理成章地接管了一切。

岩顶太低,雷切尔没法从尸骨堆上爬过去,只好把骨头移到一边,继续沿着缝隙爬进山洞深处。老鼠显然对那些尸骨失去了兴趣,上面的肉早被剔光,如今山洞深处有更吸引它们的东西。它们吱吱叫着,朝深处蜂拥而去。雷切尔把手电筒伸在前面,奋力朝里面那群吵闹的老鼠爬过去。

很快,他失去了方向感。他应该是朝西面爬,但压根儿没法确定。岩顶倾压下来,只剩下两三英尺的高度。或许很久以前这里是一条采矿甬道,可如今矿石早被挖走。越向下爬,岩顶越低,现在只有一英尺半的高度。空气凉飕飕的。缝隙愈发狭窄,伸在前面的双臂被牢牢卡住,怎么也抽不回来。此时此刻,他就这么卡在一处狭仄的岩缝里,上亿吨的山石压在身上,动弹不得,也不知这条岩缝到底通向何处。更糟糕的是,电池没电了,他只能无助地看着手电筒的黄色光束逐渐暗淡下去,变成了惨淡的橙色。

他大口喘着气,全身颤抖。可并不是因为吃力,而是因为害怕,因为恐惧。眼前发生的一切根本不在他的意料之中。脑海里,他拼命想象自己正在空旷无人的画廊里闲逛,而非眼前这处狭仄逼人的岩缝。他必须拼尽全力才能克服自己最可怕的童年噩梦。他一生经历了许多生死交关的时刻,很少有什么会让他尝到恐惧的滋味,可他明白,从小到大,他最害怕的就是被关在黑暗逼仄的地方不能转动身躯,甚至小时候做的所有噩梦都是自己被关在幽闭狭小的空间。他趴在地上,努力睁大双眼,大口喘着粗气。他的喉咙仿佛被什么东西卡住,可他逼着自己吸气、呼气,然后慢慢地,一寸一寸地,挪向他的噩梦。

电池终于完全耗尽,现在他真的被笼罩在无尽的黑暗中。甬道越来越窄,他的身体缩成一团,双肩被紧紧压住,脸被迫偏向一侧。他拼命想保持镇静,脑海中划过自己对鲍肯说的话:当时人的体型都很小。精力旺盛的小个子迁徙到西部,希望能在大山坳里挖到宝藏。那时候的人肯定只有雷切尔个头的一半,不辞劳苦地在矿道里钻进钻出,从岩顶撬下亮闪闪的矿石。

虽然电池已耗尽,他还是不死心地举着手电筒。可是哐地一声,手电筒砸在前方两英尺的岩石上。他吃力地伸手摸索,却只摸到硬梆梆的岩壁。岩缝已经到头,前面无路可走。他想后退,可根本动弹不得。后退必须用手撑地,而且非得抬起肩膀、用胸部做支点才能使得上力。可麻烦的是岩顶太低,他没法儿抬起肩膀,整个身体牢牢卡在缝隙中。双脚用力的话他能向前挪一寸,可却不能把他向后拉。霎那间,恐慌冻得他全身冰凉,喉咙仿佛被堵住。他的头撞着岩顶,下巴抵在粗糙的砾石上,忍住尖叫的冲动,粗重地急速呼吸起来。

他必须后退。他弯曲脚趾插进砾石,手掌压地,用拇指死死抵住地面,然后脚趾与拇指同时使力。终于成功地向后退了一分。可这时肩膀上隆起的肌肉牢牢卡在岩石间,岩石仿佛向他身体两侧倾压过来。他呼出一口气,放松手臂,脚趾用力抵在地上,结果只在滑溜溜的砾石上蹬了几下。看来拇指非得使劲不可,但麻烦的是肩膀上的肌肉一隆起又会被岩石卡牢。他左右动了动臀部,发现那儿有两三英寸的空隙,随后双手撑住地面,身体猛地上抬,却又立刻被牢牢卡在缝隙间。他拼命侧过身子,下巴重重撞上岩顶,再猛地向另一边侧身,另一边下巴撞上了岩顶,岩石挤压着他的胸腔。此时此刻,他再也忍不住尖叫的冲动,张开嘴绝望地哀嚎起来。肺部瞬间充满了空气,前胸后背更加牢牢地卡在岩缝中。

他不知道此刻自己的眼睛是睁是闭。脚一用力,身体向前挪了一分,恰好抵消刚才后退的距离。他吃力地把双臂向前伸展,再一次摸索起来。双肩被牢牢卡住,手臂没有用武之地,只能拆开五指,上下左右地摸索。依旧是硬梆梆的岩石,不能进也不能退。

这见鬼的山腹将是他的坟墓。他心里明白,老鼠也明白。老鼠顺着他的气息一路跟过来,窜到脚边。他用力踢了一脚,老鼠吱吱四散逃开,可很快又窜了回来,爬上他的腿,他的肩膀,最后从他的胳肢窝溜下去,冰凉的毛皮掠过他的脸,尾巴轻轻弹开。

可它们窜到哪儿去呢?他任由老鼠爬过他的手臂,寻思它们跑的方向。老鼠越过他,钻进前方的黑暗,向左边跑去。他的手能感觉到被搅动的冰凉

空气给他左半边汗湿的脸颊带来一阵凉意。毫不犹豫地,他用力朝右侧挤过去,然后伸出左臂,本以为会摸到左边的墙壁,却发现那儿空荡荡什么都没有。原来他是被卡在了两条甬道的交界处。新的那条和此刻卡住他的那条呈直角,非常小的一个直角,整整九十度。他的脸紧贴岩顶,身体一侧紧靠在岩壁上,奋力后拉身体,缩着肩膀朝左边的甬道爬去。

新的甬道也好不到哪里去,同样逼仄,岩顶同样低。他喘着粗气,汗湿的身体微微颤抖,不顾一切地向前挪移。借助脚趾的力量他每次能向前挪一英寸。老鼠得意地从他身边窜过,把他远远甩在后面。岩石刮在他的身侧后背上,火辣辣地疼,可他能感觉到脸上的阵阵凉意。这条甬道肯定通向某个地方。伴随着粗重的喘息,他一寸一寸向前挣扎。终于,甬道慢慢变宽,可岩顶仍旧压得极低。看样子这是岩石中一条快被压扁的缝隙。他继续向前爬,几乎已经筋疲力尽。五十码、一百码,突然,岩顶迅速升高,新鲜空气骤然涌进。他脚趾更加用力。蓦地,他发现自己竟然在车库山洞里。原来自始至终他都睁着双眼,而那辆白色的依柯罗赖此时就在眼前。

他一骨碌翻过身,仰面躺在砾石地面上,全身不住地颤抖,大口喘着粗气。半晌,他挣扎着站起身,向后看了看。甬道入口隐藏在阴影中,根本看不见。他费力地走到白色货车旁边,靠在车子上,任由身体滑落下去。表盘上隐约的指针告诉他,他在甬道里待了将近三个钟头,其中大多时间只是被卡在逼仄的岩缝里动弹不得,恐惧得满身大汗。他的衣裤已经被撕成一条一条,每块肌肉都疼得仿佛着了火,脸上、手上、胳膊肘和膝盖都在流血,可最可怕的还是那种永远无法找出出口的恐惧与绝望。直到现在三个钟头的恐怖噩梦历历在目,还没摆脱那种可怕的幻觉,仿佛自己的前胸后背仍然挤压在岩石中,肋骨被向内狠狠压进去。他站起身,蹒跚地向大门走去,轻轻推开大门。下一刻,他站在了银白的月光下,高举双臂,张大嘴,拼命吸进一大口夜晚山间清新香甜的空气。

当他跑过盆地的一半,他的思路蓦地清晰起来。还有一件重要的事情。他赶紧跑回车库山洞,在一辆吉普的拖钩上找到了他想要的东西——一卷为拖车提供电力的沉甸甸的电线。他把电线拉出来,用牙咬断一截,然后重新跑回夜色中。

他沿着马路小心翼翼跑了大约两英里,二十分钟后回到了约克。他绕过小镇东北方向的断壁残垣,来到法院楼后面。他沿着屋檐投下的阴影绕着小楼跑了一圈,停下脚步,侧耳倾听片刻。

他尽力从鲍肯的角度思考。鲍肯现在肯定沾沾自喜,一方面有那么长的防御工事,另一方面联邦调查局的内应还在源源不断提供内部情报。雷切尔被关在受罚室,霍莉关在二楼的囚室。这样的有利情况,他还会安插卫兵守门吗? 起码今晚不会,尤其是明天以后还有一系列的大动作,肯定希望他的人能养精蓄锐。雷切尔暗自点头,决定赌上一把。

他踏上法院楼的台阶。四周一片寂静。他推推门,锁住了。他微微一笑。上锁的大门后不可能再安置岗哨。他把那截电线弯成一个小钩子,塞进门缝,感觉到锁头。八秒钟,门锁应声而落。他走进屋,稍停片刻,确定没有动静后踏上楼梯。

霍莉门上的那把锁是新装上的,不过是个便宜货。他尽量不弄出一丝声响,可动作慢了一些,整整三十秒钟才挑开锁心里最后一个制动栓。他慢慢推开门,踏上高出一截的地板,紧张地扫视了一圈房间。她穿戴整齐地躺在床垫上,正清醒地看着他,一双大眼在昏暗的房间里烁烁发光。他朝她做了个手势,让她出来,随后转身走进了走廊。她捡起拐杖,走到门口,小心地爬下地板,站在了他身旁。

"你好,雷切尔,"她轻声打了招呼。"你好吗?"

"这会儿还行,"他轻声回答。"时好时坏。"

她扭过头朝昏暗的屋内望去,他顺着她的视线看见地板上暗黑的血迹。

"是给我送午饭的女人的。"她轻声说。

他了然地点点头。

"用的是什么工具?"他轻声问。

"床架的一根铁条。"她答道。

她得意的表情落在他的眼里,他会意一笑。

"应该没问题,"他平静地说。"床架干这个很合适。"

她最后看了一眼房间,轻掩屋门,然后跟着他慢慢走出走廊,下了楼梯,穿过大厅,最后迈出大门,步入明朗的月夜。

"上帝啊,"她惊呼出声。"你出了什么事儿?"

他低头看看自己。衬着银白的月光,他看见自己衣衫褴褛,从头到脚沾满灰尘和砾石,身上、脸上爬着一道道污痕血渍,身子还在不停颤抖。

"说来话长,"他说。"芝加哥你还有谁能信得过?"

"麦格洛斯,"她毫不犹豫地吐出这个名字。"芝加哥分局局长。干吗这

么问？"

　　他俩左右看看，手挽手穿过大街，绕过废弃的镇政府大楼前的土堆，踏上通往西北方向的林间小路。

　　"你必须给他发一份传真，"他答道。"他们手上有导弹，你必须警告他。而且就在今晚，因为明天一大早电话线就要被切断。"

　　"内鬼泄漏的消息？"她问。

　　他点点头。

　　"可怎么可能？"她还是不敢相信。"他们怎么联络的？"

　　"无线电短波，"雷切尔回答。"这是惟一的方式。任何其他途径都会被追踪到。"

　　他身子一晃，倚在一棵大树上，把来龙去脉一丝不落地告诉了她。

　　"他妈的，"她忍不住咒骂。"地对空导弹？集体自杀？简直像噩梦。"

　　"可不是我们的噩梦，"他答。"我们马上就能离开了。"

　　"我们得留下来帮他们，"她说。"那些妇女儿童。"

　　他摇摇头。

　　"对他们最好的帮助就是我们逃出去，"他说。"说不定没了你，他们会改变计划。而且我们知道这儿的地形。"

　　"我不知道。"她说。

　　"可我知道，"他答。"第一原则是按照优先顺序办事，而此时此刻，该优先考虑的就是你的安全。所以我们必须离开这儿。"

　　她耸耸肩，点头同意。

　　"现在吗？"她问。

　　"马上。"他答。

　　"怎么出去？"她问。

　　"开吉普车，从森林走，"他答。"他们的车库给我找到了。只要到那儿偷一辆吉普出来，到时天也应该亮了，我们肯定能找到出路。在鲍肯的司令室我见过一张地图，森林里横七竖八有许多山路。"

　　她点点头。他们沿着蜿蜒的小路，在黑暗中跑了一英里左右，来到阵地。眼前的空地安静而又一片漆黑，他们屏住呼吸，蹑手蹑脚地绕过食堂，来到通讯室的后面。接着他们走出树林，雷切尔把耳朵贴在通讯室的外墙。屋内静悄悄的，没有一丝声响。

　　那截电线又派上了用场。十秒钟之后，两人已经进到屋内。霍莉找到了纸笔，写好内容，拨通芝加哥办公室的传真号码，把纸塞进送纸口。传真机嗡嗡响了一阵，纸张顺从地从出纸口吐出来，重新回到她手上。她不想留下任何蛛丝马迹，按下确认键，旋即又一张纸吐出来，上面是对方的号码。她设定好发送时间，七月四日星期五清晨五点差十分。一切办妥后，她把两张纸撕成碎片，压在垃圾桶最底层。

雷切尔站在长桌旁，顺手拿了一个回形针，随后跟着霍莉走出去，转身锁上大门。他俩绕到屋后，找到连接屋内短波天线的那根电缆。雷切尔拿出回形针，弄断后把半截用力插进电缆，直到电缆上下都裂开细缝。半截回形针足以截断所有无线电信号。传来的信号一旦碰到这个金属屏障即会泄漏到土地里，永远不会有到达短波接收器的一天。这是截断无线电通讯的最好办法。毁掉接收器，很快就会修好。可用这种办法，他们很难查出问题在哪儿，也许检查电缆是被折磨得筋疲力尽的技术员最后才想到的一步。

"我们还需要武器。"霍莉在他耳边轻轻提醒。

他点点头，两人来到弹药库门口。他瞥了一眼门锁，立刻决定放弃。太大了，没法挑开。

"要么回头去找看守我的那家伙，他手上有把格洛克。"他低声说。

她点点头。两人重新回到树林，走到另一块空地。雷切尔一路琢磨该怎么向约瑟夫·雷解释他的重新现身，也许他可以说自己刚被高速传送回联合国总部，只是速度太快衣服才会撕裂。他们蹑手蹑脚走到受罚室后，没有动静。绕到门前，雷切尔推开大门，不料迎面撞上一把九毫米口径的枪口，不是约瑟夫·雷的格洛克，而是波·鲍肯的西格绍尔。他一抬头，只见小史迪威正一脸狞笑地站在身旁。

37

清晨四点三十分，韦博做好换班准备。约翰逊、盖博和将军的副官都坐在椅子上打盹，麦格洛斯则还在外面和电话公司的技术人员一起忙碌着。整晚的工作刚刚结束。切换电话线花了比预期长得多的时间，主要是接口问题，他们只好切断从约克出来的电话线，再接到马路上临时搭起来的电线杆终端机盒上，最后再把终端机盒的电缆接到临时指挥部的通信端口上。

可即使一切接好还是不行。技术人员对万用电表吹毛求疵，还一直咕咕囔囔抱怨电阻和电容不合心意。他们已经连续工作了三个小时,埋怨完军用卡车的设备之后决定到终端机盒检查一下。问题一定出在那儿,坏零件之类的。结果换了零件之后整个电路终于畅通无阻。清晨四点三十五分,任务完成,麦格洛斯和他们握手道谢。这时,韦博走出车厢,同麦格洛斯一起目送技术人员开车离开,直至车轮声在前方拐弯处消失。沐浴着银色的月光,他们在车外站了片刻,麦格洛斯点燃一根香烟。两人谁都没有说话,只是望着远方的天际,双双陷入沉思。

"去,把你的手下叫醒,"最后,韦博打破沉默。"我们也该稍微休息一会儿了。"

麦格洛斯点点头,走到另一辆供休息的拖车,叫醒米罗塞维奇和布罗根。在车里上下铺和衣而睡的两人坐起身,伸了个懒腰后从梯子上下来,只见韦博正同约翰逊和他的副官站在车外,盖博站在他们后面。

"电话线已经弄好了。"韦博说。

"弄好了?"布罗根一愣。"我还以为早上才能好呢。"

"我们觉得越早越好,"韦博朝约翰逊将军努努嘴,仿佛在说:他很担心,不是吗?

"好吧,"米罗塞维奇接口道。"下面有我们看着就行了。"

"八点叫醒我们,"韦博说。"有必要的话更早也行,好吗?"

布罗根点头答应,朝北面的临时指挥部走去。米罗塞维奇紧跟其后。走到半路,两人脚步一致,双双朝月色中的远山望去。与此同时,空无一人的临时指挥部车厢里的传真机突突响了起来,一张传真纸面朝上地从出纸口吐了出来。此刻,时针刚跳到七月四日星期五早上五点差十分。

一小时十分钟后,整六点,布罗根跑到供休息的拖车外大力拍打车门,想叫醒约翰逊将军,里面却没有反应,他只好亲自走进去把将军摇醒。

"是彼得森空军基地,长官,"布罗根说。"他们要同您通话。"

约翰逊连制服都没来得及套上,只穿了衬衫长裤就赶到另一辆卡车上。米罗塞维奇随即离开,同布罗根一起等在外面。五分钟后约翰逊走出来。

"我们现在得开会。"他下达命令。

说完,他转身回到车厢。米罗塞维奇去叫醒其他人。韦博和将军的副官连伸懒腰,哈欠连天,盖博笔直地坐起身,而麦格洛斯连衣服都没脱,嘴里叼着烟,或许根本就没打算睡觉。众人爬上梯子,鱼贯进入车厢,围坐在桌旁。每个人的眼睛都因为缺乏睡眠泛着血丝,乱糟糟的头发显出被枕头压过的痕迹。

"彼得森打电话来,"约翰逊告诉大家。"黎明时他们会派出搜救直升机寻找导弹部队。"

副官了然地点点头。

"那是标准程序。"他说。

"可前提是部队遭受了技术困难,"约翰逊回答。"他们认为是出了机械故障,或者是电子线路问题。"

"不过那也不是不可能,"副官接口说。"如果是无线电故障,他们的程序是修复无线电;如果是卡车抛锚,那么他们的程序则是聚集在一起,等待救援。"

"围在卡车周围?"麦格洛斯插口问。

副官点点头。

"一点儿不错,"他答道。"他们会停在路边等直升机来援救。"

"那我们告不告诉他们?"麦格洛斯接着问。

副官向前坐了坐。

"问题就在这儿,"他说。"到底告诉他们什么?我们现在根本不能确定他们是不是真的落了那群疯子手里。也许实际上真的只是无线电问题外加机械故障。"

"别做梦了。"约翰逊在一旁说。

韦博耸耸肩,非常清楚该如何处理当前的棘手问题。

"告诉他们的话有什么好处?"他问。

"什么好处都没有,"约翰逊答。"要是我们告诉彼得森导弹落在敌人手里,等于泄漏所有情况,我们立刻失去对局势的掌控。而且我们无视华盛顿的命令、在星期一之前擅自行动的把柄也落在别人手里。"

"好吧,那坏处又是什么?"韦博继续问。

"理论上讲,"约翰逊答。"我们必须假设导弹已经落入敌人手里,所以也必须假设导弹藏在隐秘的地方。那样的话空军直升机根本什么都找不到,飞了一圈以后就会回基地。"

韦博点点头。

"好,"他说。"没有好处,没有坏处,那就没问题了。"

车厢内陷入短暂的沉默。

"那我们什么都不做,"约翰逊最后说。"让直升机去搜救。"

麦格洛斯疑惑地摇摇头。

"要是他们用导弹把直升机打下来怎么办?"他提出自己的疑问。

将军副官耐心一笑。

"不可能,"他说。"敌我识别系统会阻止这种情况。"

"敌我识别系统?"麦格洛斯不解。

"那是一种电子系统,"副官解释道。"导弹能识别直升机发出的信号,一旦分辨出是我方就会拒绝发射。"

"能保证吗?"麦格洛斯还是有些不相信。

副官点点头。

"万无一失。"他肯定地说。

盖博沉着脸瞥了他一眼,不过一言未发,毕竟不是他的专业领域。

"行,"韦博说。"回去睡觉。八点再叫我们,布罗根。"

彼得森空军基地的停机坪,一架波音 CH-47D 型支努干直升机的发动机正在预热,开始从八百五十八加仑的油箱汲取第一滴汽油。支努干体型庞大,安在双侧的螺旋桨在空气中划出一百英尺长、六十英尺宽的椭圆形。整架飞机净重超过十吨,同时还能负重十一吨。它的发动机和油箱分别捆在上层和两侧,飞行员则坐在机头,整架飞机看起来就像一个会飞的超大型铁匣子。任何一架直升机都能执行搜救任务,但当大型设备遇到危险时就非支努干莫属了。

正赶上周末休假,彼得森空军基地的调度员只派出两名飞行员。他没有再派侦察机,因为他觉得没必要。毕竟,在蒙大拿的山区里找五辆军用卡车又有什么难的?

"你该待在这儿的,"鲍肯冷冷开口。"对不对,乔?"

雷切尔朝受罚室里瞥了一眼,约瑟夫·雷正站在黄色正方形上面,眼睛一眨不眨直视前方。他全身赤裸,嘴里和鼻子里不断涌出鲜血。

"对不对,乔?"鲍肯又问了一遍。

雷没有回答。鲍肯走近,一拳抢在他的脸上,雷顿时失去平衡,后仰跌在墙上。他挣扎着站起身,重新站回到正方形上。

"我问你话呢!"鲍肯大声说。

雷点点头，血从两颊汩汩流出。

"雷切尔应该待在这儿的。"他答。

鲍肯又挥出一记重拳，雷的脸猛地一偏，噗地喷出一大口血。鲍肯满意地笑笑。

"站在正方形上时不许说话，乔，"他说。"你知道规矩的。"

鲍肯朝后退了一步，举起枪口对准雷切尔的耳朵，把他拉到门外空地，并招招手让史迪威跟过来。

"你继续给我站在正方形上，乔。"他扭头吼道。

史迪威带上屋门。鲍肯转过身，用枪把雷切尔向史迪威推过去。

"告诉福勒，把这个家伙解决掉，"他吩咐道。"他现在对我们已经没用了。至于那个贱货，把她关回房间里。派人守在楼外。我们有正经事儿要办，没时间处理这堆破事儿。六点半去阅兵场，每个人都得到。宣言传真出去之前我想先当众朗读一遍。"

麦格洛斯怎么都睡不着。他同其他人一道回到供休息的拖车，爬上自己的床铺，可十分钟后就决定放弃。早上六点三刻，他回到临时指挥部，对布罗根和米罗塞维奇说：

"你们俩要休息的话就去吧，我在这儿看着。"

"我们可以去准备点儿早餐，"布罗根提议。"卡李斯贝尔的餐厅现在应该开门了。"

麦格洛斯隐隐点点头，伸手掏皮夹。

"不用麻烦，"布罗根说。"我来请客。"

"好吧，多谢，"麦格洛斯答道。"记着多买点儿咖啡回来。"

布罗根和米罗塞维奇离开车厢，麦格洛斯站在门口目送他俩驾车向南面驶去。车轮声隐去，只剩下设备的嗡鸣。他转身坐下，时钟敲响七点整，突然，传真机再次响了起来。

霍莉伸出双手，细细抚摸旧床垫，仿佛雷切尔正躺在上面，仿佛她手到之处是他伤痕累累、炙热紧实的身体，而不是塞满旧马鬃的条纹床垫。她眨了眨眼，泪水连串滑落。她深深叹了一口气，集中精力考虑下一步的对策。没有雷切尔，没有杰克逊，没有武器，没有工具，只有楼外的六名看守。第一千次，她环顾屋内一圈，重新寻找出路。

麦格洛斯用双拳拼命敲打车厢,立刻惊醒了所有人。接着他跑回临时指挥部,这时传真机里正慢慢吐出又一张传真。他手里已经有了两份,现在是第三份。

韦博第一个赶到车厢,一分钟之后约翰逊也到了,接着是盖博,最后是将军的副官。他们匆忙爬上梯子,围坐在桌旁。麦格洛斯全神贯注地仔细阅读。

"怎么了,马克?"韦博问。

"他们宣布独立了,"麦格洛斯说。"听听这一段。"

他瞥了一眼其他四人,大声朗读起来:

"'人类在他们之间建立政府,而政府之正当权力,是经被治理者的同意而产生的。当政府长期滥用权力、侵占人民利益时,人民有权力改变或废除它。'"

"照搬原文。"韦博说。

"不,措辞不一样。"盖博回答。

麦格洛斯点点头。

"再听这一段,"他说。"'现任美国政府的历史是周而复始地伤害人民、侵占人民利益的历史,其惟一目的就是建立统治人民的绝对专政。'"

"见鬼,这是什么?"韦博说。"重演一七七六?"

"甚至更糟,"麦格洛斯回答。"'因此,我们是在原为蒙大拿州约克镇集会的美利坚自由国代表,我们在此郑重宣布:这片土地从此是自由独立的国家,它们取消一切对美国政府效忠的义务,与美国政府之间的一切政治关系从此全部断绝。作为自由独立的国家,它们完全有权宣战、缔和、结盟、通商、维护领土领空完整,并采取独立国家有权采取的一切行动。'"

读罢,他抬起头,默默地把三份文件平放在桌上。

"为什么会有三份?"盖博冷不丁地问。

"发到三个不同的地方,"麦格洛斯回答。"要是我们没有拦截,现在都已经到达目的地了。"

"具体会去哪里?"韦博问。

"第一份是华盛顿的区号,"麦格洛斯说。"我猜是白宫。"

约翰逊的副官把椅子朝电脑挪了挪,麦格洛斯报了一串号码,副官迅速输入电脑,屏幕闪出一页信息,他点点头,说:

"嗯,是白宫。下一个?"

"是纽约什么地方。"麦格洛斯报出第二张传真上的号码。

"联合国,"副官旋即答道。"他们想要见证人。"

"第三份,我不知道,"麦格洛斯说。"区号是 404。"

"佐治亚州的亚特兰大。"盖博脱口而出。

"佐治亚州的亚特兰大有什么?"韦博问。

副官忙着敲键盘。

"美国有线新闻网,"他答道。"他们想要媒体曝光。"

约翰逊点点头。

"确实是高招,"他说。"他们希望电视全程直播。上帝,你们能想象吗?联合国做仲裁人,有线新闻网全程实时直播? 整个世界都会关注。"

"那我们怎么办?"韦博问。

车厢内一阵沉默。

"他们为什么会提到领空?"盖博突然高声问。

"只是改了改措辞,"韦博答。"一七七六年的《独立宣言》里没有提到领空。"

"那些导弹,"盖博说。"他们有没有可能拆下敌我识别装置?"

又一阵长时间的沉默。这时,窗外的汽车声打破一室的沉寂。布罗根和米罗塞维奇爬上梯子,走了进来,手上拎着几个棕色纸袋,外加好几个有盖的塑料杯。

巨型支努干搜救直升机从科罗拉多的彼得森空军基地出发,一路向北飞到蒙大拿州大瀑布附近的马姆斯特罗姆空军基地。飞机降落下来,加油车开出迎接。飞行员下了飞机去附近餐厅喝了杯咖啡。二十分钟后,飞机重新起飞,迎着晨曦朝西北方向飞去。

38

"一点儿反应都没有,"福勒说。"这倒让我们纳闷儿了。"

雷切尔冲他不以为然地耸耸肩。此刻他们在司令室里。史迪威押着他穿过树林来到阵地,交给福勒以后,福勒命令两名卫兵把雷切尔押到受罚室。可约瑟夫·雷还在那里,他们只好转回司令室。现在,雷切尔坐在椅子上，左手被手铐锁在椅子扶手上。两名士兵一左一右警惕地站在旁边，步枪斜靠在肩上。等一切安顿好后，福勒离开司令室去找鲍肯和史迪威，一起去阅兵场参加独立仪式。雷切尔隐约听见欢呼的叫喊，估计鲍肯当众朗读了宣言。接下来一切回复寂静。九十分钟之后，福勒独自一人回到司令室，走到鲍肯桌后坐下，点燃一根香烟。两名士兵仍旧分立两侧。

"一个小时前我们就传真出去了，"福勒说。"可一点儿反应都没有。"

烟味钻进雷切尔的鼻子。他瞟了一眼墙上的横幅，深红夹着惨白，中央是黑色的弯曲标志。

"你知不知道为什么？"福勒问。

雷切尔摇摇头。

"你猜我是怎么想来着？"福勒说。"他们串通电话公司，切断了电话线。我们本来得到消息七点半电话线才会断，显然计划提前了。"

雷切尔没有答话，再次耸耸肩。

"我们本以为会提前得到消息。"福勒说。

他拿起格洛克，把枪托当作支点放在桌面上，来回转动。

"可是很明显，没有一点消息。"他接着说。

"也许你们在芝加哥的老兄早出卖你们了。"雷切尔说。

福勒摇摇头，格洛克枪口对准雷切尔的胸膛。

"之前情报一直非常畅通，"他说。"他们在哪儿，有多少人，想怎么行动，一切都尽在掌握。但是现在，当我们仍然需要情报的时候，却大失所望。通讯中断了。"

雷切尔依旧缄口不言。

"我们正在调查，"福勒说。"正在检查无线电设备。"

雷切尔什么都没说。

"有什么你想告诉我们的，和无线电有关的？"福勒问。

"什么无线电？"雷切尔佯装不懂。

"无线电。昨天还好好的，"福勒回答。"可现在却一点儿动静都没有。而你整晚都在外面闲逛。"

他弯下腰，打开鲍肯摆放马歇尔·柯尔特自动手枪的抽屉，取出的却并不是手枪，而是一个黑色的小型无线电接收器。

"这是杰克逊的东西，"他说。"他可是迫不及待地告诉我们这玩意儿藏在哪里。实际上，是他求着告诉我们的。他嚎啕大哭，连连哀求，把它挖出来时指甲都折断了。确实是迫不及待。"

他抽动嘴角,挤出一丝狞笑,把接收器放进口袋。

"我想只要把接收器打开,"他说。"我们就能和那帮政府人渣直接取得联系,然后亲自交谈。现在这个阶段,直接对话是必走的一步,看看我们到底能不能劝服他们恢复我们的传真线路。"

"计划很棒。"雷切尔回答。

"你瞧,传真线路非常重要,"福勒又说。"至关重要。我们在这儿进行的伟大事业必须让全世界知道,让全世界见证。我们正在创造历史,你难道不明白?"

雷切尔只是盯着墙壁出神。

"他们有侦察机,你瞧,"福勒继续说。"正从头顶掠过。如今天亮了,他们能明明白白看见我们做的事儿,你说我们该怎么好好利用这一点呢?"

雷切尔摇摇头。

"你们不用管我。"他说。

福勒微微一笑。

"当然,我们不会管你,"他说。"再说,即使把你钉死在树上他们也不会关心! 你什么都不是,对我们、对他们都一无是处。但霍莉·约翰逊就不同了。说不定我们可以用他们自己的无线电接收器通知他们,用他们自己的侦察机看看我们做的事儿,说不定他们会改变主意,愿意用一条传真线交换她左边的乳房。"

他熄灭烟头,凑近雷切尔,轻轻地说:

"我们可是说话算话的,雷切尔。你见过我们是怎么处理杰克逊的,我们当然也能那么对她,甚至能那么对你。我们必须同全世界交流,我们需要那条传真线,所以我们需要、迫切地需要用短波确认到底是不是他们动的手脚。你明白我说的吗? 要是你不想遭受无谓的痛苦,为了她也为了你自己,最好现在就老实交代,你到底对无线电做了什么?"

雷切尔转身盯着书架,努力回忆他之前读过的关于珍珠港事件的种种细节。

"立刻告诉我,"福勒轻声劝诱。"那我就能让你和她免遭那些痛苦,两个人都不会有事儿。否则我也保不了你们。"

他把格洛克放在桌上。

"想来根香烟吗?"他问。

他微笑着递过香烟盒,一副好警察、好朋友、同盟者、保护者的姿态。书里常写的老套路,也应该能得到预期的反应。雷切尔左右扫视,只见两名士兵分立身旁,左手的那个靠得较近,右手的那个几乎站在对面墙角,步枪松松地挂在臂弯。福勒从桌后递过香烟盒,雷切尔耸耸肩,点头答应,伸出未被锁住的右手抽出一根香烟。他已经十年没抽烟了,不过当对方主动提供一件致命武器时,你怎么能拒绝呢?

"快说,"福勒说道。"时间不多了。"

他点燃打火机,伸在前面。雷切尔前倾身子,叼着香烟凑近火苗,深深吸了一口之后靠回椅背。感觉好极了,整整十年没碰,他现在仍然享受。他又深吸一口,瞬间涨满了肺部。

"你是怎么弄坏无线电的?"福勒追问。

雷切尔吸了第三口,烟雾从鼻孔慢慢喷出。他手掌弯曲,香烟夹在拇指与食指之间,步兵都是这么拿香烟的。他又连吸了好几口,烟头灰烬的温度瞬间加热到上千度。他仿佛正边沉思边欣赏闪着火光的烟头,慢慢转动手腕,直到香烟宛如一把利剑指向正前方,他停了下来。

"你到底是怎么弄坏无线电的?"福勒又问了一遍。

"要是我不说你们是不是会伤害霍莉?"雷切尔反问。

福勒点点头,唇边泛出笑纹。

"我保证,"他说。"要是你不说,我会让她生不如死。"

雷切尔不悦地耸耸肩,做了个仔细听着的手势。福勒点点头,拉近椅子,身体向雷切尔探去。突然,雷切尔把烧得通红的烟头狠狠戳进他的眼睛,福勒惨叫一声。雷切尔刷地站起身,抬起锁在手腕上的椅子狠狠砸中近旁士兵的脑袋。椅子应声碎裂。接着他向右一个箭步,一把箍住远处士兵的脖子,用力一扳。而后转身抢起椅子残骸砸中福勒,顺势又打中第一名士兵的后背,再一肘直捣后脑,把他送上了西天。士兵咚地倒在地上。雷切尔抄起他的步枪,枪托部位重重砸在第二名士兵的脑袋上。头骨咔嚓碎裂。他扔掉步枪,猛地转身,抢起椅子朝福勒的肩膀砸下去。接着他揪住福勒的耳朵,把他的脸拼命朝桌面上摁,一次,两次,三次。再拿起一根椅子腿横放在福勒的喉部,把他的双臂绕过木头两端,反扭双手,最后把福勒的脖子猛地向侧旁用力一扭。咔嚓一声,福勒的脖子断了。

他拿起两杆步枪、格洛克手枪走出屋门,绕到屋后,径直走进树林。他把格洛克塞进口袋,把手铐从手腕上取了下来,一手拿着一支步枪。他气喘连连,疼痛一阵阵袭来,刚刚旋转那把沉重的木椅时太用力了,撕裂了手腕上的伤口。他抬起手腕,吮了吮伤口,最后翻下袖口遮住,扣好钮扣。

下一刻,他听见东南方隐隐传来直升机双侧螺旋桨的隆隆声。从声音判断,要么是"海上骑士",要么是支努干。他突然回忆起昨晚鲍肯提到对方只有八名海军陆战队队员,海军陆战队用的应该是"海上骑士"。看来他们打算正面进攻了。这时,霍莉被关押的塞满炸药的囚室倏地从脑际划过,他立刻拔腿向前跑去。

他一直跑到阵地,隆隆的直升机越来越近。他冒险踏上山路,发现并非是他猜想的"海上骑士",而是支努干。机身上的标志是搜救直升机,而非海军陆战队。直升机从东南方向飞来,在一英里以外一百英尺的高度盘旋,螺旋桨搅动的超强气流扫开附近茂密的树干,清出路径和视野。沉重的机身压得极低,左右轻微摇摆地向前慢慢驶去。雷切尔猜想,飞机此刻应该离约克镇很近。

蓦地,他发现空地上一名身穿迷彩服的士兵正把"毒刺"导弹扛上肩膀,转身瞄准支努干。直升机出现在瞄准镜的视野正中。接着那名士兵分开双脚,稳住身形,手指拨开启动装置,导弹的红外感应器随即开启。雷切尔本来笃定地以为敌我识别装置会自动关闭红外感应器,却发现事与愿违。导弹开始发出高频的尖叫声,支努干的发动机热源被锁定,士兵的手指就勾在扳机上。

雷切尔迅速扔掉左手的步枪,端起另一把,同时用拇指扳开保险栓,向左迈了一步,肩膀靠在树上,瞄准那家伙的脑袋,咔地扣动扳机。

可还是让那家伙抢了先。在雷切尔的子弹击中头部前千分之一秒,他扣动"毒刺"的发射扳机。两件事儿同时发生:"毒刺"火箭发动机点燃,导弹沿发射管推进。几乎与此同时,子弹穿过头部的巨大冲力震得他身体一晃。火箭发射器勾住导弹的尾部,最后把它轻抛出去。导弹宛如一根抛出的标枪从发射管飞出,一动不动地垂直浮在空中,暂时缓冲初始发射的巨大推力。

雷切尔惊恐地目睹导弹迅速调整位置,严格按照预先设定的程序打开八扇小翅膀,垂直上升到同直升机水平的位置后即点燃第二阶段火箭,在士兵的身体着地的前一刻,它已经开始以一千英里的时速锁定支努干,呼啸飞去。

此刻支努干正在一英里之外慢吞吞地沿公路朝西北方行进,从小镇中

央废弃楼房之间穿过,东南面经过的第一栋建筑正是法院楼。支努干以八十英里的时速朝法院楼靠近,而"毒刺"则以一千英里的时速迎面袭来。

一千英里每小时,一英里只需千分之一小时,三秒半的瞬间,可对雷切尔来说,这眨眼的工夫却好似一辈子那么漫长。他目不转睛地盯着导弹。那是一件精密致命的武器,简单的使命不可撼动,那就是锁定飞机发动机的热源,然后不依不饶地朝目标进发,除非耗尽燃料。三秒半的简单任务。

支努干飞行员提前发现了导弹,可最初几秒却白白浪费掉了。他呆愣在座位上,并非出于恐慌惊惧,而只是单纯出于不可思议。他实在无法相信,蒙大拿的一小片林间空地里竟能飞出一颗热源锁定导弹,而且正向自己迎面飞来。下一刻,他本能做出反应,一方面避开导弹,另一方面又要避免坠机。只见庞大的支努干机身开始头朝下俯冲,机尾喷射出巨大的气流,接着机尾猛地向侧旁一扫。导弹不慌不忙地循着飞机的轨迹,不断缩短距离。慢慢下降的支努干突然向空中旋转上升,将小镇远远抛在下面。导弹却依旧不偏不倚地沿着支努干的轨迹推进,飞到瞬息前热源所在地,却发现目标已离开。它懒洋洋转了一圈,重新锁定发动机热源,朝空中的支努干无情地追赶过去。

飞行员赢得了一秒钟的时间,可为时已晚,"毒刺"循着热源的踪迹径直插向右舷发动机。轰地一声巨响,飞机的发动机机舱爆炸了。

六磅半的高性能火药对十吨重的支努干飞机,赢的总是火药。雷切尔眼睁睁看着右舷发动机瞬间解体,机尾的旋翼机架顿时飞了出去。动力传动系统也散了架,碎片如同天女散花似地四散落下。最后旋翼也撑不住了,仿佛电影中慢镜头似地旋转着从机身脱落。支努干只剩下机头的旋翼还在疯狂转动,在空中停顿片刻后突然头朝下,陀螺似地朝地面俯冲下去,仿佛一艘千疮百孔的轮船慢慢沉入海底。

霍莉听见了直升机的声音。低频的震动透过墙体传了进来,越来越响。接着,一声巨大的爆炸,机头旋翼的尖叫划破天际。很快一切回复了平静。

她撑起拐杖,一瘸一拐地朝房间对面走去。如今这间囚室除了一张床垫,空空如也,所以她只能从浴室从头开始。

"只有一个问题,"韦博问。"我们还能瞒多久?"
约翰逊将军和副官都没作声。韦博瞥了一眼盖博,发现他面色阴沉。

"不可能太久。"他说。

"可到底能有多久?"韦博追问。"一天?一个钟头?"

"六个钟头。"盖博给出答案。

"为什么?"麦格洛斯接口问。

"标准程序,"盖博解释道。"显然,他们会开始调查失事原因,在没有怀疑地面火力攻击的前提下,他们会派车从美门斯充走陆路过来。六个钟头的行程。"

韦博点头表示赞同,转身对约翰逊说:

"您能想办法拖住他们吗,将军?"

约翰逊摇摇头。

"基本不行,"他低沉的话音里充满无奈。"他们刚损失了一架支努干和两名飞行员,我总不能打电话给他们说,帮个忙,别去调查。我猜,或许我能试试,他们也许刚开始会卖我个面子,但消息终究会泄漏,而结果就是我们又回到原地。只是也许我们能赢得一个小时的额外时间。"

韦博点点头。

"七个钟头,六个钟头,又有什么区别?"他说。

车厢内鸦雀无声。

"我们现在得立刻行动,"麦格洛斯打破一室的凝滞。"别管白宫,我们再也不能等下去,必须立刻采取行动,各位,再拖六个钟头,情况也许会完全脱离掌控,再拖下去我们就救不回她了。"

六小时等于三百六十分钟,而最初的两分钟在沉默中滴答逝去。约翰逊怔怔地盯着前方,韦博的手指不停敲着桌子,盖博郁郁地凝视着麦格洛斯,麦格洛斯则目不转睛地盯着地图。米罗塞维奇和布罗根捧着装早餐的纸袋和热咖啡一言不发地站在门旁。

"谁要咖啡?"布罗根开口问。

盖博朝他招招手。

"吃点儿东西才能想出对策。"他说。

"地图拿来。"约翰逊突然说。

麦格洛斯把地图推过去,所有人凑近桌子,重新开始工作。还剩下三百五十八分钟。

"北面四英里左右有一道溪谷,"副官指出。"而我们现在只有一辆LAV-25,外加八名海军陆战队士兵。"

"你说那辆坦克一样的玩意儿?"麦格洛斯问。

副官摇摇头。

"是轻型装甲车,"他说。"简称 LAV。车下是八个轮子,不是坦克的履带。"

"防弹的吗?"韦博问。

约翰逊点点头。

"当然,"副官回答。"他们可以一路开到约克。"

"前提是它能开过溪谷。"盖博补充了一句。

约翰逊点点头。

"那确实是个大问题,"他说。"走,咱们去瞧瞧。"

轻型装甲车在麦格洛斯非专业的眼中看来的确同坦克没什么大差别,除了履带变成了八个轮子。车身用大块的装甲钢板焊接而成,车顶还有一个发射小炮塔,装甲车司机坐在前面,指挥官坐在后面。车尾六名海军陆战队士兵背靠背坐了两排,三人一排,面对着射击孔和潜望镜。麦格洛斯的脑海中浮现出一副生动的画面,坚不可摧的装甲车颠簸着开赴战场,射击孔嗖嗖飞出子弹,越过溪谷,爬上山路,一直开到约克镇的法院楼。他猛地拉过韦博,急不可待地说:

"我们一直没来得及告诉他们墙里塞满了炸药。"

"我们也没有必要告诉他们,"韦博平静地回答。"将军已经吓坏了,几乎快崩溃了。我会直接告诉那八个士兵,毕竟需要面对、处理这个棘手问题的是他们。约翰逊是否提前知道也没什么区别。"

随后麦格洛斯借故拖住约翰逊,韦博独自走向装甲车。麦格洛斯看见指挥官从炮塔里探出身子,边听韦博说话边点头,神色越来越凝重。将军的副官发动军队的那辆切诺基,约翰逊和盖博坐在前面,麦格洛斯、布罗根和米罗塞维奇挤进后座。

韦博交代完后朝切诺基小跑过来,挤在米罗塞维奇旁边。轻型装甲车的大型发动机噗地喷出一股浓烟,全速朝北方驶去,切诺基紧随其后。

北面四英里处,车子攀上一处缓坡,转了个弯,被崎岖的山壁堵住,再也无法前进。海军陆战队的指挥官从炮塔里下来,向北面跑去探路,韦博、约翰逊和麦格洛斯赶紧从车里跟出来。向前跑了一小段后来到一处悬崖边,众人探头张望了一下，眼前的景象令人心惊肉跳。

横亘在他们面前的溪谷几乎成九十度的直角，单用"深沟"二字不足以形容它的形态，它更像一级断裂的台阶。整块地壳硬生生开裂，南面板块比北面板块低许多，有点像以前的高速公路路面接口处常有的那种一英寸宽的地缝，只不过眼前的地质奇观足有五十英尺的差距。

地壳断裂处的岩面边缘碎裂成一块块巨石，百万年前冰川擦过，那些巨石都向南翻转。百万年的风霜冰冻导致岩石松动，裂缝渐渐变成沟壑，有些地方宽一百码，有些地方比较窄，只有二十码左右。

可是在百万年树木的根茎和几百万个冬季的冰雪融水侵蚀之下，沟壑渐渐变成陡峭崎岖的深渊，北边的峭壁比南边高出五十英尺。通向溪谷的马路两边树木茂密，杂草蔓生，时不时有岩石滑下。路面缓缓攀高，最后上了一座高架桥，轻盈地越过深谷，最后蜿蜒消失在对面的山林里。

但是高架桥中央的两个桥墩却已被炸毁，中间的断裂足有二十英尺。四个人站在峭壁边向下探头，能看见碎裂的桥面躺在一百英尺之下的谷底。

"你怎么想？"约翰逊将军难掩焦虑。

海军陆战队的指挥官抬起望远镜，上下左右检查了一番地形。

"非常糟糕，长官。"他回答。

"那你们能过去吗？"约翰逊又问。

指挥官放下望远镜，摇摇头。

"想都别想。"他答道。

他向前迈了一步，站在约翰逊身旁，一边指着远处地形一边向约翰逊飞快地说：

"我们可以直接下到谷底，就从那儿下去，岩石石堆可以当作坡面。但是上到另一边就比较麻烦，长官。LAV没法爬四十五度以上的山坡，可北面的山壁看起来绝对超过四十五度，有些地方甚至接近垂直。任何坡度较缓的地方都长满树木，而且他们还砍掉很多大树。看到那儿了吗，长官？"

他指了指对面的山坡，被砍断的大树根部朝南躺在地上。

"鹿砦，"指挥官说。"不用说了，我们的车子压根儿没法通过。那些玩意儿甚至能堵住坦克。我们要是进去，绝对是进退两难。"

"那我们到底能怎么办？"约翰逊急了。

指挥官耸耸肩。

"需要一些工程兵，"他说。"桥梁被炸毁的地方只有二十英尺宽，我们

可以重新架上。"

"那需要多久?"韦博插口问。

指挥官又耸耸肩。

"一直到对面?"他说。"大概六或八个小时吧。"

"太长了。"韦博说。

冷不丁地,麦格洛斯口袋里的无线电接收器嘎啦一震,响了起来。

39

雷切尔藏身密林之中,惟一担心的是鲍肯他们放出狗群。人,他不怕;狗,就难讲了。

此时他藏身在阵地以北、射击场以南的树林里,支努干坠机的巨响从远处传来,从声音判断是机尾先着地,接着机身重重摔在山坡上。幸好飞机是侧翻坠地,落在法院楼两百码以外,所以法院楼和飞机都免于爆炸的厄运。雷切尔没听见油箱爆炸,心里暗自庆幸。估计因为树木茂密,加上巨型铁匣子般的机身侧翻,缓冲了油箱坠地的冲力。飞行员应该没事儿,在更糟糕的情况下幸存的例子他也听说过。

他手中的格洛克装满子弹,整整十七发,而那把 M-16 步枪的弹夹则较短,只能装二十发,而且刚刚一发已经用来打穿发射导弹那家伙的脑袋。第二把 M-16 步枪的弹夹长一些,能装下三十发子弹,不过雷切尔把它藏在了树林中,因为他一向遵循一条原则:只选取万无一失的武器。

雷切尔凭直觉感到,东南方向应该会吸引所有人的注意力。那儿是霍莉被囚禁的地方,是支努干坠机的地方,也肯定是反抗军队集结的地方。所有人都会把焦急的目光投向东南方向,忐忑不安地等待事态发展。所以他决定,向西北前进。

他一路非常谨慎。敌人的大部分兵力都聚集在别处,可他知道对方还是会派人出来找他。他们肯定已经发现了福勒的尸体,说不定有两队人已经开始搜查树林。两队人,每队六人,全部荷枪实弹,披荆斩棘地在树林里穿行。避开那些人不是问题,可问题是狗群很难避开。所以他一路上心里都七上八下。

他绕过射击场西侧,沿着阅兵场的东部边缘朝北走了五十码之后,转身

254

沿小路朝矿区盆地径直奔去。他一边在林间小跑，一边利用有限的时间在脑海中列出首先要完成的几件任务，定下时间表。也许他有三个小时的时间。击落一架支努干无疑会引起强烈反应，但他在部队里待了那么长时间，从没见过有在三小时之内做出反应的。所以他有三个小时，只是要赶的路很多。

他来到一处石坡，放慢脚步，沿着盘山山路向西走了一段后，抄近路来到先前来过的那处盆地边缘。突然，他听见发动机的响声，赶紧弯腰躲在一块岩石后，偷偷探头俯视。

他从半山腰朝盆地对角线方向望去，那儿木屋大门敞开，四辆运送导弹的卡车停在山洞外的砾石上，另外几辆运兵车则依旧停在山洞里。

盆地里几个男人围成小圈站在四辆卡车周围，雷切尔数了一下，八个人，都身穿迷彩服，背着步枪。厨房那妇人怎么说来着？矿区盆地是禁地，除了鲍肯信任的人，谁都不准去。雷切尔望着他们，心想：八个鲍肯的心腹军官，看起来正在站岗。

他把步枪搁在肩头，默默观察了几分钟。距离不远，不到一百码，甚至能听见那些士兵走路发出的嘎吱脚步声。他手指一动，步枪拨到了单发状态。弹夹里还剩十九发子弹，马上至少要用去八发。他得省着点儿。

M-16步枪是一款非常顺手的武器，方便使用，方便保养，也方便瞄准。枪管顶部有一道凹槽与前准星的豁口平齐，瞄准一百码外的目标时只需让两处重合，瞄准镜中看见什么实际就能打中什么，百发百中。雷切尔俯身将身体重心移到岩石上，瞄准了第一个目标。接着他慢慢把枪移向第二个，第三个，从头到尾模拟了一遍射击八个目标的流程。他不想在移动过程中胳膊肘出现任何位置偏差。

推演完毕。他重新瞄准第一个目标，稍等片刻后扣动扳机。枪声在山壁间回旋激荡，第一辆卡车的右前轮砰地爆炸。他立刻移到左前轮，开枪！卡车车头顿时塌了下去，就像一头公牛被突然惊吓后双膝下跪。

他不慌不忙地连连射击。他连续打了五枪，士兵还没来得及回过神来，五个轮胎已经应声爆裂。在第六发子弹飞出的瞬间，他用眼角余光瞄见八名士兵正飞身寻找掩护，其中几个直接趴在地上，其他人则飞奔进木屋。第七发子弹飞出，稍等片刻之后是第八发。最远的那个轮胎难度最大，角度倾斜，轮胎侧面完全被挡住。他决定瞄准轮胎与地面交界的踏面，尽管运气不好的话，子弹会擦边而过。扣动扳机。中了！轮胎砰地爆炸，最后一辆卡车

的车头轰然坍塌。

靠雷切尔最近的那名士兵并没有找掩护，而是立在原地，端起步枪瞄准雷切尔藏身的岩石。他手里的也是一把 M-16，与雷切尔的型号相同，长弹夹里装有三十发子弹。那家伙一动不动地端起枪，瞄准岩石后面的目标。真不知该说他是个英雄还是个白痴。雷切尔俯下身，只等对方开枪。士兵的步枪用的是自动连发模式，三发子弹在一眨眼不到的工夫连续飞来，却只击中雷切尔头顶十五英尺的树干。嫩枝、树叶瞬间被震得哗哗坠落。士兵向前跑了十码，接着射击。又三发子弹落在雷切尔的左边。子弹先是锵地钻进树干，随后传来砰的枪响。这种情况只有子弹速度比声速快的时候才会发生，你会先听见子弹击中目标，其后才会听见枪声。

此刻雷切尔需要做出决定，他究竟能允许那家伙靠得多近？该不该放枪警示？转瞬间，又三颗子弹飞来，比先前再近了几步。子弹角度太低，但已相当接近，不足六英尺的距离。雷切尔即刻打定主意：他妈的不能再让他靠近，也不需要放枪警示。这家伙现在已经极度亢奋，任何警告都不可能让他冷静下来。

他侧过身子，伸直双腿，从岩石后一探头，咔嗒扣动扳机，子弹倏地击中士兵前胸。士兵应声后仰，步枪哐地滑落在他右侧。雷切尔一动不动，仔细观察了一阵，发现那家伙没死透，随即又补了一枪。这回子弹从他脑门穿过。这样比较仁慈，否则胸腔的伤口会不停流血，他起码还得再受十分钟的折磨才会一命呜呼。

短暂的枪声在山壁间回荡了一阵后随即沉寂下来，空气重新静止。另外七名士兵早就不见踪影，四辆卡车全都车头着地躺在地上，已经完全失灵。说不定硬开的话还能勉强离开盆地，可山路上的第一道转弯就能让爆裂的前轮胎从轮框上滚下来。太棒了，卡车的问题顺利解决！

雷切尔向后爬了十码，重新退回树林，朝阵地方向小跑过去。格洛克里有十七发子弹，步枪里只剩九发。胜利是要付出代价的。

半路上他被两条狗拦住去路。发现它们的时候已经来不及躲了。是两头德国牧羊犬，体型瘦长，正像所有大型犬一般精力旺盛地在山路上迈着大步，嘴巴大张，口水直流，急切地喘着粗气。它们听见动静，迅速停住，流畅地转身，朝他的方向径直狂奔过来。三十码，二十码，最后只剩十码的距离。速度越来越快，愈发兴奋，喉头发出咕咕的低吼声。

人,雷切尔不担心,可狗就不一样了。人有自由选择的意志,要是一个人咆哮着向他冲过来,那是他自己选择的,所以任何后果也是自做自受。但是狗就完全是另一码事,没有自由意志,极易被误导。这样就产生了一个道德难题,杀死一只被诱导才做出傻事儿的狗绝不是雷切尔的行事风格。

他把格洛克放回口袋。这个时候步枪更合适,比手枪长出的两英尺半正是他现在需要的。两条狗在他面前嘎然停下,肩背上的毛嗖嗖倒竖。它们前掌伸出,俯卧于地,低头狂吠。只见狗嘴里布满密密麻麻的黄牙,棕色的眼珠外浓密的黑色睫毛扑扇扑扇,就像小姑娘似的。

两条狗一前一后,前面的应该是领头的。他知道狗也有长幼尊卑制度。狗就像人一样,两条狗必有一条要听从另一条的号令。他不清楚领头犬是如何建立自己的领导地位的。姿势?也许吧。或许是气味,甚至通过打架。他目不转睛地盯着前面那条,直直地看进它的眼底。以前他常听人们谈论狗:绝对不能显出害怕的样子,盯着它们的眼睛让它们屈服,千万不能让它们看出你害怕。雷切尔并不害怕,手里有一杆 M-16 步枪怎么会害怕,他惟一担心的反而是该不该用上那杆枪。

他沉默地盯着那条领头犬,就像以前盯着犯错的士兵。沉默的凝视有如千斤压顶,仿佛带有一种冷酷的、能把人碾碎的压力。两道冷凝摄人的目光曾经上百次让人屈服,而此时此地在这条狗身上也开始奏效。

领头犬并没有完全被训练好,雷切尔看得出来。它能理解命令,却无法顺利完成,而且从来没被训练过该如何忽视攻击目标的反应。领头犬努力地攫住他的目光,紧张得后退了几步,仿佛雷切尔的眼神就像一块石头压在它窄窄的前额上。雷切尔眯缝眼睛,露出牙齿,学着电影里大坏蛋的样子冷笑起来。领头犬的脑袋突然垂下去,斜睨着双眼想继续保持眼神交流。尾巴也垂了下来,夹在两腿之间。

"坐下。"雷切尔的声音平静却十分坚定,特意在最后一个字加上重音。狗自动做出反应,收回前腿,坐了下来。另一条狗立刻看样学样,也坐下来,两条狗并排盯着他。

"躺下。"雷切尔又说。

这回没有反应,两条狗只是坐在那儿,疑惑地盯着他。也许口令用错了,不是训练时常用的。

"躺。"雷切尔换了个口令。

它们迅速伸出前爪,肚子贴在地上,却仍不忘抬头看着他。

"别动。"雷切尔说。

他抛出一个严肃的警告眼神,朝南边走去。他强迫自己放慢脚步,向前走了五码后,猛地转身。两条狗依然躺在地上,正齐齐扭过脖子目送他离开。

"别动。"他又喊了一声。

它们一动不动。他就这么离开了。

阵地方向传来嘈杂的人声,听上去人还不少。他穿过阅兵场北面的树林,绕到射击场尽头,再在食堂后厨房对面的地方钻进密林,跑了一段后逐渐放慢脚步,躲在树后张望。

阵地上约三十个人挤在一起,围成一个小圈。全是身着迷彩服、荷枪实弹的瘦削男人:步枪、机关枪、手榴弹,口袋里鼓鼓囊囊装满了弹夹。人头攒动,摩肩擦踵,从人群的缝隙中雷切尔瞄到站在中央的鲍肯,他的手里拿着一个小巧的黑色无线电接收器。雷切尔一眼认出,那是杰克逊的。一定是鲍肯从福勒口袋里掏出来的。他把接收器贴住耳朵,面无表情地盯着前方,仿佛开关已经打开,正在耐心等待回话。

40

麦格洛斯一把从口袋里掏出无线电,拨开开关,一动不动地盯着嘎拉作响的小黑盒子。韦博向前一步,从麦格洛斯手里夺过无线电,躲到岩石下风口,按下通话键。

"杰克逊?"他说。"我是哈兰·韦博。"

麦格洛斯同约翰逊围上来,三个人倚着岩壁围成一圈。韦博把无线电拿到离耳朵一英寸的地方,好让另外两人也听见。四周一片阒寂,电流的嘶嘶声以及对方粗重的呼吸清晰可闻。接着一个声音响起。

"哈兰·韦博?太好了,局长大人亲自驾到。"

"杰克逊?"韦博又问了一遍。

"不是,"对方回答。"我不是杰克逊。"

韦博瞄了麦格洛斯一眼。

"那你是谁?"他问。

"波·鲍肯，"对方答道。"而且今天，我猜，已经是鲍肯总统了，美利坚自由国的总统。不过，你们不用那么客气。"

"杰克逊哪儿去了？"韦博追问。

对方停顿了一下，除了卫星和短波发出的轻微电流声以外，周遭一片凝滞。

"杰克逊哪儿去了？"韦博再问。

"他死了。"对方回答。

韦博又瞥了麦格洛斯一眼。

"怎么死的？"他不死心。

"死了就是死了，"鲍肯回答。"过程挺快的，老实说。"

"他病了？"韦博又问。

接下来又是片刻停顿。接着大笑声从无线电听筒里喷薄而出，响得几乎扭曲，在岩壁间回荡。

"错，他可没病，韦博，"鲍肯说。"直到最后十分钟，他的身体还好得很。"

"你们把他怎么了？"韦博问。

"我怎么对他的，就打算怎么对将军千金，"鲍肯回答。"给我听仔细咯，我会详详细细地告诉你们。一定要仔细听，因为你们必须知道现在你们在和谁打交道。我们绝对是认真的，明白吗？你们有没有在听？"

约翰逊靠近一些，脸色苍白，冷汗涔涔。

"你这个杂种、疯子！"他突然大叫。

"谁？"鲍肯问。"将军吗？"

"对，是约翰逊将军。"韦博回答。

无线电里又传来一阵短促满意的笑声。

"济济一堂嘛，"鲍肯说。"联邦调查局的局长、联席会议主席全都大驾光临，我们真是受宠若惊。不过我想，新国家成立也的确值得这样的礼遇。"

"你到底想怎么样？"韦博问。

"我们把他钉在了十字架上，"鲍肯突然说。"钉在相距一码的两棵大树上。将军，只要你采取任何行动，你女儿也将会是同样下场。我们还割下了他的睾丸，他叫得可惨了，拼命哀求我们手下留情，可我们照做不误。当然，同样的手段不适于你女儿，毕竟她是女人，不过我们总能找到相应的方法，你明白我说的吗？你觉得她会不会惨叫、哀嚎，将军？你比我了解她。我个人认为她肯定会叫的。这女人自以为坚强得很,不过我打赌只要她看见锋利的刀片慢慢逼近,肯定会一改原来该死的腔调,我敢打赌。"

约翰逊的脸色愈发惨白,所有血色被完全抽离。他向后一靠,倚在岩壁上,嘴唇嚅嗫,却没发出任何声音。

"见鬼!你这个杂种究竟想要什么?"韦博忍不住怒喝。

片刻停顿之后,鲍肯冷酷强硬的声音再次响起。

"我想要你停止大喊大叫,我想要你为刚才那么粗鲁地称呼我道歉。我是美利坚自由国的总统,你是不是应该给予我应有的礼貌?"

他的声音很轻,但麦格洛斯听得一清二楚。他惊恐地瞥了韦博一眼,非常担心。还没真正开始,他们就快输了。谈判的首要原则,是让对方一直讲话,我方才能慢慢取得上风。经典包围理论一直强调,谈判中必须取得主动权。可一开始就道歉等于和任何取得主动权的希望吻别,无异于俯首称臣,承认你已经被对方玩弄于股掌之间。麦格洛斯急切地摇头阻止,韦博冲他点点头,什么都没说,只是拿着无线电等待。他心里很清楚现在应该怎么做,以前也遇到过几次类似的情况,标准程序可以说了然于胸。现在,首先开口等于示弱,他绝对不能这么做。他和麦格洛斯死死盯着地面,耐心等待。

"你们还在吗?"鲍肯打破了僵局。

韦博继续盯着地面,一言不发。

"你们在吗?"鲍肯又问了一遍。

"你到底在想什么,波?"韦博平静地问。

无线电传来愤怒的喘息声。

"你们切断了我的电话线,"鲍肯控诉道。"我希望立即恢复。"

"错,我们没有切断,"韦博否认道。"难道你的电话不通?"

"是我的传真,"鲍肯说。"我没有得到任何反馈。"

"什么传真?"韦博说。

"别给我装傻,"鲍肯说。"我知道你们干的好事。我要立即恢复。"

韦博冲麦格洛斯眨眨眼。

"好吧,"他说。"我们答应你,不过你必须先答应我们一件事儿。"

"什么事儿?"鲍肯问。

"霍莉,"韦博说。"把她带出来,留在桥上。"

又一阵沉默,接着响亮的笑声响起。

"想都别想，"鲍肯回答。"跟我做交易是做梦。"

韦博暗自点点头，压低嗓音，努力让自己听上去是世界上最讲理的人。

"听我说，鲍肯先生，"他缓缓地说。"不做交易，我们又怎么能互相帮助呢？"

对方停顿一下，没有作声。麦格洛斯紧张地盯着韦博，下面的回答至关重要，输赢在此一举。

"你听我说，韦博，"对方终于开口。"交易免谈。不照我说的做，霍莉就得死。而且会非常痛苦。筹码全在我手上，我不做交易，明白了吗？"

韦博的肩膀登时跨下来，麦格洛斯移开目光。

"恢复传真线路，"对方继续说。"我需要通信，让全世界知道在这儿发生的一切。这是伟大的历史时刻，韦博，别以为我会被你们那种愚蠢的把戏骗倒。反抗美国暴政的第一击必须由全世界亲眼目睹。"

韦博紧紧盯着地面。

"不过这个决定太大，你一个人做不了主，"鲍肯又说。"所以必须征求白宫的意见，他们也有利益牵扯，难道不是吗？"

即使鲍肯的声音只是通过手握式小无线电接收器传出，其中的力量仍然不容忽视。韦博蓦地一缩，仿佛一块重石向他耳边砸来。他感觉肺部像被什么东西压住似地无法喘气，心脏跳得几乎要从胸腔蹦出来。

"马上做出决定，"鲍肯说。"两分钟以后我会再打过来。"

话音刚落，无线电戛然而止。韦博怔怔地盯着手里的小黑盒子看了一会儿，仿佛以前从没见过。麦格洛斯俯身按下结束通话键。

"好吧，"他说。"尽量拖延时间，对不对？告诉他会尽快恢复，不过需要一、两个小时。告诉他我们已经同白宫、联合国、美国有线网取得了联系。见鬼，他想听什么就告诉他什么。"

"他为什么要这么做？"韦博还没回过神来。"为什么要让整件事儿升级？这不是在逼我们首先发动攻击吗，是不是？怎么感觉那反而是他希望的。不留一点余地！他这么做绝对是挑衅。"

"他这么做是因为他完全疯了。"麦格洛斯回答。

"嗯，没错儿，"韦博附和。"他是个疯子，否则压根儿没法解释为什么他这么想引起全世界的关注。因为就像他说的，筹码的确全在他手上。"

"局长，这个问题待会儿再谈，"麦格洛斯打断他。"现在我们只有尽量拖延时间。"

韦博点点头，逼迫自己正视当前的问题。

"但是两个小时不够，"他说。"人质解救部队至少需要四个小时才能到，甚至五六个都说不定。"

"唉，今天是独立日，"麦格洛斯说。"这样，就说电话公司的人都放假了，得花一天功夫才能找到人。"

他们对视了一眼，转头看了看约翰逊。约翰逊根本没在听，只是靠在岩壁上，脸色苍白，精神萎靡，呼吸声轻不可闻。焦灼紧张的九个小时再加上刚刚的惊吓终于让他彻底崩溃。突然，韦博手中的无线电又响了起来。

"怎么样？"静电干扰平息后，鲍肯的声音响起。

"行，同意，"韦博回答。"恢复传真线，不过需要一点儿时间。电话公司的人都放假了。"

对方略一停顿，轻笑起来。

"唔，独立日，"鲍肯说。"或许当初我真该挑个其他日子。"

韦博没有回答。

"另外，让海军陆战队站到我能看见的地方。"

"什么海军陆战队？"韦博问。

一阵得意的短笑。

"你有八名海军陆战队队员，"鲍肯说。"外加一辆装甲车。这儿整片都布满我们的眼线，一直都在监视你们。就像你们用那些该死的飞机监视我们一样。毒刺导弹射不了那么高，算你们走运，否则被打下来的就不只一架该死的直升机了。"

韦博仍然默不作声，仰头望了望天空。麦格洛斯同样不由自主地张望，搜寻阳光反射到望远镜的亮点。

"我猜你们现在离桥很近，对不对？"鲍肯问。

韦博耸耸肩，麦格洛斯冲他点点头，示意他回话。

"我们离桥很近。"韦博承认。

"让海军陆战队到桥上去，"鲍肯说。"排成一排，坐在断桥边缘，车子停在后面。现在就让他们过去，明白没有？否则别怪我们对霍莉不客气。一切全取决于你，韦博。或者说该由将军拿主意？毕竟是他的女儿，他的海军陆战队，对吧？"

约翰逊抬眼的同时身体猛地一颤。五分钟后，海军陆战队队员排成一排坐在断桥边缘，悬荡的双腿下就是深不见底的峡谷。轻型装甲车停在他们后面。韦博依然同麦格洛斯、约翰逊一起站在岩壁下面。无线电接收器紧贴在耳边,可以听出来鲍肯用手捂住了话筒,正用对讲机和什么人通话,闷闷的话音和粗嘎的回答交替传来。最后鲍肯移开手,清楚响亮的话音再次从话筒传来:

"好,韦博,干得好!我们的侦察员和枪手现在能看见所有八个人。他们一动就会死。你旁边还有谁?"

韦博一顿,麦格洛斯拼命冲他摇头。

"难道你看不见?"韦博反问。"我还以为你能看见我们。"

"现在不行,"鲍肯说。"我的人撤退到防守区域了。"

"这儿没有其他人,"韦博回答。"只有我和将军。"

片刻停顿。

"好吧,你们俩站到海军陆战队队员那儿去,"鲍肯命令道。"到桥上去,队伍尾端。"

韦博面无表情地等了半晌,最后站起身朝约翰逊点点头。约翰逊摇摇晃晃地站起身,扶住韦博绕过公路,朝前面走去。此时只剩下麦格洛斯一人蹲在岩石背后。

麦格洛斯等了两分钟,然后悄悄朝南边的切诺基跑回去。盖博、约翰逊的副官坐在前排,米罗塞维奇和布罗根坐在后排。看见只有他一人回来,所有人都投去诧异的目光。

"见鬼,出了什么事儿?"布罗根问。

"我们现在麻烦大了。"麦格洛斯说。

他匆匆解释了原委,其他人点头附和。

"现在怎么办?"盖博问。

"我们必须去救霍莉,"麦格洛斯说。"赶在他识破我们之前。"

"可怎么救?"布罗根问。

麦格洛斯瞥了瞥他,又扫了一眼米罗塞维奇。

"我们三个,"他说。"今天结束之前,这都算是调查局的事儿。无论怎么定性,恐怖主义也好,骚乱绑架也好,都是调查局的职权范围。"

"我们就这么进去?"米罗塞维奇有些不确定。"就我们三个? 现在?"

"你还有什么更好的法子?"麦格洛斯反问。"不入虎穴,焉得虎子,你说呢?"

盖博转过身，扫了一眼后排的三个人。

"那么赶快出发。"他说。

麦格洛斯点点头，伸出右手的拇指、食指和中指。

"我就是拇指，"他解释说。"走东面的公路。布罗根，你是食指，朝西走一英里进入森林。米罗，你是中指，朝西走两英里再转北。我们三个相隔一英里，从不同方向进去，在小镇外半英里的公路上碰头。清楚没有？"

布罗根皱了皱眉头，接着点点头。米罗塞维奇耸耸肩。盖博望了望麦格洛斯，将军的副官踩下油门，切诺基缓缓启动，向南行驶四百码之后停了下来。公路在这里明显分岔。三名联邦调查局探员掏出武器检查了一番。三人用的都是局里发的点 38 口径手枪，装在锃亮的棕色皮肩套里。枪里装满六枚子弹，口袋里还有六枚子弹的弹夹。

"争取缴获一两把步枪，"麦格洛斯交待道。"需要抓人时别犹豫，看见有人就开枪，明白了吗？"

米罗塞维奇需要赶的路最长，所以他第一个上路。他匆匆穿过公路，隐身没入树林，朝正西面赶去。麦格洛斯点燃了一根香烟，接着让布罗根第二个出发。等布罗根的身影消失在树林间，盖博转过身对麦格洛斯说：

"别忘了我告诉你的雷切尔的事儿，我不会看错的。他一定是站在我们这边，相信我。"

麦格洛斯耸耸肩，没有说话，默默地抽了几口烟，然后打开车门，走出车厢，把烟头扔在地上踩了两脚，最后朝东走进树林。

麦格洛斯五十出头，是个老烟鬼，但身体健壮，混血体质让年龄和烟瘾在他身上没有刻下太多痕迹。他个头不高，只有五英尺七寸，但非常结实，一百六十磅的紧实肌肉不需要锻炼也不会变成肥肉，从小到大都这样儿。不好，也不坏。许多年前接受的调查局训练同现今的强度相比，着实不可同日而语，但他仍然受益匪浅。从体力上来说，已经没什么能打败他。当年他并不是班级里跑得最快的，但绝对是耐力最强的。那时候宽提科的训练可以称得上残酷，学员们需要绕着弗吉尼亚森林长跑，跨越各种自然障碍。通常第一圈结束时，麦格洛斯不是第三，就是第四。可跑到第二圈，他能用同样的时间完成，最多相差几秒。跑得最快的那些人起初还能挣扎着同他并驾齐驱，但很快就纷纷落下马来。第二圈下来总是麦格洛斯得第一，要是再跑第三圈，能跑下来的只有麦格洛斯一人。

所以他一路小跑,穿过树林,来到溪谷南面时脸不红气不喘。他稍稍向东跑了三百码左右,那里的山坡不是太陡,然后小心翼翼地侧身沿斜坡挪动,一路冲到谷底。山坡上的砾石很滑,不容易站稳脚,他只好借助旁逸斜出的树枝稳住身形,控制速度。来到谷底,他轻松地跨过石堆,从北坡向上攀爬。

　　上去比下来难。他用力把脚趾嵌入砾石,抓住一簇野草,提气把身体向上移动。他七扭八弯地找寻能够着力的树枝、灌木,好不容易爬到还有五十公尺的位置。可下面的这段距离异常艰辛,他找到一条山体滑坡形成的小径,那儿的角度不算太陡,一步一滑地向上攀去。

　　他躲在突出的悬崖下,仔细听了片刻,确定四下无人后用力一撑双臂,爬上崖边,弓身趴在地上,朝北面敌人的营地眺望过去。除了平缓的山坡和远处层峦叠嶂的青山,什么也看不见。碧空下,成千上万的树木吐出清新的气息,整个世界都笼罩在静寂之下。他心里暗想:现在你离芝加哥可远着呢,马克。

　　他注意到前方有一长条灌木丛,再过去是夹着岩石的树林,越来越浓密,一直延伸到远方。他隐约能看见左边三百码外树冠交叠,那儿一定就是山路所在。他一翻身,躲进茂密的杂草中,然后站起身朝左边的树林奔去,最后沿着山路跑进森林深处。他从一棵树后跑到另一棵树后,就像橄榄球的外接手绕过一个个对方球员的阻拦朝对方端区奔跑似地。对照牢牢印在脑海里的地图,他猜想也许还有三英里的路,现在的慢跑速度比快步走快不了多少,估计需要四十五、五十分钟。他感觉到海拔正在缓缓上升,每跑四五步,他都会踢到上升的地面,还有好几次他差点儿被树根绊倒,甚至有一次他重重撞上一棵老松。不过,这些他都不在乎,只是一往无前地向前跑去。

　　一口气跑了四十分钟后他停下脚步,心猜布罗根和米罗塞维奇应该正沿着相同路线赶过来。当然他们要赶的路更长,因为一开始他们是朝西面绕过去。这么看来他们晚点到也在情理之中。运气好的话,二十分钟后就应该能赶到。他朝密林深处走去,背靠一棵大树坐了下来,点燃香烟。这儿估计离预定的汇合地点还有半英里左右。脑中地图显示,这条路直指小镇。

　　十五分钟光景,他抽掉两根烟,接着站起身向前走去。他十分小心地朝左边走,直到看见灰色水泥马路的反光后,再转向北边行进。前方树林渐渐变得稀疏,最终隐约看见一片空地。他停下来,左右各走了几步,找到清晰

的视野，只见远处马路径直通向小镇，几幢建筑分立两旁，左手山丘上一座灰色小楼已经残破不堪，右手则是保存得较好的法院楼，在阳光下泛着白光。他的视线穿过层层叠叠的树木，锁定在那栋小楼上。半晌，他转身朝树林里退后五百码，朝马路方向奔去，直到再次看见婆娑树影间灰色的水泥路面，他才停下来，背靠一棵老树，只等布罗根和米罗塞维奇赶到。

这次他克制住再抽一根香烟的冲动。很久以前他就学会了一点，躲避敌人时抽烟是不明智的举动。烟味能顺风飘，灵敏些的鼻子会嗅出来的。所以此刻他背靠大树，沉郁的眼光落在自己的鞋子上。适才攀爬溪谷北侧山壁时，他拼命把脚尖插入山坡的岩石堆里，鞋面被刮得残破不堪，已经全毁了。他盯着破烂的鞋头，突然间意识到，他们中间出了叛徒。恐慌刹那间攫住他的喉头，他几乎透不过气来，那感觉就像一扇监狱的大铁门缓缓合上，刚刚还没有任何声音，下一刻却在哐啷关闭。

鲍肯在无线电里怎么说来着？他说：就像你们用那些该死的侦察机监视我们一样。但是将军的副官当时在布特办公室里又是怎么告诉他们的？你抬头只会看见飞机划过的水汽尾迹，绝对不会以为是空军侦察机来查看早上你有没有擦皮鞋。所以问题就是，鲍肯又是怎么知道侦察机的事儿的？答案显而易见，有人告诉了他。可又是谁？见鬼，还有谁知道？

他慌乱地四处扫视一番，只见正前方一条大狗冲他径直奔来。接着又一条，并肩向他冲过来。接着他听见身后传来嘎吱的脚步声，树枝哗啦啦拨开。左边传来咔嗒一声武器上膛的声音，右边也传来相同的声响。转眼间，两条狗已近在跟前，他不知所措地原地转了一圈，只是更加绝望地发现自己已被团团围住。那些人身材瘦削，留有胡须，穿着迷彩服，端着步枪和机关枪，一串手榴弹挂在身上。他草草扫了一眼，大概十五、二十个人，虎视眈眈地站成一圈，把他围在中心。他左右转了转身，无路可逃。他们举起了手中的枪，十几杆步枪就像轮辐似的悉数对准了他。

麦格洛斯扫了他们一眼，对方一言不发。这时，其中一个向前踏了一步，看样子像是个军官，直接把手伸进麦格洛斯外套，从手枪皮套里掏出那把点38口径手枪。接着，他的手又伸进麦格洛斯的口袋，掏出了弹夹，连同手枪一起装进自己的口袋。他得意地笑笑，猛地挥拳朝麦格洛斯的脸打去。麦格洛斯一个趔趄，感觉腰部被枪杆抵住。下一刻，他听见马路方向传来隆隆的车轮声，他朝左边望了一眼，看见一片军绿色一闪而过。一辆吉普车，车里坐了两个人。包围他的士兵推着他走出树林。突如其来的阳光让他忍不住眨了眨眼,可以感觉到鼻子正在流血。吉普车向前滑行几步,停在他身旁,司机向他投来好奇的目光。又是一个身材瘦削,留有胡须的士兵,同样身着迷彩服。但是副驾驶座位上的那个人则块头很大,一身黑衣。是波·鲍肯。同调查局档案材料上的照片一样,麦格洛斯一眼就认出来,目不转睛地盯着他。鲍肯前倾身子,露齿一笑。

"哈罗,麦格洛斯先生,"他说。"你真是准时。"

41

整个埋伏过程都落在了雷切尔的眼里。他就站在伏击点西北方一百五十码外的山坡上,马路的另一边。一具哨兵的尸体此时正躺在他的脚下,脖子被扭断,半边脸贴在地上。雷切尔举起望远镜,朝远处眺望了一番,却不清楚自己到底在找什么。

他在阵地听见了鲍肯说话,也能大略猜出对方如何回答。接着他听见南边的岗哨通过对讲机报告情况,所以也得知海军陆战队队员被逼坐在断桥上,最后韦博和约翰逊也加入了他们。

他一直暗暗琢磨,还有谁会和他们在一起,可能有军方的,也可能是调查局的。军方的人约翰逊不会让他们过去,肯定会命令他们静候消息,所以如果有人突围过来,一定是调查局探员。他猜想他们一定会有许多人,迟早都会进来,而他应该好好利用这个时机,利用他们吸引鲍肯的注意力,他才能趁机救出霍莉。于是,他赶到东南方向的树林里等待他们出现。果然,一小时之后,那个短小精悍的家伙被塞进了吉普车。深色西装、白衬衫、黑皮鞋。毋庸置疑,调查局探员。

可并不是人质解救部队的人。那家伙身上没有装备。人质解救部队执行任务时是全副武装的,他们的程序雷切尔很熟悉,以前读过他们的行动手册,也听说过他们的一些训练方式。他认识一些经常出入宽提科的人,听说过人质解救部队的装备非常先进,外表看起来同士兵没有两样。而且他们有车。可刚刚那家伙是从树林里走出来的,那身穿着仿佛刚刚开完会似的。

事情变得蹊跷。没有人质解救部队,只有八名海军陆战队队员和一架未武装的搜救直升机。蓦地,雷切尔醒悟过来,也许这是一次非常隐秘的行动,任何人都没被惊动。他们从芝加哥一路追踪到这里,但出于某种原因,他们没能获得任何形式的军力支援,只能孤军奋战。或许是战术原因,说不定是政治原因,由于霍莉和白宫的关系,所以他们只能偷偷进行,派出一支小分队秘密行动。整个行动如此之保密,可以说左手甚至不清楚右手在干什么。于是,搜救直升机才会未做任何武装就执行任务,因为它整个都被蒙在鼓里,压根儿不知道自己卷入了什么样的麻烦。

换句话说,刚刚中了敌人埋伏的探员是直接从芝加哥来的,部分行动应该从周一就开始了。他外表看起来挺严肃,年近五十,也许是霍莉的顶头上司布罗根,也可能是局长麦格洛斯。无论是谁,内鬼就剩下一个,米罗塞维奇。问题是,他是一起过来了还是仍旧留在芝加哥?

吉普车慢慢掉了个头,雷切尔远远瞄见西装革履的调查局探员坐在后排,被全副武装的两个士兵一左一右夹在中间。他的鼻子还在流血,脸也肿了起来,坐在前排的鲍肯正扭过头对他说着什么。小分队的其余士兵排成一排,站在原地。雷切尔躲在三十码开外的树林里,目送吉普车朝北面小镇驶去。片刻之后,他转身拎起步枪,若有所思地慢慢踱向树林深处。

此刻,让他头疼的是到底该先干什么。他一向遵循一条原则:永远先完成手边的任务,而此时他手边的任务就是救出霍莉,再无其他。但这个被抓走的探员让他想起了上一个落入他们魔爪的探员,杰克逊。说不定等待他的将会是同样的厄运。他再不能袖手旁观。除此之外,他对那家伙的印象很好,他看起来很坚强,身材矮小却强壮精干,自然而然散发出一股领袖气质。争取一个同盟或许不啻为明智的选择,毕竟两个脑袋好过一个,两双手能拿四把枪,肯定派得上用场。但是他的原则是:永远先完成手边的任务。在过去这么多年里,这条原则屡试不爽,也从未令他失望。此刻该妥协吗?他停下脚步,躲在树林里,直到埋伏小分队士兵的脚步声渐渐远去,仍旧站在原地,强迫自己即刻做出决定。

盖博将军同样目睹了整件事情,不同的是,他躲在埋伏点以南一百五十码外的岩石后,恰好位于雷切尔藏身处以南三百码,马路西侧。当时他等了三分钟,即悄悄尾随麦格洛斯穿过溪谷。盖博的身体还算强壮,但毕竟上了年纪,为了赶上麦格洛斯他颇费了一番力气,赶到这处岩石时几乎都喘不过气来。他盘算着,距离碰头时间还有十五、二十分钟,他可以先歇一会儿,缓口气,等那三人会合后他再悄悄跟在后面,看看情况到底如何。他可不愿意任何人误会杰克·雷切尔。

可事与愿违,还没等三人会合,麦格洛斯就中了埋伏。他意识到,很多事情都出了问题。

"你死定了。"鲍肯说。

麦格洛斯挤在后排座位中间,随着吉普的颠簸前后摇晃。他本来想耸耸肩,可位子挤得他压根儿动弹不得,只好做了个无所谓的表情。

"我们都得死,"他说。"迟早的事儿。"

"迟早的事儿,哈,说得没错儿,"鲍肯回答。"可对你来说,只会早不会迟。"

鲍肯坐在前排,扭过身体盯着麦格洛斯。麦格洛斯的目光越过鲍肯,投向远处开阔的蓝天,落在几朵软绵绵的白云上。他暗自琢磨:到底是谁?谁知道那件事儿?会不会是空军基地的人?可关系远得荒唐。那就是身边的人,更知情的人,嫌疑对象包括约翰逊、他的副官、韦博、布罗根或者米罗塞维奇。还有盖博。对,他最可疑,一直振振有词地为雷切尔开脱。难道这是宪兵队为了推翻联席参谋长而搞的集体阴谋?

"到底是谁,鲍肯?"他终于问出口。

"什么到底是谁,死人?"鲍肯反问。

"谁告诉你的消息?"麦格洛斯问。

鲍肯狡黠一笑,手指点了点自己的太阳穴。

"为了共同的理想,"他答道。"站在我们这边的人远远比你想象的多。"

麦格洛斯把视线重新投向天空,脑海中浮现出远在白宫、悠哉游哉的德克斯特。韦博说他怎么讲的来着?一千两百万人?还是六千六百万人?

"你死定了。"鲍肯又说了一遍。

麦格洛斯拉回视线。

"那么就在我死之前告诉我到底是谁。"他说。

鲍肯咧嘴一笑。

"你很快就会知道,"他说。"绝对是个惊喜。"

吉普车停在法院楼前。麦格洛斯转身向窗外张望,只见小楼门口六名哨兵面向南边和东边,站成半圆形守在门口。

"她在里面?"他问。

鲍肯笑着点点头。

"暂时在里面，"他答道。"不过过会儿我会把她带出来。"

突然，别在他皮带上的对讲机嘎拉响了一声，紧接着是一连串快速报告。他低下头，按下键，听完之后从口袋里掏出无线电接收器，拨开开关，抽出天线，按下通话键。

"韦博？"他大叫。"你竟敢骗我。还骗了两次。其一，你那儿有三名探员。现在全落在我手里了。"

他紧紧把接收器贴在耳朵上，听了一阵答话。麦格洛斯没法听见韦博如何回应。

"不过反正也没关系，"鲍肯回答。"他们三个并不全为你效劳，这个世界上，有钱能使鬼推磨。"

他顿了顿，等待对方回话。只是显然，对方一言不发。

"而且你竟敢诬我，"鲍肯接着说。"你根本不打算恢复传真线路，对不对？你只是在拖延时间。"

韦博开口想辩解，却被鲍肯粗鲁地打断。

"你和约翰逊，"他说。"现在可以从桥上下来。海军陆战队不许动，我们有人监视着你们。你和约翰逊回卡车去看监视屏，好戏很快就要上演了。"

他关上开关，把小黑盒子放回口袋，嘴角得意地咧开。

"你死定了。"他第三遍对麦格洛斯说。

"到底是谁？"麦格洛斯问。"布罗根还是米罗塞维奇？"

鲍肯又笑了笑。

"你自己猜吧！"他说。"你不是号称联邦探员里最聪明的领头羊吗？对不对？"

司机跳下车，掏出手枪，对准麦格洛斯的脑袋。他左边的士兵随后下了车，端起步枪也对准了他。接着是他右边的士兵。最后鲍肯也挪下他庞大的身躯。

"出来，"他命令道。"我们得走过去。"

麦格洛斯不以为然地耸耸肩，慢慢下了车。鲍肯向前跨了一步，用力反扭他的双臂，咔嚓反锁住他的手腕，猛地把他向前一推，指着前面废弃的市政办公楼说：

"过去，死人。"

吉普车留在法院楼前。两名士兵走在麦格洛斯两侧，推搡着他经过废墟的土堆、几棵死树,最后踏上后面的小路。麦格洛斯跟跄地沿着小路绕过废弃的市政办公楼,粗糙的砾石地透过薄薄的皮鞋底,戳得他脚心生疼。赤脚走兴许都没这么痛苦。

"快点儿,混账。"鲍肯沉声催促。

两名士兵在他身后用枪杆不停地戳他,他不得不加快脚步,蹒跚地穿过树林。他感觉到嘴唇和鼻孔里的血已经凝固。走了一英里左右,一处开阔空地出现在前方,他即刻认出,正是侦察机图像显示的空地,只不过实地看起来更宽敞。从七英里的高空看下去,它就像树林里的一个黑洞,边缘围了一圈小屋。但此刻从平地上看,它宛如体育馆一般,地上铺满粗糙的砾石,周遭围了一圈建在水泥地基上的木屋。

"等在这儿。"鲍肯说。

说完,他走开了,留下两名士兵一左一右分立麦格洛斯两侧。麦格洛斯环视周遭,看见接有电话线、屋顶装有天线的通讯室,以及旁边几座木屋,从其中最大的一座里飘来阵阵饭菜的香味,是食堂大锅饭的味道。末了,他的目光落在最远处一间孤立的木屋上,应该是他们的弹药库了,他猜。

他抬眼望了望天空,碧蓝的天空上划下许多道白色的水汽尾迹,无言地诉说着情况多么紧急。侦察机早已放弃初时由东向西的简单任务,而开始一圈一圈在距离他七英里的上空持续盘旋。他仰起头,无声地喊道:救命!不知道侦察机的摄像头能不能摄下他的口型,也不知道韦博、约翰逊、盖博甚至约翰逊的跟班会不会读唇语。他的猜测既是肯定,又是否定。

雷切尔所面临的问题极有讽刺意味,生平第一次他希望对方是神枪手。此刻,他躲在法院楼西北一百码开外的树林里,观察着围站成半圆形的六名哨兵。雷切尔的步枪瞄准了最近的那个,但还没决定开枪,因为只要他一扣动扳机,六个士兵就会立刻开火,可麻烦的就是他们肯定无法命中目标。

雷切尔对手中那把 M-16 自动步枪和一百码的射程都十分满意,他相当有信心能正中目标,甚至敢拿自己的性命担保,因为之前他从没有失败的记录,而且通常情况下,对手的枪法越不准,他就越高兴。可今天的情况却恰恰相反。

他要是开枪的话是从西北方向,对方肯定会从东南方向反击。他们会听见枪响,也许还能捕捉到枪口一闪而过,接着他们就会瞄准、开枪,不用说,一定会射偏。射击场上那些人形枪靶就是确凿的证据。他们中也许不

乏枪法不错的人,摆在三、四百码处的枪靶证明了这点,但雷切尔的经验是在三、四百码开外能打中枪靶的人,在枪战中通常一无是处。静止地躺在地上、慢慢瞄准开枪是一回事儿,而在子弹横飞、枪声大作的混乱场景下命中目标又是另一回事儿。两者大相径庭。当时在导弹卡车那儿试图打死他的士兵就是活生生的例子,从他枪口射出的子弹简直是漫天乱飞。而麻烦恰恰就在这儿。那些哨兵站在东南方的方位反击,流弹飞到下方或左方都没问题,只会击中乱蓬蓬的灌木丛,可万一向上或向右,它们将会笔直飞进法院楼。

M-16自动步枪使用的是M855式子弹,北约的标准配备,5.56毫米口径,稍微不到四分之一英寸。虽然个头小,重量却不轻,外包铜壳,内裹铅和钢,穿透力极强。如果击中法院楼,流弹会以两千英里每小时的速度穿过腐旧的木结构,像一辆脱轨火车似的冲进塞满炸药的墙壁夹缝。子弹激起的能量之大,是任何采矿厂使用的起爆雷管都无法比拟的。这全是因为当初设计时有人提出子弹应能穿透装甲车的钢板,结果也确实如其所愿。而这项优点此刻却让雷切尔陷入两难。

最终,雷切尔决定放弃开枪。要是只有三名哨兵,他或许还能冒险一试,说不定能一秒解决一个,在对方来不及反应之前就把他们送回老家。可眼前的六个人数太多,且站得太分散,使得他必须在每枪之间移动过多,反而给了远处几个哨兵反应的空隙。时间不够,他们又不可能命中目标,难上加难。

即使他换个地方开枪照样无济于事。也许他可以花二十分钟绕到对面的山坡从南面射击。可接下去又怎样?法院楼就在六名哨兵的身后。他完全可以射中他们的脑袋,但却不能保证子弹一定会留在他们的脑袋里。要是那些高能子弹穿透头骨笔直飞进二楼的墙壁,他根本无力阻止。思及此,他无奈地摇摇头,放下步枪。

麦格洛斯看见鲍肯站在空地边缘同指挥埋伏的军官低语了一阵。就是他抢走了他的手枪、他的弹夹,还顺带往他脸上送了一拳。两人抬腕瞥了一眼手表,又抬头望望天空,随后点点头。鲍肯拍了拍那人的肩膀,转身走进树林。那名军官一脸狞笑地朝麦格洛斯走来,边走边取下步枪。

"好戏就要开始咯。"他高声喊道。

他走近麦格洛斯,突然反转步枪,用枪托直捣麦格洛斯的腹部。麦格洛斯咚地扑倒在地。另一名士兵瞬时用枪口抵住他的喉咙，另一名则抵住了他的腹部。

"混账东西，给我躺着别动，"军官沉声说。"我很快就回来。"

枪口抵在喉部，麦格洛斯没法抬头，但他利用眼角的余光扫见那人走进倒数第二间木屋。不是最后那间独立的弹药库，而应该是器材设备储藏室之类的。片刻，他手里拿着一把锤子、几根绳，还有四件金属物体走出来。那四件暗绿色的东西像是部队用品，走近之后麦格洛斯才认出是用来固定帐篷的木桩，约摸十八英寸长，专供大型帐篷使用。

军官一松手，四根木桩哐啷一声砸在砾石地面上。他冲举枪抵住麦格洛斯腹部的士兵点点头，那士兵立刻直起身把位置让给军官。

仿佛知道自己该做什么似的，那名士兵走到一旁忙了起来。他抡起锤子敲下一根木桩，地里埋了很多石头，他只得高举双手，挥出一条弧线，用力砸下锤子。眼看木桩的三分之二埋进地里，他才停下。接着他走到八英尺外，开始敲第二根木桩。麦格洛斯瞄见第二根木桩钉好后，他沿直角边又走了八英尺，钉下第三根木桩。等最后一根钉下，四根木桩正好连成边长八英尺的正方形。麦格洛斯倏地明白过来他们要用那个正方形干什么。

"平时我们一般都在树林里，"军官在一旁闲闲地开腔。"垂直挂在树上的。"

接着他伸手指了指天空。

"但我们需要他们看见，"他说。"在树林里的话他们恐怕看不清。这个季节，枝繁叶茂，不是吗？"

钉好四根木桩的士兵已经累得上气不接下气，走回来换下军官，端起步枪抵住麦格洛斯的腹部，随即把全身的重量靠在枪杆上，气喘吁吁。顿时麦格洛斯被压得呻吟出声，身体不自主地扭动。与此同时军官蹲下身，解开绳结，用绳子一头捆住麦格洛斯的脚踝，紧紧打了个结，然后拉着绳子把麦格洛斯拖到正方形中心，把绳子的另一头系在第四根木桩上，拉紧。

第二根绳子拴住麦格洛斯的另一只脚踝，另一头系在了第三根木桩上。麦格洛斯双腿被迫成直角分开，反锁在背后的双手压在粗糙的砾石地上。军官抬脚踢了踢麦格洛斯的上身，麦格洛斯不得不侧翻过身，军官弯腰解开他的手铐，套上绳子，粗鲁地把麦格洛斯的手臂拉到不能再直的位置，才把绳子另一头系在第二根木桩上。端着枪的士兵向前逼近一步，麦格洛斯抬眼望着划过天际的道道水汽尾迹。当另一只手腕最后被套上绳子拴在第一

273

根木桩上时，不禁痛呼出声。此时，四肢被拴在四根木桩上，他的身体摆出一个"大"字形。

两名士兵挪开枪杆，退后一步，和军官一起低头盯着他。麦格洛斯抬起头，慌乱地向周遭张望，拉了拉手臂，却发现自己每动一下只会导致绳结更紧。三个人齐齐后退，抬头望了望天空，麦格洛斯知道他们是在确定侦察机是否清清楚楚拍下了这幅景象。

侦察机果然清清楚楚拍下了这幅景象。空中七英里处，两架侦察机一里一外在空中绕圈，摄像机在电脑的严格控制下拍下了一切，一样不落。里圈那架飞机半径只有几英里，焦距只对准麦格洛斯所在的林间空地。外圈的焦距则远一些，从最南边的法院楼直到最北边的废弃矿区，整个区域都在拍摄范围之内。实时的视频信号毫无阻滞地传到临时作战指挥部卡车外的卫星信号接收盘，接着通过电缆传到卡车里的电脑里，再由电脑解码，最后在彩色屏幕上播放。于是，令人惊骇的景象赤裸裸地呈现在约翰逊将军、他的副官和韦博面前，三人登时震惊得目瞪口呆，一句话都说不出来。屏幕无情地显示出北方六英里处进行的每个动作，每个细节。此时，车厢里虽然充斥着电流的嗡鸣，却仍旧如坟墓般死寂。

"能不能拉近焦距？"韦博平静地提出要求。"对准麦格洛斯？"

将军的副官旋转了一下黑色把手，拉近距离，直到图像过大趋于扭曲，他才稍微调远一点儿。

"已经是最近了。"他说。

的确够近了，麦格洛斯"大"字形的身体填满整个屏幕，军官的身影也清晰可见，他正跨过一条条绳子，围着麦格洛斯绕圈。一把黑色把手的尖刀握在手中，亮晶晶的刀刃几乎有十英寸长，看样子像那种烹饪高手青睐的厨房切肉刀。这种刀刀刃锋利，能把牛排上的肉一条条切下来，想做肉汤的时候随便去一个厨房用具柜台就能买到。

他们看见那家伙把刀平放在麦格洛斯的胸口，接着伸手拉开麦格洛斯的外套，解开领带拉到他的耳边，然后举刀割开衬衫。棉布衬衫轻易裂开。接着他把刀放在麦格洛斯裸露的皮肤上，拉出麦格洛斯的皮带，再把衬衫掀到身侧。那家伙小心翼翼，仿佛一名外科医生正在实施一系列难度很大的急救程序。

那家伙在麦格洛斯右侧蹲下身，拿起刀，刀尖正对他的肚子，麦格洛斯粉红色的皮肤亮堂堂映在车厢内每个人的脸上。

那家伙把刀提起一英寸,食指沿着刀背滑过,为了能更准确地下刀,调节了握刀的角度。接着,反射出白晃晃阳光的刀刃慢慢接近。突然间,只见一阵粉色雾气喷了出来,图像暂时中断。须臾之后画面恢复,他们看见刀子还在那人的手上,可他的脑袋已经不见了,颈部只剩下个碗口大的粉色血洞。接下来他的身体慢慢滑落,侧倒在地上。

42

左手边的士兵很容易就解决掉了。子弹从他的耳朵上方钻进脑袋,他立刻重重摔在了调查局那人的身上。但右手边的士兵却反应过来,转身迅速跨过绳子飞也似地朝树林里跑去。雷切尔顿了一顿,在他跑了十英尺后打中他。他四仰八叉地扑倒在地,溅起一阵尘土,又扭动两下后断了气。

最后三声枪响的回声断断续续地从远处山壁回荡过来,渐渐消失。雷切尔等了片刻,小心地观察阵地周围的动静。强烈的日光把空地照得太亮,树林里又太暗,他一时看不清状况,所以等了片刻。

确定安全后,他从通讯室后面以百米冲刺的速度跑出来,穿过空地,朝调查局探员冲去,匆忙挪开趴在他身上和横在他脚边的两具尸体,找到刀割断四根木桩上的绳子,扶起探员,推了他一把,让他沿来时路跑回去。雷切尔自己则弯腰拎起身旁两杆步枪。调查局探员一时站不稳脚步,趔趔趄趄,雷切尔赶紧过去扶住他的腋下,连拖带拉地把他拽到木屋后树林里的安全地带。他弯下腰大口喘气,然后从两杆步枪上取出弹夹,都是那种三十发装的加长弹夹。他把一个放进口袋,另一个装进自己的枪里。刚刚他只剩六发子弹了,现在却变成了六十发,整整十倍。而且还多了一个帮手。

"你是布罗根?"他问。"还是麦格洛斯?"

对方的脸上恐慌与迷惑交织,声调平板地回答:

"麦格洛斯,联邦调查局的。"

雷切尔点点头。眼前这位受惊不浅,但总算是个帮手。他掏出福勒的那把格洛克,枪把朝外,递给麦格洛斯。麦格洛斯无声地喘着气,目光投向树林深处,双拳紧握,一身戒备。

"怎么了?"雷切尔关切地问。

麦格洛斯突然一个箭步冲上前去,夺过格洛克,退后一步,双手握枪直指雷切尔的脑袋。半截绳子仍然挂在他的手腕上来回摇晃。雷切尔面无表情地凝视着他。

"见鬼,你这是干么?"他问。

"你和他们都是一伙儿的,"麦格洛斯回答。"放下武器,听到没有?"

"什么?"雷切尔不解地反问。

"照我说的做,听到没有?"麦格洛斯再次命令。

雷切尔不可思议地瞥了他一眼,指着树林外横陈的尸体问道:

"那他们又算怎么回事儿? 难道那些什么都不能说明吗?"

格洛克枪口一动不动地对准他的脑袋,麦格洛斯除了半截绳子彩旗似地在手腕和脚踝上晃荡以外,仿佛化身为训练手册上的讲解图片,纹丝不动。

"难道我杀了那些人不能算数吗?"雷切尔指着外面又问了一遍。

"很难讲,"麦格洛斯咆哮着回答。"你也杀了彼得·贝尔。我们全知道了,你不允许手下人强奸或折磨人质并不代表你不是他们一伙儿的。"

雷切尔惊讶莫名地瞪视着他,沉吟半响。接着他冷静地点点头,把步枪放在了两人之间。要是他把枪放在脚边,麦格洛斯一定会让他把枪踢过去。太靠近麦格洛斯也不行。眼前的这个探员看样子经验丰富,从他摆出的射击姿势雷切尔能看出他的枪法一定不差。

麦格洛斯低头扫了一眼,犹豫了一下。显然他不希望雷切尔靠近他,不希望他走上前把枪递过来。于是,他决定伸脚把枪勾过来。他比雷切尔矮十英寸,在六英尺外瞄准雷切尔头部必须把枪举高到一定角度。当他伸脚时,他的身体矮下一英寸左右,自然导致举枪的手臂抬得更高,而且也让他离雷切尔更近。当他的脚尖努力向步枪挪去时,上臂靠近脸,正好挡住了他的视线。雷切尔就等他朝下看的瞬间。

果然,他朝下瞥了一眼,说时迟那时快,雷切尔双膝一松,向前倾身的同时伸手把格洛克撸向一边。接着另一只手扫向麦格洛斯的膝盖,把他推倒在地,顺势捏住他的手腕使劲抖,逼他松手,格洛克掉地,雷切尔弯腰捡了起来。

"看看这个。"他边说边掀开袖口,露出左腕的伤疤。

"我不是他们的人,"他说。"他们一直都用手铐铐住我。"

接着他把格洛克枪把朝外地向麦格洛斯递过去。麦格洛斯盯着枪看看，又抬头望了望空地上的尸体，最后视线落在了雷切尔身上。非常困惑。

"我们一直认为你是他们一伙儿的。"他说。

雷切尔点点头。

"显然，"他说。"可究竟为什么？"

"干洗店的保安录像，"麦格洛斯回答。"看起来就像是你把她抓了起来。"

雷切尔摇摇头。

"我只是个不知情的过路人。"他说。

麦格洛斯疑惑的眼神牢牢锁定在雷切尔身上，显然在衡量他的话有几分可信。半晌，他打定主意似地冲雷切尔点点头，接过格洛克枪，放在地上，恰好在他们两人中间，仿佛这个位置象征着停战协定。他一颗颗扣上衣扣，拧断拴在手腕、脚踝上的绳头。

"好吧，要么从头介绍一下？"他感到些许尴尬。

雷切尔点点头，伸出手。

"当然，"他答道。"我叫雷切尔，你是霍莉的顶头上司麦格洛斯。幸会幸会。"

麦格洛斯懊悔地笑笑，轻轻地握了握雷切尔的手。然后单手解开另一只手上的绳扣。

"你认识一个叫盖博的人吗？"麦格洛斯问。

雷切尔点点头。

"他以前是我的长官。"他答道。

"盖博担保你是好人，"麦格洛斯说。"可我们都不信。"

"完全能够想象，"雷切尔说。"盖博从来都实话实说，所以没人相信他。"

"我道歉，"麦格洛斯说。"对不起，啊？不过也希望你能从我们的角度考虑。过去五天你一直是天字第一号公敌。"

雷切尔摆摆手表示不介意，然后站起身，扶麦格洛斯站起来，又弯腰捡起格洛克递给他。

"你鼻子没事儿吧？"他关切地问。

麦格洛斯把枪顺手放进外套口袋，轻轻摸了摸鼻子，顿时疼得双眉紧蹙。

"那个杂种打得真重，"他说。"估计鼻梁断了。竟然一转身就打我，搞

得好像一刻也不能等似的。"

突然，树林左边传来一阵唏唏簌簌的声音。雷切尔警觉地一把拉过麦格洛斯，躲进林子里面的灌木丛。他们面朝东面无声地等待片刻。麦格洛斯解开绳扣后，问：

"呃，霍莉还好吗？"

雷切尔点点头，但脸色晦暗。

"迄今为止还算好，"他答道。"不过要救出她相当棘手。"

"我听说炸药的事儿了，"麦格洛斯说。"周一晚上杰克逊最后一次报告的时候提到过。"

"相当棘手，"雷切尔又说了一遍。"只要一颗子弹打偏了，她就会被炸上天。而且至少那儿有上百个人都乐得开枪乱打一气。所以无论我们打算怎么做，都必须一万个小心。你们有没有后备部队赶过来？人质解救部队之类的？"

麦格洛斯摇摇头。

"没有，"他说。"政治原因。"

"说不定这并不是坏事儿，"雷切尔说。"我听见他们在说要是赢不了的话就集体自杀。你瞧，不自由，毋宁死。"

"管他呢，"麦格洛斯说。"他们自找的。我才不在乎他们到底怎么样，我只在乎霍莉。"

两人陷入沉默，蹑手蹑脚地穿过茂密的树木，来到食堂后面的山坡上。雷切尔正想问一个问题，突然，左边又传来声响。他全身紧绷，手指放在唇边。是一队士兵正沿着树林边缘巡逻。麦格洛斯刚要行动，却被雷切尔一把拉住。他们自己发出声音反而会暴露行迹，倒不如一动不动。巡逻兵慢慢接近，雷切尔举起步枪，伸出手掌轻轻拨到连发状态。麦格洛斯屏住呼吸，只见巡逻兵就在前方十英尺处，六个人，六把枪，六个脑袋整齐规律地左右摇摆，目光在明亮的空地和幽暗的树林间来回穿梭。雷切尔轻轻呼了口气，可以看出那些士兵都是未经训练、技术不过硬的业余枪手，而且明暗交替伤害眼睛，比瞎子也强不了多少。果然，他们停也没停就走过去了。等他们脚步声远去，雷切尔蓦地转身，轻声问麦格洛斯：

"布罗根和米罗塞维奇哪儿去了？"

麦格洛斯懊悔地点点头。

"我知道，"他平静地说。"叛徒就是他们俩中的一个。他们把我抓起来的前半秒钟我才醒悟过来。"

"他们在哪儿?"雷切尔又问了一遍。

"附近某处,"麦格洛斯回答。"我们三人间隔一英里穿过溪谷。"

"那会是谁?"雷切尔问。

麦格洛斯耸耸肩。

"说不清,"他答。"实在猜不出。我想了好多遍,两人都做出过贡献。找到干洗店的是米罗塞维奇,他还找来了录像带。而一直追踪到蒙大拿的是布罗根,他和宽提科合作,花了很多力气追踪卡车。所以我心里觉得两人都不可能是叛徒。"

"我的身份是什么时候被确认的?"雷切尔问。

"星期四早上,"麦格洛斯答。"我们找到了你的所有材料。"

雷切尔点点头。

"那家伙立刻就向这儿报告了,"他说。"这些人立刻就知道了我的身份,就在星期四早上。"

麦格洛斯再次耸耸肩。

"他们俩当时都在现场,"他说。"所有人都在彼得森空军基地来着。"

"你有没有收到霍莉的传真?"雷切尔又问。

"什么传真?"麦格洛斯一怔。"什么时候的事儿?"

"今天早上,"雷切尔回答。"很早,五点差十分左右。她给你传真了一纸警告。"

"我们截断了他们的传真线,"麦格洛斯说。"所有传真都传到停在南边公路上的卡车里。不过五点差十分的时候我在床上休息。"

"那谁在那儿?"雷切尔问。

麦格洛斯点点头。

"米罗塞维奇和布罗根,"他苦涩地承认。"只有他们俩,五点差十分,他们刚刚开始值班。无论是谁,收到传真后肯定把它藏了起来。可究竟是谁?我还是猜不出。"

雷切尔回应似的点点头。

"我们很快就会知道,"他说。"或许我们只需要耐心等待,其中一个会和这儿的人称兄道弟,另一个则会被牢牢铐住,甚至已经死了都说不定。很快就会水落石出。"

麦格洛斯点点头,表情苦涩。

"我很想知道结果。"他说。

忽地,雷切尔全身紧绷,迅速把麦格洛斯拉进树丛里十码。巡逻士兵又走回来了。

鲍肯在法院大厅里听见了三声枪响。当时他正端坐在法官席上,突然砰,砰,砰三声,接着又传来几个回合的回声。他即刻派人去一英里外的阵地探查究竟。二十分钟后,手下气喘吁吁地跑回来,报告说那儿只剩下三具尸体,四根断绳。

"雷切尔,"鲍肯咬牙切齿地说。"早知道一开始就该要了他的命。"

米罗塞维奇在一旁附和地点点头。

"别让他接近我,"他说。"我可读过你的朋友彼得·贝尔的验尸报告。我只想拿到我的那份钱,然后安全离开这里,好吗?"

鲍肯点点头,接着大笑起来。神经质的尖锐笑声中半是兴奋,半是紧张。他站起身,走到座位后,拍了拍米罗塞维奇的肩膀。

霍莉·约翰逊对炸药所知不多,甚至记不得确切的化学成分。她有印象,里面应该有硝酸铵和硝化纤维,但有没有硝化甘油?还是其他某种爆炸物?无论如何,炸药应该是某种粘稠的液体,用某种多孔物质吸附后再装进密封的粗棍里。那玩意儿的密度应该很高,换句话说,如果这间屋子的墙壁夹层塞满炸药,应该能吸收大部分的声音,效果堪与城市公寓的隔音墙媲美。这样也就是说,这三声枪响应该是从附近传来的。

砰,砰,砰!却不知是什么人为了什么开枪。她听出不是手枪,手枪特有的扁平枪响她在宽提科的时候就十分熟悉。刚才的声音是长枪才能发出的响声,却也不是大型巴雷特狙击步枪,而是某种轻型的中型口径步枪。要么是同一个人开了三枪,要么是激战中有三个人,每人开了一枪。无论何种情况,都说明出事儿了。她必须立刻做好准备。

盖博听见从西北一千、一千两百码开外处传来砰,砰,砰三声枪响,接着十几声的回响撞上山壁又反弹回来。没有丝毫迟疑,他立刻辨认出那是 M-16 步枪单发的枪响,前两枪紧紧挨在一起,行话叫做双击,只有神枪手才能做到,因为第二枪必须趁第一发子弹弹壳落地前打出。接着是第三枪,击中第三个目标,当然也可能是为保险起见再补第二个目标一枪。这样的开枪节奏如同不容辩驳的身份证明,标志着开枪人之前定有过上百小时的密集训练。盖博暗暗点头,从树林里穿过去。

"一定是布罗根。"雷切尔轻声说。

麦格洛斯一怔。

"为什么是布罗根?"他问。

两人躲在树林深处三十码的地方,背靠两棵树桩蹲下身。巡逻兵依然没看见他们,自顾自走了过去。麦格洛斯向雷切尔简略道出从霍莉失踪开始发生的几件大事,间或雷切尔提出几个尖锐的问题,麦格洛斯给出简短的回答。

"因为时间和距离,"雷切尔回答。"两者非常重要。从他们的角度想想,绑架我们之后就上了车,马不停蹄地赶回蒙大拿。有多远? 一千七百、一千八百英里,对不对?"

"也许吧。"麦格洛斯应道。

"布罗根是个聪明的家伙,"雷切尔继续分析。"他心里清楚得很,你是不好糊弄的,也明白你知道他不是个笨蛋,所以他不能什么线索都不提供。但是他能做的是拖延大家的时间,让你们来不及阻止他们。而这恰恰就是他干的好事儿。交流一定是双向的,所有的信息他都知道,对不对? 所以星期一他就已经知道他们租了一辆卡车,但一直到星期三他还在调查被偷的卡车,对不对? 亚利桑那州的那件乌龙浪费掉许多时间。后来他终于找到突破性的线索,那家租车公司,突然他好像成了个英雄,但实际上他的所做所为让你们在这场追逐战中远远落后了,也为他们赢得足够多的时间回到这儿。"

"可他还是把我们带到这儿来了,不是吗?"麦格洛斯反问。"确实晚了点儿,我承认,但无论如何毕竟是他把我们带到这儿来的。"

"对他没损失啊,"雷切尔说。"只要她一安全抵达,鲍肯就迫不及待地想告诉你她在他手上,不是吗? 目的地本来就不是秘密,对不对? 关键是他们要用她来扯你们的后腿,让你们投鼠忌器,所以隐瞒地点根本没有意义。"

麦格洛斯轻声咒骂一句,沉吟片刻,还是有些不信服。

"他被钱收买了,"雷切尔接着说。"你最好还是相信。他们的金钱后盾非同一般,麦格洛斯,整整两千万美元,偷来的无记名债券。"

"那宗在北加州抢劫运钞车的案子吗?"麦格洛斯一惊。"是他们干的?"

"他们还很自豪来着。"雷切尔答。

麦格洛斯把所有细节在脑中整理了一遍,脸色刷的变白。雷切尔看在眼里,点点头。

"好吧,"他说。"让我猜猜看:布罗根从来都不缺钱,是不是? 而且也从来不抱怨工资低,啊?"

"他妈的,"麦格洛斯骂了一声。"每个月都要付两笔赡养费,还有女朋友、丝绸夹克衫,我却从来没起过一丁点儿疑心,居然一直还挺感激他。"

"他现在一定正在拿钱,"雷切尔说。"而米罗塞维奇,要么已经死了,要么被关在某处。"

麦格洛斯慢慢点头。

"而且布罗根之前在加利福尼亚工作,"他说。"来芝加哥之前。他妈的,我怎么从来都没怀疑过。当时就是他直接负责鲍肯案子的,他说萨克拉曼多分局的资料不全,没法儿定案。原来是因为鲍肯拎了一桶一桶的钞票让他们没法儿定案。而那个畜生竟然收了那笔钱。"

雷切尔什么都没说,只是点点头。

"他妈的,"麦格洛斯又骂道。"他妈的,他妈的,他妈的! 全是我的错!"

雷切尔依旧保持沉默,此刻最好什么都别说。他完全理解麦格洛斯的愤怒、他的处境。以前他也经历过类似被亲兄弟从背后捅刀子的遭遇。

"待会儿再处理布罗根的事儿,"最终麦格洛斯恢复理智。"先救出霍莉。她有没有提到过我? 知不知道我一定会过来救她? 有没有提过?"

雷切尔点点头。

"她说,她信任她的人。"他答道。

43

二十年来头一回,盖博将军杀了人。他本不想下手,只打算撂倒对方、夺过武器罢了。他碰上的那名岗哨是设在法院楼以南一百码岗哨屏障中最里层的一个,还有另外好几个分散在沿线。盖博来回走了几圈,摸清每个岗哨之间大概有四、五十码的间距,除了两个站在马路上以外,其他人都隐没在树林中。

盖博选中了离他自己和那栋白色建筑物的中间位置最近的哨兵,因为他不想绕路,而且他需要武器,所以他从地上捡起一块拳头大小的石头,捏在手里,慢慢朝哨兵背后移动过去。

这些人明显训练不足,让整个过程变得毫无悬念。岗哨屏障按理说应该不断移动,沿着预定的半径来回巡逻,那样儿他们才能照顾到每一寸需要保卫的领土,万一某一同伴遭到伏击,他们也能及时发现。可这些人竟然只是一动不动地钉在原地四处张望而已。真是糟糕透顶的战术。

被盖博挑中的哨兵头戴军便帽,身着迷彩服,却选错了迷彩图案。那种黑灰相间的复杂条纹在城市环境中效果极佳,可放到洒满星星点点光斑的原始森林却一无是处。盖博欺身走到他背后,举起石头砸中他的后脑。

只是砸得太重了。关键是因为人与人是不同的,从没有规定到底该使多大力气。砸人脑袋和打桌球不一样,打桌球时,为了把球打进四角的球洞,该使多大劲很容易拿捏,可头骨就完全是另一码事儿。有些很硬,可这个家伙的恰恰相反,就像蛋壳似的咔喳裂开,脊椎顿时就断了,在身体倒地之前业已毙命。

“他妈的。”盖博轻咒一声。

他并非因为良心上过不去,这一点他毫不担心。毕竟和那些坏家伙打了整整四十年交道,处理这种情况不过是小菜一碟。相反,他担心的是秃鹰。昏过去的人不会吸引它们,但死人就会。秃鹰若是在空中来回盘旋,等于在给其他哨兵报信:有同伴出事儿了。

于是,盖博微调计划。他拾起死去士兵的 M-16 步枪,朝前一直走,直到距离树林边缘二十码处停下脚步,左右张望一番,瞥见前方树林外十码处的一堆石块,确定那儿就是下一步的突破点。他悄悄蹲在一棵大树后,取下步枪检查了一下状况,重新装好后便静观其变。

哈兰·韦博第四次倒回录像带,又重温了一遍整个过程。粉红色的烟雾扑地腾起,士兵应声倒下,另一名士兵拔腿想逃,接着摄像机的焦距突然调远,整块空地出现在屏幕上,在逃的士兵无声扑倒在地。一段漫长的空白之后,只见雷切尔狂奔过来,一路搬开死尸、割断绳子、最终把麦格洛斯拖到安全地带。

“我们错怪他了。”韦博说。

约翰逊将军点点头。

“真希望盖博在这儿,”他说。“我欠他一句对不起。”

"飞机汽油快用完了。"副官突然开口,打破一室的凝滞。

约翰逊又点了点头。

"叫一架回来,"他说。"不需要两架都在那儿,它们可以轮换。"

副官即刻打电话给彼得森,半分钟不到,外圈那架飞机接到命令朝南飞回,六块屏幕中的三块变成空白。里圈那架调远焦距,覆盖整个区域,先前填满屏幕的空地特写此刻缩成了二十五分硬币大小,白色的法院楼同时进入到屏幕的右下角。三人分别在三块屏幕前,齐齐拉近椅子,盯着一模一样的图像。蓦地,韦博口袋里的无线电再次嘎拉一响。

"韦博?"是鲍肯的声音。"你在吗?"

"我在。"韦博回答。

"飞机怎么回事儿?"鲍肯问。"你们难道不想看好戏了吗?"

一刹那,韦博差点儿想问他是怎么知道的,蓦地他醒悟过来,一定是因为水汽尾迹。天空上那一道道尾迹就像几何图形似的。

"到底是谁?"他问。"布罗根还是米罗塞维奇?"

"飞机到底怎么回事儿?"鲍肯又问了一遍。

"汽油不够了,"韦博回答。"很快会回去的。"

鲍肯略一停顿,不过很快声音再次响起。

"好吧。"他说。

"告诉我,到底是谁?"韦博继续追问。"布罗根还是米罗塞维奇?"

可无线电信号戛然而止,他只好关上开关,无意间瞥见约翰逊若有所思的目光朝他投来,脸上的表情仿佛在说:瞧,部队的人结果是好人,调查局却出了奸细。韦博耸耸肩,努力把这种表情解释为悔恨的自白:我们都犯了错。但实际上约翰逊的意思是:这一切你早该知道的。

"会不会有麻烦?"副官突然说。"布罗根和米罗塞维奇,好的那个肯定还以为雷切尔是敌人,而坏的那个更明白雷切尔是敌人。"

韦博移开视线,转而投向屏幕。

鲍肯把无线电放回制服口袋,手指咚咚敲着法官台。他扫了一眼旁边看着他的人,说:

"一个摄像机也足够了。"

"没错儿,"米罗塞维奇附和。"一个、两个没差别。"

"现在不能有任何打扰,"鲍肯接着说。"所以必须在开始其他计划前先找到雷切尔。"

米罗塞维奇紧张地扫视了周围一圈。

"别看我,"他说。"我可不出去,只想拿到钱。"

鲍肯瞥了他一眼,心里在盘算着什么。

"你知道在丛林里怎么捕捉老虎、豹子吗?"他突然问。

"什么?"米罗塞维奇一愣。

"只要把山羊拴在树桩上,"鲍肯给出答案。"然后等在一旁,猎物就会自投罗网。"

"什么?"米罗塞维奇还是没明白。

"雷切尔愿意救麦格洛斯,对不对?"鲍肯说。"所以说不定也愿意救你的好兄弟布罗根。"

盖博将军听见远处一阵喧哗,冒险向前挪了几码,走到树木稀疏处,蹲下身。为了取得更清楚的视野,他朝左边移了移。毫无生气的法院楼矗立在他前方,不过透过倾斜的角度,尚能瞄见正门出口以及通向大门的台阶。突然,他看见一群人从门里出来,一共六个,其中两个站在前面,端着步枪警觉地四处张望,另外四个抬着某人。那人脸朝下,手腕、脚踝被四名士兵牢牢抓住,从声音判断,是男性。那人愤怒地咆哮、尖叫,不断挣扎。突然,盖博认出,那是布罗根。

倏地,盖博全身冰冷。他知道杰克逊的遭遇,麦格洛斯全告诉他了。毫不犹豫地,他举枪对准靠近他的那个士兵,顺着对方的动作流畅地移动枪口,同时用余光观察另外五人。这时,他想起身后的岗哨屏障,苦笑一声,放下步枪。胜算太小。他一向遵循一条原则,一条他全心信奉、热烈鼓吹了四十年的原则:永远先完成手中的任务。而现在手中的任务是救出霍莉·约翰逊。他悄悄潜回树林,冲着身边两人无奈地耸耸肩。

支努干的飞行员果然没死,他们从机舱里爬出来,跌跌撞撞地闯进密林,以为自己在朝南走,而事实上却是沿正北方向而行。他们懵懵懂懂地穿过岗哨屏障,竟然没被发现,而更离奇地是居然撞见了一个坐在树桩上的三星上将。将军立刻让他们躲起来。他们感觉自己仿佛在做梦,拼命想立刻清醒过来。三人默不作声地听着尖叫声慢慢消失在废弃的镇政府大楼后面。

几分钟后,雷切尔和麦格洛斯也听见了尖叫声。刚开始只是很微弱的声音,从他们左边的树林里传来。接着越来越响。他们躲在树林十英尺之内的地方,正对小屋之间的空隙,这样能清楚看见空地和林中山路的出口。这个位置不近不远,既安全、不易被发现,又便于观察情势。

先是两个打头阵的士兵现身到阳光下,接着又出现四个人,步枪挂在身上,步调一致,身体前倾,抬着一件不断扭动、尖叫的重东西,八只手奋力地保持平衡。

"上帝啊,"麦格洛斯轻呼出声。"那是布罗根。"

雷切尔沉默地盯了半天,最后点点头。

"我错了,"他承认道。"米罗塞维奇才是内鬼。"

麦格洛斯咔嗒打开格洛克的保险栓。

"等等。"雷切尔突然轻声阻止。

他招招手,示意麦格洛斯跟过来,随后朝右移去。两人躲在树林深处,同押送布罗根的六名士兵保持平行,一同穿过空地。对方慢吞吞地穿过砾石地面,绕过尸体、木桩、断绳,布罗根杀猪般的嚎叫也愈发凄厉。

"他们是去受罚室。"雷切尔轻声说。

很快,密密匝匝的树木挡住了他们的视线,可声声嚎叫依旧不断传来,仿佛布罗根预见到自己将会遭受的折磨。麦格洛斯想起鲍肯在无线电里说的那些话,雷切尔则回忆起自己亲手掩埋杰克逊伤痕累累的尸体。

两人冒险凑近几步,只见六人来到无窗的受罚室小屋门口,停下脚步。打头阵的两名士兵转身端枪掩护其他人。抓住布罗根右手手腕的那个用另一只手从口袋里掏出钥匙。布罗根大喊救命,连声求饶。那人置若罔闻地开锁推门,跨进门槛时突然吓了一跳,惊叫起来。

约瑟夫·雷竟从屋里走出来。他全身赤裸,衣服揉成一团攥在手里,干涸的血迹像面具似地挂在脸上。他鞋也没穿,蹒跚地踏上砾石地。六人目送他离开。

"见鬼,他又是谁?"麦格洛斯轻声问。

"某个混蛋罢了。"雷切尔轻声回答。

布罗根被砰地扔在地上,衣领又被拎起来。他狂乱地扫视四周,大张着嘴不断尖叫,惊恐、苍白的脸映入雷切尔的眼帘。六人一把把他推进屋里,随后跟进去,顺手关上门。麦格洛斯和雷切尔又凑近了些,哀嚎声、身体撞墙的咚咚声不断传来。几分钟后,所有声音戛然而止。六人打开门,边笑边拍手掸去灰尘，鱼贯走出。最后一个回头又补了一脚，猛地踢在布罗根身上，布罗根吃痛尖叫。随后他锁上门，三步并作两步赶上其他人。空地重新回复平静。

霍莉瘸着腿走到门口，耳朵贴在门上仔细听了片刻，没有一丝动静。她走回床垫，拿起另一条干净的裤子，用牙咬断线头，用力撕扯下一条裤腿的前片。这样她就有了一条三十英寸长、六英寸宽的帆布布条。她拿着布条走到浴室，拧开热水龙头，注满浴缸，然后把布条浸在热水中。随后她脱掉裤子，把浸满热水的布条紧紧绑在膝盖上，再重新穿回长裤。浸满热水的帆布变干时应该会缩水，说不定会变得更硬，这样基本上就能解决她的问题。固定住膝盖使它不能弯曲是解除疼痛的惟一办法。

下一步，她开始实施脑海中已经彩排了多次的程序。她取下拐杖底部的橡皮套，用金属头砸碎浴室里的瓷砖。接着她掉转拐杖，用弯曲的那一头用力撬下瓷砖碎片，挑了两片尖三角形的，再用拐杖磨掉碎片边缘的陶土，平整的白陶瓷面这时宛如锋利的刀刃。

她把武器分别装在两个口袋里，拉上浴帘遮住损毁的地方，把橡皮套重新套在拐杖上，最后坐回到床垫，默默等待。

只用一架侦察机的问题在于，如果想覆盖整个区域，焦距就必须调远，结果画面上任何东西都非常小。屏幕上出现的四名抬着重物的士兵看上去就像爬过草地的一只大虫子。

"那是布罗根吗？"韦博大声问。

副官赶紧倒回，又看了一遍。

"脸朝下，"他说。"没法确定。"

他按下暂停键，然后放大了这块画面，那个四仰八叉的人填满屏幕，大得甚至有些模糊。

"还是没法确定，"他又说了一遍。"不过肯定是他俩中的一个。"

"我觉得是布罗根。"韦博说出他的猜测。

约翰逊仔细看了看，伸出手指在屏幕前比划了一下那人的身高。

"他有多高？"他问。

"他有多高？"雷切尔突然问。

"什么?"麦格洛斯一怔。

此时麦格洛斯和雷切尔一前一后躲在树林里,凝望着受罚室的前墙。那堵墙约摸十二英尺宽,八英尺高,从右到左铺着一块两英尺宽的木板,接着是三十英寸宽的门,门轴在右,把手在左。然后又是足足七英尺半的木板。

"他有多高?"雷切尔又问了一遍。

"上帝,问这个有什么必要?"麦格洛斯说。

"我认为有。"雷切尔回答。

麦格洛斯转身盯着他。

"五尺九寸、五尺十寸左右,"他说。"不算特别高大。"

墙外的木板由八乘四英寸规格的木条钉成,一半的位置处有一道缝隙。屋内的地板估计铺的是四乘二英寸规格的木条,估计比地基高出五英寸左右,比门廊低了一英寸半。

"瘦不瘦?"雷切尔又问。

麦格洛斯仍然不解地盯着他。

"标准三十八号,我猜。"他答道。

雷切尔点点头。墙的内外应该铺的都是四乘二英寸规格的木条,所以从里到外的厚度估计是五英寸半,要是里层铺的木条更薄的话或许都不到。这样就算与前墙成直角的那堵墙差不多五英寸厚,地板高出地基五英寸。

"左撇子还是右撇子?"雷切尔问。

"告诉我究竟怎么回事儿?"麦格洛斯憋着声音说。

"到底是左撇子还是右撇子?"雷切尔再问。

"右撇子,"麦格洛斯答。"相当确定。"

四乘二规格的木条可以铺成十六英寸长。但是前墙的右缘到门的右手边只有两英尺的长度,再去掉墙厚五英寸,只剩下十九英寸,也就是说中间应该夹了一块四乘二规格的木条。除非他们用了边角料,这也没问题,为了绝缘墙里可能填了许多玻璃纤维的填充物。

"向后站。"雷切尔小声说。

"为什么?"麦格洛斯问。

"照我说的就是。"雷切尔答。

麦格洛斯向后退了一步,雷切尔瞄准距离右墙边十英寸、墙底五英尺不到的地方,微微左倾,肩膀支在一棵树上,慢慢举起 M-16。

"见鬼,你在干什么?"麦格洛斯嘶声叫道。

雷切尔没有回答,算准心跳间隙扣动扳机。咔嗒一声,子弹嗖地钻进一百码之外的墙里,弹孔恰在距离右墙边十英寸、墙底五英尺处。

"见鬼,你在干什么?"麦格洛斯几乎抓狂。

雷切尔一把拉过他的胳膊,拖着他朝北跑了几步。这时发生了两件事:六个士兵冲进空地,同时受罚室的门突然打开,布罗根倚在门框,右臂软软下垂,右肩上赫然一个血洞,汩汩冒出鲜血。右手还握着调查局发的点38口径手枪,手指牢牢扣在扳机上,保险栓打开。

雷切尔把步枪拨到连发模式,对准空地中央连开几枪,弹壳噼里啪啦从地上弹起。六名士兵忙不迭刹住脚步,仿佛前方突然立起一道无形的屏障,又仿佛前方是悬崖峭壁。几个人立刻掉头,朝树林方向拔腿逃去。布罗根走到屋外的阳光下,试图举枪,胳膊却不听使唤,只是软绵绵地垂在身侧。

"圈套,"雷切尔冒出两个字。"他们以为我会进去救他,他拿着枪就躲在门后。我一直觉得他不是好人,不过有一刻真差点儿被他们骗了。"

麦格洛斯慢慢点点头,一眨不眨地盯着布罗根手里的点38口径手枪,想到自己被敌人缴获的那把。他缓缓抬起格洛克,手腕靠在树上,瞄准目标。

"别想了。"雷切尔说。

麦格洛斯瞄准着布罗根,摇摇头。

"我怎么能不想,"他平静地说。"那个杂种出卖了霍莉。"

"我是说别想用格洛克,"雷切尔解释道。"从这儿到那儿有一百码的射程,格洛克不行,射中该死的墙都算你好运。"

麦格洛斯放下格洛克。雷切尔把 M-16 递给他,饶有兴味地看着他瞄准布罗根。

"打哪儿?"雷切尔问。

"胸部。"麦格洛斯答。

雷切尔点点头。

"不错。"他说。

麦格洛斯稳住身形,扣动扳机。他技术不错,却算不上精准。步枪仍然设定为连发模式,砰砰三颗子弹窜出去,第一颗打中布罗根的前额左上方,后两颗擦过他的身体打中门框,霎时碎木条乱溅。枪法不错,但算不上精准,不过足够完成任务。布罗根就像一个断了线的木偶,沿着墙壁滑坐到门廊上。雷切尔拿回 M-16，瞄准空地边缘的树林喷射一阵，直到子弹用光。他重新装好子弹，把格洛克还给麦格洛斯，朝东努了努嘴。两人同时转身向前走去，迎面撞上约瑟夫·雷。他没有武器，上身赤裸，脸上干涸的血迹就像被抹上了棕色油漆，正在重系错位的衬衫钮扣。

"女人和孩子都得死。"他喃喃地说。

"你们还有一个钟头，乔，"雷切尔回答他。"赶紧告诉大家，想活命的就往山里逃。"

对方只是摇摇头。

"不行，"他回答。"我们必须到阅兵场集合，我们有命令，得在那儿等波。"

"波不会过去的。"雷切尔说。

雷再次摇头。

"他一定会，"他坚持。"不管你们是什么人，你们打不过波的。这是不可能的。我们必须等他，他会告诉我们该怎么做。"

"快逃命吧，乔，"雷切尔说。"看在上帝的分上，赶紧带着你的孩子离开这儿。"

"波说他们不能走，"雷回答。"要么品尝胜利的果实，要么承担失败的后果。"

雷切尔说不出话来，直直看进他的眼底。雷的双眸闪出诡异的光，微微露齿一笑，随即转头跑走。

"女人和孩子都得死？"麦格洛斯不可置信地重复一遍。

"鲍肯一直这么宣称，"雷切尔解释道。"他让他们深信不疑，要是吃了败仗，集体自杀是必须的惩罚。"

"难道他们就这么坐以待毙？"麦格洛斯问。

"他们全被他控制了，"雷切尔答。"而且比你想象的程度还要深。"

"我根本不想打败他们，"麦格洛斯说。"现在我只想救出霍莉。"

"我也是。"雷切尔答。

两人默默地向阵地方向走去。

"你是怎么知道布罗根也是他们的人的？"麦格洛斯问。

雷切尔耸耸肩。

"直觉吧，"他说。"从他的脸上感觉到的。他们就喜欢打脸，也是这么整你的。但我看见布罗根的脸干干净净，淤青、血迹什么都没有。那就有问题了。照理说,埋伏大获全胜,他们一定会忍不住拿他发泄兴奋,就像当初对你那样儿。但因为他是他们的人,所以只是被铐上手铐。"

麦格洛斯点点头,抬手摸了摸自己的鼻子。

"可万一你要是猜错了怎么办?"他问。

"猜错了也无妨,"雷切尔答。"要是我错了,他也不会躲在门后,而应该躺在地板上,说不定还断了几根肋骨,因为那些殴打一定是来真的。"

麦格洛斯又点点头。

"还有那些叫喊,"雷切尔继续说。"他们一路走得那么慢,又允许布罗根那样儿声嘶力竭地喊救命,只是想引起我的注意罢了。"

"他们最拿手的就是引人注意,"麦格洛斯附和。"这正是韦博担心的地方,他始终弄不懂为什么鲍肯想让这件事情升级到这个地步,巴不得全世界都知道他在干吗。"

此刻他们离阵地还有一半路程,雷切尔突然停下脚步,一下子喘不过气似的用双手猛地捂住嘴,好像地球上的空气刹那间被抽空。

"上帝,我终于知道原因了,"雷切尔大叫。"一切都是圈套。"

"什么?"麦格洛斯大惑。

"我有极糟糕的预感。"雷切尔又说。

"到底怎么了?"麦格洛斯急切地问。

"是鲍肯,"雷切尔说。"总觉得有什么地方不对劲。他的目的说不过去。这儿只是他的第一波攻击。可史迪威到哪儿去了? 老天爷,我觉得不只在这儿,麦格洛斯,除了这儿,还有事情会在其他地方发生。就像他那些该死的军事书里的珍珠港事件,应该是个偷袭计划。所以他从一开始就巴不得让事态升级,霍莉、集体自杀,一切只为了把所有注意力吸引到这儿来。"

44

他们进屋时霍莉正直挺挺地面对大门站在床垫前。又干又硬的布条绷得膝盖不能弯曲,所以她只能站着。而且她也喜欢站着,因为那是最好的办法。

从楼下大厅传来的脚步声判断,是两个男人。接着脚步声停在门口,钥

匙滑进锁孔,门锁咔嗒开启。她眨了眨眼,深吸口气。门被推开,两个男人端着步枪挤进来。她挺了挺腰。其中一个向前迈了一步。

"出去,贱人。"他喝令道。

她拿起拐杖,一瘸一拐地穿过房间。故意放慢脚步。在被对方发现她能行动自如、具有威胁之前,她必须先离开房间。

"第一波进攻,"雷切尔说。"之前我全理解错了。"

"怎么说?"麦格洛斯迫切地追问。

"因为我没看见史迪威,"雷切尔说。"从今天早上开始就没看见。史迪威一定已经离开这儿到其他地方去了。"

"雷切尔,你到底在说什么?"麦格洛斯一头雾水。

仿佛要理清思路似的,雷切尔猛地甩甩头,接着骤然拉回视线,拔腿朝东面跑去。他一边跑,一边急切地向麦格洛斯解释。

"之前我全理解错了,"他说。"鲍肯一直在说什么对政府的第一波进攻,我只当他说的是宣布独立这件事儿。所以我以为那就是第一波进攻,之后再有保卫战之类的。仅此而已。但现在看来,他们还在别的地方策划其他事情,两件事儿同时进行。"

"你到底在说什么?"麦格洛斯还是没明白。

"我说的是注意力,"雷切尔答。"宣布独立会把所有注意力都吸引到这儿来,蒙大拿,对不对?"

"那还用说,"麦格洛斯答。"他们本来还打算让美国有线电视网、联合国到这儿来亲眼见证呢。绝对引人注目。"

"所以我说大错特错,"雷切尔说。"鲍肯有一柜子的书,全是对珍珠港事件的深入剖析,全是出奇制胜的兵法。而且我凑巧听见他在矿洞里的话。当时他和福勒正在搬那些导弹发射器,鲍肯说,今晚这儿就不会是众人担心的重点了。那就是说,他们在其他地方正在策划别的事情,不一样,但也许规模更大。所以是针对政府的双拳出击。"

"可到底是什么?"麦格洛斯问。"而且在哪儿? 附近吗?"

"不对,"雷切尔否认道。"也许很远。就像珍珠港似的。他们会在远方某处发出致命一击,因为有时间上的考虑。一切都是环环相套。"

麦格洛斯凝视着他。

"而且他们的计划很周详,"雷切尔继续说。"先把所有人的视线都吸引到这里。宣布独立,现场直播对你行刑,再加上妇女儿童的集体屠杀。如此高风险的围剿行动,所有人都没时间再去关注其他地方。鲍肯比我想象得还要狡猾。双拳出击,互为掩护,趁着每个人都目不转睛关注这里的时候,突然在另一个地方再挑起更大的危机,成功转移人们的注意力,同时他能更好地巩固自己的国家。"

"可到底会在哪儿,看在上帝的分上?"麦格洛斯问。"而且该死的到底会是什么事儿?"

雷切尔停下脚步,摇摇头。

"真的不知道。"他沮丧地说。

突然,他全身一僵。六名巡逻兵毫无预兆地从前方小树林里出现,手端M-16步枪,腰带上挂着手榴弹,每张脸上都带着惊喜得意的笑容。

鲍肯派出手下所有人去搜寻雷切尔,只有两个去对付霍莉。这时,他听见三人下楼的脚步声,随即从口袋里掏出无线电,拨开开关,拉出天线后按下通话键。

"韦博,"他说。"准备好摄像机,我待会儿再打过来。"

说完,还没等对方做出反应,他就匆忙关掉无线电。外面传来了脚步声,他转过头。

盖博看到他们从南面七十五码的地方走出大门,下了台阶。他出了树林,躲在近一些的石堆后面。他觉得这个位置还算安全,况且他现在有了后备,支努干的飞行员躲在他身后三十码处,严阵以待,只要有人接近就会高喊示警。所以盖博躲在石堆后,放松地盯着对面那栋白楼。

只见两个留有胡须的士兵端着步枪从台阶上走下来,拖着一个挂拐杖的娇小女子。她一头黑发,身穿干净的绿色制服。是霍莉·约翰逊。他之前从没见过她,但调查局的人给他看过照片。事实上真人比照片更漂亮,即使在七十五码之外他都能清晰地感受到她浑身散发出的魅力,那种浑然天成的气质。他把步枪拉近了些。

雷切尔手中的那杆M-16是一九八七年由康涅狄格州首府哈特福德市的柯特火器公司生产的。这款A2型号手枪的主要功能就是用连发模式替换了自动模式。为节约弹药起见,每次连发三枚子弹后,扳机会自动锁上。

　　每扣动扳机一次即是三发子弹,乘以六个目标,共需扣动扳机六次,十八发子弹。每次连发用时五分之一秒,所以射击本身总共只要一又五分之一秒。问题出在连续扣动扳机的动作浪费了时间,所以在第四个家伙倒地的时候,雷切尔陷入了麻烦。他并不是逐一瞄准,而是从左到右沿着一条弧线扫射过去。对面六人也纷纷举枪,只不过头四个人根本没来得及。可在第四个倒地时,第五个、第六个已经端平手中的武器。

　　雷切尔决定赌一把。这种出于本能的决定如此之迅速,即使把这个过程称作一眨眼的工夫都不能表达其速度的万分之一。他把 M-16 直接瞄准第六个家伙,全心信赖麦格洛斯能用格洛克解决第五个。所以说,这种本能的决定根本没有任何凭据可言,全凭麦格洛斯给他的直觉,以及之前他的识人经验。

　　扁平的格洛克枪响淹没在 M-16 清脆的爆裂声中,但第五个家伙与第六个同时倒下。雷切尔和麦格洛斯绕过尸体,直挺挺躺倒在地上。周围瞬间陷入坟墓般的死寂,硝烟在透进树林的道道光柱里静静升腾。没有丝毫动静,没有漏网之鱼,麦格洛斯重重地叹了口气,伸出手。雷切尔转身,握住了他的手。

　　“真是老当益壮,身手不凡。”他说。

　　“过奖,过奖。”麦格洛斯笑答。

　　他们慢慢站起身,朝树林深处走去。这时,他们听见更多人朝他们走来,从阵地向西北方向移动。麦格洛斯警觉地举起格洛克。雷切尔将 M-16 拨回到单发模式,现在他还剩十二发子弹,一发都不能浪费,即使有 A2 型号的节省模式也不能大意。透过婆娑树影,他们隐隐看见许多妇女和儿童,中间也夹了一些男人。每家人各自聚在一起,排成两列。雷切尔看见了约瑟夫·雷,旁边站了一名妇女,前面两个男孩儿面无表情。食堂厨房里的那个女人也赫然在列,和一个男人走在一起,前面三个孩子一脸木然。

　　“他们到哪儿去?”麦格洛斯轻声问。

　　“阅兵场,”雷切尔说。“鲍肯的命令,不是吗?”

　　“他们为什么不逃跑?”麦格洛斯问。

　　雷切尔耸耸肩,无言以答。他真不知该如何解释。等一张张麻木空白的面孔消失在树林间后,雷切尔拉着麦格洛斯急速穿过树林,跑到食堂后面。雷切尔警慎地扫了四周一眼,确定没人后伸长手臂抓住屋檐,抬起一只脚跨上窗棂,一提气整个人攀上来,然后沿屋顶斜坡走到烟囱旁,举起偷来的望远镜朝东南方向望去。他边看着远处的小镇,心里边嘀咕:见鬼,还会再发生什么事儿? 到底在哪儿?

事实证明,约翰逊将军的副官是个操纵电脑的好手,要么是因为他本来就熟悉设备,要么只是因为他年轻。他用操纵杆调近焦距,画面瞬间聚集到法院楼台阶处,微调些许后定格画面。法院楼的西面位于屏幕右侧,东面的废弃市政办公楼则在屏幕左侧。两块杂草蔓生的草坪夹在中间,马路笔直穿过画面中央。那辆原先载过麦格洛斯的吉普车还停在原地,副官就以它作为参照物,调节焦距。吉普车变得越来越清晰。原来是一辆军用吉普,车身上刻有白色图形。挡风玻璃向下折叠,尾部挂着一个帆布地图卷、五加仑装的汽油罐,还有一个短柄铁锹。

这时,霍莉被两个士兵带出来。从空中看来,三人排成一条直线,霍莉被夹在中间,就像骰子甩出三点。三人等在原地,片刻之后,一个巨大的身影出现在他们后面。是鲍肯。他走上马路,抬起头朝隐匿在七英里上空的侦察机望去,挥了挥握在右手的黑色手枪。接着他低下头,拨弄了一下左手的东西,贴在耳边。几乎是同时,韦博身前桌上的无线电嘎拉响了起来。韦博赶紧拿起无线电接收器,打开开关。

“喂?”他说。

屏幕上鲍肯朝空中挥了挥手。

“看见我了吗?”他问。

“看见了。”韦博平静地答道。

“看见这个没有?”鲍肯边问边举了举右手的枪。

副官连忙调近焦距,鲍肯庞大的身形霎时填满屏幕。粉色的肥脸上仰,黑色手枪举得高高的。

“一清二楚。”韦博回答。

副官恢复焦距,鲍肯仍旧保持仰头姿势。

“西格绍尔 P226,”鲍肯说。“你很熟悉的枪型?”

韦博话音一停,扫了扫旁边两人。

“是的。”他最后答道。

“九毫米口径,”鲍肯继续说。“十五枚子弹连发。”

“那又如何?”韦博问。

鲍肯大笑起来,刺耳的笑声冲击着韦博的耳膜。

"现在是打靶训练时间，"鲍肯说。"猜猜看，靶子是什么？"

屏幕上两名士兵朝霍莉走去。突然，霍莉双手举起拐杖，重重地捣向其中一名士兵的腹部。接着拐杖掉转方向，直击第二名士兵头部。无奈拐杖的材质太轻，轻型铝合金没有太大杀伤力。她即刻扔掉拐杖，两手伸进口袋，各掏出一样东西，在阳光下闪闪发光。她向前一跃，用尽全身力气旋转身体，抡起手臂朝身前士兵的脸挥去。

副官连忙调节焦距。只见第一名士兵紧紧捂住喉咙和脸，倒在地上。双手沾满鲜血。接着霍莉转了一圈，就像被困在笼子里的黑豹，在空中拼命挥舞双臂。她一条腿僵直，另一条腿灵活地左右移动。耳机里传出粗重的呼吸声、尖叫声，韦博心焦地盯着屏幕，默默祈祷：朝左，霍莉，到吉普车那儿去。

可她朝右侧移动。她摆出拳击手的姿势，高举左手，放低右手，朝第二名士兵冲过去。他还没来得及端起步枪，就被霍莉的攻击逼乱阵脚，连连后退。说时迟那时快，他举起步枪一挡，霍莉的一只手腕砰地撞在枪托上，手中的武器瞬间震飞出去。她顺势抬脚朝士兵的腹股沟奋力蹬去，士兵侧身倒地。接着她转向鲍肯，亮闪闪的武器在空中划出一道弧线。韦博的耳边传来一声惊叫，屏幕上显示鲍肯矮身躲过霍莉，但霍莉紧追不舍。

但先前第一名士兵站了起来，逼近她背后，犹豫片刻后举起步枪，枪托击中她头部。霍莉顿时瘫软，整个身子就像从一扇大铁门上跌下去似地，向前扑去，倒在了鲍肯脚下。

两个人倒下，其中一个是霍莉。雷切尔调节了一下望远镜，仔细观察她。站着的还剩两人，一个是端着步枪的士兵，另一个则是鲍肯，一手拿着手枪，一手拿着无线电。即使远在一千二百码之外、三百英尺之下，他们的一举一动照样清楚地落在雷切尔的眼里。他眺望着蜷在地上的霍莉，暗自佩服她的勇气。面对两名荷枪实弹的士兵和凶残的鲍肯，明知是无望的挣扎，她依旧毫不退缩。他放下望远镜，像跨在骏马上似地用两腿夹住热烘烘的烟囱，上身躺平，头和肩膀几乎与屋脊平行，接着举起望远镜，屏住呼吸，静观其变。

屏幕上，鲍肯焦躁不安地挥了挥手，受伤的士兵爬起来，同另一个制服霍莉的同伴一道走上前，反扭霍莉双臂，把她扶了起来。她垂着头，一腿弯曲一腿僵直。鲍肯做了番手势,他们拖着霍莉穿过马路。接着韦博耳边再次响起鲍肯的洪亮话音,夹着呼呼喘息。

"好了,游戏结束,"他说。"让她爸爸听。"

韦博把无线电递给约翰逊。他斜睨一眼,把无线电贴在耳边。

"你的要求我都答应,"他说。"任何要求。千万不要伤害她。"

鲍肯得意地大笑起来。

"这种态度我喜欢,"他说。"现在看好了。"

两名士兵拖着霍莉走到市政办公楼废墟前的土堆上,在一棵老树桩前停下来,让霍莉转过身背靠树桩,再把她双臂反扭到树桩后。她抬起头,迷惘地甩了甩。一名士兵捏住她的手腕,另一名拿出手铐把她铐上。锁好后,他们朝鲍肯走回去。霍莉的身体靠着树桩慢慢下滑,突然她挺直腰杆,站起身,甩甩头向四周张望。

"打靶练习。"鲍肯说。

约翰逊的副官连忙放大画面。鲍肯向南走了二十码后转身,西格绍尔的枪口朝地,无线电贴在他耳边。

"看好了。"他说。

他慢慢举起枪。手臂伸得笔直,就像老式电影里参加决斗的武士。他斜睨枪把,扣动扳机,手枪轻震,霍莉身前三英尺处扬起一阵尘土。

鲍肯又笑了起来。

"糟糕,没打中,"他说。"还得多练练,估计待会儿就会越打越准。不过反正还剩十四发子弹呢,不是吗?"

他又开了一枪。这回,树桩侧旁三英尺的地方扬起尘土。

"还剩十三发,"鲍肯说。"我猜美国有线电视网应该是最好的选择,对不对?给他们打电话,告诉他们事情始末,并且发一个官方声明,可以让韦博为你作证。然后把他们直接接到我的无线电上来,你们不愿意恢复传真线,没问题,我们就直接对话。"

"你疯了。"约翰逊低喃。

"你才是疯子,"鲍肯毫不客气地回敬。"我这是顺应历史潮流,无人能够阻挡。而且我的手枪瞄准的是你的女儿,总统的教女。你怎么还没懂,约翰逊?我正在改变世界,全世界都应该见证这一历史时刻。"

约翰逊只觉得一阵眩晕,一言不发。

"好吧,"鲍肯接着说。"现在我要挂断了。你赶紧打电话。还剩十三发子弹，要是听不到美国有线电视网回音，最后一发直接把她送回老家。"

信号嘎然中断。约翰逊抬头看了看屏幕，只见鲍肯把无线电扔在地上，双手握住西格绍尔，眯眼瞄准。子弹倏地窜到她女儿两脚之间，弹壳触地弹起。

雷切尔双腿夹住暖暖的烟囱，放下望远镜，同时脑子飞快转动，计算时间和距离。此刻他身处西北方向一千两百码外，不可能及时赶到，即使赶到也不可能不弄出声响。他弯下腰，轻唤了麦格洛斯一声，声音轻松沉着，仿佛他正在餐厅里点菜。

"麦格洛斯？"他说。"去弹药库那儿，就是最尽头的独栋木屋。"

"行，"麦格洛斯应道。"你想要什么？"

"你知道巴雷特狙击步枪长什么样吗？"雷切尔说。"黑色，体积很大，有瞄准镜，超大的枪口制动器。再找一盒弹夹，应该就在步枪附近。"

"行。"麦格洛斯应道。

"尽量快点儿。"雷切尔嘱咐。

站在南边山上的盖博看得十分清楚，两名士兵回到波·鲍肯那儿，远远躲在后面，仿佛不希望影响鲍肯的打靶练习。此时，盖博在霍莉左后方七十码外，鲍肯则在霍莉右前方六十英尺，黑黢黢的身影同身后法院楼的白墙形成强烈反差。盖博发现二楼的窗户被木头钉死，漆成白色，鲍肯的脑袋正好处在直角框中央，活脱脱好像白纸中央的粉色靶心。盖博微微一笑，把 M-16 调到连发模式，举到与肩齐平。

麦格洛斯踮起脚，把巴雷特递给雷切尔。雷切尔接过来，瞄了一眼，又递还回去。

"不是这杆，"他说。"找一杆序列号末尾是 5—0—2—4 的。"

"为什么？"麦格洛斯问。

"因为那种枪的子弹我能确定射程是笔直的，"雷切尔答道。"以前我用过。"

"上帝啊。"麦格洛斯叹了一声，重新向弹药库跑去。雷切尔躺在屋脊上，努力稳住自己的心跳。

鲍肯打出第十发子弹,虽说照旧没打中,却也偏得不远。被手铐锁住的霍莉狼狈地蹦来跳去躲避子弹。片刻后,鲍肯暂停射击,左右蹀步,得意扬扬地欣赏霍莉的窘迫。只是他不知道,远处盖博的枪正随着他的身体缓缓移动,只等他一停下就准备开枪。盖博一向坚持一条:一枪中的。

麦格洛斯找到了雷切尔描述的那杆步枪,雷切尔接过来,查了查序列号,点点头。麦格洛斯随即疯了似的朝山径入口处飞奔过去,转眼没了踪影。雷切尔目送他离开,摸了摸厚实的弹夹,确认弹簧没问题,温柔地把弹夹推进枪膛,然后举起巴雷特平放在肩上,拉近枪托,眼睛对准瞄准镜,左手拇指轻轻把焦距调到一千两百码外。镜头正好伸到最长。接着他摊开左手手掌,握住枪管,低头朝霍莉那儿凝望过去。

远处的景象在瞄准镜里聚成一团,不过还算清楚。站在山丘上的霍莉微微偏右,双手反铐在一个树桩上。他盯着她的脸看了好久,接着微微移动瞄准镜。鲍肯出现在她下方约六十英尺的位置,正前后走动。可无论他停在哪儿,他脑后总有近一百英里的旷野,远远地把法院楼隔在了子弹射程之外。足够安全,可要一举命中一千两百码外的目标却实属不易。他缓缓呼出一口气,只等鲍肯停步。

蓦地,他全身一僵。眼角余光无意捕捉到一丝稍纵即逝的金属反光。在山坡下七十码之外岩石后有人正端着步枪。稀疏的灰发覆在脑袋上,看起来非常眼熟。竟然是盖博将军,他正端着一杆 M-16 步枪躲在岩石后,追随着位于前方七十码处的目标缓缓移动。

雷切尔舒了口气,嘴角漾起笑意,一股感激的暖流从心底冒了上来。盖博,他的帮手,正从七十码外准备射击。霎那间,他意识到霍莉安全了。感激的暖流瞬间流遍了全身。

可就在下一秒,暖流骤然急冻成恐惧的冰柱。山下的地形瞬间在他脑海中铺展成可怕的景象,就像教科书上解释灾难如何发生的图解似的让人毛骨悚然。从盖博的角度看去,法院楼恰恰位于鲍肯身后,只要鲍肯一停步,盖博就会开枪。或许能击中,或许击不中,但无论如何,子弹肯定会钻进法院楼的墙壁,而且很有可能是二楼的东南角。转瞬间,填在墙壁间的炸药就会化作一团火球,方圆四分之一英里都将化为灰烬,霍莉连同盖博本人都会立刻被炸飞上天,爆炸波甚至能把远在一千两百码之外的雷切尔从屋顶上掀翻下去。见鬼,盖博怎么可能不知道这些?

鲍肯停下脚步，一动不动地侧身站着。雷切尔清出肺腔里的空气，慢慢移动巴雷特，直到十字线正中心对准霍莉·约翰逊的太阳穴。一绺柔软的黑发正好飘在她的眼睑上。他屏住气，抓住心跳间的空隙扣动扳机。

盖博看见鲍肯举起手臂，一等他停下即凑近瞄准镜，十字线交叉点对准鲍肯粉色的大头。目标一动不动，背衬耀眼的白墙愈发显眼。他呼出一口气，趁着心跳的空隙扣动了扳机。

约翰逊将军闭上双眼，他的副官则目不转睛地盯着屏幕。韦博用手捂住眼睛，却仍忍不住从指缝间偷看，就像过了睡觉时间还在偷看恐怖电影的孩子。

一团热气首先从雷切尔的巴雷特枪管里喷出。弹药筒里的火药在百万分之一秒内爆炸，急速膨胀成超热气流，子弹正是需要借这股动力，窜出枪管飞向空中。气流喷出枪管的瞬间，热力即向各个方向辐射出去，所以当步枪因后座力回震时，是笔直撞在雷切尔肩上，并没有上下左右移位。与此同时，子弹头紧密嵌合在枪管里螺旋形膛线里，高速旋转。

下一刻，喷出的气流使枪管口附近的氧气加热燃烧，瞬间闪出火花。与此同时，子弹从那团气体中央飞啸穿过，以一千九百英里的时速划过灼热的空气。千分之一秒后，它带着一尾火药的余尘飞到一码开外。再过千分之一秒，它已在六英尺外，甚至比音速快了三倍之多。

子弹穿过阵地仅耗时五百分之一秒，此时砰的枪响刚刚在雷切尔耳边响起。锃亮的铜壳铅弹在飞过麦格洛斯头顶时，速度已经因为空气的摩擦力减缓，同时轻微的山风也使它稍稍偏左。飞出枪口二分之一秒后，子弹已经飞过一千三百英尺的距离，偏左七英寸。

当然它也低了七英寸。地心引力是始作俑者。地心引力越大，子弹速度越慢。子弹速度越慢，地心引力的作用越大。它飞出枪管的那一刻，在空中划出完美的弧线。整一秒后，它飞越了九百码，把仍在林中狂奔的麦格洛斯远远甩在后面，可它仍在树林上方，距离目标还有三百码的距离。再过六分之一秒，它飞过树林，经过市政办公楼废墟。不过此时它的速度已然减慢，偏左四英尺，偏下五英尺，正好绕过霍莉。直到它飞到二十英尺外，霍莉才听见嗖嗖声。枪响依旧没追赶上子弹的速度，此刻它才刚刚超过还在树林里狂奔的麦格洛斯。

片刻后，第二颗子弹划过静止的空气。紧接着是第三颗、第四颗。盖博比雷切尔晚一又四分之一秒扣动扳机，而且他用的是自动连发模式，五分之一秒内三弹连发。他的子弹更小更轻，所以更快，时速高达两千英里每小时。而且他靠得更近。综合两个原因，地心引力同摩擦力在这三颗子弹身上并未显出太大的威力，三颗子弹基本不偏不倚。

一又三分之一秒后，雷切尔的子弹径直钻入鲍肯的前额，瞬间又从他的后脑破壳而出。一进一出几乎没有减缓子弹的速度，因为同尖头铜壳、仅重两盎司的铅弹相比，鲍肯的脑壳不算什么。在鲍肯脑袋爆炸之前，小小的子弹就隐没在远处连绵起伏的山林里。

这一切都是数学和动能计算的结果，是雷切尔很久以前就学过的道理。子弹虽然仅重两盎司，但它速度奇快，其威力等同于慢速运动的重物。换句话说，两盎司重的物体以一千英里时速运动等于十磅重的物体以三英里时速运动，与一把斧子重重砸在人脑袋上的效果大抵相当。雷切尔从瞄准镜里目睹整个过程，心却悬在了嗓子眼。一又三分之一秒说长不长，却着实让他心焦。终于，鲍肯的脑袋就像被斧子劈开似地爆裂，碎骨、脑浆四散溅出，腾出一团红色雾气。

但他没能看见的却是盖博的三发子弹嗖、嗖、嗖穿过，径直朝法院楼的墙壁飞去。

45

在自动连发模式下开枪常会犯一种典型的错误，那就是没稳住枪管，使得第一发子弹的后座力把枪管震得向上偏移，导致第二发子弹偏高，第三发更高。但这绝非盖博会犯的错误。毕竟只有七十码的射程，大量的练习时间保证了他不会失手，而且他也经过大风大浪，在千钧一发之际仍能保持冷静，聚精会神。于是，三颗子弹接连穿过一团血雾——鲍肯脑袋原先所在的位置。

百万分之一秒之后，子弹倏地钻进法院楼的白色墙壁里。打头阵的子弹因为冲击力失了准头，微微偏左，从二十二英寸厚的墙壁破墙而出，穿过霍莉房间又钻进了对面的墙壁，最后嵌进走廊厚墙。

第二颗子弹直接钻进第一颗子弹留下的弹洞，所以不偏不倚地穿过二十二英寸厚的墙壁，从内墙破墙而出的位置略微偏右，穿过房间击中浴室的墙壁，便宜的白陶瓷马桶瞬间爆裂。

第三颗子弹比前面一颗偏上一点儿，击中外墙的一颗螺丝钉，弹起转向，接连穿透八块新贴在墙上的木板，最后像疯狂的白蚁耗尽力气似的嵌在木板里，留在外面的铅头乍看上去就像无意甩在木板上的一点污渍。

透过瞄准镜，雷切尔看见盖博的枪口一动，立即意识到他已经连发三颗子弹，也意识到子弹一定已经钻进了法院楼的墙壁。他朝一千两百码之外的小楼望去，双手紧紧抓住屋脊，闭上双眼，只等爆炸来临。

盖博也发现轰掉鲍肯脑袋的并非是自己的子弹。时间不对。即使只是一眨眼不到的工夫也是有固定节奏的。发射，命中。可在他的子弹到达目标之前鲍肯的脑袋已经轰然爆裂。所以肯定还有别人。盖博笑笑，又一次扣动扳机。手指屈了九次，鲍肯的两名手下顿时被剩下的二十七发子弹打得体无完肤，几乎钉在了法院楼的白墙上。

米罗塞维奇疯狂地从法院楼里跑出来，右手高举调查局的点 38 口径手枪，左手高举金色的警章。

"联邦调查局探员！"他大喝道。"你们都不许动！"

他朝右瞥了一眼霍莉。盖博朝他奔过来，与他会合，而麦格洛斯也绕过镇政府楼的后面，朝霍莉径直奔过去，用力把她拥入怀中。她喜极而泣，却因为双手仍被反锁不能伸手拥抱麦格洛斯。麦格洛斯放开她，跑下山坡，兴奋地与米罗塞维奇击掌相庆。

"钥匙在哪儿？"麦格洛斯高声问。

盖博指了指横躺在地上的士兵尸体，麦格洛斯赶紧跑过去搜他们的口袋，找到钥匙后跑回山丘，绕到树桩后解开霍莉的手铐。霍莉顿时失去平衡，眼看就要倒下去，麦格洛斯连忙一个箭步向前扶住她。米罗塞维奇找到她的拐杖，扔了上去。麦格洛斯接住，递给霍莉。霍莉稳住身形，一手撑着拐杖，一手搭着麦格洛斯，缓缓走下山丘。两人并肩站在空地上，双双对视。四周突然变得一片寂静。

"我该感谢谁？"霍莉问。

她紧紧挽住麦格洛斯的手臂，朝六英尺外鲍肯的尸体瞥了一眼。整个尸体平躺在地上，脑袋已经不见了。

"盖博将军，"麦格洛斯说。"宪兵队的一把手。"

盖博摇摇头。

"不是我，"他否认道。"有人比我抢先一步。"

"也不是我。"米罗塞维奇跟着否认。

接着盖博朝他们身后努努嘴。

"或许是他吧。"他说。

雷切尔上气不接下气地从山坡上跑下来。六英尺五英寸、两百二十磅的大个子在很多方面都占优势，可显然狂奔一英里不在其列。

"雷切尔！"霍莉大叫。

他没理会她，没理会任何人，只是朝法院楼狂奔过去。墙上密密麻麻都是弹孔，几乎有三十多个，大多分布在二楼的东南角。他盯着弹孔沉思片刻，拔腿朝停在路边的吉普车奔去，取下车尾的铁锹，扭头冲上二楼霍莉的囚室。

前墙上又有十几个弹孔嵌在木板里。他抡起铁锹，朝墙壁猛砸过去，木板应声碎裂。他用力撬开木板，在墙上挖出一个大洞。麦格洛斯赶过来时，他已经挖了四英尺。而当霍莉最终赶到时，只看见墙壁缝隙里空空如也。

"没有炸药。"她平静地道出事实。

雷切尔跑到旁边一堵墙，撬开木板。

"从来都没有炸药，"霍莉说。"他妈的，我简直不敢相信。"

"应该有过，"麦格洛斯说。"当时杰克逊描述得非常详细。我看过他的报告，他和另外七个人把炸药运上楼，亲眼看见填进墙里。看在上帝的分上，整整一吨炸药，不可能搞错的。"

"看来他们的确填了进去，"雷切尔说。"只不过后来又搬了出来。障眼法罢了。让人看见炸药被填进去，事后又偷偷取出来，肯定是用到了别处。"

"又偷偷取出来？"霍莉难以置信。

"女人和孩子都得死。"雷切尔缓缓吐出几个字。

"什么？"霍莉问。"你在说什么？"

"但指的根本不是这里，"他继续说。"不是这儿的女人和孩子。"

"什么？"霍莉大惑。

"也不是集体自杀，"雷切尔说。"而是大屠杀。"

他的脸刷地变得惨白，不再说话，耳边响起了十三年前贝鲁特机场附近海军陆战队基地那声恐怖的爆炸。爆炸声一遍遍轰炸着他的耳朵，几乎要把他震聋。

"终于明白这到底是怎么回事了。"他喃喃地说。

"到底是怎么回事?"麦格洛斯追问。

"沉甸甸的卡车，"雷切尔说。"可问题是要开到哪儿去?"

"什么?"霍莉大感不解。

"女人和孩子都得死，"雷切尔又重复了一遍。"鲍肯是这么说的，他还说历史会证明这是正义之举。可他指的并不是这儿的女人和孩子。"

"见鬼，你到底在说些什么?"麦格洛斯有些急了。

雷切尔瞥了他一眼，又看看霍莉，眼中闪出惊讶，仿佛刚见到他们俩。

"当时我在车库，"他说。"看见一辆货车。我们的那辆货车。就停在那儿，沉甸甸的，好像装了很重的货物。"

"什么?"霍莉还是没听懂。

"他们策划的是汽车炸弹，"雷切尔说。"史迪威开着那辆货车到别处实施另一轮攻击。整整一吨的炸药会在人群密集的地方爆炸，而且他比我们提早出发六个小时。"

麦格洛斯第一个冲下楼梯。

"快上吉普。"他边跑边喊道。

盖博也朝吉普奔去，可米罗塞维奇靠得最近。他钻进驾驶位，启动发动机，麦格洛斯扶着霍莉坐进副驾驶的位子。雷切尔仍然站在路边，一脸凝重地望着远方。突然，米罗塞维奇掏出手枪。盖博停下脚步，举起步枪。米罗塞维奇举枪抵住霍莉，麦格洛斯连忙跳开，米罗塞维奇踩下油门，一手握住方向盘，一手抵着霍莉，驾驶吉普车沿着马路歪歪扭扭地开出去。盖博发现根本没有机会打中，只得放下步枪，眼睁睁看着他俩离开。

"两人全跑了?"韦博自言自语。"上帝啊，这怎么可能?"

"我们可以立刻启用另一架直升机，"一旁的副官赶紧建议。"我认为现在我们不用再担心导弹的问题了。"

侦察机向西北方向移动，聚焦在矿洞入口处。四辆装载导弹的卡车了无生气地停在盆地里，一具哨兵的尸体四仰八叉地平躺在近旁。

"好，让直升机赶快行动。"约翰逊说。

"我想还是您直接下令比较好,长官。"副官说。

约翰逊转身刚要拿起电话,突然看见那辆吉普车闯进画面。吉普车冲出公路弯道,从盆地中央穿过,绕过四辆卡车,停在左手边的木屋旁。米罗塞维奇从车里跳出来,一手举枪抵住霍莉,一手拉着她的胳膊硬把她拖进巨大的木门。他伸出一脚踢开一扇门,把霍莉推进屋,接着自己跟进去。木门砰地关上。韦博的视线离开屏幕。

"快打电话叫直升机,长官。"副官催促道。

"尽快。"韦博加了一句。

穿过阵地的小路是最快赶到矿区的捷径。他们一路向北,穿过射击场,朝阅兵场疾奔过去。突然,他们停下脚步。只见民兵团剩下的人仍然排成整齐的方阵待站在广场上,沉默恐惧的脸纷纷面向前方,之前鲍肯站过的木箱依旧搁在原地,枯等主人到来。

雷切尔视若无睹地领着另外两人穿过旁边的树林,取直道奔上马路。那把巴雷特狙击步枪扛在雷切尔身上,这是他特地回屋顶取回来的,因为他用的很顺手。盖博和他并驾齐驱,而麦格洛斯则像疯了似的跑在最前面,迫不及待地想救回霍莉。

三人在不到马路弯道的地方停下来,隐身在树林间。雷切尔首当其冲,躲在之前藏身的岩石后,透过巴雷特的瞄准镜扫视整个盆地,一英寸不落。确定没有危险之后,他挥挥手,示意另外两人上前。

"他们躲在左边的那个车库里。"他说。

他举起狙击步枪厚实的枪托,指了指前方,另外两人看见那辆空吉普,明了地点点头。随即他冲了出去,躲在第一辆导弹卡车后寻求掩护。盖博让麦格洛斯跟上去,自己断后。片刻后,三人同时躲在卡车后凝神观察木门。

"现在怎么办?"盖博问。"正面突袭?"

"他的枪抵在她头上,"麦格洛斯说。"我绝对不希望她受伤,雷切尔。她对我非常珍贵,明白吗?"

"那有没有别的入口?"盖博问。

雷切尔目不转睛地盯着木门,先前贝鲁特炸弹爆炸的巨响已经消失,取而代之的是来自更近一段噩梦的哀鸣。所有其他的可能方案走马灯似的在脑中翻腾,步枪、导弹、卡车,却一样都行不通。

"尽量绊住他，"他吩咐道。"不停地跟他说话，说什么都行。"

接着他用巴雷特换了麦格洛斯的格洛克，朝第二辆卡车奔去，再奔到第三辆，最后来到右手边石室的门口。那间堆满尸骨，老鼠乱窜的藏骸所。远处隐约传来麦格洛斯叫喊米罗塞维奇名字的声音，他抓紧时间，猫着腰钻进石室两扇木门间的空隙，重新回到了阴森森的黑暗中。

他没带手电筒，一路摸黑绕过运兵车，朝山洞底部走去。他双手举过头顶，感觉到岩顶渐低，突然踢到一堆士兵的尸体，赶紧绕过去。接着他蹲下身，朝那堆腐烂的骸骨摸索过去。老鼠听见了他的脚步，闻到他的气味，立刻警告似的吱吱大叫起来，窜回鼠窝。他双膝跪下，趴在地上，翻过那堆朽骨，向甬道深处爬去。岩顶越来越低，甬道越来越窄。他深吸一口气，恐惧再度袭来。

最快到位的是驻扎在美门斯充空军基地的一架海军陆战队夜鹰直升机。别看它体积庞大，速度却奇快。约翰逊放下电话不到几分钟，它的螺旋桨就突突转动起来，机身飞到空中，目的地是蒙大拿西北部的一处公路弯道。飞行员很快找到一条向北的公路，压低机身沿路高速飞行，不久就看见并排停在地面公路转弯处的几辆军用卡车。他赶紧降下直升机，停在路上等待。很快，三人朝直升机飞奔过来，除了一个是平民，另外两个都是军人，一个挂着上校军衔，另一个竟然是参谋长联席会议主席。飞行员朝直升机上的其他同伴耸耸肩，他的同伴突然伸手指了指前方三万六千英尺空中的水汽尾迹。一架喷气式飞机在空中转了好多圈以后向南飞去。飞行员又耸耸肩，猜想无论正在发生什么，肯定是在南面。他粗略估计了一下路线，可出乎意料的是，长官上了直升机却下令向北开进山里。

雷切尔大笑起来。他在逼仄的甬道里边一寸一寸向前挪，边哈哈大笑，笑得浑身颤抖，笑得眼泪直流。他再也不害怕了，挤压他身体的岩石此刻感觉就像温柔的抚摸。他曾经成功过，就表示这是可能的，他一定能再次成功。

恐惧来时无踪，去时亦无影。在伸手不见五指的黑暗中，他爬过尸骨，伸展身体，感到岩石重重地压在他的后背上，胸腔被挤压得透不过一口气，喉咙仿佛被人掐住。一瞬间，他几乎无法抗拒从体内涌出的那股潮热的恐慌，感觉自己的力量正一点一滴地流逝。但很快他回过神来。手边的任务。

霍莉。他想起米罗塞维奇的手枪抵在她乌黑如瀑布的长发上,她美丽的眼眸里充满恐惧和绝望。恍惚中,霍莉的影子浮现在甬道尽头。一刹那,甬道仿佛变成了温暖平滑的笔直管道,就像为他庞大的身躯度身定做似的,不再逼仄,不再狭窄,穿过它易如反掌。很久以前他就明白一个道理,有些事情值得你害怕,有些却不值得。只要你曾经成功过、克服过,就没有再恐惧的理由。同时,害怕能够克服的事物是相当不理智的,而雷切尔知道自己是一个理智的成年人。宛如醍醐灌顶一般,恐惧瞬间被抽离,他整个人放松下来。他是一名斗士,一名复仇的战士,而霍莉正等着他去解救。仿佛化身游泳健将跳入水中,他伸长手臂,穿过山腹,向霍莉游去。

他踩着旷野里行军的步点,趴在黑暗的甬道里有节奏地向前挪移。他压低头,手脚的动作都很小。甬道越来越窄,紧紧地包裹住他的身躯,可他边放松地大笑,边向前爬去。很快他感觉到前面到头了,立刻灵活地弯曲身体,找到左边的岔道入口。这时,他止住大笑,暗暗告诫自己保持安静,手脚并用地卖力向前,当感觉到岩顶渐渐升高时渐渐放慢速度。越来越清新的空气告诉他,他已经穿过了甬道。

接着他听见直升机在远处隆隆咆哮,前方四十码左右传来慌乱的脚步声。下一刻,米罗塞维奇尖细的西海岸口音响起。

"让直升机滚远点儿!"米罗塞维奇朝门外大喊。

直升机的轰鸣反而更近,更加嘈杂。

"让它滚远点儿,你们没听见吗?"米罗塞维奇再次尖叫。"麦格洛斯,我会杀了她的,你听见没有,我是认真的。"

雷切尔前方并排停着几辆卡车,挡住了从门缝透进来的光线。虽然一片漆黑,雷切尔还是发现那辆白色依柯罗赖不见了。他一骨碌爬起来,跑到原来依柯罗赖停的地方,从口袋里掏出格洛克。直升机螺旋桨的隆隆声击打着木门,充斥了整个山洞。

"我要用她交换,"米罗塞维奇冲着门外大叫。"我如果毫发无伤地离开这儿,她就能安然回去,怎么样?麦格洛斯?你听见了吗?"

即使对方作出回答,雷切尔也没有听见。

"我不是他们的同伙,"米罗塞维奇又尖声辩驳。"整件事儿压根不关我的事儿,都是布罗根,是他把我拖下水的。"

轰鸣的直升机几乎要把木门震裂。

"我只是拿了他们的钱,仅此而已,"米罗塞维奇继续尖叫。"布罗根给

307

了我上万美元,麦格洛斯。要是你也肯定会这样。布罗根让我有钱,他还给我买了一辆限量版的福特探索者,三万五千美元呐。我不听他的,怎么可能买得起这辆车?"

雷切尔躲在黑暗里默默听着米罗塞维奇歇斯底里的叫声,突然有点儿不想开枪。怔怔间,他竟荒谬地感激起他来,因为是他帮自己克服了童年的噩梦,他逼他直面折磨自己多年的心魔,并且终于战胜了它。他让他更成熟。雷切尔的脑海中甚至出现了一幅他跑上前同他热烈握手的画面。可蓦地,画面转成他跑上前掐住他的喉咙、逼问他知不知道史迪威把白色依柯罗赖开到哪儿去了。原来那才是正事,才是他不愿意直接开枪打死米罗塞维奇的真正原因。回过神来,他朝前方震耳欲聋的噪音爬去,绕到卡车后。

此时,浓得化不开的黑暗把他团团裹住,四周除了漆黑,还是漆黑。直升机的噪音淹没了其他声响,可他感觉到门边有动静,连忙从卡车后探出身子,只见门缝的微光里站着一个人影。上半身较宽,下面有四条腿。那是米罗塞维奇的手臂绕过霍莉的喉咙,用枪指着她的头。等自己的视线适应亮光,他看见霍莉站在米罗塞维奇身前。雷切尔慢慢举起格洛克,朝左跨了一步争取更好的角度。突然,他踢到了一块挡泥板,赶紧退后,不料碰上几个垒成一堆的油漆罐。油漆罐掉在地上,哐当声迅速淹没在嘈杂的直升机轰鸣中。他立刻朝光亮处飞奔过去。

米罗塞维奇仿佛感觉到了什么,猛地转身,看见雷切尔后吃惊地张大嘴,立刻拉过霍莉挡在自己身前作盾牌。他把手枪举在空中,稍稍迟疑了一下。雷切尔左右虚晃两下,米罗塞维奇也跟着移动,与此同时霍莉拼命想挣脱他的桎梏。外面的直升机吵得几乎要掀翻整间石室。紧接着米罗塞维奇朝左右看了两眼,朝前一个猛扑,同时扣动扳机。点 38 口径手枪瞬间喷出一团刺眼的白雾。霍莉不见了。雷切尔咒骂了一声,只得暂停开火。米罗塞维奇再次举枪瞄准。突然,他看见霍莉从米罗塞维奇身后出现,猛地扭过他的头,伸手在他面前划了一道。米罗塞维奇跌了下去。大门忽然打开,霍莉跟跄着逃离骤然涌进的噪音与阳光,朝雷切尔的怀抱奔来。

一道光柱照在平躺在地的米罗塞维奇身上,他的手枪还举在手里,而左眼眼窝里插了一块浴室瓷砖的碎片,插进去大约三英寸,还剩三英寸露在外面,鲜血从瓷片插入处涓涓流出。

一群人出现在门口,麦格洛斯和盖博站在扬起的沙尘中,一辆夜鹰直升机停在他们身后,三人从飞机上下来,朝洞口奔来。一个平民、一个上校,还有约翰逊将军。霍莉转身看见他们,激动地把头埋在雷切尔胸前。

盖博最先赶到,他扶着两人走出大门。他俩踏进阳光、噪音,一时脚下不稳,差点儿被螺旋桨搅起的大风吹翻。麦格洛斯走过来,霍莉挣开雷切尔的怀抱,紧紧地抱住麦格洛斯。随后约翰逊将军从人群中挤进来。

"霍莉。"他喃喃吐出女儿的名字。

她站直身体,朝他莞尔一笑,勾起手指把头发撩到耳后,给自己的父亲一个拥抱。

"事情还没完,爸爸,"她努力让声音盖过直升机。"结束之后我保证把所有事情都告诉你,好吗?"

46

雷切尔做手势让直升机飞行员保持发动机转动,隆隆的螺旋桨搅出翻天的尘土。雷切尔跑到盖博旁边,取回巴雷特狙击步枪,朝其他人挥挥手,让他们都上直升机。等所有人上去以后,他自己最后一个爬上悬梯,拉上拉门,把巴雷特放在钢铁地板上,坐好后带上耳机,按下通话键,对飞行员说:

"随时待命,好吧?"他说道。"等我一知道路线就会告诉你。"

飞行员点点头,把发动机又提高一挡,螺旋桨转得更快,也更吵。很快,直升机离开地面。

"见鬼,又要去哪儿?"韦博提高声音。

"我们得去追史迪威,头儿,"麦格洛斯高声回答。"他正驾着一辆装满炸药的货车,开往某处准备发动攻击。还记得肯德尔的警长怎么说来着?他们总是派史迪威出去干坏事儿。您是不是想让我画幅图给您?"

"可他根本不可能开出这儿,"韦博喊道。"桥被他们炸了,而且森林里连路都没有,全被封了。"

"林务局的人不是这么说的,"麦格洛斯回答。"他说的是他们封了其中一些,只不过不清楚是哪些罢了。他当时说也许有路能出去,也许没有。"

"他们有足足两年的时间探查出路,"雷切尔说道。"你刚才不是说山路上有货车压过的痕迹? 他们在这儿待了整整两年,有足够时间找到迷宫的出路。"

韦博朝左面望去,层峦叠嶂的群山上覆盖了葱郁的森林。他睁大眼,迫切地点点头。

"行,那现在我们必须阻止他,"他说。"可车子到底开去哪儿?"

"他比我们早出发六小时,"雷切尔说。"不难想象,出森林的路不会容易行进,估计要两个小时,对吧? 也就是说已经在公路上行驶了四个小时,两百英里有吗? 依柯罗赖是柴油机驱动,又载了整整一吨的货物,平均时速了不起只有五十英里。"

"可该死的方向呢?"韦博高声说。

霍莉瞥了雷切尔一眼。这个问题他俩在同一辆货车里问了对方无数次。地图在雷切尔脑海中展开,按照顺时针方向一一掠过。

"向东开的话他应该刚过大瀑布,还在蒙大拿州内。也可能向南开进了爱达荷州,向西开进了俄勒冈,甚至快到西雅图了。"

"慢着,"盖博说。"最好换个方式想。关键是鲍肯命令他开到哪儿去?攻击目标会是什么?"

雷切尔缓缓点点头。盖博说得没错,关键是攻击目标。

"鲍肯会想攻击什么?"约翰逊问。

鲍肯说过:研究过体制,就会痛恨它。雷切尔努力回想,又点点头,打开麦克风对飞行员说:

"好,上路吧。向南开。"

在震耳欲聋的机器噪音中,夜鹰直升机飞向空中,掠过陡峭的悬崖,在空中转了个弯向南方开去。机舱里终于安静下来,只剩下发动机沉闷的隆隆声。雷切尔朝窗外望去,山路弯道和阅兵场从脚下掠过。那群人已经散开,漫无目的地晃进森林,很快身影就隐没在浓密的树荫里。接着是狭长的射击场和围了一圈木屋的阵地。突然,直升机迅速升高,地面的那栋白色法院楼变得仿佛一座玩具屋似的,被远远甩在后面。最后他们经过溪谷和断桥,朝森林覆盖的南方飞去。

雷切尔轻轻拍了拍飞行员的肩头,通过耳机说:

"直升机速度多少?"

"一百六十。"飞行员答。

"路线?"雷切尔问。

"正南方。"飞行员答。

雷切尔点点头,闭上眼睛开始计算,感觉仿佛回到了小学。对方在两百英里之外以五十英里每小时运动，你以一百六十英里的时速追赶，需要多长时间才能追上？雷切尔在小学时擅长两样东西，一样是解数学应用题，另一样就是跟同学打架。当然，随着年龄增长，打架更加顺手，反而数学应用题有些生疏了。他肯定有某个公式可以直接计算出结果，x 或者 y 之类的公式，一样等于另一样。可即使真的有公式，他也早就忘得一干二净。所以只好用死办法推算：一小时后，史迪威行驶两百五十英里，夜鹰则行驶一百六十英里。差得很远。再过一小时，史迪威开了三百英里，可夜鹰已经行驶三百二十。过了。所以应该不到两小时他们就能追上史迪威，前提是他们的方向没错。

弗拉特黑德湖出现在前方，蜿蜒的公路穿过起伏的丘陵，雷切尔按下通话键问飞行员：

"还是正南方吗？"

"不偏不倚。"飞行员答。

"还是一百六？"雷切尔又问。

"是。"飞行员答。

"好，保持这个方向和速度，"雷切尔说。"估计还需要一小时五十分钟。"

"他到底在往哪儿开？"韦博又问。

"旧金山。"雷切尔说出自己的猜测。

"为什么？"麦格洛斯问。

"不是旧金山就是明尼阿波利斯，"雷切尔接着说。"不过我觉得旧金山可能性更大。"

"为什么？"麦格洛斯又问了一遍。

"旧金山和明尼阿波利斯，"雷切尔解释道。"你仔细想想。其他可能的城市是波士顿、纽约、费城、克里夫兰、弗吉尼亚州的里士满、亚特兰大、芝加哥、圣路易斯、密苏里州的堪萨斯城，或者得克萨斯州的达拉斯。"

麦格洛斯摸不着头脑地耸耸肩，韦博一脸困惑，约翰逊瞥了一眼他的副官，盖博则一动不动，只有霍莉微微一笑，朝雷切尔眨眨眼。他眨眼回应。夜鹰向南飞去，掠过密苏拉湖的上空，时速一百六十英里。

"上帝，竟然已经是七月四号了。"韦博突然开腔。

"就是，"雷切尔答。"肯定有许多父母带着孩子聚集在公共场合。"

韦博沉着脸，点点头。

"就算是旧金山，那具体地点呢？"他问。

"我也不知道。"雷切尔回答。

"市场街的最南头，"霍莉突然接口。"就在恩巴卡德罗广场附近。肯定就在那儿，头儿，我在独立日的时候去过那儿，下午会有盛大游行，晚上在水边还有烟花表演。全天都挤得水泄不通。"

"独立日哪儿都挤得水泄不通，"韦博说。"你们最好别猜错。"

麦格洛斯抬起头，肿胀的脸上浮出一丝笑容。

"我们应该没猜错，"他说。"肯定是旧金山，不是明尼阿波利斯，也不是其他地方。"

雷切尔回应地笑笑，眨眨眼。麦格洛斯即刻会意。

"说说原因？"韦博追问。

麦格洛斯笑笑。

"你自己想吧，"他说。"你才是局长。"

"因为那儿最近？"韦博问。

麦格洛斯点点头。

"两层意义上来说都是。"他又笑了起来。

"什么两层意义？"韦博不解。"你们到底在说什么。"

没人回答他的问题。约翰逊、盖博和副官一言不发，霍莉和麦格洛斯双双望向窗外两千英尺以下。雷切尔则倾过身子，望着树脂玻璃的驾驶舱盖。

"我们到哪儿了？"他问。

飞行员指了指下面一条水泥带。

"那是93号公路，"他说。"我们刚出蒙大拿，正要进入爱达荷。还是正南方。"

雷切尔点点头。

"棒极了，"他说。"就沿93号公路，这是向南开的惟一一条公路，对不对？在这儿到内华达之间我们应该就能追上他。"

两小时快到时雷切尔逐渐坐立不安。他开始非常担心，焦虑地回想了好几遍小学学过的数学公式。要是史迪威的时速不止五十英里怎么办？他一向喜欢开快车，起码比贝尔快。说不定能开到近六十英里的时速。如果是这样，现在他应该已经开了三百六十英里，也就是说两小时十五分钟后他们才能追上他。要是他开到七十英里又怎样？载货一吨的依柯罗赖能坚持连续六个小时七十英里的时速吗？也许。说不定。那么他应该已经开了四百二十英里，需要两小时四十分钟才能追上他。这是极限，不可能再多。一小时五十分钟到两小时四十分钟之间，蒙大拿与内华达之间，整整五十分钟的煎熬。要是再往下一百英里还没发现史迪威的踪迹，那说明他真的判断失误，就必须立刻转向东南方，朝明尼阿波利斯赶去。

直升机以最快的速度沿着93号公路飞行，正掠过鲑鱼镇上方。七名乘客都紧张万分地盯着公路，飞行员大声地和地面协调交换信息。一万英尺高的麦克吉尔山矗立在右边，右前方是一万五千英尺高的双子峰，一万两千五百英尺高的爱达荷州第一高峰博拉峰则在左前方。夜鹰直升机头朝下压低飞行，宛如一头灵敏的警犬穿行在群峰中。

时间一点一滴地流逝。二十分钟。三十分钟。公路上的车寥寥无几。这条公路北连密苏拉，南接爱达荷以南三百英里的双子瀑布，两地都不是发达的大城市，况且今天又是公众假期，即使有人出门，也都聚到了旧金山。路上间或有一辆汽车飞驰而过，偶尔也有一辆加班送货的卡车，就是没有白色依柯罗赖。白车倒有两辆，却都不是厢型货车。厢型货车只有一辆，却是深绿色的。仅此而已，再无其他。有时公路上甚至一辆车都没有，空荡荡的水泥带一直延伸至天边。时间一点一滴地流逝。四十分钟。五十分钟。

"我得打电话给明尼阿波利斯，"韦博终于说。"我们搞砸了。"

麦格洛斯仍旧充满希望。他摇了摇头。

"别急，"他阻止道。"那是最后一步棋，只会引起更大的恐慌。想想那么多人，突然间要疏散，可能会出现踩踏的危险。"

韦博把视线投向窗外，盯了整整一分钟。离上限还剩五十四分钟。

"那辆货车真要去了那儿，绝对比踩踏的后果更严重，"他说。"你怎么不想想？"

五十八分钟。一小时。路上空空如也。

"还有时间，"盖博说道。"旧金山和明尼阿波利斯，他离哪个都还有段距离。"

说完，他朝雷切尔投去一道怀疑与信任并重的目光。时间继续溜走。一小时五分钟，路上仍旧空无一车。直升机加速向前，却仍旧只是空空荡荡的公路。

"他现在可能在任何地方，"韦博说。"旧金山不对，明尼阿波利斯也可

能不对。说不定他已经到了西雅图，或者其他地方。"

"西雅图不可能。"雷切尔否定。

他朝前望去，只觉得恐惧攫住了喉咙。他一遍一遍地看着手表：一小时十分钟。十一分钟。十二分钟。十三分钟。十四分钟。一小时十五分钟。他盯着手表和下面的公路带，背向后一靠，一股凉意从心底透了上来。他已经尽己所能地坚持，可现在这个时间已经完全超出可能的极限。现在还没赶上史迪威，除非他开到了一百、一百二十甚至一百五十的时速。他扫了众人一眼，发出的声音几乎已经不是他的。

"我错了，"他承认道。"应该是明尼阿波利斯。"

隆隆的引擎渐渐隐去，炸弹的巨响在他耳边第二次响起。他努力睁大眼睛，不想再看见当时的恐怖景象，可他仍然看见了，只不过不是驻守在炎热沙漠的军人，而换成了大群挤在城市公园里、兴致勃勃地观赏表演的妇女和儿童。突然，就像十三年前在贝鲁特一样，猛然间炸弹爆炸，无数团粉色的血雾升腾起来，孩子的碎骨断肢被抛到空中，像散弹似的砸中一百码之外的其他孩子，划破他们的肚腹，运气不好的立刻没了命，运气好的也得在病床上躺一年。

所有人都目不转睛地凝视着他。他感觉到两行热泪从眼眶中涌出，顺着脸颊流下，溅湿了他的衬衫。

"对不起。"他悲伤地说。

所有人都移开视线。

"我得打电话了，"韦博说。"那现在为什么又是明尼阿波利斯了？旧金山呢？"

"联邦储备银行只在十二个城市设有分支，"雷切尔语气恢复平静。"离蒙大拿最近的两个只有旧金山和明尼阿波利斯。鲍肯恨透了联邦储备，他认为那是世界政府的主要统治工具，而且认为世界政府正处心积虑地密谋铲除中产阶级。他说这是他的独创观点，让他远远领先于同时代的其他人。而且他相信是联邦储备下令让银行设计骗他父亲贷款，之后又故意让他无力偿还。"

"所以鲍肯的攻击目标是联邦储备银行？"约翰逊急切地问。

雷切尔点点头。

"双拳出击，向世界政府宣战，"他说。"就像珍珠港偷袭一样，出其不意地对旧政府发动攻击，同时建立新政权。一石二鸟。"

说完，他缄默下来，不再继续。太累了，而且太过沮丧。盖博一脸心痛地望着他。直升机的引擎声震耳欲聋，听上去竟如同死寂。

　　"宣布独立只是一半，"麦格洛斯接下去说。"双重诱饵。本来我们会把全副精力都放在他们那儿，等霍莉和集体自杀的威胁把我们全都绊住之后，他们在我们背后炸毁联邦储备银行。我也猜旧金山是因为它离肯德尔最近。我以为鲍肯会选择离他父亲农场最近的一个作为目标。"

　　韦博点点头。

　　"真是狡猾，"他说。"公众假期，所有人都休息，又逼我们做出重要决策，却把我们引到错误的方向。接着全世界都会关注爆炸事件，鲍肯趁机巩固自己的政权。"

　　"明尼阿波利斯的联邦储备银行在哪儿？"约翰逊问。

　　韦博恍惚地耸耸肩。

　　"不知道，"他说。"我从没去过明尼阿波利斯。估计是一栋大楼，精心选择的地点，四周花园环绕，说不定会在河边。明尼阿波利斯有条河的，对不对？"

　　霍莉点点头。

　　"对，叫密西西比河。"她说。

　　"哦，不对。"雷切尔突然说。

　　"怎么不对，"霍莉说。"小孩儿都知道。"

　　"不对，"雷切尔重复一遍。"不是明尼阿波利斯，还是旧金山。"

　　"密西西比河与旧金山离得可远着呢。"霍莉说。

　　蓦地，她看见雷切尔脸上现出灿烂的笑容，眸中闪过胜利的光芒。

　　"怎么了？"她问。

　　"旧金山没错。"他说。

　　韦博哼了一声，有些急。

　　"那我们早该赶上他了，"他说。"好几英里之前。"

　　雷切尔没有理他，按下通话键，对飞行员叫道：

　　"快调头，"他说。"转个大弯。"

　　说完他放松地笑了，闭上双眼。

　　"我们的确已经赶上他了，"他说。"好几英里之前。就从他头顶飞过。因为他们把车漆成了绿色。"

　　夜鹰倾斜机身，转了一大圈。机舱里的乘客左边看看，右边望望，身下

的景象整个翻了个个儿。

"车库山洞里有几罐油漆，"雷切尔说。"之前被我不小心踢翻。好像是迷彩绿色，而且早上刚上的漆，估计现在还没干。"

他们看见几分钟前刚经过的一辆肯沃斯重型卡车，正在一千英尺之下吃力地行驶。接着好长一段路一辆车都没有。然后是一辆白色的敞篷卡车。又是一段空路。最后他们看见那辆正向南飞驰的深绿色厢型货车。

"向下，快向下。"雷切尔吩咐道。

"是那辆吗?"麦格洛斯急切地问。

厢型货车与敞篷卡车的间距越拉越大。很快，厢型货车远远落在后面，之后再无其他车辆，空荡荡的公路延伸到天边。夜鹰直升机仿佛一只老鹰瞄准了地面的小白兔，朝那辆厢型货车俯冲过去。

"是那辆吗?"麦格洛斯又问了一遍。

"就是。"雷切尔十分肯定。

"肯定是。"霍莉兴奋地表示赞同。

"你确定?"麦格洛斯问。

"你瞧它的车顶。"霍莉说。

麦格洛斯仔细望去，只见墨绿色的车顶上布满密密麻麻的小洞，就像霰弹枪打出来的弹孔。

"我们盯着这些该死的洞，整整过了两天，"霍莉补充道。"一辈子都忘不了。"

"一共有一百一十三个，"雷切尔说。"我数过。一百一十三是个质数。"

霍莉大笑起来，前倾身体与雷切尔互击一掌。

"就是那辆货车，"她说。"百分之百确定。"

"能看清司机吗?"麦格洛斯问。

飞行员让直升机俯冲下去，绕到货车侧旁，取得清晰的角度。

"正是史迪威，"霍莉叫道。"肯定。终于给我们找到了。"

"直升机上有没有枪?"韦博问。

"两杆大型机关枪，"飞行员回答。"可我不能使用，因为军方不能介入任何执法行动。"

"那你能不能同那辆货车保持水平?"雷切尔问。"同时保持五十英里的时速? 六十英里也行? 而且最好不要问太多问题。"

飞行员会意地笑了起来，笑声从话筒里传来，听上去有些失真。

"你想让我怎么飞,我就能怎么飞,"他答道。"当然,需要将军的批准。"

约翰逊警慎地点点头。雷切尔俯身从地上捡起那杆巴雷特,解开安全带,坐直身体,朝霍莉挥挥手,示意同她换一下座位。她挪到麦格洛斯前面,雷切尔换到她的位子上。他能感觉夜鹰慢了下来,同时在缓缓下降。他拉长霍莉原来用的安全带,松松地系在自己的腰上,后仰身体,握住把手,舱门哗地拉开。

螺旋桨搅起的气流忽地涌进机舱,直升机机身微微倾斜,仿佛一辆汽车从雪地里滑过。深绿色的货车正在后下方,约两百英尺的距离。飞行员控制住速度,与货车并驾齐驱,并且微微倾斜机身,使雷切尔的视线能垂直对准地面。

"这样行吗?"飞行员问。

雷切尔按下通话键。

"没问题,"他说。"前面有车过来吗?"

"只有一辆从南面开过来,"副驾驶回答。"等它过去,前面十英里都没车了。"

"后面呢?"问话的同时雷切尔看见一辆车由南向北开过。

麦格洛斯探头到窗外,随即缩回来,点点头。

"后面没车。"他说。

雷切尔把巴雷特举到与肩齐平,然后塞进一颗子弹。从一辆飞行的飞机上射击另一辆飞驰的汽车,通常不能确保准确率,可此刻,他瞄准的是仅仅七十码之外的目标,而且这个目标足有二十英尺长、七英尺宽。所以他并不担心。他把十字线的交叉点放在车顶以下三分之二的位置,猜想向前运动的货车和向后吹的风会把子弹稳稳送进满载货物的车厢。不知道三英尺的床垫是不是还在里面?

"等等,"韦博突然高声阻止。"要是你错了怎么办?要是里面什么都没有怎么办?你只是凭空猜测,对不对?整件事儿都是你的猜测。我们需要证据,雷切尔,确凿的证据。"

雷切尔头都没回,继续一动不动地瞄准目标。

"废话,"他聚精会神地看着瞄准镜。"你马上就能见到想要的确凿证据。"

韦博拉住他的胳膊。

"你不能开枪,"他说。"这可能会枉杀无辜。"

317

"废话，"雷切尔又说了一遍。"要是他是无辜的，我根本就不可能杀死他，不是吗？"

说罢，他甩脱韦博的手，转头正视他。

"仔细想想，韦博，"他说。"放轻松，用用你的理智，只有开枪后才会证明他到底是不是无辜的，对不对？要是他的车里真有炸弹，我们很快就会知道；要是他车里什么都没有，那他也不会出事，只不过该死的货车车厢上会再多一个弹孔罢了。第一百一十四个弹孔。"

他转回头，举起步枪瞄准目标。仿佛完全出于习惯，他呼出一口气，抓住心跳空隙扣动了扳机。枪声用了千分之一秒传入他的耳朵，而巨大的子弹穿透车厢壁的响声用了七十倍的时间才传到。刚开始什么都没发生。忽然，货车紧急刹车，瞬间化作一团刺眼的火球，仿佛一团风滚草似的翻下公路路基。巨大的爆炸波朝直升机汹涌而来。直升机猛地提高五百英尺的高度，飞行员迅速采取措施控制住飞机，稳定速度后掉转机头。此刻公路上除了一团长三百码泪滴形的浓烟外，什么都看不见。没有碎片、没有乱滚的轮子、没有一丝残骸，什么都没有。能看见的只有直冲云霄的热气，滚滚上升的架势竟比音速更快。

直升机在空中盘旋了好一会儿后向东飞去，在离路肩一百码的灌木丛里缓缓降落。飞行员关闭了引擎，雷切尔坐在突然降临的死寂中，松开安全带，把巴雷特放回到地板上，弓身钻出直升机，向公路缓缓走去。

一吨的炸药，整整一吨的炸药！什么样的爆炸！竟然连一丝残骸都没剩下。他猜方圆半英里的草木应该被爆炸波掀平，但除此之外，再没有任何损失。巨大的爆炸威力迅速扩散，沿途却幸运地没遇上任何人，接着爆炸波的威力会慢慢减弱，在几英里外最终变成没有杀伤力的热风。没有任何伤亡。思及此，他闭上了眼。

脚步声从他身后响起。是霍莉，一脚高一脚低地朝他走过来。他睁开眼，向公路眺望。她走到他面前停下，把头埋在他胸前，温柔地抱紧他。他抬起手，把她柔软的发丝撩在耳后，就像他看见她做的那样。

"一切都结束了。"她轻声说。

"问题出现一个就解决一个，"他说。"这是我的原则。"

她沉默了半晌。

"但愿所有事儿都能那么简单。"她说。

简单一句话仿佛包含了千言万语,好像接下来是一篇精心组织的演讲。他假装不明白她指的是什么问题。

"你父亲吗?"他说。"你现在早就走出他的阴影了。"

她摇了摇头。

"我不知道。"她答道。

"相信我,"他安慰道。"当时在阅兵场你为了救我做的那些绝对是我见过的最聪明、最冷静、最勇敢的举动。甚至比你父亲的任何丰功伟绩都更出色。那种情况下他肯定已经慌得不知所措了,我也是。所以你早就已经走出任何人的阴影,霍莉,相信我。"

"我想也是,"她答道。"我能感觉得到,真的。不过只是暂时的,当我又见到他,以前所有的感觉又回来了。我还是叫他爸爸。"

"他的确是你的爸爸。"雷切尔说。

"我知道,"她说。"所以那才是问题。"

他沉默了半晌。

"那就改名吧,"他建议道。"可能会有帮助。"

他感觉到她突然屏住呼吸。

"这算是向我求婚吗?"她问。

"只是提个建议罢了。"他答。

"你觉得霍莉·雷切尔听起来怎么样?"她问。

这回轮到他沉默,轮到他屏住呼吸,也轮到他来点破真正的问题。

"听起来不错,"他最终开口。"可我觉得霍莉·麦格洛斯会更棒。"

她没有作答。

"他就是那个幸运的家伙,是不是?"他追问。

她靠着他的胸膛,微微点点头。

"那就告诉他。"他说。

她耸耸肩。

"不行,"她说。"我做不到。太紧张了。"

"有什么好紧张的,"他说。"他也许有相同的话想对你说。"

她骤然抬起眼。他低头望进她的眼底。

"你这么觉得?"一丝希望在她心底燃起。

"你紧张,他也紧张,"雷切尔说。"总得有人先开口。总不能让我替你们俩传话吧。"

她紧搂住他，站直身体，把长长的一记吻印在他的唇上。

"谢谢你。"她说。

"谢什么？"他问。

"谢谢你的理解。"她说。

他无所谓地耸耸肩。没什么了不起，又不是世界末日。可为什么感觉却是？

"一起过来？"她问。

他摇摇头。

"不了。"他婉拒。

她离开了他。他站在爱达荷州的93号公路上，目送她爬上直升机悬梯。她顿了顿，转过身最后看了他一眼，然后弓身钻进机舱，关上舱门。螺旋桨转动起来。他蓦地意识到，以后再也见不到她了。螺旋桨卷起的风把他的衣服吹得紧紧贴在身上，掀起的尘土拍打着他的脸。他朝离开地面的直升机挥挥手，目送它消失在地平线，最后深深吸了口气，左右望了望空荡荡的高速公路。星期五，七月四日，独立日。

七月五日星期六，七月六日星期天，约克镇被封锁起来，秘密部队进进出出。空军部队找到了四辆导弹卡车，从南部调集四辆支努干，运回了他们搜集到的足以发动一场小型战争的军备物资。

医疗队的人负责清理尸体。他们在一个山洞里发现了二十具导弹部队士兵的遗体，也找到了雷切尔爬过的那堆残骸。在另一个山洞里他们找到了五具被切断肢体的残尸，全都身着工作装，不是建筑工就是木匠。他们把福勒从司令室抬出来，在法院楼前的马路上找到鲍肯。他们把米罗塞维奇从山洞里抬出来，在阵地以西的树林空地里找到布罗根。他们甚至找到了森林里临时掩埋杰克逊的新坟，挖出他的遗体。他们还把十八具民兵外加一名妇女的尸体并排放在射击场上，最后用直升机运走。

盖博私下找了他手下一名军事调查员过来，卸下鲍肯财政电脑上的硬盘，加急送回芝加哥。工程兵入驻，炸毁了矿区入口，工兵则来到阵地切断水源和电力，一把火烧毁了所有木屋。星期天晚上，当只剩下最后一股浓烟袅袅升上天空时，他们搭直升机离开了这里。

星期一大清早，哈兰·韦博回到白宫那间米黄色的房间，罗斯·罗森笑着问候他假期是怎么过的。他朝她笑笑，什么也没说。一小时后，芝加哥晨曦微露，三名调查局探员逮捕了布罗根的女朋友。他们审问了她三小时，最后要求她永远离开这个地方，什么东西都不许带走。接着同样是这三名探员在联邦调查局大楼的停车场找到米罗塞维奇全新的福特探索者，向南开了五英里后把车子留在了一处僻静的街道，没锁车门，钥匙还挂在点火器上。它被偷走时，霍莉·约翰逊正赶到一家骨科诊所看医生。一小时后，她已经坐在自己的办公桌前。午饭之前，失踪的无记名债券巨款从开曼群岛转到了她选定的账户里。星期一晚上六点，她回到家里开始收拾行李，之后便搬进了麦格洛斯位于埃文斯顿市的家。

星期二早上，全国民兵网上出现了三个不同版本的故事。若干难民从蒙大拿北部一个偏僻的村庄逃出来，流浪到蒙大拿南部和西部的民兵据点，每个人都在说世界政府刚刚采取了行动，外籍雇佣兵扫荡了他们的地盘，一群民兵英雄在行动中壮烈牺牲。领头的是一个法籍雇佣兵，他掌握了机密的 SDI 技术，还有什么卫星、激光和皮下移植的微型芯片。有灵敏的记者发现了新闻线索，专门打电话到胡佛大楼求证。星期二晚上，一名联邦调查局的发言人拿着事先准备好的讲稿，否认了一切有关猜测。

星期三清晨，在搭了五趟便车、换了四趟长途巴士后，雷切尔终于到达威斯康星。那儿正是他一个礼拜前就打算去的目的地。他一直喜欢那儿，尤其是七月的天气更是清爽舒适。他在那儿一直待到星期五下午。